CONVERGENTE

Também de Veronica Roth
DIVERGENTE
INSURGENTE

CONVERGENTE

VERONICA ROTH

Tradução
Lucas Peterson

Rocco

Título original
ALLEGIANT

Edição brasileira publicada mediante acordo com a HarperCollins Children's Books, uma divisão da HarperCollins Publishers

Direitos para a língua portuguesa reservados
com exclusividade para o Brasil à
EDITORA ROCCO LTDA.
Rua Evaristo da Veiga, 65 – 11º andar
Passeio Corporate – Torre 1
20031-040 – Rio de Janeiro, RJ
Tel.: (21) 3525-2000 – Fax: (21) 3525-2001
rocco@rocco.com.br | www.rocco.com.br

Printed in Brazil/Impresso no Brasil

Preparação de originais
FLORA PINHEIRO

CIP-BRASIL. CATALOGAÇÃO NA PUBLICAÇÃO
SINDICATO NACIONAL DOS EDITORES DE LIVROS, RJ

R754c

Roth, Veronica, 1988-
Convergente / Veronica Roth ; tradução Lucas Peterson. - 1. ed. - Rio de Janeiro : Rocco, 2023. (Divergente ; 3)

Tradução de: Allegiant
ISBN 978-65-5532-396-2

1. Ficção. 2. Literatura infantojuvenil americana. I. Peterson, Lucas. II. Título. III. Série.

23-86654 CDD: 808.899292
CDU: 82-93(73)

Gabriela Faray Ferreira Lopes - Bibliotecária - CRB-7/6643

16/10/2023 19/10/2023

O texto deste livro obedece às normas do Acordo Ortográfico da Língua Portuguesa.

Para Jo, que me guia e estabiliza.

Qualquer pergunta que possa ser respondida deve ser respondida ou ao menos considerada.
Processos ilógicos de pensamento devem ser desafiados assim que surgem.
Respostas erradas devem ser corrigidas.
Respostas certas devem ser confirmadas.

– Do manifesto da Erudição

CAPÍTULO UM

TRIS

CAMINHO DE UM lado para outro dentro de nossa cela na sede da Erudição, e as palavras dela ecoam na minha cabeça: *Meu nome será Edith Prior. E há muitas coisas que ficarei feliz em esquecer.*

– Então, você *nunca* a viu antes? Nem em fotografias? – pergunta Christina, com a perna ferida apoiada em um travesseiro. Ela levou um tiro durante nossa tentativa desesperada de revelar o vídeo de Edith Prior para a nossa cidade. Não tínhamos a menor ideia do que o vídeo diria, nem que ele destruiria as bases de nossa sociedade, as facções, nossas identidades. – Ela é sua avó, sua tia ou algo assim?

– Já disse que não – respondo, dando meia-volta ao alcançar a parede. – Prior é... era... o sobrenome do meu pai, então devia ser alguém do lado dele da família. Mas Edith é um nome da Abnegação, e os parentes do meu pai devem ter sido da Erudição, portanto...

– Portanto, ela deve ser mais antiga – conclui Cara, apoiando a cabeça na parede. Desse ângulo ela fica muito parecida com o irmão, Will, meu amigo, em quem atirei. Depois ela endireita o corpo, e o fantasma dele desaparece. – De algumas gerações atrás. Uma ancestral.

– Ancestral. – A palavra soa antiga. Eu me encosto em uma das paredes da cela ao me virar outra vez. O painel é frio e branco.

Minha ancestral, e esta é a herança que ela me deixou: a libertação das facções e a compreensão de que a minha identidade Divergente é mais importante do que eu imaginava. Minha existência é um sinal de que devemos deixar a cidade e oferecer nossa ajuda a quem quer que esteja fora dela.

– Eu quero saber – diz Cara, esfregando o rosto. – Preciso saber há quanto tempo estamos aqui. Será que você podia parar de andar de um lado para outro por pelo menos *um minuto*?

Paro no meio da cela e levanto as sobrancelhas.

– Desculpe – murmura ela.

– Tudo bem – diz Christina. – Estamos aqui há tempo demais.

Há dias Evelyn controlou o caos no saguão da sede da Erudição com alguns comandos curtos e ordenou que todos os prisioneiros fossem levados para celas no terceiro andar. Uma mulher sem-facção veio cuidar dos nossos ferimentos e distribuir analgésicos, mas ninguém nos disse o que está acontecendo do lado de fora. Mesmo depois que insisti muito.

– Tobias já deveria ter chegado – digo, desabando sobre a beirada do meu catre. – Cadê ele?

– Talvez ainda esteja com raiva porque você mentiu e o traiu ao trabalhar com o pai dele – fala Cara.

Eu a encaro.

– Quatro não seria tão mesquinho – sugere Christina, não sei se para calá-la ou para me tranquilizar. – Se ainda não voltou, é porque deve ter acontecido alguma coisa. Ele disse para você confiar nele.

Em meio ao caos, enquanto todos gritavam e os sem-facção tentavam nos empurrar em direção à escada, agarrei a bainha da camisa dele para que não fôssemos separados. Ele segurou meu pulso e me empurrou para longe, e estas foram as palavras que me disse: *Confie em mim. Vá aonde eles mandarem.*

– Estou tentando – respondo para Christina, e é verdade. Estou tentando confiar nele. Mas cada pedaço de mim, cada fibra e cada nervo, anseia para se ver livre, não apenas desta cela, mas da prisão da cidade ao redor.

Preciso ver o que há do lado de fora da cerca.

CAPÍTULO DOIS

TOBIAS

NÃO CONSIGO CAMINHAR por estes corredores sem me lembrar dos dias que passei como prisioneiro aqui, descalço, a dor pulsando dentro de mim a cada vez que me movia. E, junto com essa memória, vem outra, de quando esperei Beatrice Prior seguir para a morte, de meus punhos cerrados batendo na porta, de seu corpo inerte nos braços de Peter quando ele me disse que ela fora apenas drogada.

Odeio este lugar.

Não está mais tão limpo quanto antes, quando era o complexo da Erudição; agora, está destruído pela guerra, com marcas de tiros nas paredes, vidros quebrados e lâmpadas estilhaçadas por todos os cantos. Caminho sobre pegadas sujas e sob luzes tremeluzentes até a cela dela e ganho permissão para entrar sem qualquer questionamento, porque carrego o símbolo dos sem-facção, um círculo vazio em uma tira preta ao redor do braço, e as feições de Evelyn em meu rosto. Tobias Eaton costumava ser um nome vergonhoso, mas agora é um título poderoso.

Tris está agachada no chão, dentro da cela, ao lado de Christina e em uma posição diagonal em relação a Cara. Minha Tris deveria parecer pálida e pequena, porque ela *é*, afinal, pálida e pequena, mas parece preencher toda a cela.

Seus olhos redondos encontram os meus, e ela se levanta, abraçando a minha cintura com força e apoiando o rosto no meu peito.

Aperto seu ombro com uma das mãos e corro a outra pelos seus cabelos, ainda estranhando o fato de seu cabelo só ir até o pescoço. Fiquei feliz quando ela o cortou, porque aquele era o corte de uma guerreira, e não de uma garota, e eu sabia que era disso que ela precisaria.

– Como você conseguiu entrar? – pergunta ela em uma voz baixa mas clara.

– Sou Tobias Eaton – respondo, e ela ri.

– Certo. Sempre me esqueço. – Ela se afasta apenas o suficiente para olhar para mim. Há uma expressão vacilante em seus olhos, como se ela fosse uma pilha de folhas prestes a serem espalhadas pelo vento. – O que está acontecendo? Por que você demorou tanto?

Ela soa desesperada, suplicante. Este lugar traz lembranças horríveis para mim, mas para ela é ainda pior. A caminhada até a sua execução, a traição do irmão, o soro do medo. Preciso tirá-la daqui.

Cara olha para nós, interessada. Sinto um certo desconforto, como se minha pele não me servisse mais. Odeio ser observado.

– Evelyn bloqueou toda a cidade – conto a elas. – Ninguém pode dar um passo sem a autorização dela. Há alguns dias, ela fez um discurso, afirmando que deveríamos nos unir contra nossos opressores, as pessoas do lado de fora.

– Opressores? – indaga Christina. Ela retira um frasco do bolso e derrama o conteúdo na boca. Imagino que sejam analgésicos para a ferida em sua perna.

Enfio as mãos nos bolsos.

– Evelyn, e muitas outras pessoas, na verdade, acreditam que não deveríamos deixar a cidade apenas para ajudar um monte de gente que nos enfiou aqui só para nos usar depois. Eles querem tentar recuperar a cidade e resolver nossos próprios problemas, e não sair e resolver os problemas dos outros. É claro que estou apenas parafraseando – digo. – Acho que essa opinião é muito conveniente para a minha mãe, porque, enquanto continuarmos presos aqui, ela estará no comando. Se sairmos da cidade, ela perderá imediatamente o controle sobre nós.

– Ótimo. – Tris revira os olhos. – É claro que ela escolheria a opção mais egoísta de todas.

– Mas até que faz sentido. – Christina segura com firmeza o frasco em suas mãos. – Não estou dizendo que não quero sair da cidade e ver o que existe lá fora, mas já temos problemas suficientes aqui. Como vamos ajudar um bando de gente que nem conhecemos?

Tris reflete sobre o problema, mordendo a parte de dentro da bochecha.

– Não sei – admite.

Meu relógio indica que são três horas. Estou aqui há tempo demais. Tempo o bastante para levantar a suspeita de Evelyn. Eu disse a ela que viria aqui para romper meu relacionamento com Tris, e que não demoraria muito. Não sei se ela acreditou.

– Ouçam, eu vim aqui principalmente para alertá-las – digo. – Eles estão começando os julgamentos de todos os prisioneiros. Vão injetar o soro da verdade em todas vocês, e, se ele funcionar, serão condenadas como traidoras. Acho que todos nós queremos evitar isso.

– Condenadas como *traidoras*? – pergunta Tris, indignada. – Como revelar a verdade para toda a cidade pode ser considerado um ato de traição?

– Foi um ato de desacato aos seus líderes – respondo. – Evelyn e seus seguidores não querem deixar a cidade. Eles não vão agradecer a vocês por terem mostrado aquele vídeo.

– Eles são iguais a Jeanine! – Ela faz um gesto de raiva, como se quisesse bater em alguma coisa, mas percebesse que não há nada em que bater. – Estão dispostos a fazer qualquer coisa para abafar a verdade, e para quê? Para serem reis de seu pequeno mundinho? É ridículo.

Não quero admitir, mas, de certa maneira, concordo com minha mãe. Não devo nada às pessoas de fora desta cidade, mesmo sendo Divergente. Não sei bem se quero me oferecer a elas para solucionar os problemas da humanidade, seja lá o que isso signifique.

Mas realmente quero ir embora, da mesma maneira desesperada que um animal quer escapar de uma armadilha. Selvagem e raivoso. Disposto a tudo.

– Seja como for – digo com cuidado –, se o soro da verdade surtir efeito, você será condenada.

– *Se* surtir efeito? – pergunta Cara, desconfiada.

– Divergente – explica Tris, apontando para a própria cabeça. – Lembra?

– Fascinante. – Cara rearruma o coque improvisado, prendendo de volta uma mecha rebelde de cabelo. – Mas atípico. Segundo a minha experiência, a maioria dos Divergentes não consegue resistir ao soro da verdade. Por que será que você consegue?

– É o que você e todos os membros da Erudição que já me aplicaram uma injeção gostariam de saber – responde Tris, irritada.

– Que tal nos concentrarmos? Quero evitar ter de ajudá-las a fugir da prisão – digo. De repente, sinto-me desesperado por um pouco de conforto. Estendo a mão na direção de Tris, e seus dedos vêm ao encontro dos meus. Não somos do tipo que faz contato físico à toa; cada contato entre nós parece importante, uma onda de energia e alívio.

– Tudo bem, tudo bem – diz ela, com mais suavidade. – Qual é o seu plano?

– Vou convencer Evelyn a deixar que você seja a primeira das três a testemunhar – digo. – Tudo o que você precisa fazer é bolar uma mentira que inocente Christina e Cara e contá-la sob o efeito do soro da verdade.

— Que tipo de mentira faria isso?

— Achei melhor deixar você se encarregar dessa parte. Já que você mente melhor.

Ao falar isso, sei que minhas palavras tocam um ponto delicado entre nós. Tris mentiu para mim tantas vezes. Ela me prometeu que não se ofereceria para morrer no complexo da Erudição quando Jeanine exigiu o sacrifício de um Divergente, mas se ofereceu mesmo assim. Disse que ficaria em casa durante o ataque da Erudição, e depois a encontrei na sede da Erudição, trabalhando com meu pai. Entendo por que ela fez todas essas coisas, mas isso não significa que elas não nos afetaram.

— É. — Tris encara os próprios sapatos. — Está bem, vou pensar em alguma coisa.

Apoio a mão em seu braço.

— Vou conversar com Evelyn sobre seu julgamento. Vou tentar adiantá-lo.

— Obrigada.

Sinto o ímpeto, já familiar, de saltar para fora do meu corpo e conversar diretamente com a mente dela. Percebo que é o mesmo ímpeto que me faz querer beijá-la toda vez que a vejo, porque a menor distância entre nós já me incomoda. Nossos dedos, que estavam entrelaçados com folga há alguns instantes, agora estão agarrados uns aos outros. A palma da sua mão está úmida, e a minha é áspera em alguns lugares, onde agarrei muitas barras de trens em movimento. Agora, ela parece pálida e pequena, mas seus olhos me fazem pensar em céus abertos que nunca vi de verdade, apenas vislumbrei em sonhos.

– Se vocês forem se beijar, por favor me avisem para que eu não olhe – pede Christina.

– É o que vamos fazer – diz Tris, e é o que fazemos.

Encosto em sua bochecha a fim de prolongar o beijo, segurando sua boca junto à minha, para que eu possa sentir todas as partes onde nossos lábios se encostam e todas as partes onde se afastam. Saboreio o ar que compartilhamos no segundo seguinte, e a maneira como seu nariz roça o meu. Penso em algo que quero dizer, mas é íntimo demais, então engulo as palavras. Um instante depois, decido que não me importo.

– Queria que estivéssemos sozinhos – digo ao dar um passo atrás para sair da cela.

Ela sorri.

– Eu quase sempre quero isso.

Ao fechar a porta, vejo Christina fingir que está vomitando, Cara rir e Tris com as mãos pendendo ao lado do corpo.

CAPÍTULO TRÊS

TRIS

– ACHO QUE vocês são todos idiotas. – Minhas mãos estão fechadas sobre o colo, como as de uma criança dormindo. Meu corpo está pesado por causa do soro da verdade. O suor se acumula nas minhas pálpebras. – Vocês deveriam estar me agradecendo, não me questionando.

– Quer dizer que nós deveríamos lhe agradecer por desobedecer as instruções dos líderes da sua facção? Agradecer por tentar impedir que um dos líderes da sua facção matasse Jeanine Matthews? Você agiu como uma traidora. – Evelyn Johnson cospe a última palavra como uma víbora. Estamos na sala de conferências na sede da Erudição, onde os julgamentos têm ocorrido. Estou presa há pelo menos uma semana.

Vejo Tobias, em parte escondido nas sombras atrás da mãe. Ele está evitando olhar para mim desde que me sentei na cadeira e cortaram as tiras de plástico usadas para algemar minhas mãos. Por apenas um instante, seus olhos encontram os meus, e eu sei que está na hora de começar a mentir.

Agora que já sei que consigo, fica mais fácil. Tão fácil quanto afastar o peso do soro da verdade da minha mente.

– Não sou uma traidora – digo. – Na época, acreditava que Marcus estava trabalhando sob ordens da Audácia e dos sem-facção. Como eu não podia me juntar à batalha como soldado, queria ajudar de outra maneira.

– Por que você não podia ser soldado? – Uma luz florescente irradia por detrás do cabelo de Evelyn. Não consigo ver seu rosto e não posso me concentrar em nada por mais de um segundo sem que o soro da verdade ameace me puxar para baixo novamente.

– Porque... – Mordo meu lábio, como se estivesse tentando evitar que as palavras escapassem da minha boca como uma torrente. Não sei quando me tornei uma atriz tão boa, mas acho que não é muito diferente de mentir, algo para o qual sempre tive certo talento. – Porque eu não conseguia segurar uma arma, está bem? Não depois de atirar... nele. No meu amigo Will. Eu não conseguia segurar uma arma sem entrar em pânico.

Evelyn estreita ainda mais os olhos. Suspeito que mesmo seu lado mais gentil não sinta a menor compaixão por mim.

– Então Marcus falou para você que estava trabalhando sob minhas ordens – diz ela –, e, apesar de tudo o que sabia a respeito da relação tensa dele com a Audácia e com os sem-facção, você acreditou?

—Acreditei.

— Dá para entender por que você não escolheu a Erudição. — Ela solta uma risada.

Minhas bochechas formigam. Eu adoraria estapeá-la, e tenho certeza de que muitas pessoas nesta sala gostariam de fazer o mesmo, embora não tenham coragem de admitir. Evelyn prendeu a todos nós na cidade, controlada por guardas sem-facção armados que patrulham as ruas. Ela sabe que o dono das armas domina o poder. E, depois da morte de Jeanine Matthews, não restou ninguém para desafiá-la por esse poder.

De uma tirana para outra. Este é o nosso mundo agora.

— Por que você não contou a ninguém sobre isso? — pergunta ela.

— Eu não queria admitir nenhum tipo de fraqueza — respondo. — E não queria que Quatro soubesse que eu estava trabalhando com o pai dele. Sabia que ele não iria gostar. — Sinto as palavras brotando na minha garganta, impulsionadas pelo soro da verdade. — Eu trouxe a vocês a verdade sobre a nossa cidade e a razão pela qual estamos aqui. Se não querem me agradecer, deveriam pelo menos tomar uma atitude, em vez de ficarem aqui sentados sobre a bagunça que fizeram, fingindo que ela é um trono!

O sorriso debochado de Evelyn se modifica, como se ela tivesse acabado de provar algo com gosto ruim. Ela se inclina para a frente, aproximando-se do meu rosto, e, pela primeira vez, noto sua idade; vejo as rugas ao redor dos olhos e da boca e a sua palidez doentia, causada por anos comendo menos que o necessário. Mesmo assim, ela é bela, como o filho. Quase ter morrido de fome não tirou isso dela.

– Estou tomando uma atitude. Estou construindo um novo mundo – diz ela, e sua voz fica ainda mais baixa, a ponto de eu quase não conseguir ouvi-la. – Eu era da Abnegação. Conheço a verdade há muito mais tempo do que você, Beatrice Prior. Não sei como você está conseguindo se safar, mas posso prometer que você não terá um lugar no meu novo mundo, principalmente não ao lado do meu filho.

Abro um pequeno sorriso. Não deveria fazer isso, mas o peso em minhas veias torna mais difícil reprimir gestos e expressões do que palavras. Evelyn acha que agora Tobias pertence a ela. Ela não sabe a verdade, que ele pertence apenas a si mesmo.

Evelyn endireita o corpo e cruza os braços.

– O soro da verdade revelou que, apesar de tola, você não é uma traidora. O interrogatório terminou. Você pode ir embora.

– E quanto às minhas amigas? – pergunto de maneira apática. – Christina, Cara. Elas também não fizeram nada de errado.

– Cuidaremos delas em breve – responde Evelyn.

Levanto-me, apesar de o soro me deixar fraca e tonta. A sala está abarrotada de pessoas, próximas demais umas das outras, e demoro vários segundos para encontrar a saída até que alguém agarra o meu braço, um garoto com a pele morena e um sorriso largo: Uriah. Ele me conduz até a porta. Todos começam a conversar.

+ + +

Uriah me guia pelo corredor até o saguão dos elevadores. As portas dos elevadores se abrem quando ele aperta o botão, e eu o sigo, ainda um pouco vacilante. Quando as portas se fecham, pergunto:

– Acha que exagerei na parte sobre a bagunça e o trono?

– Não. Ela espera que você seja esquentada. Se tivesse agido de outra maneira, talvez ela suspeitasse.

Sinto que tudo ao meu redor está vibrando com energia, em antecipação do que está por vir. Estou livre. Vamos encontrar uma forma de sair da cidade. Chega de esperar, de andar de um lado para outro dentro da cela, de exigir respostas ao guarda e não ser atendida.

Mas os guardas acabaram me falando algumas coisas sobre a nova ordem dos sem-facção esta manhã. Eles estão exigindo que antigos membros das facções se mudem mais para perto da sede da Erudição e se misturem entre si, para que não haja mais do que quatro membros de uma mesma facção em cada casa. Também é obrigatório misturar as roupas. Recebi uma camisa amarela da Amizade e calças pretas da Franqueza mais cedo, por causa da regra.

– Tudo bem, vamos por aqui... – Uriah sai do elevador. Este andar da sede da Erudição é todo feito de vidro, até as paredes. A luz do sol refrata no vidro e lança feixes de arco-íris sobre o chão. Protejo os olhos da claridade com uma das mãos e sigo Uriah até uma sala comprida e estreita, com camas dos dois lados. Junto de cada cama, há uma cômoda de vidro onde as pessoas guardam roupas e livros, além de uma pequena mesa.

– Este costumava ser o dormitório dos iniciandos da Erudição – diz Uriah. – Já reservei camas para Christina e Cara.

Três garotas de camisa vermelha, que imagino serem membros da Amizade, estão sentadas em uma cama perto da porta, e, no lado esquerdo do cômodo, uma mulher mais velha que talvez pertença à Erudição está deitada em uma das camas, os óculos pendurados de uma das orelhas. Sei que deveria parar de tentar encaixar as pessoas em facções, mas é um velho hábito, difícil de abandonar.

Uriah desaba em uma das camas no canto mais distante do quarto. Sento-me na cama ao lado, feliz por estar enfim livre e em paz.

– Zeke disse que às vezes demora um tempo para os sem-facção processarem exonerações, então eles devem libertá-las mais tarde – diz Uriah.

Por um instante, sinto-me aliviada em saber que todas as pessoas de que gosto serão libertadas hoje. Mas depois lembro que Caleb continua preso, porque era um notório lacaio de Jeanine Matthews, e que os sem-facção nunca vão exonerá-lo. Mas não sei até onde irão para destruir a marca que Jeanine Matthews deixou na cidade.

Não me importo, penso. Mas sei que é mentira. Ele continua sendo o meu irmão.

– Ótimo – digo. – Obrigada, Uriah.

Ele concorda com a cabeça, depois a apoia na parede, para mantê-la levantada.

— Como você está? — pergunto. — Digo... Lynn...

Uriah sempre foi amigo de Lynn e Marlene, e agora as duas estão mortas. Acho que consigo compreender o que ele deve estar sentindo. Afinal, também já perdi dois amigos. Al, em decorrência das pressões da iniciação, e Will, por causa da simulação de ataque e das minhas próprias ações precipitadas. Mas não quero fingir que sofremos da mesma maneira. Até porque Uriah conhecia suas amigas melhor.

— Não quero falar sobre isso. — Uriah balança a cabeça. — Nem pensar sobre isso. Só quero seguir em frente.

— Tudo bem, entendo. É só que... Me avise se você precisar...

— Tudo bem. — Ele sorri para mim e se levanta. — Você está bem aqui, não está? Prometi à minha mãe que ia visitá-la hoje à noite, então preciso ir em breve. Ah, quase me esqueci de avisar: Quatro disse que quer ver você mais tarde.

Eu endireito o corpo, alerta.

— Sério? Quando? Onde?

— Um pouco depois das dez, no Millenium Park. No gramado. — Ele solta uma risadinha debochada. — Não fique tão empolgada, ou sua cabeça vai acabar explodindo.

CAPÍTULO QUATRO

TOBIAS

MINHA MÃE SEMPRE se senta na beirada de cadeiras, saliências ou mesas, como se suspeitasse que terá que fugir a qualquer momento. Desta vez, é na beirada da antiga mesa de Jeanine na sede da Erudição que ela está sentada, com os dedos dos pés equilibrados no chão, enquanto a luz esfumaçada da cidade brilha atrás dela. Ela é uma mulher de fibra.

– Acho que precisamos conversar sobre a sua lealdade – diz ela, embora seu tom não seja acusatório. Ela apenas soa cansada. Por um instante, parece estar tão acabada que sinto que quase consigo enxergar através dela, mas depois ela endireita o corpo, e a sensação desaparece. – Afinal – continua –, foi você quem ajudou Tris a divulgar aquele vídeo. Ninguém mais sabe disso, mas *eu* sei.

– Veja bem. – Inclino o tronco para a frente e apoio os ombros nos joelhos. – Eu não sabia o que havia naquele arquivo. Confiei mais no juízo de Tris do que no meu. Foi só isso que aconteceu.

Pensei que dizer a Evelyn que eu havia terminado o relacionamento com Tris a ajudaria a confiar mais em mim, e eu estava certo. Desde que contei essa mentira, minha mãe está mais acessível e aberta do que nunca.

– E agora que você já viu o material do vídeo? – pergunta ela. – Qual sua opinião? Acha que devemos deixar a cidade?

Sei o que ela quer que eu diga. Que não vejo motivos para nos juntarmos ao mundo exterior. Mas não sou um bom mentiroso, então decido selecionar uma parte da verdade.

– Eu tenho medo disso – respondo. – Não sei se é uma boa ideia deixarmos a cidade sabendo dos perigos que podem existir lá fora.

Ela me analisa por um instante, mordendo a parte de dentro da bochecha. Herdei esse hábito dela. Eu costumava ferir a minha boca de tanto mordê-la enquanto esperava meu pai chegar em casa, sem saber qual versão dele eu encontraria, a que a Abnegação confiava e respeitava ou a que me surrava.

Passo a língua pelas cicatrizes de mordidas e engulo a lembrança como se fosse bile.

Ela se levanta da mesa e caminha até a janela.

– Tenho ouvido histórias perturbadoras a respeito de uma organização rebelde infiltrada entre nós. – Ela me encara, levantando a sobrancelha. – As pessoas sempre se organizam em grupos. É um fato da nossa existência. Só não esperava que isso ocorresse tão rápido.

– Que tipo de organização?

– O tipo que quer deixar a cidade. Eles divulgaram uma espécie de manifesto hoje de manhã. Se autointitulam Leais. – Ao perceber minha confusão, ela explica: – Porque eles têm um propósito convergente de manter as ideias originais da nossa cidade, são *leais* a elas... entende?

– As ideias originais? Quer dizer, as que estavam no vídeo de Edith Prior? Que deveríamos sair quando a cidade tivesse uma grande população de Divergentes?

– Sim, isso. Mas também a ideia de viver em facções. Os Leais afirmam que devemos viver em facções, porque é o que temos feito desde o princípio. – Ela balança a cabeça. – Certas pessoas sempre temerão as mudanças. Mas não podemos ceder a elas.

Com o desmantelamento das facções, uma parte de mim tem se sentido um homem libertado depois de passar muito tempo preso. Não preciso mais me preocupar em avaliar se cada pensamento ou escolha que faço se encaixa em uma ideologia estreita. Não quero as facções de volta.

Mas Evelyn não nos libertou como acredita ter feito. Apenas transformou todos nós em pessoas sem-facção. Ela tem medo do que poderíamos escolher se nos fosse dada uma liberdade genuína. E isso significa que, independentemente da minha opinião a respeito das facções, estou feliz que alguém, em algum lugar, esteja se opondo a ela.

Assumo uma expressão vazia, mas meu coração está batendo mais rápido do que antes. Preciso ser cuidadoso para conseguir manter a simpatia de Evelyn. Para mim, é fácil mentir para qualquer outra pessoa, mas não para ela, a única que sabia todos os segredos da nossa casa na Abnegação, toda a violência contida entre aquelas paredes.

– O que você vai fazer a respeito? – pergunto.

– Vou controlá-los, é claro.

A palavra "controlá-los" me faz endireitar o corpo e ficar tão rígido quanto a cadeira na qual estou sentado. Nesta cidade, "controlar" significa seringas e soros e pessoas vendo sem enxergar; significa simulações como a que quase me levou a matar Tris, ou a que transformou a Audácia em um exército.

– Com simulações? – pergunto devagar.

Ela faz uma expressão irritada.

– É claro que não! Não sou Jeanine Matthews!

A onda de raiva que toma conta dela me faz responder no mesmo tom:

– Não esqueça que eu mal conheço você, Evelyn.

Ela estremece ao ouvir o meu lembrete.

– Então, quero que fique bem claro que jamais apelarei para simulações a fim de conseguir o que quero. Preferiria a morte.

É possível que ela use mesmo a morte. Matar pessoas é certamente uma boa maneira de mantê-las quietas, e de esmagar a revolução antes mesmo que ela comece. Quem quer que sejam os Leais, eles precisam ser alertados, e rápido.

– Posso descobrir quem eles são – sugiro.

– Não tenho a menor dúvida disso. Por que acha que contei sobre eles?

Há muitas razões para ela ter me contado. Para me testar. Para me pegar. Para me dar informações falsas. Sei o que minha mãe é. Ela é uma pessoa para quem os fins justificam os meios, assim como o meu pai, e assim como eu às vezes.

– Então é o que farei. Vou encontrá-los.

Levanto-me, e os dedos dela, frágeis como gravetos, seguram o meu braço.

– Obrigada.

Eu me forço a olhar para ela. Seus olhos são próximos sobre o nariz, que tem a ponta curvada como o meu. Sua pele tem uma coloração morena, mais escura que a minha. Por um instante, consigo imaginá-la vestindo o cinza da Abnegação, o cabelo volumoso preso para trás por uma dezena de grampos, sentada diante de mim à mesa de jantar. Vejo-a agachada na minha frente, costurando os botões descombinados da minha camisa antes de eu ir para a escola, ou parada diante da janela, observando a rua uniforme à espera do carro do meu pai, com as mãos fechadas... não, com os punhos cerrados e com as juntas das mãos, que geralmente eram morenas, brancas de tanta tensão. Naquela época, o medo nos unia, mas, agora que ela não tem mais medo, parte de mim gostaria de saber como seria se fôssemos unidos pela força.

Sinto uma dor, como se a tivesse traído, a mulher que costumava ser a minha única aliada, e me viro antes de acabar retirando tudo o que disse e me desculpando.

Deixo a sede da Erudição em meio à multidão, com os olhos confusos, procurando automaticamente as cores das facções, embora não haja mais nenhuma. Estou vestindo uma camisa cinza, calças jeans azuis e sapatos pretos. Roupas novas. Mas, sob tudo isso, estão minhas tatuagens da Audácia. É impossível apagar as minhas escolhas. Principalmente estas.

CAPÍTULO CINCO

TRIS

PROGRAMO MEU DESPERTADOR para as dez e caio no sono imediatamente, sem nem me ajeitar em uma posição confortável. Algumas horas depois, o toque do despertador não me acorda, mas o grito frustrado de alguém do outro lado do quarto, sim. Desligo o despertador, corro os dedos pelo cabelo e sigo em passos rápidos até uma das escadas de emergência. A saída no final da escada dará para um beco, onde é provável que não haja ninguém para me bloquear.

Quando saio do prédio, o ar frio me desperta. Cubro meus dedos com a manga da camisa para aquecê-los. O verão está acabando, finalmente. Há um pequeno grupo perto da entrada da sede da Erudição, mas ninguém repara quando atravesso escondida a avenida Michigan. Ser pequena às vezes tem suas vantagens.

Vejo Tobias parado no centro do gramado, vestindo cores misturadas das facções: camiseta cinza, calça jeans azul e moletom preto com capuz, representando todas as facções para as quais meu teste de aptidão indicou que eu era qualificada. Há uma mochila no chão, apoiada em seu pé.

– Como me saí? – pergunto, quando estou perto o bastante para ele escutar.

– Muito bem – diz ele. – Evelyn ainda odeia você, mas Christina e Cara foram libertadas sem questionamentos.

– Que bom. – Abro um sorriso.

Ele segura a parte da frente da minha camisa, bem acima da minha barriga, e me puxa para perto, beijando-me com delicadeza.

– Venha – diz, puxando a minha mão. – Tenho planos para hoje à noite.

– É mesmo?

– É. Bem, percebi que nunca saímos em um encontro romântico de verdade.

– É, o caos e a destruição costumam prejudicar a vida amorosa das pessoas.

– Eu gostaria de experimentar sair em um "encontro". – Ele caminha de costas, em direção à enorme estrutura de metal, do outro lado do gramado, e eu o sigo. – Antes de a gente se conhecer, eu só saía em encontros de casais, e eles eram desastrosos. Sempre terminavam com Zeke dando um amasso na menina com quem já planejava dar um amasso, e eu sentado em um silêncio desconfortável com alguma garota que eu havia ofendido de alguma maneira mais cedo.

– Você não é muito simpático – digo, sorrindo.

– Olha quem está falando.

– Ah, posso ser simpática se eu quiser.

– Hum. – Ele bate com o dedo no queixo. – Então diga alguma coisa simpática.

– Você é muito bonito.

Ele sorri, os dentes brilhando no escuro.

– Gostei dessa história de "simpática".

Alcançamos o limite do gramado. A estrutura de metal é maior e mais estranha de perto do que de longe. Na verdade, ela é um palco, e sobre ele encontram-se enormes placas de metal arqueadas que se enrolam em direções diferentes, como uma lata de alumínio que explodiu. Contornamos uma das placas no lado direito até os fundos do palco, que se ergue em um ângulo reto do chão. Lá, vigas de metal sustentam a parte de trás das placas. Tobias prende a mochila nos ombros, agarra uma das vigas e começa a escalar.

– Isto me parece familiar – digo. Uma das primeiras coisas que fizemos juntos foi escalar a roda gigante, mas, daquela vez, fui eu, e não ele, quem incentivou o outro a subir mais alto.

Dobro as mangas da camisa e o sigo. Meu ombro ainda dói por causa do tiro que levei, mas a ferida já está praticamente curada. Mesmo assim, apoio a maior parte do peso no braço esquerdo e tento usar os pés o máximo possível. Olho para baixo, para as barras de metal e, além delas, o chão e começo a rir.

Tobias escala até um local onde duas placas de metal se encontram formando um *V*, o que cria um espaço largo o bastante para duas pessoas sentarem. Ele se arrasta para trás, encaixando o corpo entre as duas placas, e estende os braços para agarrar a minha cintura e me ajudar quando chego perto o bastante. Não preciso de ajuda, mas não falo nada. Estou ocupada demais aproveitando a sensação que as mãos dele provocam.

Ele tira um cobertor da mochila e nos cobre, depois pega dois copos de plástico.

– Você quer ficar com a mente limpa ou nebulosa? – pergunta ele, olhando para dentro da mochila.

– Hã... – Inclino a cabeça. – Limpa. Acho que precisamos conversar sobre algumas coisas, não é?

– É.

Ele pega uma pequena garrafa com um líquido claro e borbulhante e gira a tampa, dizendo:

– Roubei isto das cozinhas da Erudição. Parece delicioso.

Ele serve um pouco em cada copo, e eu tomo um pequeno gole. Seja lá o que for, a bebida é doce como xarope, tem gosto de limão e me faz torcer a boca um pouco. O segundo gole é melhor.

– Conversar sobre algumas coisas – diz ele.

– Certo.

– Bem... – Tobias franze a testa ao olhar para o conteúdo do copo. – Está bem, entendo por que você trabalhou com Marcus e por que você sentiu que não podia me contar. Mas...

– Mas você está com raiva – completei. – Porque menti para você. Várias vezes.

Ele confirma com a cabeça, sem olhar para mim.

– Não é nem a questão de Marcus. É algo mais antigo do que isso. Não sei se você consegue entender o que foi acordar sozinho e saber que você tinha ido... – Suspeito que ele queira dizer *encontrar a morte*, mas ele não consegue botar para fora as palavras – para a sede da Erudição – conclui.

– Não, acho que não consigo. – Dou outro gole, mantendo a bebida açucarada na boca antes de engolir. – Ouça, eu... eu costumava pensar em sacrificar a minha vida por certas coisas, mas não compreendia o que realmente significa "sacrificar a vida" até estar lá, e ela estar prestes a ser tomada de mim.

Levanto o rosto e o encaro, e ele por fim me encara de volta.

– Agora eu sei – digo. – Sei que quero viver. Sei que quero ser honesta com você. Mas... mas não posso fazer isso, não vou fazer isso se você não confiar em mim ou falar comigo com aquele tom condescendente que você às vezes usa...

– *Condescendente*? – protesta ele. – Você estava fazendo coisas ridículas e arriscadas...

– Eu sei – digo. – Mas você acha mesmo que me ajudou de alguma forma falando comigo como se eu fosse uma criança que não sabia de nada?

– O que mais eu poderia fazer? – pergunta ele. – Você não conseguia ouvir a voz da razão!

– Talvez eu não precisasse de razão! – Inclino o tronco para a frente, incapaz de continuar fingindo que estou relaxada. – Senti que estava sendo consumida pela culpa, mas o que eu precisava era da sua paciência e da sua bondade, e não que você *gritasse* comigo. Ah, e também não precisava que você escondesse seus planos de mim o tempo todo, como se eu não fosse capaz de lidar com eles...

– Não queria sobrecarregar você ainda mais.

– Afinal, você me considera uma pessoa forte ou não? – pergunto, irritada. – Você parece achar que aguento suas broncas, mas não acha que consigo lidar com mais nada. O que isso significa?

– É claro que acho você uma pessoa forte. – Ele balança a cabeça. – É só que... não estou acostumado a contar as coisas para os outros. Estou acostumado a lidar com tudo sozinho.

– Você pode contar comigo – digo. – Pode confiar em mim. E pode deixar que eu avalio o que aguento ou não.

– Tudo bem – diz ele, acenando com a cabeça. – Mas chega de mentiras. Para sempre.

– Tudo bem.

Sinto-me rígida e espremida, como se meu corpo tivesse acabado de ser forçado para dentro de algo pequeno demais. Mas não quero que a conversa termine assim, então seguro a mão dele.

– Sinto muito por ter mentido para você – digo. – Sinto muito, de verdade.

– Bem, eu não tive a intenção de fazer você se sentir desrespeitada.

Ficamos parados ali um tempo, de mãos dadas. Recosto-me na placa de metal. Lá em cima, o céu está vazio e escuro, com a lua encoberta por nuvens. Vejo uma estrela diante de nós quando uma nuvem se move, mas ela parece ser a única. Quando inclino a cabeça para trás, no entanto, consigo ver a linha de prédios na avenida Michigan, parecendo uma fileira de guardas nos vigiando.

Fico quieta até que a sensação de rigidez e aperto passa. Agora me sinto aliviada. Geralmente, não é tão fácil me livrar da raiva, mas as últimas semanas foram estranhas para nós dois, e fico feliz de liberar os sentimentos que tenho guardado, a raiva, o medo de que ele me odeie e a culpa por ter trabalhado com o pai dele sem ele saber.

– Isso é meio nojento – diz ele, tomando o último gole do copo e o pousando sobre a placa de metal.

– É mesmo – concordo, encarando o resto da minha bebida. Engulo tudo em um único gole, torcendo o nariz quando as bolhas queimam a minha garganta. – Não sei do que os membros da Erudição vivem se gabando. O bolo da Audácia é bem mais gostoso.

– Imagina qual seria a guloseima da Abnegação se eles tivessem algo do tipo.

– Pão dormido.

Ele solta uma risada.

– Aveia pura.

– Leite.

– Às vezes, acho que acredito em todos os ensinamentos de lá – diz ele. – Mas é claro que não acredito, já que estou sentado aqui, segurando a sua mão, sem sermos casados.

– Quais os ensinamentos da Audácia sobre... isto? – pergunto, acenando com a cabeça na direção das nossas mãos.

– Os ensinamentos da Audácia... – Ele dá um sorriso malicioso. – Faça o que quiser, mas se proteja. É isso que eles ensinam.

Levanto as sobrancelhas. De repente, sinto o meu rosto corar.

– Acho que gostaria de encontrar um meio-termo para mim – diz ele. – Queria encontrar o equilíbrio entre o que quero e o que acredito ser a atitude mais sábia.

– Isso me parece ótimo. – Faço uma pausa. – Mas o que você quer?

Acho que sei a resposta, mas quero ouvir da boca dele.

– Hum. – Ele sorri e inclina o corpo para a frente, ficando de joelhos. Apoia as mãos na placa de metal, uma de cada lado da minha cabeça, e me beija, devagar, na boca, sob o queixo, bem acima da clavícula. Fico imóvel, nervosa demais para fazer qualquer coisa, com medo de parecer estúpida ou de fazer algo de que ele não goste. Mas, de repente, pareço uma estátua, como se não estivesse presente de verdade, e decido tocar a sua cintura, hesitante.

Então seus lábios retornam aos meus, ele puxa sua camisa de baixo das minhas mãos, e eu toco a sua pele nua. Ganho vida, apertando-me mais contra ele, passando as mãos pelas suas costas e deslizando-as sobre seus ombros. Sua respiração se acelera, e a minha também, e sinto o gosto da bebida borbulhante de limão que acabamos de beber e o cheiro do vento em sua pele, e tudo o que eu quero é mais e mais.

Levanto a sua camisa. Há alguns minutos, eu estava com frio, mas acho que nenhum de nós dois se sente assim mais. Ele envolve a minha cintura de maneira forte e segura, sua mão livre se entrelaça em meus cabelos, e eu desacelero, absorvendo tudo: a maciez da sua pele, marcada de cima a baixo com tinta preta, a persistência do seu beijo e o ar frio que nos envolve.

Eu relaxo e, de repente, já não me sinto mais como uma espécie de soldado Divergente, desafiando soros e líderes governamentais. Sinto-me mais delicada, leve, como se não houvesse problema algum rir um pouco quando as pontas dos dedos dele acariciam o meu quadril e a parte de baixo das minhas costas, ou suspirar em seu ouvido quando ele me puxa mais para perto, mergulhando seu rosto na lateral do meu pescoço para me beijar ali. Sinto-me como eu mesma, forte e fraca ao mesmo tempo, livre, pelo menos por um breve instante, para ser as duas coisas.

Não sei quanto tempo se passa até começarmos a ficar com frio outra vez e nos enfiarmos juntos debaixo do cobertor.

– Está ficando mais difícil ser sábio – diz ele, rindo ao meu ouvido.

Sorrio para ele.

– Acho que é assim que deve ser.

CAPÍTULO SEIS

TOBIAS

HÁ ALGUMA COISA no ar.

Tenho essa sensação ao atravessar o refeitório carregando a minha bandeja e ver um grupo sem-facção inclinado sobre potes de aveia, as cabeças próximas umas das outras. Seja lá o que for acontecer, será em breve.

Ontem, ao deixar o escritório de Evelyn, esperei um pouco no corredor para bisbilhotar sua próxima reunião. Antes de ela fechar a porta, ouvi-a dizer algo a respeito de uma manifestação. O que me incomoda é o seguinte: por que não me falou nada a respeito?

Ela não deve confiar em mim. Isso significa que não devo estar me saindo tão bem como seu falso braço direito quanto achei que estava.

Sento-me com o mesmo café da manhã de todas as outras pessoas: um pote de aveia com uma pitada de açúcar mascavo e uma xícara de café. Observo o grupo sem-

-facção enquanto levo colheradas de aveia até a boca, sem sentir o gosto da comida. Um deles, uma garota de cerca de quatorze anos, não para de olhar o relógio.

Já comi metade do café da manhã quando ouço os gritos. A garota sem-facção salta da cadeira, ansiosa, como se tivesse levado um choque, e todos correm em direção à porta. Estou logo atrás deles, abrindo caminho entre os mais lentos no saguão da Erudição, onde o retrato de Jeanine Matthews continua no chão, estraçalhado.

Um grupo sem-facção já está reunido do lado de fora, no meio da avenida Michigan. Uma camada de nuvens pálidas cobre o sol, tornando o dia brumoso e embotado. Ouço alguém gritar "Morte às facções!", e outras pessoas o imitam, transformando a frase em um grito de guerra, até encher os meus ouvidos, *Morte às facções, morte às facções*. Vejo punhos erguidos, como os membros entusiasmados da Audácia costumavam fazer, mas sem a sua alegria. Os rostos deles estão retorcidos pelo ódio.

Abro caminho pelas pessoas e, de repente, vejo o que está no centro da multidão: os enormes recipientes da Cerimônia de Escolha jazem caídos, seus conteúdos espalhados sobre a avenida, misturando carvão, vidro, pedra, terra e água.

Lembro-me de quando cortei a palma da mão para derramar meu sangue sobre o carvão, em meu primeiro ato desafiador contra meu pai. Lembro como me senti forte e a onda de alívio que se seguiu. Fuga. Esses recipientes foram a minha fuga.

Edward está entre eles, com cacos de vidro reduzidos a pó sob seus calcanhares e uma marreta erguida sobre a cabeça. Ele marreta um dos recipientes virados, amassando o metal. A pancada levanta uma nuvem de carvão.

Preciso me segurar para não o atacar. Ele não pode destruir aquilo, não aquele recipiente, não a Cerimônia de Escolha, não o símbolo do meu triunfo. Essas coisas não deveriam ser destruídas.

Mais gente se junta à multidão, não apenas sem-facção, com suas braçadeiras pretas com círculos brancos vazios, mas pessoas de todas as antigas facções, de braços nus. Um homem que percebo claramente ter pertencido à Erudição por causa do cabelo repartido com cuidado sai correndo do meio da multidão no exato momento em que Edward ergue a marreta para mais um golpe. Ele agarra o cabo da marreta com as mãos macias e manchadas de tinta, bem acima das mãos de Edward, e eles empurram um ao outro, com os dentes cerrados.

Vejo uma cabeça loira do outro lado da multidão. É Tris, vestindo uma camisa azul larga e sem mangas, que deixa à mostra partes das tatuagens da facção em seus ombros. Ela tenta correr até Edward e o homem da Erudição, mas Christina a agarra com as duas mãos.

O rosto do homem da Erudição fica roxo. Edward é mais alto e forte. Ele não tem a menor chance de vencer, e foi tolice sua tentar. Edward arranca o cabo da marreta das mãos do homem da Erudição para golpear novamente o recipiente. Mas ele está desequilibrado, tonto de raiva, e a marreta atinge o ombro do homem da Erudição com toda a força. O metal quebra seus ossos.

Por um instante, tudo o que ouço são os gritos do homem da Erudição. É como se todos ao redor tivessem parado para recobrar o fôlego.

De repente, a multidão entra em frenesi, todos correndo em direção aos recipientes, a Edward, ao homem da Erudição. Eles se chocam uns contra os outros e contra mim, seus ombros, cotovelos e cabeças me atingindo sem parar.

Não sei para onde correr: para o homem da Erudição, para Edward, para Tris? Não consigo pensar; não consigo respirar. A multidão me empurra na direção de Edward, e eu agarro o seu braço.

– Solte isto! – grito por cima do ruído da multidão. Seu único olho brilhante me encara, e ele cerra os dentes, tentando se soltar.

Golpeio suas costelas com o joelho. Ele tropeça para trás, soltando a marreta. Eu a seguro perto da minha perna e corro em direção a Tris.

Ela está em algum lugar à minha frente, tentando alcançar o homem da Erudição. Vejo o cotovelo de uma mulher atingir sua bochecha, lançando-a para trás. Christina empurra a mulher para longe.

De repente, alguém dispara uma arma. Uma, duas, três vezes.

A multidão se dispersa, todos fugindo aterrorizados do perigo das balas, e tento ver se alguém foi atingido, mas a confusão de corpos em movimento é intensa demais. Não consigo ver quase nada.

Tris e Christina estão agachadas ao lado do homem da Erudição, cujo ombro está destruído. Seu rosto está ensanguentado, e suas roupas estão sujas, com marcas de pegadas. Seu cabelo penteado da Erudição está desarrumado. Ele não se move.

A poucos metros de distância, Edward está deitado em uma poça do seu próprio sangue. A bala atingiu sua barriga. Há outras pessoas no chão também, que não reconheço, que foram pisoteadas ou baleadas. Suspeito que a intenção tenha sido acertar apenas Edward e que as outras pessoas tenham sido vítimas acidentais.

Olho ao redor freneticamente, mas não vejo o atirador. Quem quer que tenha feito aquilo parece ter se misturado à multidão.

Largo a marreta no chão, perto do recipiente amassado, e me ajoelho ao lado de Edward, com as pedras da Abnegação ferindo os meus joelhos. Seu único olho se move de um lado para outro sob a pálpebra. Ele está vivo por enquanto.

– Precisamos levá-lo a um hospital – digo para quem estiver ouvindo. Quase todos já se foram.

Olho para trás, para Tris e o homem da Erudição, que não se moveu.

– Ele está...? – tento perguntar.

Os dedos dela estão pousados sobre a garganta dele, à procura do batimento cardíaco, e seus olhos estão arregalados e vazios. Ela balança a cabeça. Não, ele não está vivo. Não pensei que estivesse.

Fecho os olhos. A imagem dos recipientes está impressa em minhas pálpebras, e vejo-os caídos, seus conteúdos amontoados em uma pilha no meio da rua. Os símbolos do nosso antigo estilo de vida destruídos, um homem morto e vários feridos, e tudo isso para quê?

Para nada. Para a visão vazia e limitada de Evelyn: uma cidade onde as facções são arrancadas das pessoas contra as suas vontades.

Ela queria que tivéssemos mais do que cinco escolhas. Agora não temos nenhuma.

Percebo, então, que não posso ser seu aliado, que nunca pude.

– Precisamos ir embora – diz Tris, e sei que ela não está se referindo a sair da avenida Michigan ou a levar Edward para o hospital; está se referindo à cidade.

– Precisamos ir embora – repito.

+ + +

O hospital improvisado na sede da Erudição cheira a produtos químicos, o que quase faz meu nariz coçar. Fecho os olhos enquanto espero por Evelyn.

Estou com tanta raiva que não quero nem ficar sentado ali. Quero apenas arrumar minhas malas e ir embora. Ela deve ter planejado aquela manifestação, ou não saberia a respeito dela um dia antes, e já devia ter imaginado que a situação sairia de controle, considerando o quanto os ânimos estão alterados. Mas ela fez o que queria mesmo assim. Fazer um grande espetáculo contra as facções foi mais importante para ela do que a segurança das pessoas e a possível perda de vidas. Isso nem deveria me surpreender.

Ouço a porta do elevador se abrir, e a sua voz:

– Tobias!

Ela corre até mim e agarra minhas mãos, que estão grudentas por causa do sangue. Seus olhos escuros estão arregalados de medo, e ela pergunta:

– Você está ferido?

Está preocupada comigo. Pensar nisso acende uma pontada de calor dentro de mim. Ela deve me amar se está preocupada comigo. Ainda deve ser capaz de amar.

– O sangue é de Edward. Eu ajudei a carregá-lo até aqui.

– Como ele está? – pergunta ela.

Balanço a cabeça.

– Morto.

Não sei como contar de outra maneira.

Ela se encolhe, soltando minhas mãos, e se senta em uma das cadeiras da sala de espera. Minha mãe acolheu Edward depois que ele desertou a Audácia. Ela deve tê-lo ensinado a ser um guerreiro novamente, depois que ele perdeu seu olho, sua facção e seu chão. Nunca soube que eles eram tão próximos, mas agora compreendo, vendo o brilho das lágrimas nos olhos dela e o tremor em seus dedos. É o máximo de emoção que a vejo demonstrar desde a minha infância, desde que meu pai a empurrava contra as paredes da sala da nossa casa.

Afasto a lembrança, como se estivesse tentando enfiá-la em uma gaveta pequena demais.

– Sinto muito – digo. Não sei se estou sendo sincero ou se digo aquilo apenas para que ela acredite que ainda estou do seu lado. Depois, pergunto, tímido: – Por que não me avisou sobre a manifestação?

Ela balança a cabeça.

– Eu não sabia de nada.

Está mentindo. Eu sei. Decido permitir que minta. Preciso evitar conflitos, para que ela continue a acreditar que estou do seu lado. Ou talvez eu simplesmente não queira insistir na questão, com a morte de Edward pairando sobre nós. Às vezes, é difícil saber onde a estratégia termina e a minha compaixão por minha mãe começa.

– Ah. – Coço a parte de trás da minha orelha. – Você pode entrar para vê-lo se quiser.

– Não. – Ela parece distante. – Sei bem como é um cadáver. – Ela parece estar ainda mais longe.

– Talvez seja melhor eu ir embora.

– Fique – pede ela, e toca a cadeira vazia que há entre nós. – Por favor.

Sento-me ao seu lado e, embora eu diga a mim mesmo que sou apenas um agente infiltrado obedecendo sua suposta líder, sinto-me como um filho oferecendo conforto à mãe em luto.

Permanecemos sentados; os ombros encostados e as respirações entrando no mesmo ritmo, e não falamos uma palavra.

CAPÍTULO SETE

TRIS

CHRISTINA NÃO PARA de girar uma pedra preta na mão enquanto conversamos. Demoro alguns segundos para perceber que a pedra, na verdade, é um pedaço de carvão, do recipiente da Audácia da Cerimônia de Escolha.

– Não queria falar nesse assunto, mas isso não sai da minha cabeça – diz ela. – Dos dez iniciandos transferidos que começaram a nossa iniciação, apenas seis continuam vivos.

À nossa frente, encontram-se o edifício Hancock e, depois dele, Lake Shore Drive, o calçadão tranquilo sobre o qual certa vez passei voando como um pássaro. Caminhamos pela calçada rachada lado a lado, as roupas manchadas pelo sangue já seco de Edward.

Ainda não caiu a ficha que Edward, o mais talentoso iniciando transferido da nossa iniciação, o garoto cujo sangue limpei do chão do nosso dormitório, está morto. Ele está morto.

– E, dos legais – digo –, restamos apenas eu, você, e... talvez Myra.

Não vejo Myra desde que ela deixou o complexo da Audácia com Edward, logo depois que uma faca de manteiga arrancou seu olho. Sei que eles terminaram o relacionamento pouco depois disso, mas nunca soube para onde ela foi. De qualquer maneira, acho que nunca troquei mais do que algumas poucas palavras com ela.

As portas duplas do edifício Hancock já estão abertas, penduradas nas dobradiças. Uriah disse que chegaria mais cedo para ligar o gerador, e, de fato, quando aperto o botão do elevador, ele acende sob a minha unha.

– Você já esteve aqui antes? – pergunto ao entrarmos no elevador.

– Não – responde Christina. – Quer dizer, nunca entrei no edifício. Acabei não vindo na tirolesa, lembra?

– Lembro. – Encosto-me na parede. – Você deveria tentar ir antes de irmos embora.

– É verdade. – Ela está usando batom vermelho. Isso me lembra a maneira como as crianças às vezes ficam com a boca suja de doces. – De vez em quando, entendo o lado de Evelyn. Aconteceram tantas coisas horríveis, que às vezes acho que seria uma boa ideia ficar aqui e apenas... tentar arrumar esta bagunça antes de nos envolvermos em outra. – Ela sorri um pouco. – Mas é claro que não vou fazer isso. Nem sei por quê. Acho que por curiosidade.

– Já conversou com sua família a respeito disso?

Às vezes, esqueço que Christina não é como eu, sem qualquer lealdade familiar que a prenda a um lugar. Ela tem mãe e uma irmã mais nova, ambas antigas integrantes da Franqueza.

– Eles precisam cuidar da minha irmã – diz ela. – Não sabem se é seguro lá fora e não querem colocá-la em risco.

– Mas eles aceitariam se você fosse embora?

– Eles aceitaram quando me juntei a outra facção. Aceitarão isso também – explica. Ela encara a ponta dos seus pés. – Eles desejam apenas que eu leve uma vida honesta, sabe? E não posso fazer isso aqui. Tenho certeza de que não posso.

A porta do elevador se abre, e o vento nos atinge de imediato, ainda quente, mas com indícios do frio de inverno. Ouço vozes vindas do telhado e subo a escada até elas. A escada balança um pouco a cada degrau que subo, mas Christina a segura até eu alcançar o topo.

Uriah e Zeke estão lá, lançando pedrinhas para fora do telhado e ouvindo o estilhaçar das janelas que elas atingem. Uriah tenta esbarrar no cotovelo de Zeke antes que ele lance uma pedra, para que erre o alvo, mas Zeke é rápido demais.

– Ei – dizem em uníssono quando veem Christina e eu.

– Espera aí, vocês dois por acaso são irmãos? – pergunta Christina, sorrindo. Os dois riem, mas Uriah parece um pouco atordoado, como se não estivesse completamente conectado com o presente ou o lugar. Acho que perder alguém como ele perdeu Marlene pode fazer isso com uma pessoa, mesmo que não seja o que aconteceu comigo.

Não há presilhas para a tirolesa no telhado, e não é para isso que viemos aqui. Não sei qual foi o motivo dos outros, mas eu queria estar no alto, ver o mais longe possível. Mas todo o terreno a oeste de onde estou é preto, como se estivesse coberto por um lençol escuro. Por um instante, acredito ver uma pequena luz brilhar no horizonte, mas depois ela desaparece, como uma ilusão de ótica.

Os outros estão em silêncio, como eu. Será que estamos pensando a mesma coisa?

– O que vocês acham que existe lá fora? – pergunta Uriah afinal.

Zeke dá de ombros, mas Christina chuta uma resposta.

– E se for apenas mais do mesmo? Apenas... mais cidades em ruínas, mais facções, mais de tudo?

– Não pode ser – diz Uriah, balançando a cabeça. – Deve haver *outra* coisa.

– Talvez não haja nada – sugere Zeke. – As pessoas que nos colocaram aqui podem simplesmente estar mortas. Pode estar tudo vazio.

Sinto um calafrio. Nunca havia pensado nisso, mas ele está certo. Não sabemos o que aconteceu lá fora desde que nos colocaram aqui nem quantas gerações viveram e morreram desde então. Talvez sejamos os últimos sobreviventes da terra.

– Não importa – digo com mais severidade do que gostaria. – Não importa o que existe lá fora. Precisamos ver com nossos próprios olhos. Depois lidaremos com isso.

Ficamos parados ali por um bom tempo. Meu olhar segue as beiradas acidentadas dos prédios, até que as janelas acesas se misturam, formando uma linha. De repente, Uriah pergunta para Christina sobre o tumulto, e nosso momento quieto e silencioso passa, como que carregado pelo vento.

+ + +

No dia seguinte, Evelyn pisa nos pedaços do retrato de Jeanine Matthews no saguão da sede da Erudição e anuncia novas regras. Antigos membros de facções estão misturados aos sem-facção, e o lugar está tão lotado que há pessoas até do lado de fora, querendo ouvir o que a nossa nova líder tem a dizer. Filas de soldados sem-facção se posicionam junto às paredes, os dedos pousados sobre os gatilhos das armas. Eles nos mantêm sob controle.

– Os acontecimentos de ontem deixaram claro que não podemos mais confiar uns nos outros – diz Evelyn. Ela parece pálida e exausta. – Vamos introduzir mais estrutura na vida de todos, até que a nossa situação esteja mais estável. A primeira dessas medidas será um toque de recolher: todos devem retornar a suas habitações às nove da noite. Ninguém deve deixar sua habitação até as oito da manhã do dia seguinte. Guardas patrulharão as ruas o tempo todo para garantir a nossa segurança.

Solto uma risada de desdém, mas tento disfarçar tossindo. Christina dá uma cotovelada na minha costela e leva o dedo aos lábios. Não sei por que ela se importa tanto. Não há como Evelyn me ouvir da frente do saguão.

Tori, uma antiga líder da Audácia, afastada pela própria Evelyn, está a poucos metros de mim, de braços cruzados. Sua boca se contorce, formando um sorrisinho debochado.

– Também já está na hora de nos prepararmos para o nosso novo modo de vida, sem facções. A partir de hoje, todos começarão a aprender os trabalhos que os sem-facção têm feito desde sempre. Depois, *todos* nós assumiremos esses trabalhos em turnos rotativos, além das outras tarefas que foram tradicionalmente feitas pelas facções. – Evelyn sorri, mas sem sorrir de verdade. Não sei como ela consegue. – Todos contribuiremos da mesma forma para a nossa cidade, como deve ser. As facções nos dividiram, mas agora seremos unidos. Agora e sempre.

Ao meu redor, os sem-facção comemoram, mas fico inquieta. Não é que discorde dela, mas os membros de facções que se revoltaram contra Edward ontem não aceitarão tudo isso com passividade. O controle de Evelyn sobre a cidade não é tão forte quanto ela acredita.

+ + +

Não quero ter que abrir passagem pela multidão depois do anúncio de Evelyn, então atravesso os corredores até encontrar uma das escadas de fundos, a que usamos para chegar ao laboratório de Jeanine há poucos dias. Naquela situação, os degraus estavam repletos de corpos. Agora, estão limpos e gelados, como se nada tivesse acontecido ali.

Quando estou passando pelo quarto andar, ouço um grito e sons de briga. Abro a porta e dou de cara com uma confusão de pessoas, todas jovens, mais novas do que eu, e todas usando braçadeiras dos sem-facção, cercando um jovem caído.

Não é apenas um jovem, mas um jovem da Franqueza, vestindo preto e branco da cabeça aos pés.

Corro até eles, e, ao ver uma garota sem-facção preparar-se para chutá-lo outra vez, grito:

– Ei!

Não adianta. O chute atinge a costela do rapaz da Franqueza, e ele solta um gemido, contorcendo o corpo.

– Ei! – grito de novo, e desta vez a garota se vira. Ela é muito mais alta do que eu, uns bons quinze centímetros, mas só sinto raiva, não medo.

– Afaste-se – ordeno. – Afaste-se dele.

– Ele está violando o código de vestuário. Estou agindo dentro do meu direito e não recebo ordens de quem ama as facções – diz ela com os olhos colados na tatuagem à mostra sobre a minha clavícula.

– Becks – diz o garoto sem-facção ao seu lado. – Esta é Prior, a garota do vídeo.

Os outros parecem impressionados, mas a garota apenas solta um risinho debochado.

– E daí?

– E daí que precisei machucar muitas pessoas para sobreviver à iniciação da Audácia e farei o mesmo com você se for necessário.

Abro o zíper do meu moletom azul e o jogo para o garoto da Franqueza, que me encara do chão, o sangue escorrendo de um corte na sobrancelha. Ele se levanta, ainda com a mão sobre a costela, e cobre os ombros com o moletom, como um cobertor.

– Pronto – digo. – Agora ele não está mais violando o código de vestuário.

A garota avalia a situação, tentando decidir se quer ou não brigar comigo. Quase consigo ouvir o que ela está pensando, que sou pequena, portanto um alvo fácil, mas sou da Audácia, por isso não deve ser tão simples me derrotar. Talvez ela saiba que já matei outras pessoas, ou talvez simplesmente não queira se meter em encrenca, mas está perdendo a coragem; dá para notar, pela maneira insegura como move a boca.

– É melhor você ficar ligada – ameaça ela.

– Posso garantir que não preciso – respondo. – Agora caia fora daqui.

Fico ali apenas o bastante para ver o grupo se dispersar, depois continuo andando. O garoto da Franqueza me chama.

– Espere! O seu moletom!

– Pode ficar! – grito de volta.

Viro o corredor, achando que encontrarei outra escada, mas entro em mais um corredor vazio, idêntico ao anterior. Tenho a impressão de ouvir passos atrás de mim e me viro depressa, pronta para enfrentar a garota sem-facção, mas não há ninguém.

Devo estar ficando paranoica.

Abro uma das portas do corredor principal, esperando encontrar uma janela que me ajude a me orientar, mas encontro apenas um laboratório revirado, béqueres e tubos de ensaio espalhados sobre os balcões. O chão está coberto de papéis rasgados, e estou agachada para pegar um deles quando a luz se apaga.

Corro até a porta, mas meu braço é agarrado, e sou puxada para o canto. Alguém cobre minha cabeça com um saco enquanto outra pessoa me empurra contra a parede. Luto contra eles, tentando me livrar do tecido que cobre meu rosto, e tudo o que consigo pensar é *De novo, não, de novo, não*. Giro o meu braço e consigo libertá-lo, desferindo um soco e atingindo o ombro ou o queixo de alguém, não sei ao certo.

– Ei! – diz uma voz. – Isso *doeu*!

– Não queremos assustar você, Tris – fala outra voz –, mas o anonimato é essencial em nossa operação. Não vamos machucar você.

– Então me *soltem*! – digo, quase rugindo. Todas as mãos que estão me segurando contra a parede me soltam.

– Quem são vocês? – pergunto.

– Somos os Leais – responde a voz. – E somos muitos, mas não somos ninguém...

Não consigo segurar o riso. Talvez seja o choque, o medo, ou o meu coração agitado desacelerando depressa, minhas mãos tremendo aliviadas.

A voz continua:

– Ouvimos dizer que você não é leal a Evelyn Johnson e seus lacaios sem-facção.

– Isso é ridículo.

– Não tão ridículo quanto revelar sua identidade a alguém sem que isso seja necessário.

Tento enxergar através do saco que cobre minha cabeça, mas ele é grosso demais e a sala está muito escura. Tento relaxar o corpo contra a parede, mas é difícil sem conseguir me orientar pela visão. Quebro a lateral de um béquer sob meu pé.

– Não, não sou leal a ela. E daí?

– E daí que isso significa que você quer ir embora – diz a voz. Sinto uma pontada de emoção. – Queremos pedir um favor seu, Tris Prior. Faremos uma reunião amanhã à meia-noite. Queremos que traga seus amigos da Audácia.

– Tudo bem – digo. – Mas deixem eu perguntar uma coisa: se verei quem vocês são amanhã, por que é tão importante cobrir a minha cabeça hoje?

Por um instante a pergunta parece desorientar a pessoa com quem estou conversando.

– Um dia traz muitos perigos – diz a voz. – Nós nos encontraremos amanhã, à meia-noite, no lugar onde você fez a sua confissão.

De repente, a porta se abre, o vento faz o saco roçar minha bochecha, e ouço passos rápidos pelo corredor. Quando consigo tirar o saco da cabeça, o corredor já está silencioso. Olho para o saco, que, na verdade, é uma fronha azul-escura com as palavras "Facção antes do sangue" pintadas nela.

Quem quer que sejam essas pessoas, elas certamente são dramáticas.

No lugar onde você fez a sua confissão.

Eles só podem estar se referindo a um lugar: a sede da Franqueza, onde sucumbi ao soro da verdade.

+ + +

Quando enfim retorno ao dormitório aquela noite, encontro um bilhete de Tobias escondido sob o copo d'água na minha mesa de cabeceira.

VI–

O julgamento do seu irmão será amanhã de manhã e será reservado. Não posso ir, pois levantarei suspeitas, mas vou informar você do veredicto assim que possível. Depois poderemos pensar em algum plano.

Não importa o que aconteça, tudo acabará em breve.

–IV

CAPÍTULO OITO

TRIS

SÃO NOVE HORAS. Eles podem estar decidindo o veredicto de Caleb agora mesmo, enquanto amarro os cadarços, ou no momento em que ajeito o lençol da minha cama pela quarta vez hoje. Corro as mãos pelo cabelo. Os sem-facção só fazem julgamentos reservados quando acreditam que o veredicto será óbvio, e Caleb era o braço direito de Jeanine antes de ela ser morta.

Eu não deveria me preocupar com o veredicto. Já está decidido. Todos os comparsas mais próximos de Jeanine serão executados.

Por que me importo?, pergunto a mim mesma. *Ele me traiu. Ele não tentou impedir a minha execução.*

Eu não me importo. Eu me importo. Eu não sei.

– Ei, Tris – diz Christina, batendo à porta. Uriah está meio escondido atrás dela. Ainda sorri o tempo todo, mas agora seus sorrisos parecem feitos de água, como se pudessem escorrer de seu rosto a qualquer momento.

– Você disse que tinha uma novidade para nos contar – diz ela.

Olho em volta do quarto outra vez, embora já saiba que estamos sozinhos. Todos estão tomando café da manhã, como exige a nossa programação. Pedi que Uriah e Christina deixassem de comer para que eu pudesse contar algo a eles. Minha barriga já está roncando.

– E tenho – digo.

Eles se sentam na cama em frente à minha, e eu conto a eles sobre como me emboscaram em um dos laboratórios da Erudição na noite anterior e sobre a fronha, os Leais e a reunião.

– O que acho estranho é você ter se contentado em apenas socar um deles – diz Uriah.

– Bem, eu estava em desvantagem – digo, na defensiva. Não foi uma atitude muito digna da Audácia eu ter confiado neles de cara, mas estamos vivendo tempos estranhos. E não sei muito bem o quanto eu realmente pertenço à Audácia de qualquer maneira, agora que as facções não existem mais.

Sinto uma pequena e estranha dor ao pensar sobre isso, bem no centro do peito. É difícil abrir mão de certas coisas.

– Mas o que você acha que eles querem? – pergunta Christina. – Apenas deixar a cidade?

– Parece que sim, mas eu não sei.

– Como podemos ter certeza de que eles não trabalham para Evelyn e querem nos enganar para nos expor como traidores?

– Também não sei. Mas não conseguiremos sair da cidade sem a ajuda de alguém, e eu não vou simplesmente continuar aqui, aprendendo a dirigir um ônibus e indo para a cama quando mandam.

Christina olha para Uriah, preocupada.

– Ei – digo. – Vocês não precisam vir, mas eu preciso sair daqui. Tenho que saber quem foi Edith Prior, e quem está nos esperando do lado de fora da cerca, se é que há alguém. Não sei por quê, mas preciso.

Respiro fundo. Não sei de onde veio esta onda de desespero, mas, agora que eu já a reconheci, é impossível ignorá-la, como se uma coisa que estivesse dormindo dentro de mim há muito tempo tivesse acordado. Ela se mexe no meu estômago e na minha garganta. Preciso sair da cidade. Preciso da verdade.

Em um momento raro, o sorriso fraco que Uriah sempre exibe desaparece.

– Eu também – diz ele.

– Tudo bem – diz Christina. Os olhos escuros dela ainda estão apreensivos, mas ela dá de ombros. – Então iremos à reunião.

– Ótimo. Um de vocês pode avisar Tobias? Eu preciso ficar longe dele, já que supostamente "terminamos" – digo. – Vamos nos encontrar no beco às onze e meia.

– Eu aviso. Acho que estou no grupo dele hoje – diz Uriah. – Vamos aprender sobre fábricas. *Mal posso espe-*

rar. – Ele dá uma risadinha debochada. – Posso avisar Zeke também? Ou será que ele não é confiável o bastante?

– Pode avisar. Só peça a ele para não contar a mais ninguém.

Confiro o meu relógio de novo. São nove e quinze. O veredicto de Caleb já deve estar decidido; já está quase na hora de todos irem aprender seus trabalhos como sem-facção. Estou extremamente inquieta. Meu joelho balança por contra própria.

Christina apoia a mão em meu ombro, mas não me pergunta nada e fico grata por isso. Não saberia o que dizer.

+ + +

Christina e eu atravessamos a sede da Erudição por um trajeto complicado a fim de chegar à escada dos fundos, tentando evitar patrulhas dos sem-facção. Cubro meu pulso com a gola da camisa. Desenhei um mapa em meu braço antes de sair. Sei chegar à sede da Franqueza daqui, mas não conheço as ruas secundárias que nos ajudarão a passar despercebidas pelos guardas sem-facção.

Uriah nos espera do lado de fora, em frente à porta. Ele está todo vestido de preto, mas consigo ver um pouco do cinza da Abnegação por trás da gola do seu moletom. É estranho ver meus amigos da Audácia vestindo a cor da Abnegação, como se estivessem comigo a vida toda. Mas às vezes é isso que sinto, de verdade.

– Avisei Quatro e Zeke, mas eles vão nos encontrar lá – diz Uriah. – Vamos.

Corremos em grupo pelo beco, em direção à rua Monroe. Tento não estremecer cada vez que nossos passos soam altos demais. Afinal, nesta situação é mais importante ser rápido do que silencioso. Viramos na Monroe, e eu olho para trás, à procura de patrulhas dos sem-facção. Vejo silhuetas escuras se movendo perto da avenida Michigan, mas elas desaparecem atrás da fileira de edifícios, sem parar.

– Onde está Cara? – pergunto para Christina quando já estamos na rua State, longe o bastante da sede da Erudição para que já seja seguro conversar.

– Não sei. Acho que ela não recebeu o convite – responde Christina. – Estranho. Sei que ela quer...

– Pshhh! – faz Uriah. – Para que lado temos que ir agora?

Uso a luz do meu relógio para conferir as palavras escritas no meu braço.

– Precisamos entrar na rua Randolph!

Alcançamos certo ritmo, nossos sapatos batem na calçada, e nossas respirações pulsam quase em uníssono. Apesar da queimação em meus músculos, é gostoso correr.

Quando alcançamos a ponte, minhas pernas já estão doendo, mas então vejo o Merciless Mart do outro lado do rio lamacento, abandonado e escuro, e sorrio apesar da dor. Meu ritmo diminui depois que atravessamos a ponte, e Uriah apoia o braço em meus ombros.

– E agora – diz ele – precisamos subir um milhão de degraus.

– Será que eles não ligaram o elevador?

– Duvido. – Ele balança a cabeça. – Aposto que Evelyn está monitorando todo o uso de energia. É a melhor maneira de descobrir se alguém está se reunindo em segredo.

Solto um suspiro. Posso adorar correr, mas odeio subir escadas.

+ + +

Quando enfim chegamos lá em cima, estamos arfando, e faltam cinco minutos para meia-noite. Os outros seguem na frente enquanto recupero o fôlego perto do elevador. Uriah tinha razão, não consigo ver nenhuma luz acesa no edifício, fora as placas de saída. É sob o brilho azulado delas que vejo Tobias sair da sala de interrogação logo adiante.

Desde o nosso encontro, só nos comunicamos por mensagens secretas. Preciso resistir à tentação de me jogar nos braços dele e passar os dedos pela curva dos seus lábios, pela covinha na sua bochecha e pelas linhas fortes das suas sobrancelhas e do seu queixo. Mas faltam dois minutos para a meia-noite. Não temos tempo.

Ele me abraça forte por alguns segundos. Sua respiração faz cócegas na minha orelha, e eu fecho os olhos, permitindo-me relaxar enfim. Ele cheira a vento, suor e sabão, a Tobias e a segurança.

– Vamos entrar? – pergunta ele. – Quem quer que eles sejam, devem ser pontuais.

– Vamos. – Minhas pernas estão tremendo de cansaço. Nem consigo imaginar ter que descer as escadas novamente e voltar correndo para a sede da Erudição mais tarde. – Você descobriu alguma coisa a respeito de Caleb?

Ele estremece.

– Acho melhor falarmos sobre isso mais tarde.

Essa resposta já basta.

– Eles vão executá-lo, não vão? – pergunto baixinho.

Ele confirma com a cabeça, depois segura a minha mão. Não sei como me sentir. Tento não sentir nada.

Juntos, entramos na sala onde eu e Tobias certa vez fomos interrogados sob o efeito do soro da verdade. *O lugar onde você fez a sua confissão.*

No chão, há um círculo de velas acesas sobre uma das balanças da Franqueza ilustradas no ladrilho. Vejo uma mistura de rostos familiares e desconhecidos na sala: Susan e Robert estão juntos, conversando; Peter está parado sozinho em um dos cantos, de braços cruzados; Uriah e Zeke acompanham alguns outros antigos membros da Audácia; Christina veio com a mãe e a irmã; em um dos cantos, vejo dois antigos membros da Erudição, parecendo nervosos. As roupas novas não são capazes de apagar as divisões entre nós; estão arraigadas demais.

Christina me chama.

– Esta é a minha mãe, Stephanie – diz ela, apontando para uma mulher com mechas cinzentas no cabelo escuro e encaracolado. – E esta é a minha irmã, Rose. Mãe, Rose, esta é a minha amiga, Tris, e este é o meu instrutor de iniciação, Quatro.

– É claro que sim – diz Stephanie. – Vimos os interrogatórios deles há algumas semanas, Christina.

— Eu sei. Só estava tentando ser *educada*...

— A educação é um tipo de enganação em...

— Eu sei, eu sei. — Christina revira os olhos.

Percebo que sua mãe e sua irmã trocam um olhar carregado de desconfiança, raiva ou uma mistura de ambos. Depois, a irmã dela vira para mim e diz:

— Então, você matou o namorado de Christina.

Suas palavras geram uma sensação gélida dentro de mim, como se uma camada de gelo dividisse os dois lados do meu corpo. Quero responder, me defender, mas não encontro palavras.

— Rose! — repreende Christina. Ao meu lado, Tobias se empertiga, tenso. Pronto para brigar, como sempre.

— Só achei melhor deixar as coisas às claras de uma vez — diz Rose. — Assim, perdemos menos tempo.

— É por isso que abandonei a nossa facção — fala Christina. — Ser honesto não significa falar o que quer na hora que quer. Só significa que o que você escolhe falar será verdade.

— Uma mentira por omissão continua sendo uma mentira.

— Você quer a verdade? Estou me sentindo desconfortável e não quero estar aqui agora. Vejo vocês mais tarde. — Ela segura o meu braço e nos guia para longe da sua família, balançando a cabeça o tempo todo. — Desculpem-me por aquilo. Elas não são muito de perdoar.

— Está tudo bem — digo, embora não esteja.

Pensei que, ao receber o perdão de Christina, a parte mais difícil da morte de Will tivesse passado. Mas, quando você mata alguém que ama, a parte difícil nunca passa. Só fica mais fácil se distrair do que você fez.

Meu relógio indica que é meia-noite. Uma porta se abre do outro lado da sala, e duas silhuetas esbeltas entram. A primeira delas é Johanna Reyes, antiga porta-voz da Amizade, que identifico com facilidade pela cicatriz que atravessa o seu rosto e pelo pedaço de tecido amarelo visível sob sua jaqueta preta. A segunda também é uma mulher, mas não consigo ver seu rosto, embora perceba que está vestida de azul.

Sinto uma pontada de terror. Ela se parece com... Jeanine.

Não, eu a vi morrer. Jeanine está morta.

A mulher se aproxima. Ela é elegante e loira, como Jeanine. Há um par de óculos pendurado no bolso da frente, e seu cabelo está trançado. Sem dúvida, ela é da Erudição, mas não é Jeanine Matthews.

Cara.

Cara e Johanna são as líderes dos Leais?

– Olá – diz Cara, e todos param de conversar. Ela sorri, mas sua expressão parece forçada, como se estivesse apenas seguindo uma convenção social. – Não deveríamos estar aqui, então esta reunião será breve. Alguns de vocês, como Zeke e Tori, têm nos ajudado nos últimos dias.

Olho para Zeke. *Zeke* tem ajudado Cara? Tinha esquecido que ele já trabalhou como espião da Audácia. Deve ter sido nesse período que provou sua lealdade a Cara. Eles tinham algum tipo de amizade antes de ela deixar a sede da Erudição, há não muito tempo.

Ele olha para mim, ergue a sobrancelha e sorri.

Johanna continua:

– Alguns de vocês estão aqui porque queremos pedir a sua ajuda. Todos vocês estão aqui porque não confiam em Evelyn Johnson para decidir o destino desta cidade.

Cara junta as palmas das mãos.

– Acreditamos em seguir a orientação dos fundadores desta cidade, que foi expressa de duas maneiras: na formação das facções e na missão Divergente, expressa por Edith Prior, de enviar pessoas para fora da cerca para ajudar quem quer que esteja do outro lado quando contarmos com uma grande população Divergente. Acreditamos que, mesmo que não tenhamos alcançado a população Divergente desejada, a situação em nossa cidade é grave o bastante para que mandemos pessoas para fora mesmo assim.

– Seguindo as intenções dos fundadores de nossa cidade, definimos dois objetivos: tirar Evelyn e os sem-facção do poder, para que possamos restabelecer as facções, e enviar alguns dos nossos para fora da cidade a fim de ver o que há por lá. Johanna liderará a primeira missão, e eu liderarei a segunda, na qual nos concentraremos melhor esta noite. – Ela prende uma mecha solta de cabelo na trança. – Poucos de nós poderão ir, porque um grupo muito grande chamaria atenção. Evelyn não nos deixará sair sem resistir, então imaginei que seria melhor recrutar pessoas que sei que têm alguma experiência de sobrevivência em situações de risco.

Olho para Tobias. Sem dúvida, temos experiência em situações de risco.

– Selecionei Christina, Tris, Tobias, Tori, Zeke e Peter – diz Cara. – Todos vocês já me provaram suas habilidades de uma maneira ou de outra, e é por isso que gostaria de pedir que me acompanhassem. É claro que vocês não são obrigados a aceitar.

– *Peter?* – pergunto sem pensar. Não consigo imaginar o que Peter poderia ter feito para "provar suas habilidades" para Cara.

– Ele evitou que a Erudição matasse você – diz Cara com calma. – Quem você acha que forneceu a ele a tecnologia para simular sua morte?

Ergo as sobrancelhas. Nunca tinha pensado nisso antes. Aconteceu tanta coisa depois da minha execução malsucedida que não tive tempo para pensar muito a respeito dos detalhes do meu salvamento. Mas agora está claro. Cara era a única desertora conhecida da Erudição àquela altura, a única pessoa para quem Peter poderia ter pedido ajuda. Quem mais poderia tê-lo ajudado? Quem mais saberia como ajudar?

Não reclamo mais. Não quero deixar a cidade ao lado de Peter, mas estou desesperada demais para ir embora, então resolvo não criar problemas.

– São muitas pessoas da Audácia – diz uma garota em um dos cantos da sala com um olhar desconfiado. Ela tem uma grossa monocelha, e sua pele é pálida. Quando ela vira a cabeça, vejo uma tatuagem preta bem abaixo da sua orelha. Certamente era da Audácia e se transferiu para a Erudição.

– É verdade – diz Cara. – Mas agora precisamos de pessoas com a capacidade de sair ilesas da cidade, e acho que o treinamento da Audácia as torna altamente qualificadas para a tarefa.

– Sinto muito, mas acho que não posso ir – diz Zeke. – Não poderia deixar Shauna para trás. Não depois que sua irmã simplesmente... bem, vocês sabem.

– Eu posso ir – fala Uriah, levantando a mão. – Sou da Audácia. Sou bom de mira. Além disso, sou um gato, uma característica que, sem dúvida, será útil.

Solto uma risada. Cara não parece ter achado a menor graça na piadinha dele, mas assente.

– Obrigada – agradece ela.

– Cara, você precisará deixar a cidade rápido – diz a garota que era da Audácia e foi para a Erudição. – E isso significa que precisa de alguém que saiba operar os trens.

– Bem pensado – diz Cara. – Alguém aqui sabe dirigir um trem?

– Bem, eu sei – responde a garota. – Pensei que estivesse implícito.

Os detalhes do plano são decididos. Johanna sugere que sigamos nas caminhonetes da Amizade, desde o final dos trilhos até o lado de fora da cidade, e se voluntaria a fornecê-las para nós. Robert se oferece para ajudá-la. Stephanie e Rose se dispõem a monitorar os movimentos de Evelyn durante as horas antes da fuga e a comunicar ao complexo da Amizade qualquer comportamento estranho usando rádios bidirecionais. Os antigos membros da Audácia que vieram com Tori se oferecem para procurar armas para nós. A garota da Erudição aponta todas as falhas que encontra, assim como Cara, e logo elas se convencem de que formulamos um bom plano.

Só há mais uma questão em aberto. E Cara pergunta:

– Quando devemos ir?

Eu ofereço uma resposta:

– Amanhã à noite.

CAPÍTULO NOVE

TOBIAS

O AR NOTURNO invade meus pulmões, e sinto como se respirasse pela última vez. Amanhã, deixarei este lugar à procura de outro.

Uriah, Zeke e Christina começam o caminho de volta à sede da Erudição, e seguro a mão de Tris para detê-la.

– Espere – peço. – Vamos ali.

– Ali? Mas...

– É rapidinho. – Puxo-a para a lateral do edifício. À noite, é mais fácil imaginar a época em que a água ainda enchia o canal, escura e riscada por marolas iluminadas pela lua. – Você está comigo, lembra? Eles não vão prendê-la.

O canto da boca dela treme, quase um sorriso.

Ao virarmos a esquina, ela se recosta à parede, e fico parado diante dela, de costas para o rio. Ela está usando algo escuro ao redor dos olhos, que destaca a cor deles, forte e marcante.

– Não sei o que fazer. – Ela cobre o rosto com as mãos, enrolando os dedos nos cabelos. – Quer dizer, a respeito de Caleb.

– Você não sabe?

Ela afasta uma das mãos do rosto para me encarar.

– Tris. – Apoio as mãos na parede, uma de cada lado do seu rosto. – Você não quer que ele morra. Sei que não quer.

– O problema é... – Ela fecha os olhos. – Estou com tanta... *raiva*. Tento não pensar nele, porque, quando penso, sinto vontade de...

– Eu sei. Pode ter certeza de que sei. – Durante toda a minha vida, sonhei em matar Marcus. Certa vez, até decidi como iria fazê-lo. Com uma faca, para conseguir sentir o calor deixando o seu corpo, para estar próximo o bastante a fim de ver a luz deixando os seus olhos. Tomar essa decisão me assustou tanto quanto a violência com que ele agia.

– Mas meus pais iam querer que eu o salvasse. – Ela abre os olhos e encara o céu. – Eles diriam que é egoísmo deixar alguém morrer só por ter feito mal a mim. Perdoar, perdoar, perdoar.

– A questão não é o que eles iam querer, Tris.

– É, sim! – Ela se afasta da parede. – A questão é sempre o que iam querer. Porque ele pertence a eles mais do que a mim. E quero que sintam orgulho de mim. É tudo o que quero.

Seus olhos pálidos estão colados aos meus, determinados. Nunca tive pais que me dessem bons exemplos, pais por quem valesse a pena estar à altura das expectativas, mas ela teve. Posso enxergá-los dentro dela, na coragem e na beleza que deixaram marcadas dentro dela, como a marca de uma mão.

Toco a bochecha dela, deslizando meus dedos pelos seus cabelos.

– Vou soltá-lo.

– O quê?

– Vou soltá-lo da cela. Amanhã, antes de partirmos. – Aceno com a cabeça. – É o que farei.

– Sério? Você tem certeza?

– É claro que sim.

– Eu... – Ela franze a testa ao olhar para mim. – Obrigada. Você é... incrível.

– Não diga isso. Você ainda não descobriu as minhas segundas intenções. – Abro um sorriso. – Para ser sincero, não trouxe você aqui para falar sobre Caleb.

– Ah, é?

Encosto a mão nos lábios dela e a empurro com delicadeza contra a parede outra vez. Ela me encara, os olhos claros e ávidos. Inclino-me para tão perto dela que consigo sentir o gosto de seu hálito, mas me afasto quando ela se aproxima, provocando-a.

Ela prende os dedos nos passadores da minha calça e me puxa para mais perto, forçando-me a me apoiar sobre meus antebraços. Ela tenta beijar a minha boca, mas viro a cabeça e a beijo bem abaixo da orelha, depois no queixo e no pescoço. Sua pele é macia e tem gosto de sal, como uma corrida noturna.

— Faça-me um favor — sussurra Tris em meu ouvido. — Sempre tenha segundas intenções.

Ela passa as mãos pelo meu corpo, tocando todos os lugares onde sou tatuado, nas minhas costas e costelas. As pontas dos seus dedos deslizam sob a cintura da minha calça jeans e me seguram junto dela. Respiro contra a lateral do seu pescoço, sem conseguir me mover.

Por fim nos beijamos, e é um alívio. Ela suspira, e sinto um sorriso malicioso surgir em meu rosto.

Eu a levanto, deixando que a parede sustente a maior parte do seu peso, e as pernas dela envolvem minha cintura. Ela ri enquanto me beija mais uma vez, e eu me sinto forte, mas ela também, com os dedos presos e firmes ao redor dos meus braços. O ar noturno invade os meus pulmões, e sinto como se respirasse pela primeira vez.

CAPÍTULO DEZ

TOBIAS

OS EDIFÍCIOS EM ruínas no setor da Audácia parecem portais para outros mundos. À minha frente, vejo a Pira perfurando o céu.

A pulsação nas pontas dos meus dedos marca a passagem dos segundos. O ar nos meus pulmões ainda parece quente, embora o verão esteja quase acabando. Eu costumava correr e lutar o tempo todo, porque me preocupava com meus músculos. Agora que meus pés já me salvaram muitas vezes, não consigo mais separar os atos de correr e lutar do que eles de fato são: uma forma de escapar do perigo, uma maneira de sobreviver.

Alcanço o edifício e desacelero antes da entrada para recuperar o fôlego. Acima de mim, painéis de vidro refletem a luz em todas as direções. Em algum lugar lá cima, encontra-se a cadeira na qual me sentei durante a simulação de ataque, perto da mancha de sangue do pai de Tris na parede. Em algum lugar lá em cima, a voz de Tris penetrou a simulação que me controlava, e senti a mão dela no meu peito, trazendo-me de volta à realidade.

Abro a porta da sala da paisagem do medo e a tampa da pequena caixa preta que estava no meu bolso de trás. Olho para as seringas guardadas dentro dela. Esta é a caixa que sempre usei, com acolchoado ao redor das seringas; é um símbolo de algo doentio dentro de mim, ou de algo corajoso.

Posiciono a agulha sobre minha garganta, fecho os olhos e aperto o êmbolo. A caixa preta faz um barulho ao desabar no chão, mas, quando abro os olhos, ela já desapareceu.

Estou no telhado do edifício Hancock, perto da tirolesa onde os membros da Audácia desafiam a morte. As nuvens estão escurecidas pela chuva, e o vento enche minha boca quando a abro para respirar. À minha direita, o cabo da tirolesa arrebenta e é lançado para trás, estilhaçando as janelas abaixo.

Meu olhar se fixa na beirada do telhado, até isso ser tudo o que vejo. Consigo ouvir a minha própria respiração, apesar do sopro do vento. Eu me forço a caminhar até a beirada. A chuva desaba com força sobre os meus ombros e a minha cabeça, empurrando-me para baixo. Jogo o meu peso para a frente apenas um pouco e caio, cerrando os dentes para impedir meus gritos, abafados e sufocados pelo meu próprio medo.

Depois de aterrissar, não tenho nem um segundo para descansar antes de as paredes de madeira começarem a se fechar à minha volta, esbarrando em minhas costas, depois na minha cabeça e nas minhas pernas. Claustrofobia. Aproximo os braços do peito, fecho os olhos e tento não entrar em pânico.

Penso em Eric em sua paisagem do medo, vencendo o terror com uma respiração profunda e lógica. E em Tris, conjurando armas do nada para atacar seus piores pesadelos. Mas não sou Eric e não sou Tris. O que sou? Do que preciso para superar meus medos?

Sei a resposta, é claro: preciso negar a eles o poder de me controlar. A caixa range, depois quebra, e as tábuas desabam no chão de concreto. Fico em pé sobre elas, no escuro.

Amah, meu instrutor de iniciação, ensinou-me que nossas paisagens do medo estão sempre em transformação, modificando-se de acordo com nosso humor e se alterando com os pequenos sussurros dos nossos pesadelos. A minha foi sempre a mesma até algumas semanas atrás. Até que provei a mim mesmo que poderia vencer meu pai. Até que descobri alguém que morria de medo de perder.

Não sei o que verei a seguir.

Fico esperando por um bom tempo, e nada muda. A sala continua escura, o chão continua frio e duro, meu coração continua batendo mais rápido do que o normal. Resolvo conferir o relógio e descubro que ele está no pulso errado. Costumo usá-lo no pulso esquerdo, não no direito, e a pulseira não é cinza, mas preta.

De repente, noto pelos eriçados nos meus dedos que não estavam lá antes. Os calos nas juntas dos meus dedos desapareceram. Olho para baixo e noto que estou vestindo calça e camiseta cinzentas; minha cintura é mais grossa e meus ombros mais finos.

Levanto os olhos e encaro um espelho que agora se encontra à minha frente. O rosto que me encara de volta é o de Marcus.

Ele pisca para mim, e sinto os músculos ao redor do meu olho se contraindo ao mesmo tempo, involuntariamente. De repente, os braços dele, ou meus, ou *nossos*, se lançam na direção do espelho e entram nele, agarrando o pescoço do meu reflexo. Mas então o espelho desaparece, e as mãos dele, minhas, *nossas*, estão agarradas ao nosso próprio pescoço. Pontos escuros surgem em minha visão. Desabamos no chão, e as mãos apertam o meu pescoço mais forte do que ferro.

Não consigo pensar. Não consigo pensar em uma forma de sair dessa.

Por instinto, solto um grito. O som vibra contra as minhas mãos. Imagino-as como de fato são: grandes, com dedos delgados e juntas calejadas, das horas que passei golpeando o saco de pancadas. Imagino que o meu reflexo é como água correndo sobre a pele de Marcus, substituindo cada pedaço dele por um pedaço meu. Transformo-me na minha própria imagem.

Eu estou sobre o concreto, arfando.

Minhas mãos tremem, e corro os dedos sobre meu pescoço, meus ombros, meus braços. Só para ter certeza.

Eu disse para Tris, no trem a caminho do encontro com Evelyn, há algumas semanas, que Marcus continuava na minha paisagem do medo, mas que havia mudado. Passei muito tempo pensando sobre isso; era algo que invadia meus pensamentos toda noite antes de eu dormir e clamava pela minha atenção toda vez que eu acordava. Sabia que ainda tinha medo dele, mas de forma diferente. Eu não era mais uma criança com medo da ameaça que meu temível pai representava para minha segurança. Eu era um homem com medo da ameaça que ele representava para o meu caráter, para o meu futuro, para a minha identidade.

Mas sei que até esse medo não se compara ao seguinte. Apesar de saber o que está por vir, preferiria abrir a minha veia e drenar todo o soro do meu corpo a ver aquilo novamente.

Um círculo de luz aparece no concreto diante de mim. Uma das mãos com os dedos dobrados em garra se estica para o feixe de luz, seguida pela outra, depois uma cabeça de cabelos loiros e ensebados. A mulher tosse e se arrasta até o centro, centímetro por centímetro. Tento me mover na direção dela, para ajudá-la, mas estou paralisado.

A mulher vira o rosto na direção da luz, e vejo que é Tris. Sangue escorre dos seus lábios e se acumula em seu queixo. Seus olhos injetados encontram os meus, e ela diz, sem fôlego:

– Socorro.

Ela tosse algo vermelho no chão, e me jogo em sua direção, sabendo, de alguma maneira, que se eu não alcançá-la logo a vida deixará seus olhos. Mãos agarram os meus braços, ombros e peito, formando uma jaula de pele e ossos, mas continuo lutando para alcançá-la. Tento arranhar as mãos que me seguram, mas acabo apenas arranhando a mim mesmo.

Grito o nome dela, e ela tosse outra vez, agora cuspindo mais sangue. Ela grita por ajuda, e eu grito por ela, mas não ouço nada. Não sinto nada, a não ser o meu próprio batimento cardíaco, o meu próprio terror.

Ela desaba no chão, imóvel, e revira os olhos. É tarde demais.

A escuridão desaparece. As luzes voltam. Pichações cobrem as paredes da sala da paisagem do medo, e, diante de mim, vejo as vitrines espelhadas da sala de observação. Nos cantos, câmeras registram cada sessão, tudo exatamente onde deve estar. Meu pescoço e minhas costas estão cobertos de suor. Enxugo o rosto com a barra da camisa e caminho até a porta do outro lado da sala, deixando para trás a minha caixa preta com a seringa e a agulha.

Não preciso mais reviver os meus medos. Tudo o que preciso fazer agora é tentar superá-los.

+ + +

Sei, por experiência, que exibir segurança, por si só, pode fazer uma pessoa conseguir entrar em um lugar proibido. Como as celas no terceiro andar da sede da Erudição.

Mas parece que não é o caso agora. Um homem sem-facção me para com a ponta da sua arma antes que eu consiga alcançar a porta, e fico nervoso, engasgo.

— Aonde está indo?

Seguro a ponta da arma e a afasto do meu braço.

– Não aponte isto para mim. Estou aqui seguindo ordens de Evelyn. Vou visitar um prisioneiro.

– Não estou sabendo de nenhuma visita fora do horário hoje.

Baixo o tom da minha voz para que ele ache que está escutando um segredo.

– Isso é porque ela não quer que a visita seja registrada.

– Chuck! – grita alguém da escada acima de nós. É Therese. Ela faz um gesto com a mão ao descer a escada. – Deixe-o passar. Ele é dos nossos.

Aceno com a cabeça para Therese e sigo em frente. Os destroços foram limpos do corredor, mas as lâmpadas quebradas não foram substituídas, então atravesso trechos escuros, como fileiras de machucados na pele, em direção à cela certa.

Quando alcanço o corredor norte, não vou direto à cela, mas à mulher que está no outro extremo. Ela está na meia-idade, os cantos dos seus olhos estão caídos e a boca, contraída. Sua expressão faz parecer que tudo a exaure, inclusive eu.

– Olá – cumprimento. – Meu nome é Tobias Eaton. Estou aqui para recolher um prisioneiro, segundo ordens de Evelyn Johnson.

Sua expressão não muda quando ela ouve o meu nome, então, por alguns instantes, não sei ao certo se serei obrigado a deixá-la inconsciente para pegar o que quero. Ela retira uma folha de papel amassada do bolso e a alisa sobre a palma da mão esquerda. Nela, há uma lista com nomes de prisioneiros e o número correspondente de suas celas.

– Nome? – pergunta ela.

– Caleb Prior. 308A.

– Você é o filho de Evelyn, não é?

– Sou. Digo... sim. – Ela parece ser o tipo de pessoa que gosta de respostas mais formais.

Ela me guia até uma porta de metal cru, com o código 308A. Para que será que ela era usada quando nossa cidade não precisava de tantas celas? Ela digita um código, e a porta se abre.

– Imagino que devo fingir que não sei o que você está prestes a fazer – diz ela.

Ela deve achar que vim matá-lo. Decido deixar que continue acreditando nisso.

– Sim.

– Faça-me um favor e elogie o meu trabalho para Evelyn. Não quero fazer tantos turnos noturnos. Meu nome é Drea.

– Pode deixar comigo.

Ela amassa o papel outra vez e o enfia no bolso ao se afastar. Mantenho a mão na maçaneta até que ela alcança seu posto novamente e se vira de lado, sem olhar para mim. Parece que já fez isso algumas vezes. Quantas pessoas já desapareceram destas celas sob as ordens de Evelyn?

Entro na cela. Caleb Prior está sentado a uma mesa de metal, debruçado sobre um livro, com o cabelo amassado em um dos lados da cabeça.

– O que você quer? – pergunta ele.

– Odeio ter que dizer isso... – Faço uma pausa. Há algumas horas, decidi como queria lidar com isso. Quero ensinar uma lição a Caleb. – Para falar a verdade, não odeio tanto assim. Sua execução foi adiantada algumas semanas. Para esta noite.

Isso chama a sua atenção. Ele gira na cadeira e me encara, os olhos agitados e esbugalhados, como uma presa diante do seu predador.

– Isso é uma piada?

– Não sou muito bom em contar piadas.

– Não. – Ele balança a cabeça. – Não, ainda tenho algumas semanas, não vai ser hoje à noite, *não*...

– Se calar a boca, darei uma hora para você se acostumar com a informação. Se não calar a boca, vou deixá-lo inconsciente e atirar em você no beco aqui fora antes que acorde. Faça a sua escolha agora.

Assistir a alguém da Erudição processando uma ideia é como olhar as engrenagens de um relógio, todas girando, mexendo, ajustando, trabalhando juntas para exercer uma função específica, que, neste caso, é tentar entender a sua morte iminente.

Os olhos de Caleb se voltam para a porta atrás de mim, e ele agarra a cadeira, girando o corpo e a jogando na minha direção. As pernas da cadeira me atingem com força, o que me detém por tempo o bastante para ele conseguir escapar pela porta.

Sigo-o pelo corredor, com os braços doendo onde a cadeira me atingiu. Sou mais rápido do que ele. Dou um tranco em suas costas, e ele cai no chão de cara, sem se proteger. Com os joelhos em suas costas, junto os punhos dele e os prendo em uma algema de plástico. Ele geme, e, quando o levanto, seu nariz está vermelho, encharcado de sangue.

Os olhos de Drea encontram os meus por apenas um segundo, depois se desviam.

Arrasto-o pelo corredor, não pelo caminho por onde vim, mas por outro, em direção à saída de emergência. Descemos um lance estreito de escadas, onde os ecos dos nossos pés se sobrepõem, dissonantes e vazios. Quando alcanço o fim da escada, bato na porta de saída.

Zeke a abre com um sorriso idiota no rosto.

– Não teve problemas com a guarda?

– Não.

– Imaginei que seria fácil passar por Drea. Ela não liga para nada.

– Parece que ela já fez vista grossa outras vezes.

– Isso não me surpreenderia. Este é Prior?

– O próprio.

– Por que ele está sangrando?

– Porque é um idiota.

Zeke me oferece uma jaqueta preta com um símbolo dos sem-facção costurado ao colarinho.

– Não sabia que idiotice fazia o nariz das pessoas sangrarem por conta própria.

Coloco a jaqueta sobre os ombros de Caleb e fecho um dos botões em frente ao seu peito. Ele evita os meus olhos.

– Acho que é um novo fenômeno – digo. – O beco está vazio?

– Eu me certifiquei disso. – Zeke me oferece a sua arma. – Cuidado, ela está carregada. Agora, seria ótimo se você me batesse, para que eu pareça mais convincente quando disser para os sem-facção que você a roubou de mim.

– Está me pedindo para bater em você?

– Ah, até parece que você nunca teve vontade. Bate logo, Quatro.

Eu gosto mesmo de bater nas pessoas. Gosto da explosão de poder e energia e da sensação de que sou invencível porque consigo machucá-las. Mas odeio essa parte de mim mesmo, porque é a parte que está mais despedaçada.

Zeke se prepara, e eu cerro o punho.

– Anda logo, seu maricote.

Decido mirar no queixo, que é duro demais para quebrar, mas mesmo assim vai ficar bem roxo. Eu o golpeio, acertando bem onde quero. Zeke geme, cobrindo o rosto com as mãos. Sinto uma pontada de dor subindo pelo meu braço e sacudo a mão.

– Ótimo. – Zeke cospe na parede do prédio. – Bem, acho que é isso.

– Acho que sim.

– Acho que não o verei novamente, não é? Quer dizer, sei que os outros talvez voltem, mas você... – Ele se interrompe, mas retoma o raciocínio instantes depois. – Parece que você vai ficar feliz em deixar isso tudo para trás, só isso.

– É, acho que você tem razão. – Encaro os meus sapatos. – Tem certeza de que não quer vir?

– Não posso. Shauna não pode ir de cadeira de rodas para onde vocês vão, e não posso abandoná-la, entende? – Ele toca o queixo de leve, para sentir como está. – Não deixe Uri beber muito, está bem?

– Claro – respondo.

– Não, é sério – diz ele, e sua voz fica mais grave, como acontece sempre que ele resolve falar sério para variar. – Prometa que vai cuidar dele.

Sempre foi muito claro para mim, desde que os conheci, que Zeke e Uriah eram mais próximos do que a maioria dos irmãos. Eles perderam o pai ainda jovens, e suspeito que desde então Zeke tenha agido como pai e irmão. Não consigo imaginar como deve estar sendo para Zeke vê-lo deixar a cidade, ainda mais agora que Uriah está tão fragilizado pela morte de Marlene.

– Prometo – digo.

Sei que devo ir, mas preciso me demorar um pouco neste momento, sentindo o seu significado. Zeke foi um dos primeiros amigos que fiz na Audácia após sobreviver à iniciação. Depois, ele trabalhou na sala de controle comigo, observando as câmeras e projetando programas idiotas que enunciavam palavras no monitor ou faziam jogos de adivinhação com números. Ele nunca perguntou o meu verdadeiro nome ou o motivo de um iniciando classificado em primeiro lugar acabar trabalhando nos setores de segurança e instrução, não em uma posição de liderança. Ele não exigiu nada de mim.

– Vamos nos abraçar de uma vez – diz ele.

Mantendo uma das mãos agarrada com firmeza ao braço de Caleb, abraço Zeke com o braço livre, e ele faz o mesmo.

Quando nos afastamos, puxo Caleb em direção ao beco, mas não consigo resistir e grito para Zeke:

– Vou sentir saudades.

– E eu de você, docinho!

Ele sorri, e seus dentes brancos se sobressaem na meia-luz. Eles são a última coisa que vejo dele antes de virar a esquina e começar a correr na direção do trem.

– Você está indo a algum lugar – diz Caleb, esbaforido. – Você e algumas outras pessoas.

– Sim.

– Minha irmã vai com você?

A pergunta dele acorda uma raiva instintiva dentro de mim, que não será saciada por palavras duras e insultos. Ela só pode ser saciada pelo tapa forte que dou na orelha dele. Ele estremece e se encolhe, preparando-se para um segundo golpe.

Será que era assim que eu ficava quando meu pai me batia?

– Ela não é sua irmã – digo. – Você a traiu. Você a torturou. Arrancou dela a única família que ela ainda tinha. E... para quê? Porque queria guardar os segredos de Jeanine, queria ficar na cidade, são e salvo? Você é um covarde.

– Não sou um covarde! – diz Caleb. – Eu sabia que se...

– Vamos voltar ao acordo no qual você mantém a sua boca calada.

– Tudo bem – concorda ele. – Mas para onde você está me levando, afinal? Você pode me matar aqui mesmo, não é?

Faço uma pausa. Uma forma se move na calçada atrás da gente, seguindo pelo canto de minha visão. Eu me viro e saco a arma, mas a silhueta desaparece dentro de um beco.

Sigo em frente, puxando Caleb e tentando escutar passos atrás de mim. Pisamos em cacos de vidro. Fico de olho nos edifícios escuros e nas placas de rua penduradas dos postes como folhas de outono que demoraram demais para cair. Então, alcanço a estação onde vamos pegar o trem e conduzo Caleb por um lance de degraus de metal, subindo até a plataforma.

Vejo o trem se aproximando a distância, terminando de atravessar a cidade. Houve um tempo em que os trens eram como uma força da natureza para mim, algo que continuava seguindo o seu caminho, independentemente do que fizéssemos dentro dos limites da cidade. Algo pulsante, vivo e poderoso. Agora que conheço os homens e mulheres que os guiam, um pouco desse mistério desapareceu. Mas o que os trens significam para mim nunca desaparecerá. Meu primeiro ato como membro da Audácia foi saltar para dentro de um, e desse dia em diante eles representaram uma fonte de liberdade, oferecendo-me o poder de me mover dentro deste mundo, um contraponto à época em que eu me sentia tão confinado dentro do setor da Abnegação e da casa que me serviu de prisão.

Quando o trem se aproxima, corto a algema de plástico dos pulsos de Caleb com meu canivete e seguro seu braço com firmeza.

– Você sabe fazer isso, não sabe? – pergunto. – Entre no último vagão.

Ele desabotoa a jaqueta e a joga no chão.

– Está bem.

Partimos correndo de uma das pontas da plataforma sobre as tábuas gastas do chão, acompanhando a porta aberta do vagão. Ele não faz menção de agarrar a barra do trem, então eu o empurro na direção dela. Ele tropeça, depois a agarra e puxa o corpo para dentro do último vagão. Estou ficando sem tempo. A plataforma está prestes a acabar. Agarro a barra e lanço meu corpo para dentro do trem, enquanto meus músculos absorvem o puxão para a frente.

Encontro Tris dentro do vagão, com um sorriso pequeno e torto no rosto. Sua jaqueta preta está fechada até o pescoço, emoldurando seu rosto na escuridão. Ela agarra o meu colarinho, me puxa para perto e me beija. Ao se afastar, ela diz:

– Sempre adorei ver você fazendo isso.

Eu sorrio.

– Este era o seu plano? – pergunta Caleb atrás de mim. – Que ela estivesse presente quando você me matasse? Isso é...

– *Matar*? – pergunta Tris, sem olhar para o irmão.

– É, deixei que ele pensasse que estava sendo levado para a execução – digo alto o bastante para que ele consiga ouvir. – Sabe, mais ou menos como ele fez com você na sede da Erudição.

– Eu... era mentira? – O rosto de Caleb, iluminado pela lua, está em choque. Percebo que os botões da sua camisa estão nas casas erradas.

– É – confirmo. – Na verdade, acabei de salvar a sua vida.

Ele começa a dizer algo, mas eu o interrompo.

– Talvez você não queira me agradecer ainda. Vamos levar você junto com a gente. Para o lado de fora da cerca.

O lado de fora da cerca: o lugar que ele tanto tentou evitar, que o fez se voltar contra a própria irmã. De qualquer maneira, parece-me um castigo pior do que a morte. A morte é tão rápida, tão certa. No lugar para onde estamos indo, nada é certo.

Ele parece assustado, mas não tanto quanto pensei que ficaria. De repente, acho que compreendo suas prioridades: em primeiro lugar, vem a sua vida; em segundo, seu conforto em um mundo criado por ele mesmo; em algum lugar depois dessas coisas, estão as vidas das pessoas que deveria amar. Ele é o tipo de pessoa desprezível que não tem a menor ideia do quanto é desprezível, e insultá-lo não vai mudar isso; nada vai. Não estou com raiva, apenas pesado, impotente.

Não quero mais pensar nele. Seguro a mão de Tris e a puxo para o outro lado do vagão a fim de que possamos assistir à cidade desaparecer atrás de nós. Ficamos parados lado a lado diante da porta aberta, cada um segurando uma das barras. Os edifícios criam um padrão escuro e escarpado no horizonte.

– Nós fomos seguidos – digo.

– Tomaremos cuidado – responde ela.

– Onde estão os outros?

– Nos vagões da frente. Achei melhor ficarmos sozinhos. Ou tanto quanto possível.

Ela sorri para mim. Estes são nossos últimos momentos na cidade. É claro que é melhor passá-los sozinhos.

– Realmente vou sentir saudade deste lugar – diz ela.

– É mesmo? – pergunto. – Estou feliz por estarmos indo embora.

– Você não vai sentir saudade de *nada*? Não tem nenhuma memória boa? – Ela me dá uma cotovelada.

– Está bem. – Eu sorrio. – Tem algumas coisas.

– Alguma que não tenha a ver comigo? – pergunta ela. – Ok, isso soou um pouco egocêntrico. Mas você entendeu.

– Claro, acho que sim – digo, dando de ombros. – Quer dizer, consegui ter uma vida diferente na Audácia, um nome diferente. Eu me transformei no Quatro, graças ao meu instrutor de iniciação. Foi ele quem me deu o apelido.

– Sério? – Ela inclina a cabeça. – Por que não o conheci?

– Ele morreu. Era Divergente. – Dou de ombros mais uma vez, apesar de não me sentir indiferente. Amah foi a primeira pessoa a perceber que eu era Divergente. Mas não conseguiu esconder a própria Divergência e morreu por isso.

Ela toca o meu braço com gentileza, mas não diz nada. Eu me movo, desconfortável.

– Viu? – digo. – Há muitas lembranças ruins aqui. Mal posso esperar para ir embora.

Sinto-me vazio, não por tristeza, mas por alívio. Toda a tensão está fluindo para fora do meu corpo. Evelyn está naquela cidade, e Marcus, toda a tristeza, os pesadelos, as lembranças ruins e as facções, que me prenderam dentro de uma versão única de mim mesmo. Aperto a mão de Tris.

– Olhe – digo, apontando para um conjunto distante de edifícios. – Lá está o setor da Abnegação.

Ela sorri, mas seus olhos estão marejados, como se uma parte dormente dela lutasse para se libertar, derramando-se de seus olhos. O trem chia sobre os trilhos, uma lágrima escorre pela bochecha de Tris, e a cidade desaparece na escuridão.

CAPÍTULO ONZE

TRIS

O TREM DESACELERA quando nos aproximamos da cerca, um sinal da condutora de que devemos saltar em breve. Tobias e eu estamos sentados na porta do vagão, que se move devagar sobre os trilhos. Ele coloca o braço ao redor do meu ombro e encosta o nariz no meu cabelo, respirando fundo. Olho para ele, para a sua clavícula, que escapa da gola da camiseta, e para a curva tênue do seu lábio e sinto um calor crescer dentro de mim.

— No que está pensando? — sussurra ele ao meu ouvido.

Volto à realidade bruscamente. Olho para ele o tempo todo, mas não *assim*. Sinto que ele acabou de me pegar fazendo algo vergonhoso.

— Nada! Por quê?

— Por nada. — Ele me puxa mais para perto, e eu encosto a cabeça em seu ombro, respirando fundo o ar fresco. O ar ainda tem cheiro de verão, de grama torrando sob o calor do sol.

– Parece que estamos nos aproximando da cerca – digo.

Dá para perceber, porque os prédios estão desaparecendo, dando lugar aos campos pontilhados pelo brilho ritmado dos vagalumes. Atrás de mim, Caleb está sentado perto da porta, abraçando os joelhos. Seus olhos encontram os meus no pior momento, e quero gritar para as partes mais sombrias dele, para que ele possa enfim me ouvir e entender o que fez comigo, mas apenas o encaro de volta, até que ele não aguenta mais e desvia o olhar.

Levanto-me usando a barra da porta para me equilibrar, e Tobias e Caleb fazem o mesmo. A princípio, Caleb tenta ficar atrás de nós, mas Tobias o empurra para a frente, até a beirada do vagão.

– Você primeiro – diz ele. – Um, dois três e... já!

Ele empurra Caleb apenas o suficiente para fazê-lo saltar do vagão, e meu irmão desaparece. Tobias salta em seguida, e eu fico sozinha dentro do vagão.

É idiotice sentir saudade de algo quando há tantas pessoas de quem eu deveria estar sentindo saudade, mas a verdade é que já sinto saudade deste trem e de todos os outros que me carregaram através da cidade, da *minha* cidade, depois que juntei coragem o suficiente para andar neles. Corro os dedos pela parede do vagão, depois salto. O trem está se movendo tão devagar que tento compensar na minha aterrissagem, acostumada a ter que correr contra o momentum, e desabo no chão. A grama seca arranha as palmas das minhas mãos e eu me levanto, procurando Tobias e Caleb na escuridão.

Antes de encontrá-los, ouço Christina:

– Tris!

Ela e Uriah vêm ao meu encontro. Ele está carregando uma lanterna e parece bem mais alerta do que mais cedo, o que é um bom sinal. Há mais luzes e vozes atrás deles.

– Seu irmão veio? – pergunta Uriah.

– Veio. – Enfim vejo Tobias segurando o braço de Caleb e vindo ao nosso encontro.

– Não sei como alguém da Erudição não consegue entender isso – diz Tobias –, mas você não vai conseguir fugir de mim.

– Ele tem razão – fala Uriah. – Quatro é rápido. Não tão rápido quanto eu, mas, sem dúvida, mais rápido do que um Cimento como você.

Christina solta uma risada.

– Um o quê? – pergunta ela.

– Um Cimento. É um trocadilho. Vem de "conhecimento", por causa da Erudição... entendeu? É como chamar alguém de Careta.

– As pessoas da Audácia usam gírias muito estranhas. Maricote, Cimento... Vocês têm algum apelido para os membros da Franqueza?

– É claro que sim – diz Uriah, sorrindo. – Imbecis.

Christina empurra Uriah com força, e ele derruba a lanterna. Tobias solta uma gargalhada e nos guia em direção ao restante do grupo, a alguns metros de distância.

Tori balança a lanterna no ar para chamar a atenção de todos.

– Vamos lá – diz ela. – Johanna e as caminhonetes estão a cerca de dez minutos a pé daqui, então é melhor seguirmos em frente. Se eu ouvir um pio de qualquer um de vocês, espancarei a pessoa até ela desmaiar. Ainda não saímos da cidade.

Nós nos aproximamos uns dos outros. Tori caminha alguns metros à frente e de costas, no escuro, ela me lembra Evelyn, com braços e pernas esguios e definidos, e os ombros puxados para trás, tão segura de si que é quase assustadora. Sob a luz das lanternas, mal consigo ver a tatuagem de gavião na sua nuca. Foi a primeira coisa sobre a qual conversamos quando ela aplicou meu teste de aptidão. Tori me disse que o gavião simbolizava um medo que ela havia superado, o medo do escuro. Será que esse medo ainda a incomoda, depois de se esforçar tanto para enfrentá-lo? Será que medos desaparecem de fato ou apenas perdem o seu poder sobre nós?

Ela está cada vez mais longe de nós, em um ritmo mais de corrida do que de caminhada. Está ansiosa para deixar a cidade, para escapar deste lugar onde o irmão foi assassinado e ela assumiu um papel de destaque, mas foi frustrada por uma mulher sem-facção que nem deveria estar viva.

Ela está tão à frente que, quando os tiros são disparados, vejo apenas a sua lanterna desabar, e não seu corpo.

– Dividam-se! – ruge Tobias sobre o som dos nossos gritos, do nosso caos. – Corram!

Em meio à escuridão, procuro a sua mão, mas não encontro. Saco a arma que Uriah me deu antes de sairmos e a aponto para a frente, ignorando a maneira como segurá-la faz minha garganta se fechar. Não posso correr na escuridão da noite. Preciso de luz. Corro na direção do corpo caído de Tori, de sua lanterna.

Ouço, mas sem ouvir, os tiros, os gritos e as pessoas correndo. Ouço, mas sem ouvir, o batimento do meu coração. Agacho-me ao lado do feixe de luz que ela deixou cair e pego a lanterna, com a intenção de apenas agarrá-la e sair correndo, mas, sob a luz, vejo o rosto dela. Está brilhando de suor, e seus olhos estão girando sob as pálpebras, como se ela estivesse procurando alguma coisa, mas estivesse cansada demais para achar.

Uma das balas atingiu sua barriga, e a outra, o seu peito. Tori não vai sobreviver. Eu posso até estar com raiva dela por ter lutado comigo no laboratório de Jeanine, mas ela continua sendo Tori, a mulher que guardou o segredo da minha Divergência. Minha garganta se aperta quando me lembro da vez que a segui para dentro da sala do teste de aptidão, com os olhos fixos em sua tatuagem de gavião.

Seus olhos se viram na minha direção e me encaram. Ela franze as sobrancelhas, mas não fala nada.

Mudo a posição da lanterna, travando-a com o polegar, e seguro a sua mão, apertando seus dedos suados.

Ouço alguém se aproximar e aponto a lanterna e a arma na mesma direção. O feixe de luz atinge uma mulher usando uma braçadeira dos sem-facção, que aponta uma arma para a minha cabeça. Disparo, cerrando os dentes com tanta força que eles rangem.

A bala atinge a barriga da mulher, e ela solta um grito, atirando cegamente na direção da luz.

Olho mais uma vez para Tori. Seus olhos estão fechados, e seu corpo está imóvel. Apontando a minha lanterna para o chão, corro para longe dela e da mulher em quem acabei de atirar. Minhas pernas doem, e meus pulmões ardem. Não sei para onde estou indo, se estou correndo para perto ou para longe do perigo, mas continuo correndo pelo máximo de tempo possível.

Por fim, vejo uma luz a distância. A princípio, acho que é outra lanterna, mas, ao me aproximar, percebo que é maior e mais estável do que uma lanterna. É um farol. Ouço o som de um motor e me agacho na grama alta para me esconder, desligando a minha lanterna e mantendo a arma apontada. A caminhonete desacelera, e ouço uma voz:

– Tori?

Parece a voz de Christina. A caminhonete é vermelha e enferrujada: um veículo da Amizade. Eu me levanto, apontando a lanterna para mim mesma, para ela saber que sou eu. A caminhonete para a alguns metros de mim, e Christina salta do banco do carona, me abraçando. Eu repito a cena na minha cabeça para torná-la real: o corpo de Tori desabando, as mãos da mulher sem-facção cobrindo a própria barriga. Não está dando certo. Nada parece real.

– Graças a Deus – diz Christina. – Entre. Vamos encontrar Tori.

– Tori morreu – digo com clareza, e a palavra "morreu" torna aquilo tudo real para mim. Enxugo as lágrimas das minhas bochechas com as costas das mãos e me esforço para controlar minha respiração trêmula. – Eu... eu atirei na mulher que a matou.

– O quê? – Johanna parece desvairada. Ela se inclina para fora do banco do motorista. – O que disse?

– Tori se foi – repito. – Eu vi tudo.

A expressão de Johanna é ocultada por seu cabelo. Ela respira com dificuldade.

– Bem, então vamos encontrar os outros.

Entro na caminhonete. O motor ronca quando Johanna pisa no acelerador, e chacoalhamos sobre a grama à procura dos outros.

– Você viu algum deles? – pergunto.

– Alguns. Cara, Uriah. – Johanna balança a cabeça. – Ninguém mais.

Seguro a maçaneta da porta e aperto. Se eu tivesse me esforçado mais para encontrar Tobias... Se não tivesse parado para ficar com Tori...

E se Tobias não tiver sobrevivido?

– Eles devem estar bem – diz Johanna. – O seu garoto sabe se virar.

Concordo com a cabeça, não muito convencida. Tobias sabe se virar, mas, em um ataque, a sobrevivência é acidental. Não é uma questão de habilidade ficar parado onde nenhuma bala o atinja ou atirar no escuro e acertar uma pessoa que você não estava vendo. É tudo uma questão de sorte ou providência, dependendo da sua crença. E eu não sei, nem nunca soube, bem no que acredito.

Ele está bem ele está bem ele está bem.

Tobias está bem.

Minhas mãos tremem, e Christina aperta o meu joelho. Johanna segue em direção ao ponto de encontro, onde viu Uriah e Cara. Vejo o ponteiro do velocímetro subir, depois parar no número cento e vinte. Esbarramos uma na outra no banco do carona, sendo jogadas de um lado para outro pelo terreno irregular.

– Ali! – Christina aponta. Há um amontoado de luzes à nossa frente. São pequenos pontos que parecem lanternas com outras luzes ao redor, como faróis.

Chegamos mais perto, e o vejo. Tobias está sentado na capota da outra caminhonete com o braço encharcado de sangue. Cara está parada diante dele com um kit de primeiros socorros. Caleb e Peter estão sentados na grama, a alguns metros de distância. Antes que Johanna consiga frear por completo, abro a porta e salto da caminhonete, e corro em direção a ele. Tobias se levanta, ignorando as ordens de Cara para ficar parado, e nos encontramos, e ele me abraça com o braço que não está ferido e me levanta do chão. Suas costas estão molhadas de suor, e, quando ele me beija, tem gosto de sal.

Todos os nós de tensão dentro de mim se desfazem de repente. Sinto, por apenas um instante, que estou refeita, nova em folha.

Ele está bem. Estamos saindo da cidade. Ele está bem.

CAPÍTULO DOZE

TOBIAS

MEU BRAÇO LATEJA, como um segundo batimento cardíaco, por causa do tiro que levei de raspão. A mão de Tris esbarra na minha quando ela a levanta para apontar na direção de algo à direita: uma série de construções compridas e baixas, iluminadas por lâmpadas azuis de emergência.

– O que é aquilo? – pergunta Tris.

– São as outras estufas – explica Johanna. – Elas não exigem muita mão de obra, mas cultivamos e criamos produtos em grande quantidade lá, como animais, material bruto para tecidos e trigo, entre outras coisas.

Os painéis das estufas brilham sob a luz das estrelas, obscurecendo os tesouros que imagino existirem dentro delas, como pequenas plantas cheias de frutas penduradas dos seus galhos ou fileiras de batateiras enfiadas na terra.

– Vocês não as mostram aos visitantes – digo. – Nós nunca vimos essas estufas antes.

– A Amizade guarda alguns segredos – diz Johanna com orgulho.

A estrada que scguimos é longa e reta, marcada por rachaduras e lombadas. Nas laterais, encontram-se árvores retorcidas, postes de luz quebrados, antigos cabos de eletricidade. De vez em quando, encontramos um pedaço isolado de calçada, com ervas daninhas arrebentando o concreto, ou uma pilha de madeira em decomposição onde antes havia uma casa.

Quanto mais tempo penso sobre esta paisagem, que todo patrulheiro da Audácia foi ensinado a acreditar ser normal, mais vejo uma velha cidade surgir ao meu redor, com construções mais baixas do que as que deixamos para trás, mas tão numerosas quanto as outras. Uma cidade antiga que foi transformada em um campo para que a Amizade pudesse cultivar seus produtos. Em outras palavras, uma cidade antiga que foi demolida, incendiada e completamente destruída, onde até as estradas desapareceram e a natureza tomou conta dos escombros.

Boto a mão para fora da janela, e o vento passa pelos meus dedos como mechas de cabelo. Quando eu era muito jovem, minha mãe fingia que conseguia moldar objetos de vento e me dava coisas para usar, como martelos e pregos, espadas ou patins. Era um jogo que fazíamos de noitinha, no jardim em frente à nossa casa, antes que Marcus voltasse do trabalho. Era algo que ajudava a nos distrair do nosso medo.

Na caçamba da caminhonete, atrás de nós, viajam Caleb, Christina e Uriah. Christina e Uriah estão próximos o bastante para que seus ombros encostem, mas olham em direções diferentes, mais como estranhos do que amigos. Logo atrás de nós, vem outra caminhonete, dirigida por Robert, com Cara e Peter. Tori deveria estar com eles. Pensar nisso me faz sentir oco, vazio. Ela aplicou meu teste de aptidão. Ela me fez pensar, pela primeira vez, que eu poderia deixar a Abnegação. Que eu precisava fazer isso. Sinto que devo algo a ela, mas ela morreu antes que eu pudesse pagar a dívida.

– Chegamos – anuncia Johanna. – Este é o limite das patrulhas da Audácia.

Não há qualquer cerca ou muro separando o complexo da Amizade do mundo externo, mas eu me lembro de monitorar as patrulhas da Audácia a partir da sala de controle para me certificar de que não passassem do limite, marcado por uma série de placas com um *X*. As patrulhas eram estruturadas para que o combustível de suas caminhonetes acabasse se elas fossem longe demais, um delicado sistema de controle equilibrado, que preserva a nossa segurança e a deles. Percebo agora que o sistema era também uma forma de guardar o segredo da Abnegação.

– Você já ultrapassou o limite? – pergunta Tris.

– Algumas vezes – diz Johanna. – Era responsabilidade nossa lidar com esse tipo de situação quando ocorria.

Tris a olha de maneira estranha, e ela dá de ombros.

– Toda facção tem seu soro – explica Johanna. – O soro da Audácia oferece alucinações, o da Franqueza oferece a verdade, o da Amizade oferece a paz, o da Erudição oferece a morte... – Ao ouvir aquilo, Tris estremece de maneira visível, mas Johanna continua, como se nada tivesse acontecido. – E o da Abnegação apaga a memória.

– *Apaga* a memória?

– Como a memória de Amanda Ritter – digo. – Ela disse, "Há muitas coisas que ficarei feliz em esquecer", lembra?

– Sim, muito bem – diz Johanna. – A Amizade é encarregada de administrar o soro da Abnegação a qualquer pessoa que ultrapasse o limite, em uma quantidade que a faça esquecer apenas aquela experiência. Tenho certeza de que alguns já conseguiram escapar sem que percebêssemos, mas não muitos.

Ficamos calados. Reviro aquela informação na minha mente sem parar. Há algo profundamente errado em roubar as memórias de uma pessoa. Embora eu saiba que era necessário manter a cidade segura pelo tempo que fosse preciso, pensar sobre o assunto me causa um desconforto no fundo do estômago. Se você rouba as memórias de uma pessoa, você muda quem ela é.

Dentro de mim, cresce a sensação de desconforto, porque, quanto mais nos afastamos dos limites das patrulhas da Audácia, mais perto estamos de ver o que existe do lado de fora do único mundo que jamais conheci. Sinto pavor, empolgação, confusão e outras centenas de sentimentos ao mesmo tempo.

Vejo algo adiante, na luz da manhãzinha, e agarro a mão de Tris.

– Vejam – digo.

CAPÍTULO TREZE

TRIS

O MUNDO ALÉM do nosso é cheio de estradas, edifícios escuros e cabos de eletricidade arrancados.

Não existe vida nele, pelo que consigo ver; nenhum movimento e nenhum som, fora o vento e meus próprios passos.

É como a paisagem de uma frase interrompida, com um lado pairando no ar, inacabado, e o outro, um assunto completamente diferente. No nosso lado da frase, há terreno vazio, grama e trechos de estradas. Do outro, há dois muros de concreto com meia dúzia de trilhos de trem entre eles. Mais adiante, há uma ponte de concreto que atravessa os dois muros, e nas beiradas dos trilhos há edifícios de madeira, tijolo e vidro, com janelas escuras e árvores crescendo ao redor, tão selvagens que seus galhos se juntaram ao crescer.

Em uma placa à direita, está escrito "90".

– O que faremos agora? – pergunta Uriah.

– Seguiremos os trilhos – digo, mas bem baixinho, e só eu escuto.

\+ + +

Saltamos das caminhonetes na fronteira entre o nosso mundo e o deles, sejam "eles" quem forem. Robert e Johanna acenam um breve adeus, manobram as caminhonetes e voltam para a cidade. Eu os vejo irem embora. Não consigo imaginar chegar tão longe e depois voltar, mas eles realmente têm coisas para fazer na cidade. Johanna ainda precisa organizar uma rebelião Leal.

Eu, Tobias, Caleb, Peter, Christina, Uriah e Cara, ou seja, quem sobrou, seguimos os trilhos com as poucas coisas que trouxemos conosco.

Os trilhos não são iguais aos da cidade. São polidos e lisos, e, em vez das tábuas posicionadas de modo perpendicular aos trilhos, há lâminas de metal texturizado. Mais adiante, vejo um dos trens que corre sobre eles abandonado perto de um muro. Ele é chapeado de metal no teto e na frente, como um espelho, com janelas coloridas por toda a lateral. Ao nos aproximarmos, vejo fileiras de assentos lá dentro, com almofadas cor de vinho. Não parece ser o tipo de trem do qual as pessoas saltem.

Tobias caminha atrás de mim sobre um dos trilhos, com os braços abertos para se equilibrar. Os outros estão espalhados pelos trilhos, Peter e Caleb, perto de um dos muros; e Cara, perto do outro. Ninguém fala muito, exceto para indicar algo novo, como uma placa, um edifício ou uma pista de como este mundo talvez tenha sido quando ainda havia pessoas nele.

Só os muros de concreto já chamam a minha atenção. Eles estão cobertos com retratos estranhos de pessoas de pele tão macia que mal parecem humanas ou com potes de xampu, condicionador, vitaminas ou outras substâncias que não conheço, com palavras que não entendo, como "vodca", "Coca-Cola" e "bebida energética". As cores, formas, palavras e imagens são tão espalhafatosas, tão abundantes, que se tornam fascinantes.

– Tris. – Tobias apoia a mão no meu ombro, e eu paro.

Ele inclina a cabeça e diz:

– Está ouvindo isso?

Ouço os passos e as vozes baixas dos nossos companheiros. Ouço a minha própria respiração e a dele. Mas, sob elas, há um ruído surdo e baixo, inconsistente em sua intensidade. Parece o som de um motor.

– Parem, todos! – grito.

E, para a minha surpresa, todos me obedecem, até mesmo Peter, e nos agrupamos no meio dos trilhos. Vejo Peter sacar e levantar sua arma, e faço o mesmo com as duas mãos juntas para mantê-la estável, lembrando a facilidade com a qual costumava empunhá-la, que já não existe mais.

Algo dobra a esquina adiante. Uma caminhonete preta, maior do que qualquer outra que já vi, grande o bastante para carregar uma dúzia de pessoas em sua caçamba coberta.

Sinto um calafrio.

A caminhonete segue chacoalhando sobre os trilhos e para a seis metros de nós. Consigo ver o motorista. Ele tem a pele escura e o cabelo longo, preso em um nó atrás da cabeça.

– Meu Deus – diz Tobias, segurando a arma com mais firmeza.

Uma mulher sai do banco do carona. Parece ter mais ou menos a idade da Johanna, a pele coberta de sardas escuras e o cabelo tão escuro que é quase preto. Ela salta até o chão e levanta as duas mãos para mostrar que está desarmada.

– Olá – diz ela com um sorriso nervoso. – Meu nome é Zoe. E este é Amah.

Ela inclina a cabeça para o lado, para indicar o motorista, que também saltou da caminhonete.

– Amah está morto – diz Tobias.

– Não estou, não. Venha, Quatro – chama Amah.

O rosto de Tobias está tenso de medo. É compreensível. Não é todo dia que vemos alguém de que gostamos retornar do mundo dos mortos.

Vejo os rostos de todas as pessoas que perdi. Lynn. Marlene. Will. Al.

Meu pai. Minha mãe.

E se ainda estiverem vivos, como Amah? E se a cortina que nos separa não for a morte, mas uma cerca de arame e uma extensão de terra?

Não consigo afastar essa esperança, por mais tolo que possa parecer.

– Trabalhamos para a mesma organização que fundou a sua cidade – diz Zoe, olhando para Amah. – A mesma organização de onde veio Edith Prior. E...

Ela enfia a mão no bolso e retira uma foto parcialmente amassada. Estende a foto em nossa direção, e então seus olhos encontram os meus em meio ao grupo de pessoas e armas.

– Acho que você deveria ver isto, Tris – diz ela. – Vou dar um passo à frente e deixar a foto no chão, depois recuar. Tudo bem?

Ela sabe o meu nome. O medo aperta a minha garganta. *Como* ela sabe o meu nome? Não apenas meu nome, mas meu apelido, o nome que escolhi quando me juntei à Audácia?

– Tudo bem – respondo, mas minha voz soa rouca, e as palavras são quase inaudíveis.

Zoe dá um passo à frente, repousa a foto sobre os trilhos, depois recua. Deixo a segurança do nosso grupo e me agacho perto da foto, sem tirar os olhos dela. Depois, volto para o grupo com a foto na mão.

Na imagem, vejo uma fileira de pessoas diante de uma cerca de arame, com os braços apoiados nos ombros e costas uns dos outros. Vejo uma versão infantil de Zoe, identificável pelas sardas, e algumas pessoas que não reconheço. Prestes a perguntar por que estou olhando aquela foto, vejo uma jovem de cabelo loiro-claro, preso para trás, e um sorriso largo.

Minha mãe. O que ela está fazendo junto daquelas pessoas?

Algo, uma mistura de sofrimento, dor e saudade, aperta o meu peito.

– Há muito o que explicar – diz Zoe. – Mas este não é o melhor lugar para isso. Gostaríamos de levá-los até a nossa sede. Fica a uma distância curta de carro daqui.

Ainda com a arma em punho, Tobias encosta no meu pulso com a mão livre, trazendo a foto para mais perto do seu rosto.

– Esta é a sua mãe? – pergunta ele.

– É a mamãe? – pergunta Caleb. Ele abre caminho esbarrando em Tobias para conseguir ver a foto por cima do meu ombro.

– É – respondo para os dois.

– Você acha que devemos confiar neles? – pergunta Tobias baixinho, apenas para mim.

Zoe não me parece mentirosa, nem soa como uma. E, se ela sabe quem eu sou, e soube como nos encontrar aqui, deve ser porque tem algum acesso à cidade, o que significa que deve estar falando a verdade a respeito de ter feito parte do grupo de Edith Prior. E também há Amah, que está observando cada movimento de Tobias.

– Viemos até aqui porque queríamos encontrar estas pessoas – digo. – Precisamos confiar em alguém, não é? Senão vamos simplesmente continuar caminhando por este cenário devastado e talvez até morrer de fome.

Tobias solta o meu pulso e baixa a arma. Faço o mesmo. Os outros aos poucos nos imitam, e Christina é a última a baixar a sua.

– Aonde quer que vocês nos levem, teremos a liberdade de ir embora quando quisermos – diz Christina. – Está certo?

Zoe pousa a mão no peito, bem acima do coração.

– Prometo.

Espero, por todos nós, que a promessa dela valha alguma coisa.

CAPÍTULO QUATORZE

TOBIAS

FICO EM PÉ na beirada da caçamba da caminhonete, segurando a estrutura que sustenta a cobertura de pano. Gostaria que esta nova realidade fosse uma simulação possível de ser manipulada e que eu pudesse pelo menos compreendê-la. Mas ela não é uma simulação, e não consigo compreendê-la.

Amah está vivo.

Um dos comandos preferidos dele durante a minha iniciação era: "Adapte-se!" Às vezes, ele gritava isso tanto que invadia meus sonhos; eu era acordado por aquilo, como um despertador, exigindo mais de mim do que eu conseguia dar. *Adapte-se*. Adapte-se mais rápido, adapte-se melhor, adapte-se a coisas às quais ninguém deveria ter que se adaptar.

Como esta: deixar um mundo completamente formado e descobrir outro.

Ou esta: descobrir que seu amigo morto na verdade está vivo e está dirigindo a caminhonete onde você se encontra.

Tris está sentada atrás de mim, em um banco no interior da caçamba, com a foto amassada em suas mãos. Seus dedos pairam sobre o rosto da mãe, quase encostando nele, mas sem chegar a tocá-lo. Christina e Caleb estão sentados junto dela, um de cada lado. Ela deve estar permitindo que ele fique ali só para ver a foto; mas todo o seu corpo o evita, espremendo-se contra o de Christina.

– É a mãe de vocês? – pergunta Christina.

Tris e Caleb assentem.

– Ela está tão jovem na foto. E bonita também – diz Christina.

– Ela é mesmo. Quer dizer, era.

Esperava que a resposta de Tris soasse triste, como se a memória da beleza desvanecente de sua mãe causasse dor. Mas sua resposta é nervosa, e seus lábios estão contraídos de expectativa. Espero que ela não esteja alimentando falsas esperanças.

– Deixe-me ver – diz Caleb, estendendo a mão na direção da irmã.

Em silêncio e sem de fato olhar para ele, ela lhe entrega a foto.

Volto a observar o mundo que estamos deixando para trás, para o final dos trilhos. Os enormes campos desertos. E, a distância, o Eixo, quase invisível em meio à bruma que cobre o horizonte da cidade. É uma sensação estranha ver o Eixo deste lugar, como se ainda pudesse tocá-lo ao esticar bem o braço, embora tenha viajado para tão longe.

Peter vai até a beirada da caçamba, para o meu lado, segurando o pano para se equilibrar. Os trilhos de trem fazem uma curva na direção oposta da nossa, e não consigo mais ver os campos. Os muros dos dois lados do nosso caminho desaparecem aos poucos enquanto o terreno se torna mais plano, e vejo edifícios por toda parte, alguns pequenos, como as casas da Abnegação, e outros largos, como prédios urbanos virados de lado.

Árvores, descuidadas e enormes, crescem para além das estruturas de cimento que deveriam cercá-las, e suas raízes se espalham pelas calçadas. Uma fila de pássaros negros, como os tatuados na clavícula de Tris, encontra-se empoleirada na beirada de um dos telhados. Quando a caminhonete passa, eles guincham e voam.

Este é um mundo selvagem.

De repente, não consigo mais aguentar aquilo e preciso me afastar da beirada e me sentar em um dos bancos. Apoio a cabeça nas mãos, os olhos fechados para não absorver mais nada. Sinto o braço forte de Tris nas minhas costas, puxando-me para o lado, para perto de seu corpo pequeno. Minhas mãos estão dormentes.

– Concentre-se apenas no aqui e agora – diz Cara do outro lado da caçamba. – Na maneira como a caminhonete está se movendo. Isso ajudará.

Eu tento. Penso em como o banco em que estou sentado é duro e em como a caminhonete vibra mesmo quando o terreno é plano, causando um zunido em meus ossos. Detecto seus movimentos suaves, para a esquerda e para a direita, para a frente e para trás, e absorvo cada quique quando o automóvel passa por cima dos trilhos. Concentro-me até que tudo ao nosso redor escurece e não sinto mais a passagem do tempo ou o pânico da descoberta. Sinto apenas o nosso movimento sobre a terra.

– Acho que você deveria olhar agora – diz Tris com uma voz fraca.

Christina e Uriah estão em pé onde eu estava, olhando por trás do pano. Espio atrás dos seus ombros, para ver para onde estamos indo. Há uma grade alta que se estende pela paisagem. Parece vazia comparada aos vários edifícios que vi antes de me sentar. A cerca é composta de barras pretas verticais e pontiagudas que apontam para fora, como se estivesse destinada a espetar qualquer pessoa que tentasse passar por cima dela.

A alguns metros de distância, vejo outra cerca de arame, como a que envolve a cidade, com arame farpado enrolado em cima. Ouço um zumbido alto vindo da segunda cerca, uma carga elétrica. Pessoas caminham no espaço que as divide, carregando armas parecidas com as nossas armas de paintball, mas muito mais letais e poderosas do que elas.

Em uma placa presa à primeira cerca, está escrito: Departamento de Auxílio Genético.

Ouço a voz de Amah conversando com os guardas armados, mas não sei o que está dizendo. Um portão na primeira cerca se abre para nos deixar entrar, e depois um portão na segunda. Após as duas cercas, encontra-se... a ordem.

Até onde consigo ver, a paisagem é tomada por edifícios baixos separados por gramados aparados e mudas de árvores. As ruas que conectam os edifícios são bem-cuidadas e sinalizadas, com setas apontando para várias direções: ESTUFAS, em frente; POSTO DE SEGURANÇA, esquerda; RESIDÊNCIAS DOS OFICIAIS, direita; COMPLEXO PRINCIPAL, em frente.

Eu me levanto e me debruço na caminhonete para ver o complexo, metade do meu corpo pendurado para fora. O Departamento de Auxílio Genético não é alto, mas, mesmo assim, é enorme, mais largo do que consigo ver, um gigante de vidro, aço e concreto. Atrás do complexo, vejo algumas torres altas com pontas arredondadas. Não sei por quê, mas elas me lembram a sala de controle, e me pergunto se é mesmo isso que elas são.

Fora os guardas entre as grades, vejo poucas pessoas. As que vejo param para nos olhar, mas passamos tão rápido de caminhonete que não consigo ver suas expressões.

Paramos diante de portas duplas, e Peter é o primeiro a saltar. Nós o seguimos, saltando para a calçada atrás dele, e ficamos colados uns nos outros, tão perto que consigo ouvir o ritmo da respiração de cada um. Na cidade, nós nos dividíamos por facção, idade, histórico, mas aqui todas as divisões desaparecem. Só temos uns aos outros.

– Lá vamos nós – murmura Tris quando Zoe e Amah se aproximam.

Lá vamos nós, repito para mim mesmo.

+ + +

– Sejam bem-vindos ao complexo – diz Zoe. – Este edifício costumava ser o Aeroporto O'Hare, um dos mais movimentados dos Estados Unidos. Hoje, ele é a sede do Departamento de Auxílio Genético, ou simplesmente o Departamento, como o conhecemos por aqui. É uma agência do governo dos Estados Unidos.

Sinto o meu rosto ficar inexpressivo. Conheço todas as palavras que ela está dizendo, mas não sei bem o que os termos "aeroporto" e "estados unidos" significam, e a frase não está fazendo muito sentido de maneira geral. Não sou o único que parece confuso. Peter ergue as sobrancelhas, como se quisesse fazer uma pergunta.

– Desculpem-me – diz ela. – Esqueço que vocês não sabem muita coisa.

– Acho que a culpa de não sabermos nada é de *vocês*, e não *nossa* – diz Peter.

– É melhor eu reformular a minha frase. – Zoe sorri com delicadeza. – Esqueço que fornecemos poucas informações a vocês. Aeroportos são centros para viagens aéreas, e...

– Viagens *aéreas*? – pergunta Christina, incrédula.

– Um dos avanços tecnológicos sobre os quais não era necessário que soubéssemos quando estávamos dentro da cidade eram as viagens aéreas – diz Amah. – Elas são seguras, rápidas e incríveis.

– Uau! – exclama Tris.

Ela parece animada. Eu, no entanto, quando penso em voar pelo céu, bem acima do complexo, sinto vontade de vomitar.

– Enfim. Quando os experimentos começaram a ser desenvolvidos, o aeroporto foi convertido neste complexo para que pudéssemos monitorar os experimentos a distância – diz Zoe. – Vou levá-los até a sala de controle, para que vocês conheçam David, o líder do Departamento. Vocês verão muitas coisas que não entenderão, mas é melhor receberem algumas explicações preliminares antes de começarem a me fazer perguntas. Portanto, lembrem-se das coisas sobre as quais desejam aprender mais e sintam-se à vontade para perguntar a mim ou a Amah sobre elas depois.

Ela começa a andar na direção da entrada, e as portas se abrem para deixá-la passar, puxadas por dois guardas armados que a cumprimentam com um sorriso. O contraste entre a saudação simpática e as armas apoiadas em seus ombros é quase engraçado. As armas são enormes, e me pergunto qual deve ser a sensação de dispará-las e se é possível sentir seu poder mortal apenas apoiando o dedo no gatilho.

O ar gelado atinge meu rosto quando entro no complexo. Janelas arqueiam-se, altas, sobre a minha cabeça, deixando entrar uma luz fraca, mas esse é o aspecto mais interessante do lugar. O chão de azulejos está opaco por causa da sujeira e porque é antigo, e as paredes são cinzentas e vazias. À nossa frente, há um mar de pessoas e máquinas, e uma placa sobre elas diz: POSTO DE VERIFICAÇÃO DE SEGURANÇA. Não entendo por que eles precisam de tanta segurança se já estão protegidos por duas cercas, uma delas eletrificada, e algumas fileiras de guardas, mas este não é o meu mundo, e não devo questioná-lo.

Não, este definitivamente não é o meu mundo.

Tris encosta no meu ombro e aponta para o longo saguão de entrada.

– Veja só.

Do outro lado do recinto, fora do posto de verificação de segurança, encontra-se um enorme bloco de pedra e um aparato de vidro suspenso sobre ele. É um claro exemplo das coisas que veremos aqui e que não entenderemos. Também não entendo a avidez que vejo nos olhos de Tris, devorando tudo ao redor, como se só aquilo fosse capaz de nutri-la. Às vezes, acho que somos iguais, mas outras, como agora, parece que a diferença entre nossas personalidades nos leva a dar de cara contra uma parede.

Christina diz algo para Tris e as duas sorriem. Tudo que ouço está abafado e distorcido.

– Você está bem? – pergunta Cara.

– Estou – respondo de forma automática.

– Sabe, seria bastante lógico você entrar em pânico agora – diz ela. – Não precisa ficar insistindo o tempo todo na sua masculinidade inabalável.

– A minha... o quê?

Ela sorri, e percebo que está brincando.

Todas as pessoas do posto de verificação de segurança abrem caminho para nós, formando um túnel para atravessarmos. À nossa frente, Zoe anuncia:

– Armas não são permitidas dentro do edifício, mas, ao deixarem as suas no posto de verificação de segurança, podem pegá-las novamente ao sair se desejarem. Depois que vocês as entregarem, passaremos pelos detectores e poderemos seguir em frente.

– Essa mulher é irritante – diz Cara.

– O quê? – pergunto. – Por quê?

– Ela não consegue se distanciar do próprio conhecimento – diz ela enquanto pega a sua arma. – Fica falando coisas como se fossem óbvias, mesmo quando está claro que não são.

– Tem razão – concordo sem convicção. – Isso é mesmo irritante.

À minha frente, vejo Zoe colocar sua arma em um recipiente cinza e entrar no detector, uma caixa do tamanho de uma pessoa, com um túnel no meio, onde mal passa um ser humano. Saco a minha arma, ainda pesada com as balas que não usei, e a coloco no recipiente que o guarda me entrega, onde se encontram todas as outras armas.

Vejo Zoe passando pelo detector, depois Amah, Peter, Caleb, Cara e Christina. Ao alcançar a beirada do detector, com suas paredes que me esmagarão, sinto o começo de um novo ataque de pânico. Minhas mãos ficam dormentes, e meu peito aperta. O detector me lembra da caixa de madeira que me cerca na paisagem do medo, espremendo os meus ossos.

Não posso, não vou entrar em pânico aqui.

Forço os meus pés a entrarem no detector e paro no meio, onde todos os outros pararam. Ouço algo se movendo dentro das paredes nos dois lados, depois ouço um apito agudo. Estremeço e tudo o que vejo é a mão do guarda pedindo para que eu siga em frente.

Já posso escapar.

Saio do detector, cambaleante, e o ar se abre ao meu redor. Cara me olha fixamente, mas não fala nada.

Quando Tris passa pelo detector e segura a minha mão, quase não a sinto. Lembro-me de passar pela minha paisagem do medo com ela, dos nossos corpos apertados um contra o outro dentro da caixa de madeira que nos aprisionava, da palma da minha mão em seu peito, sentindo seu batimento cardíaco. Isso é o bastante para me trazer de volta à realidade.

Depois que Uriah passa pelo detector, Zoe faz um sinal para que sigamos em frente.

Após o posto de verificação de segurança, o edifício não é tão decrépito quanto antes. O chão ainda é de ladrilho, mas eles estão perfeitamente polidos, e há janelas por toda parte. Seguindo um longo corredor, vejo fileiras de mesas de laboratório e computadores que me lembram da sede da Erudição, embora este ambiente seja mais claro, e não pareça haver nada escondido aqui.

Zoe nos guia por um corredor mais escuro à direita. Ao passarmos pelas pessoas, elas param para nos observar, e sinto seus olhares em mim, como pequenos raios de calor, me esquentando da garganta às bochechas.

Andamos por muito tempo, adentrando cada vez mais o complexo, e Zoe para, virando-se para nós.

Atrás dela, há um grande círculo de monitores apagados, como mariposas ao redor de uma chama. Pessoas dentro do círculo estão sentadas diante de mesas baixas, digitando furiosamente em outros monitores, que por sua vez estão voltados para fora, e não para dentro. É uma sala de controle, mas aberta, e não sei ao certo o que estão observando aqui, já que todos os monitores parecem apagados. Amontoados ao redor dos monitores voltados para dentro há cadeiras, bancos e mesas, como se pessoas tivessem se reunido ali para assistir aos monitores por puro prazer.

Alguns metros à frente da sala de controle está um homem mais velho com um sorriso no rosto e um uniforme azul-escuro como os de todas as outras pessoas. Ao notar a nossa aproximação, ele abre os braços para nos dar boas-vindas. Imagino que seja David.

– Isto – diz o homem – é o que estamos esperando desde o princípio.

CAPÍTULO QUINZE

TRIS

TIRO A FOTO do bolso. O homem diante de mim, David, está nela, ao lado da minha mãe, com o rosto um pouco menos enrugado e um pouco mais magro.

Cubro o rosto da minha mãe com a ponta do dedo. Toda a esperança dentro de mim já desapareceu. Se minha mãe, meu pai ou meus amigos estivessem vivos, eles estariam nos esperando na porta. Eu deveria saber que o que aconteceu com Amah, seja lá o que foi, não poderia se repetir.

– Meu nome é David. Como Zoe já deve ter lhes informado, sou o líder do Departamento de Auxílio Genético. Tentarei ao máximo explicar as coisas – diz ele. – A primeira coisa que vocês devem saber é que as informações que Edith Prior lhes ofereceu são apenas parcialmente verdadeiras.

Ao falar o nome "Prior", ele pousa os olhos em mim. Meu corpo estremece de ansiedade. Quando vi aquele vídeo, fiquei desesperada por respostas e estou prestes a ouvi-las.

– Ela lhes deu apenas as informações de que vocês precisavam para alcançar os objetivos necessários para os nossos experimentos – diz David. – E, em muitos casos, isso significou simplificar em excesso, omitir e até mentir. Agora que vocês estão aqui, nada disso será mais preciso.

– Vocês não param de falar sobre "experimentos" – diz Tobias. – *Que* experimentos?

– Sim, já vou falar sobre isso. – David olha para Amah. – Por onde eles começaram quando explicaram isso a você?

– Não importa por onde você começa. Não há como isso ser fácil de aceitar – diz Amah, cutucando suas cutículas.

David considera a sua resposta por um instante, depois pigarreia.

– Há muito tempo, o governo dos Estados Unidos...

– Os estados o quê? – pergunta Uriah.

– É um país – diz Amah. – Um país grande. Tem fronteiras estabelecidas e seu próprio governo, e estamos no meio dele agora. Podemos falar sobre isso mais tarde. Continue, senhor.

David aperta o dedão contra a palma da mão e a massageia, claramente incomodado com todas as interrupções.

E recomeça:

– Há alguns séculos, o governo deste país se interessou em incutir certos comportamentos desejáveis em seus cidadãos. Estudos haviam indicado que tendências violentas poderiam ser explicadas em parte pelos genes de uma pessoa. Um gene denominado "assassino" foi o primeiro deles, mas houve muitos outros, como predisposições genéticas para covardia, desonestidade, falta de inteligência. Ou seja, todas as características que acabam contribuindo para uma sociedade degradada.

Eles nos ensinaram que as facções foram formadas para resolver um problema, ou seja, o problema das nossas naturezas falhas. Parece que as pessoas que David está descrevendo, seja lá quem forem, também acreditavam nesse problema.

Sei muito pouco sobre genética, apenas o que posso ver passando de pais para filhos, no meu rosto e nos rostos dos meus amigos. Não consigo imaginar alguém isolando um gene de assassinato, covardia ou desonestidade. Essas coisas parecem nebulosas demais para terem uma localização concreta no corpo de uma pessoa. Mas não sou nenhuma cientista.

– É claro que há muitos fatores que determinam a personalidade de uma pessoa, como a criação e as experiências – continua David. – Apesar da paz e prosperidade que reinavam neste país quase um século atrás, pareceu vantajoso para nossos antepassados reduzir através da correção os riscos de que essas qualidades indesejáveis surgissem em nossa população. Ou seja, editaram a humanidade.

– Foi assim que nasceu o experimento de manipulação genética. Para que qualquer tipo de manipulação genética se manifeste, são necessárias várias gerações, mas as pessoas foram selecionadas da população geral em grandes números, de acordo com seus históricos e comportamentos, e elas tiveram a opção de dar um presente para as futuras gerações, uma alteração genética que tornaria seus descendentes um pouquinho melhores.

Olho para as outras pessoas. Peter está torcendo a boca com desdém. A testa de Caleb está franzida. Cara está boquiaberta, como se estivesse faminta por respostas e tivesse a intenção de retirá-las do ar. Christina parece simplesmente desconfiada, com uma sobrancelha erguida, e Tobias está encarando os sapatos.

Sinto que não estou ouvindo nada de novo, apenas a mesma filosofia que originou as facções, só que neste caso levando as pessoas a manipularem seus genes, em vez de se separarem em grupos de acordo com suas virtudes. Eu entendo. De certa forma, até concordo. Mas não entendo o que tem a ver conosco aqui e agora.

– Mas, quando as manipulações genéticas começaram a fazer efeito, as alterações tiveram consequências desastrosas. Ocorre que a experiência resultou não em genes corrigidos, mas em genes danificados – diz David. – Se você tira o medo, a falta de inteligência ou a desonestidade de uma pessoa... acaba tirando também a sua compaixão. Se você tira a agressividade de uma pessoa, tira também a sua motivação ou a sua habilidade de se impor. Se você tira o egoísmo de uma pessoa, tira também seu senso de autopreservação. Se vocês pensarem a respeito, tenho certeza de que entenderão exatamente sobre o que estou falando.

Listo cada uma das qualidades na minha cabeça conforme ele as menciona: medo, falta de inteligência, desonestidade, agressividade, egoísmo. Ele está mesmo falando sobre as facções. E tem razão em afirmar que cada facção perde algo ao ganhar uma virtude: a Audácia, corajosa, mas cruel; a Erudição, inteligente, mas vaidosa; a Amizade, pacífica, mas passiva; a Franqueza, honesta, mas insensível; a Abnegação, altruísta, mas sufocante.

– A humanidade nunca foi perfeita, mas as alterações genéticas pioraram as coisas. Isso se manifestou no que chamamos de Guerra da Pureza. Uma guerra civil, travada por quem tinha genes danificados contra o governo e todos os que tinham genes puros. A Guerra da Pureza causou um grau de destruição sem precedentes no território americano, dizimando quase metade da população do país.

– A imagem está disponível – diz uma das pessoas sentadas a uma das mesas na sala de controle.

Um mapa aparece no monitor sobre a cabeça de David. É uma forma que não conheço, e não sei ao certo o que representa, mas está coberta com áreas de luzes rosa, vermelhas e marrons.

– Este é o nosso país antes da Guerra da Pureza – explica David. – E *isto* é depois...

A luzes começam a desaparecer, e as áreas iluminadas encolhem, como poças secando sob o sol. De repente, percebo que as luzes representam pessoas. Pessoas desaparecendo, suas luzes se apagando. Encaro o monitor, sem conseguir assimilar uma perda tão substancial.

– Quando a guerra por fim terminou – continua David –, a população exigiu uma solução permanente para o problema genético. E foi assim que o Departamento de Auxílio Genético foi formado. Com todo o conhecimento científico do nosso governo ao seu dispor, nossos predecessores desenvolveram experimentos para restaurar a humanidade ao seu estado de pureza genética.

– Eles pediram que indivíduos geneticamente danificados se apresentassem, para que o Departamento pudesse alterar seus genes. Em seguida, eles foram colocados em ambientes seguros, onde ficariam por um longo período, equipados com versões básicas dos soros para ajudá-los a controlar sua sociedade. Eles esperariam pela passagem do tempo, pela passagem das gerações, para que cada uma produzisse seres humanos mais geneticamente curados. Ou, como vocês os conhecem agora... Divergentes.

Desde que Tori me falou sobre o termo usado para definir o que sou, Divergente, quero saber o que significa. E eis a resposta mais simples que recebi: "Divergente" significa que meus genes estão curados. Puros. Inteiros. Eu deveria me sentir aliviada por enfim saber a resposta. Mas sinto apenas que algo está fora do lugar, uma voz no fundo da minha mente.

Pensei que "Divergente" explicasse tudo o que sou e tudo o que posso ser. Talvez eu estivesse errada.

Começo a perder o fôlego à medida que as revelações penetram a minha mente e o meu coração e que David desvela as camadas de mentiras e segredos. Levo a mão ao peito para sentir o meu coração e tentar me controlar.

– Sua cidade é um desses experimentos de cura genética e de longe o mais bem-sucedido, por causa da extensão de modificação comportamental. Ou seja, as facções. – David sorri para nós, como se devêssemos nos orgulhar disso, mas não sinto orgulho. Eles nos criaram, moldaram o nosso mundo, nos disseram no que deveríamos acreditar.

Se eles nos disseram no que deveríamos acreditar, e não concluímos isso sozinhos, será que continua sendo verdade? Aperto a mão com mais força contra o peito. *Controle-se.*

– As facções foram uma tentativa dos nossos predecessores de incorporar um elemento de "estímulo" ao experimento. Eles descobriram que a mera correção genética não era suficiente para alterar a maneira como as pessoas se comportavam. Uma nova ordem social, combinada à modificação genética, foi determinada como a solução mais completa para os problemas comportamentais decorrentes da danificação genética.

O sorriso de David desaparece quando ele olha para todos nós. Não sei o que ele esperava. Que sorríssemos de volta? Mas ele segue em frente:

– Mais tarde, as facções foram introduzidas na maioria dos nossos outros experimentos, três do quais continuam ativos. Nós nos esforçamos muito para proteger e observar vocês e também para aprender com vocês.

Cara corre as mãos por cima do cabelo, como se procurasse fios soltos. Sem encontrar nenhum, ela diz:

— Então, quando Edith Prior disse que deveríamos determinar a causa da nossa Divergência e deixar a cidade para ajudar vocês, aquilo foi...

— "Divergente" é o nome que decidimos dar àqueles que alcançaram o nível desejado de cura genética — explica David. — Queríamos nos certificar de que os líderes da sua cidade os valorizassem. Não esperávamos que a líder da Erudição começasse a caçá-los, ou que a Abnegação revelasse a ela o que eles são. E, ao contrário do que disse Edith Prior, nunca planejamos de fato que vocês nos enviassem um exército Divergente. Afinal, não precisamos da sua ajuda. Precisamos apenas que seus genes curados permaneçam intactos e que sejam passados para as gerações futuras.

— Então, você está dizendo que quem não é Divergente é *danificado* — diz Caleb. Sua voz soa trêmula. Nunca pensei que veria Caleb prestes a chorar por algo assim, mas estou vendo agora.

Controle-se, digo a mim mesma, depois respiro fundo, bem devagar.

— *Geneticamente* danificado, sim — diz David. — No entanto, ficamos surpresos em descobrir a eficácia do componente de modificação comportamental do experimento da nossa cidade. Há até pouco tempo, ele ajudou bastante a solucionar os problemas comportamentais que em princípio tornaram a manipulação genética problemática. Portanto, de maneira geral, seria impossível saber apenas pelo comportamento de uma pessoa se os seus genes são danificados ou curados.

— Sou inteligente — diz Caleb. — Você está dizendo que, como meus antepassados foram *alterados* para serem inteligentes, eu, seu descendente, não posso ser compassivo por completo. Eu, e todas as outras pessoas geneticamente danificadas, somos limitados por nossos genes danificados. E os Divergentes não.

— Bem — diz David, levantando o ombro. — Pense bem.

Caleb olha para mim pela primeira vez em dias, e eu o encaro de volta. Será que essa é a explicação para sua traição: seus genes danificados? Como uma doença que ele não é capaz de curar ou controlar? Isso não me parece certo.

— Genes não são tudo — diz Amah. — Pessoas, inclusive as geneticamente danificadas, fazem escolhas. É isso que importa.

Penso em meu pai, nascido na Erudição, e não Divergente; um homem que não tinha outra escolha senão ser inteligente escolhendo a Abnegação, encarando uma batalha para a vida toda contra a sua própria natureza e vencendo-a no fim. Um homem em guerra consigo mesmo, assim como eu estou em guerra comigo mesma.

Essa guerra interna não parece produto de danos genéticos, mas é completa e puramente *humana*.

Olho para Tobias. Ele está tão esgotado, tão curvado, que parece prestes a desmaiar. E não é o único: Christina, Peter, Uriah e Caleb também parecem atordoados. Cara está beliscando a bainha da camisa, passando o dedão pelo tecido e franzindo a testa.

– É muita informação para vocês processarem – diz David.

Muita informação é pouco.

Ao meu lado, Christina bufa.

– E vocês passaram a noite inteira acordados – continua David, como se ninguém o tivesse interrompido. – Portanto, vou levá-los a um lugar onde possam descansar um pouco e comer.

– Espere – digo. Penso na foto em meu bolso e em como Zoe sabia o meu nome quando a entregou para mim. Penso sobre o que David disse, sobre nos observar e aprender conosco. Penso nas fileiras de monitores desligados, bem diante de mim. – Você disse que tem nos observado. Como?

Zoe comprime os lábios. David acena com a cabeça para uma das pessoas atrás dele. De repente, todos os monitores se acendem, cada um deles mostrando a imagem de uma câmera diferente. Nas que estão mais perto de mim, vejo a sede da Audácia. O Merciless Mart. O Millenium Park. O Edifício Hancock. O Eixo.

– Vocês sempre souberam que membros da Audácia observam a cidade com câmeras de segurança – diz David. – Bem, nós também temos acesso a essas câmeras.

Eles têm nos vigiado.

+ + +

Penso em ir embora.

Passamos em frente ao posto de verificação de segurança a caminho do lugar para onde David está nos levando, e penso em passar por ele de novo, pegar a minha arma de volta e fugir deste lugar, de onde eles têm me vigiado. Desde a minha infância. Meus primeiros passos, minhas primeiras palavras, meu primeiro dia de aula, meu primeiro beijo.

Vigiando quando Peter me atacou. Quando minha facção foi colocada sob o efeito de uma simulação e transformada em um exército. Quando meus pais morreram.

O que mais eles viram?

A única coisa que me impede de fazer isso é a foto no meu bolso. Não posso ir embora sem antes descobrir como essas pessoas conheciam a minha mãe.

David nos guia pelo complexo até uma área carpetada, com vasos de plantas dos dois lados. O papel de parede é velho e amarelado, descascando nos cantos. Seguimos David até um aposento grande, com o pé direito alto, chão de madeira e luzes de um amarelo-alaranjado. Catres estão organizados em duas fileiras retas, com baús ao lado para as coisas que trouxemos conosco, e há enormes janelas com cortinas elegantes do outro lado do cômodo. Quando me aproximo, percebo que as pontas das cortinas estão gastas e puídas.

David diz que esta parte do complexo costumava ser um hotel ligado ao aeroporto por um túnel e que este costumava ser o salão de baile. Mais uma vez, as palavras não significam nada para nós, mas ele parece não notar.

– É claro que esta é apenas uma acomodação temporária. Quando vocês decidirem o que fazer, nós os acomodaremos em outro lugar, seja neste complexo ou não. Zoe se certificará de que vocês sejam bem-cuidados – diz ele. – Voltarei amanhã para ver como estão.

Olho para Tobias, que está andando de um lado para outro em frente às janelas, roendo as unhas. Nunca percebi que ele tinha esse hábito. Talvez nunca tenha estado estressado a este ponto.

Eu poderia ficar aqui para tentar oferecer algum conforto a ele, mas preciso de respostas a respeito da minha mãe e não vou esperar mais. Sei que Tobias, em especial, vai entender. Sigo David até o corredor. Do lado de fora do salão, ele se apoia na parede e coça a nuca.

– Olá – digo. – Meu nome é Tris. Acho que você conheceu a minha mãe.

Ele toma um susto, mas sorri para mim. Cruzo os braços. Sinto a mesma coisa que senti quando Peter arrancou a minha toalha durante a iniciação da Audácia só por crueldade: exposta, envergonhada, irada. Talvez não seja justo direcionar tudo isso a David, mas não consigo evitar. Ele é o líder deste complexo, do Departamento.

– Sim, é claro. Eu reconheci você.

De onde? Das câmeras sinistras que seguiam todos os meus movimentos? Aperto mais os braços contra o peito.

– Certo. – Espero um pouco, depois digo: – Preciso saber sobre a minha mãe. Zoe me entregou uma foto com ela, e você está bem ao lado dela, então imaginei que você pudesse ajudar.

– Ah – diz ele. – Posso ver a foto?

Tiro a foto do bolso e a ofereço a ele, que a alisa com as pontas dos dedos, e há um sorriso estranho em seu rosto ao olhar para ela, como se a estivesse acariciando com os olhos. Transfiro o meu peso de um pé para outro. Sinto que estou invadindo um momento particular.

– Ela voltou certa vez – diz ele. – Antes de se tornar mãe. Foi nessa época que tiramos esta foto.

– *Voltou* para vocês? – pergunto. – Ela era uma de vocês?

– Era – responde David de maneira simples, como se a sua resposta não transformasse por completo o meu mundo. – Ela veio daqui. Nós a enviamos para a cidade quando ela era jovem para resolver um problema no experimento.

– Então ela sabia – falo com a voz trêmula, sem saber por quê. – *Sabia* sobre este lugar e sobre o que havia do lado de fora da cerca.

David parece confuso, e suas sobrancelhas grossas estão franzidas.

– Sim, é claro.

O tremor desce pelos meus braços, até as minhas mãos, e logo todo o meu corpo estremece, como se tentasse rejeitar algum veneno que eu tivesse engolido. E esse veneno é o conhecimento, o conhecimento deste lugar, de seus monitores e de todas as mentiras sobre as quais construí a minha vida.

– Ela sabia que vocês estavam nos *observando* o tempo todo... observando enquanto ela *morria* e o meu pai morria e todos começaram a matar uns aos outros! Mas vocês enviaram alguém para ajudá-la, para me ajudar? Não! Não, tudo o que fizeram foi tomar notas.

– Tris...

Ele faz menção de tocar em mim, mas afasto sua mão.

– Não me chame assim. Você não deveria saber o meu nome. Você não deveria saber nada sobre nós.

Tremendo, retorno ao salão.

+ + +

Lá dentro, os outros já escolheram suas camas e guardaram seus pertences. Estamos sozinhos, sem intrusos. Encosto-me à parede ao lado da porta e passo as mãos pela parte da frente das minhas calças, para enxugar o suor.

Ninguém parece estar se ajustando muito bem. Peter está deitado com a cara voltada para a parede. Uriah e Christina estão sentados um ao lado do outro, conversando em voz baixa. Caleb está massageando suas têmporas com as pontas dos dedos. Tobias continua andando de um lado para outro e roendo as unhas. E Cara está sozinha, passando a mão no rosto. Pela primeira vez desde que a conheci, ela parece chateada, sem sua armadura da Erudição.

Sento-me diante dela.

– Você não parece nada bem.

Seu cabelo, em geral preso com perfeição em um coque, está desarrumado. Ela me encara, irritada.

– Obrigada por me avisar.

– Desculpe – digo. – Não tive a intenção de ser grosseira.

– Eu sei. – Ela suspira. – Sou... sou da Erudição, sabe?

Abro um pequeno sorriso.

– Sim, eu sei.

– Não. – Ela balança a cabeça. – É a única coisa que sou. Da Erudição. E agora eles me dizem que isso é resultado de algum tipo de defeito nos meus genes... e que as próprias facções são apenas uma prisão mental para nos manter sob controle. Exatamente como disseram Evelyn Johnson e os sem-facção. – Ela faz um pausa. – Então, para que formar os Leais? Para que vir até aqui?

Eu não havia percebido o quanto Cara já se apegara à ideia de ser uma Leal, que converge para o sistema de facções e defende os nossos fundadores. Para mim, aquela era apenas uma identidade temporária, poderosa, porque podia me tirar da cidade. Para ela, a identificação deve ter sido bem mais profunda.

– Mesmo assim, é bom termos vindo até aqui – digo. – Descobrimos a verdade. Isso não vale alguma coisa para você?

– É claro que sim – diz Cara suavemente. – Mas isso significa que preciso de outras palavras para descrever o que sou.

Logo depois que a minha mãe morreu, agarrei-me à minha Divergência como se ela fosse uma mão estendida para mim. Eu precisava daquela palavra para definir quem eu era quando tudo ao meu redor estava desmoronando. Mas agora não sei mais se preciso dela e se em algum momento de fato *precisamos* destas palavras, "Audácia", "Erudição", "Divergente", "Leal" ou se podemos simplesmente ser amigos, amantes, irmãos, definidos apenas pelas escolhas que fazemos e o amor e a lealdade que nos unem.

— É melhor você ver se ele está bem — diz Cara, indicando Tobias com a cabeça.

— É verdade.

Atravesso o aposento e paro diante das janelas, encarando o que podemos ver do complexo, que não passa de mais vidro e aço, calçadas, grama e cercas. Quando ele me vê, interrompe sua andança de um lado a outro e para ao meu lado.

— Você está bem? — pergunto.

— Estou. — Ele se senta no parapeito da janela, encarando-me, e nossos olhos ficam na mesma altura. — Quer dizer, na verdade, não. Não consigo parar de pensar na falta de sentido de tudo aquilo. Digo, do sistema de facções.

Ele massageia a própria nuca, e me pergunto se está pensando nas tatuagens nas suas costas.

— Nós dedicamos tudo o que tínhamos a elas — diz ele. — Todos nós. Mesmo sem percebermos que estávamos fazendo isso.

— É sobre isso que você está pensando? — Levanto as sobrancelhas. — Tobias, eles estavam nos *vigiando*. Tudo o que aconteceu, tudo o que fizemos. Não intervieram, apenas invadiram a nossa privacidade. O tempo todo.

Ele massageia a têmpora com a ponta dos dedos.

— Acho que você tem razão. Mas não é isso que está me incomodando.

Eu devo estar olhando-o com incredulidade sem perceber, porque ele balança a cabeça.

— Tris, trabalhei na sala de controle da Audácia. Havia câmeras por toda a parte o tempo todo. Tentei alertá-la de que havia pessoas vigiando você durante a iniciação, lembra?

Eu me lembro dos olhos dele olhando para o teto, para o canto. Os alertas codificados dele, sussurrados entredentes. Nunca me dei conta de que ele estava me alertando sobre as câmeras. Simplesmente nunca tinha pensado nisso antes.

– Isso costumava me incomodar – diz ele. – Mas superei isso há muito tempo. Sempre pensávamos que estávamos sozinhos, e agora parece que estávamos certos. Eles nos deixaram sozinhos. É assim que as coisas são.

– Acho que não consigo aceitar isso. Se você vê uma pessoa em apuros, deve ajudá-la. Não importa se é um experimento. E... meu Deus. – Estremeço. – Eles viram tantas coisas.

Ele me lança um sorriso.

– O que foi? – pergunto.

– Estava só pensando em algumas coisas que eles viram – diz ele, pousando a mão na minha cintura. Olho feio para ele por um segundo, mas não consigo sustentar o olhar, não com ele sorrindo assim para mim. Não quando sei que ele está tentando me fazer sentir melhor. Abro um pequeno sorriso.

Sento-me ao seu lado no parapeito, as mãos presas entre as minhas pernas e a madeira.

– Sabe – continuo –, o fato de o Departamento ter desenvolvido as facções não é muito diferente do que pensávamos que havia acontecido: há muito tempo, um grupo de pessoas decidiu que o sistema de facções seria a melhor maneira de viver ou de fazer as pessoas viverem da melhor forma possível.

A princípio, ele não responde, apenas morde o interior do seu lábio e encara os nossos pés, lado a lado no chão. As pontas dos meus pés mal encostam no chão.

– É, isso me acalma um pouco – diz ele. – Mas tantas coisas eram mentiras, que é difícil definir o que era verdade, o que era real, o que importava.

Seguro a sua mão, deslizando meus dedos entre os dele. Ele encosta a testa na minha.

Eu me pego pensando *Graças a Deus* por uma questão de hábito e, de repente, entendo por que ele está tão preocupado. E se o Deus dos meus pais, todo o seu sistema de crenças, for apenas algo bolado por um bando de cientistas para nos manter sob controle? E não apenas as crenças deles sobre Deus e sobre o que mais houver lá fora, mas sobre o que é certo e o que é errado, sobre o altruísmo? Será que todas essas coisas precisam mudar porque agora sabemos como nosso mundo foi construído?

Não sei.

Pensar nisso me deixa abalada. Então, eu o beijo devagar para sentir o calor da sua boca, a pressão delicada e sua respiração quando nos afastamos.

– Por que será que sempre estamos cercados de pessoas? – pergunto.

– Não sei – diz ele. – Talvez porque somos idiotas.

Solto uma risada, e é a risada, e não a luz, que expulsa a escuridão que estava se acumulando dentro de mim, que me lembra de que ainda estou viva, mesmo que seja neste lugar estranho, onde tudo em que eu acreditava está desmoronando. Mas ainda sei de algumas coisas. Sei que não estou sozinha, que tenho amigos e que estou apaixonada. Sei de onde vim. Sei que não quero morrer, e, para mim, isso já é alguma coisa. É mais do que eu tinha há algumas semanas.

+ + +

À noite, aproximamos nossas camas um pouquinho mais e olhamos nos olhos um do outro, momentos antes de dormirmos. Quando Tobias enfim apaga, nossos dedos estão entrelaçados no espaço entre as camas.

Abro um pequeno sorriso e me deixo cair no sono.

CAPÍTULO DEZESSEIS

TOBIAS

O SOL AINDA não havia terminado de se pôr quando caímos no sono, mas acordo poucas horas depois, à meia-noite. Minha mente está agitada demais para descansar, cheia de pensamentos, questões e dúvidas. Tris soltou a minha mão há um tempo, e seus dedos agora tocam o chão. Ela está espalhada no colchão, com o cabelo cobrindo os olhos.

Enfio os pés nos sapatos e caminho pelos corredores, arrastando os cadarços pelo carpete. Estou tão acostumado com o complexo da Audácia que o ranger de tábuas corridas sob meus pés não me parece nada familiar. Eu me habituei a ouvir meus passos se arrastando e ecoando nas pedras e ao ronco e pulsar da água do abismo.

Uma semana depois do começo da minha iniciação, Amah, preocupado com o meu isolamento e minha obsessão crescentes, convidou-me para jogar Desafio com alguns membros mais velhos da Audácia. Fui desafiado a ir até o Fosso para fazer a minha primeira tatuagem, as chamas da Audácia que cobrem as minhas costelas. Foi doloroso, mas gostei de cada minuto daquilo.

Chego ao final do corredor e me encontro em um átrio, cercado pelo cheiro de terra molhada. Ao meu redor, plantas e árvores estão suspensas sobre a água, como nas estufas da Amizade. No centro da sala há uma árvore em um enorme tanque d'água erguido bem alto, e consigo ver sob a planta os emaranhado de raízes estranhamente humanas, como nervos.

– Você está menos atento do que antigamente – diz Amah atrás de mim. – Segui você desde o lobby do hotel.

– O que quer? – Bato com os nós dos dedos no tanque, formando marolas na água.

– Imaginei que você gostaria de saber por que não estou morto.

– Estive pensando sobre isso. Eles nunca permitiram que víssemos o seu corpo. Não seria tão difícil forjar a morte de alguém sem nunca apresentar o corpo.

– Parece que você já entendeu tudo. – Amah bate palmas. – Bom, se não está curioso, então acho que vou embora...

Cruzo os braços.

Amah corre a mão pelo cabelo preto, amarrando-o com um elástico.

– Eles forjaram a minha morte porque eu era Divergente, e Jeanine havia começado a matar os Divergentes. Tentaram salvar o maior número possível deles antes que ela os pegasse, mas era difícil, sabe, porque ela estava sempre um passo à frente.

– Existem outros? – pergunto.

– Alguns – responde ele.

– Algum chamado Prior?

Amah balança a cabeça.

– Não, Natalie Prior está morta, infelizmente. Foi ela quem me ajudou a sair. Ela também ajudou outro cara... George Wu. Você o conhece? Ele está na patrulha agora, senão teria vindo buscar vocês comigo. A irmã dele continua na cidade.

O nome causa um nó na minha barriga.

– Meu Deus – digo, apoiando-me na parede do tanque.

– O que foi? Você o conhece?

Balanço a cabeça.

Nem consigo imaginar aquilo. Poucas horas separam a morte de Tori da nossa chegada aqui. Em um dia normal, poucas horas podem conter longos períodos nos quais as pessoas apenas conferem o relógio. Tempo livre. Mas ontem algumas horas colocaram uma barreira intransponível entre Tori e seu irmão.

– Tori era irmã dele – explico. – Ela tentou deixar a cidade conosco.

– *Tentou* – repete Amah. – Ah. Nossa. Isso é...

Nós dois ficamos em silêncio por um tempo. George nunca reencontrará a irmã, e ela morreu pensando que ele fora assassinado por Jeanine. Não há nada a dizer a respeito disso. Pelo menos, nada que valha a pena.

Agora que meus olhos se ajustaram à escuridão, vejo que as plantas aqui foram selecionadas por sua beleza, e não sua praticidade. São flores, trepadeiras e grupos de folhas roxas e vermelhas. As únicas flores que vi na vida eram selvagens, ou flores das macieiras nos pomares da Amizade. Estas são mais extravagantes, vibrantes e complexas, com pétalas dobradas sobre outras pétalas. Seja lá o que for este lugar, ele não precisou ser tão pragmático quanto a nossa cidade.

– A mulher que encontrou o seu corpo – digo. – Ela estava... mentindo?

– Não podemos confiar que alguém vá mentir de maneira consistente. – Ele mexe a sobrancelha. – Nunca pensei que diria isso, mas é verdade. A memória dela foi apagada e alterada para que pensasse ter me visto saltando da Pira, e o corpo plantado não era meu. Mas ele estava em um estado tão ruim que ninguém percebeu.

– A memória dela foi apagada. Você quer dizer, com o soro da Abnegação?

– Nós o chamamos de "soro da memória", já que, tecnicamente, ele não pertence apenas à Abnegação. Mas, sim. Foi com ele mesmo.

Antes, eu estava com raiva dele. Não sei bem por quê. Talvez só estivesse irritado porque o mundo se tornou um lugar tão complicado, e eu nunca soube nem uma fração da verdade a seu respeito. Ou porque me permiti sofrer pela morte de alguém que nunca esteve morto de verdade, da mesma maneira que sofri pela perda da minha mãe durante todos os anos em que achei que ela estivesse morta. Fazer uma pessoa sofrer, levando-a a acreditar que você se foi, é a mentira mais cruel à qual alguém pode ser submetido, e já fui submetido a ela duas vezes.

Contudo, ao olhar para ele, minha raiva se esvai, como uma mudança de maré. E, no lugar da raiva, encontra-se o meu instrutor de iniciação e amigo, vivo novamente.

Abro um sorriso.

– Então, você está vivo.

– O mais importante – diz ele, apontando para mim – é que você não está mais chateado por isso.

Ele agarra o meu braço e me puxa para um abraço, batendo nas minhas costas com uma das mãos. Tento mostrar o mesmo entusiasmo, mas não é algo que me vem com naturalidade. Quando nos afastamos, meu rosto está quente. E, pela maneira como ele cai na gargalhada, devo estar vermelho também.

– Uma vez Careta, sempre Careta – diz ele.

– Tá bom... Mas e aí, você gosta daqui?

Amah dá de ombros.

– Não tenho muita escolha, mas, sim, até que gosto. Trabalho na segurança, é claro, já que só fui treinado para isso. Adoraríamos que trabalhasse conosco, mas acho que você merece coisa melhor.

– Ainda não decidi ao certo se quero mesmo ficar. Mas obrigado.

– Não há nenhum lugar melhor lá fora. Todas as outras cidades, onde a maioria da população do país mora, são sujas e perigosas, a não ser que você conheça as pessoas certas. Aqui temos pelo menos água limpa, comida e segurança.

Troco o meu pé de apoio. Estou desconfortável. Não quero pensar em ficar, em fazer deste lugar o meu lar. Já me sinto aprisionado em minha própria decepção. Não era isso que eu esperava quando pensava em escapar dos meus pais e das memórias ruins que eles me causavam. Mas não quero estragar tudo com Amah agora, quando enfim sinto que tenho meu amigo de volta, então digo apenas:

– Vou pensar a respeito.

– Ouça, preciso contar outra coisa.

– O quê? Mais ressurreições?

– O meu caso não é bem de ressurreição, já que nunca morri, não é? – Amah balança a cabeça. – Não, é algo a respeito da cidade. Alguém ouviu na sala de controle hoje que o julgamento de Marcus está marcado para amanhã de manhã.

Eu sabia que esse dia chegaria. Eu sabia que Evelyn deixaria o julgamento dele por último e que ela saborearia cada momento que passasse assistindo-o se contorcer sob o efeito do soro da verdade, como se fosse sua última refeição. Só não imaginei que teria a opção de ver tudo se eu quisesse. Pensei que tivesse finalmente me livrado deles, de todos eles, para sempre.

– Ah. – É tudo o que consigo dizer.

Ainda me sinto entorpecido e confuso no caminho de volta para o dormitório e, mais tarde, quando me deito na cama. Não sei o que farei.

CAPÍTULO DEZESSETE

TRIS

ACORDO POUCO ANTES do nascer do sol. Ninguém mais se mexe na cama. O braço de Tobias cobre seus olhos, mas agora ele está calçado, como se tivesse se levantado no meio da noite. Christina está com a cabeça enfiada embaixo do travesseiro. Permaneço deitada por alguns minutos, descobrindo formas no teto, depois calço os sapatos e corro os dedos pelo cabelo para arrumá-lo.

Os corredores do complexo estão quase vazios, exceto por alguns poucos funcionários. Imagino que eles estejam acabando o turno da noite, porque estão inclinados diante das telas dos computadores, com os queixos apoiados nas mãos, ou agarrados a vassouras, quase desabando, já mal se lembrando de varrer. Enfio as mãos nos bolsos e sigo as placas até a entrada. Quero examinar melhor aquela escultura que vi ontem.

Quem quer que tenha projetado este lugar devia amar a luz. Há vidros na curva de cada teto do corredor e em cada parte inferior das paredes. Mesmo agora, que ainda nem amanheceu direito, já há luz o bastante para enxergar.

Tateio o bolso de trás em busca do crachá que Zoe me deu ontem durante o jantar e atravesso o posto de verificação de segurança com ele na mão. Então vejo a escultura a algumas centenas de metros das portas por onde entramos ontem, melancólica, enorme e misteriosa, como uma entidade viva.

É uma enorme lâmina de pedra escura, quadrada e áspera, como as pedras no fundo do abismo da Audácia. Uma enorme rachadura atravessa o meio da pedra, e há listras mais claras perto das extremidades. Um tanque de vidro cheio de água, com as mesmas dimensões, está suspenso sobre a rocha. Uma lâmpada posicionada sobre o centro do tanque lança um feixe de luz pela água, que se refrata em suas marolas. Ouço o som sutil de uma gota atingindo a pedra. Vem do pequeno tubo que atravessa o centro do tanque. A princípio, imagino que o tanque esteja apenas vazando, mas outra gota cai, e depois uma terceira, e uma quarta, com o mesmo intervalo de tempo entre elas. Depois que algumas gotas se acumulam, a água desaparece em um canal estreito na pedra. As gotas devem ser intencionais.

– Olá. – Zoe está do outro lado da escultura. – Desculpe, eu estava prestes a ir até o dormitório para procurá-la, mas vi você vir para cá e pensei que tivesse se perdido.

– Não, não me perdi. Queria mesmo vir para cá.

– Ah. – Ela para do meu lado e cruza os braços. Tem quase o meu tamanho, mas sua postura é mais ereta, o que a faz parecer mais alta. – É uma escultura bem estranha, não é?

Enquanto ela fala, observo as sardas nas suas bochechas, sarapintadas como a luz do sol atravessando uma folhagem densa.

– Ela significa alguma coisa?

– É o símbolo do Departamento de Auxílio Genético – explica ela. – A lâmina de pedra é o problema que estamos enfrentando. O tanque d'água é o nosso potencial para modificar o problema. E a gota d'água é o que de fato conseguimos fazer em um dado momento.

Não consigo deixar de rir.

– Não é muito encorajador, não é mesmo?

Ela sorri.

– Sim, sob um ponto de vista, não é mesmo. Mas prefiro enxergar de outra maneira. Prefiro acreditar que, se forem persistentes, até pequenas gotas d'água, com o tempo, podem mudar uma pedra para sempre. E a pedra nunca voltará ao que era.

Ela aponta para o centro da escultura, onde há uma pequena impressão, como um pote raso entalhado na pedra.

– Aquilo, por exemplo, não estava lá quando eles instalaram a escultura.

Assinto com a cabeça e vejo a gota seguinte cair. Embora encare com desconfiança o Departamento e tudo o que há nele, a esperança silenciosa da escultura me toca.

É um símbolo prático, comunicando a atitude paciente que permitiu às pessoas daqui permanecerem por tanto tempo observando e esperando. Mas preciso perguntar.

– Não seria mais eficaz soltar o tanque inteiro de uma vez? – Imagino a onda colidindo com a rocha e se derramando no chão de ladrilho, ao redor dos meus pés. Fazer um pouco de cada vez pode acabar sendo eficaz, mas penso que, se acreditamos que algo é realmente um problema, devemos fazer tudo o que podemos, porque é impossível se segurar.

– Por um tempo. Mas não sobraria água para fazer mais nada, e danos genéticos não são o tipo de problema que pode ser solucionado com uma grande mudança.

– Entendo. Só estou imaginando se é uma boa ideia se contentar com pequenos passos quando é possível dar passos grandes.

– Como o quê?

Dou de ombros.

– Acho que não sei. Mas vale a pena pensar sobre isso.

– Verdade.

– Então... você disse que estava me procurando? – pergunto. – Para quê?

– Ah! – Zoe leva a mão à testa. – Tinha esquecido. David pediu para eu levá-la para o laboratório. Há algo lá que pertenceu à sua mãe.

– Minha mãe? – Minha voz soa esganiçada e aguda. Ela me conduz para longe da escultura, em direção ao posto de verificação de segurança.

– É melhor eu avisar: talvez as pessoas fiquem encarando você – diz Zoe ao passarmos pelo detector de segurança. Há mais gente no corredor agora do que antes. Deve ser o início do expediente. – Seu rosto é conhecido aqui. As pessoas do Departamento assistem aos monitores com frequência, e, nos últimos meses, você esteve envolvida em muitas coisas interessantes. Muitos dos mais jovens a consideram uma heroína.

– Ah, ótimo – digo, com um gosto amargo na boca. – É mesmo, o que eu queria era ser uma heroína. E não, você sabe, continuar viva.

Zoe para de caminhar.

– Perdão. Não tive a intenção de fazer pouco caso das coisas pelas quais você passou.

Ainda não me sinto à vontade com a ideia de que todos têm nos observado. Tenho vontade de me cobrir ou me esconder em algum lugar onde ninguém mais consiga olhar para mim. Mas não há muito o que Zoe possa fazer a respeito, então não falo nada.

A maioria das pessoas nos corredores veste variações do mesmo uniforme, nas cores azul-escura ou verde-clara, e alguns usam jaquetas, macacões e moletons abertos, revelando camisetas de uma grande variedade de cores, algumas com estampas.

– As cores dos uniformes significam alguma coisa? – pergunto a Zoe.

– Na verdade, sim. As pessoas vestindo azul-escuro são cientistas e pesquisadores, e as de verde são da equipe de apoio, que cuida de manutenção, limpeza e coisas do tipo.

– Então eles são como os sem-facção.

– Não. Não, a dinâmica aqui é diferente. Todos fazem o que podem para ajudar a missão. Todos são valorizados e importantes.

Ela tinha razão. As pessoas estão mesmo olhando para mim. A maioria apenas me encara por tempo demais, mas algumas apontam, e outras até dizem o meu nome, como se ele lhes pertencesse. Isso faz com que me sinta oprimida, como se não pudesse me mover direito.

– A maior parte da equipe de apoio pertencia ao experimento de Indianápolis, uma outra cidade, perto daqui – conta Zoe. – Mas, para eles, a transição foi mais fácil do que será para vocês. Indianápolis não contava com os componentes comportamentais da sua cidade. – Ela faz uma pausa. – Digo, as facções. Depois de alguns anos, percebendo que a sua cidade não havia se autodestruído como as outras, o Departamento implementou os componentes das facções nas cidades mais novas, St. Louis, Detroit e Minneapolis, usando o experimento relativamente novo de Indianápolis como grupo de controle. O Departamento sempre promoveu os experimentos no Centro-Oeste, porque há mais espaço aqui. No leste, as zonas urbanas são mais próximas.

– Então, em Indianápolis, vocês simplesmente... corrigiram os genes das pessoas e as enfiaram em uma cidade qualquer? Sem facções?

– Eles tinham um sistema complexo de regras, mas... sim, foi basicamente isso.

– E não deu muito certo?

– Não. – Ela comprime os lábios. – Pessoas geneticamente danificadas, que foram condicionadas pelo sofrimento e não são educadas para viver de outra maneira, o que as facções as teriam feito, tornam-se muito destrutivas. Esse experimento logo falhou, num intervalo de três gerações. Chicago, a sua cidade, e outras cidades que contam com facções duraram muito mais.

Chicago. É tão estranho ter um nome para o lugar que sempre foi apenas o meu lar. Faz com que a cidade pareça menor na minha mente.

– Então vocês têm feito isso há muito tempo.

– Sim, há bastante tempo. O Departamento é diferente da maioria das agências governamentais, por causa da natureza do nosso trabalho e da nossa localização relativamente remota. Passamos conhecimento e objetivos para nossas crianças, em vez de contar com indicações ou contratações. Fui treinada para fazer o que faço desde que nasci.

Através das muitas janelas, vejo um estranho veículo. Ele tem o formato de um pássaro, com duas estruturas de asas e um bico pontudo, mas também tem rodas, como as de um carro.

– Aquilo serve para viagens aéreas? – pergunto, apontando para ele.

– Sim. – Ela sorri. – É um avião. Talvez possamos levá-la para voar em um deles algum dia, se você for *audaciosa* o bastante.

Não reajo ao jogo de palavras. Não consigo esquecer a maneira como ela me reconheceu assim que meu viu.

David está diante de uma das portas mais à frente. Quando nos vê, acena para nós.

– Oi, Tris – cumprimenta ele. – Obrigado por trazê-la, Zoe.

– De nada, senhor – diz Zoe. – Vou indo, então. Tenho muito trabalho a fazer.

Ela sorri para mim, depois vai embora. Não quero que vá. Agora que Zoe não está mais aqui, fico sozinha com David e com a memória de como gritei com ele ontem. Ele não comenta o episódio. Apenas passa seu crachá no sensor da porta para abri-la.

Do outro lado da porta, encontramos um escritório sem janelas. Um jovem, talvez da idade do Tobias, está sentado a uma mesa, e há uma segunda mesa vazia do outro lado da sala. O jovem olha para nós quando entramos, digita algo no monitor do seu computador e se levanta.

– Olá, senhor – diz ele. – Posso ajudar?

– Matthew. Onde está o seu supervisor? – pergunta David.

– Foi buscar comida no refeitório – diz Matthew.

– Bem, então talvez você possa me ajudar. Preciso da ficha de Natalie Wright carregada em um aparelho portátil. Você pode fazer isso?

Wright? Será o nome verdadeiro da minha mãe?

– É claro – diz Matthew, voltando a se sentar. Ele digita algo em seu computador e abre uma série de documentos, que estou longe demais para enxergar com clareza. – Pronto, é só esperar a transferência.

– Você deve ser a filha de Natalie, Beatrice. – Ele apoia o queixo na mão e me examina de maneira crítica. Seus olhos são tão escuros que parecem pretos e são um pouco puxados nas pontas. Ele não parece impressionado nem surpreso em me ver. – Você não se parece muito com ela.

– Tris – corrijo automaticamente. Mas fico feliz que Matthew não conheça meu apelido. Isso talvez signifique que ele não passe o tempo todo assistindo aos monitores, como se as nossas vidas na cidade fossem um espetáculo. – E, sim, eu sei disso.

David puxa uma cadeira para perto, arrastando-a ruidosamente nos ladrilhos, e dá um tapinha nela.

– Sente-se. Vou lhe dar um aparelho com todos os arquivos de Natalie para que você e seu irmão possam lê-los por conta própria. Mas, enquanto eles estão sendo transferidos, acho que vou contar uma história.

Sento-me na beirada da cadeira, e ele se senta atrás da mesa do supervisor de Matthew, girando uma caneca de café pela metade em círculos sobre o metal.

– Quero começar dizendo que sua mãe foi uma descoberta fantástica. Nós a localizamos quase por acidente dentro do mundo danificado, e os genes dela eram praticamente perfeitos – diz David, exultante. – Nós a retiramos de uma situação ruim e a trouxemos para cá. Ela passou vários anos aqui, mas então surgiu uma crise em sua cidade, e ela se voluntariou para entrar lá e resolver a situação. Mas tenho certeza de que você sabe tudo sobre isso.

Durante alguns segundos, só consigo piscar. Minha mãe veio de fora deste lugar? De onde?

De repente, me dou conta, mais uma vez, de que ela andou por estes corredores, assistiu à cidade nos monitores da sala de controle. Será que ela se sentou nesta cadeira? Será que os seus pés tocaram estes ladrilhos? De repente, parece haver marcas invisíveis da minha mãe por toda parte, em cada parede, maçaneta e pilastra.

Agarro o assento da cadeira e tento organizar meus pensamentos o bastante para fazer uma pergunta.

– Não, não sei – respondo por fim. – Que crise?

– O representante da Erudição havia começado a matar os Divergentes, é claro – diz ele. – Seu nome era Nor... Norman?

– Norton – corrige Matthew. – O antecessor de Jeanine. Parece que ele passou a ideia de matar Divergentes para ela logo antes de sofrer um ataque cardíaco.

Obrigado. Enfim, enviamos Natalie para investigar a situação e parar as mortes. Não imaginamos que ela passaria tanto tempo lá dentro, mas ela foi útil. Nunca havíamos pensado em ter alguém infiltrado, e Natalie conseguiu fazer várias coisas que nos ajudaram muito. Além disso, ela construiu uma vida para si mesma, o que obviamente inclui você.

Franzo a testa.

– Mas os Divergentes ainda estavam sendo assassinados durante a minha iniciação.

– Você só tem conhecimento sobre os que morreram – diz David. – Não sobre os que não morreram. Alguns estão aqui, neste complexo. Acho que você conheceu Amah ontem, não foi? Ele é um deles. Alguns dos

Divergentes resgatados precisavam de certa distância do experimento. Era difícil demais para eles assistir às pessoas que haviam conhecido e amado vivendo suas vidas, então foram treinados para integrar a vida fora do Departamento. Mas sua mãe fez um trabalho importante.

Ela também contou um bocado de mentiras e poucas verdades. Será que meu pai sabia quem ela era e de onde realmente vinha? Ele era líder da Abnegação, afinal, e, como tal, um dos guardiões da verdade. De repente, penso algo terrível: e se ela só se casou com ele por obrigação, como parte da sua missão na cidade? E se toda a relação deles não passou de um embuste?

– Então ela não nasceu na Audácia, afinal – digo, pensando nas mentiras que ela deve ter contado.

– Quando ela entrou na cidade pela primeira vez, foi como membro da Audácia, porque ela já tinha tatuagens, e isso seria difícil de explicar para os nativos. Ela estava com dezesseis anos, mas dissemos que tinha quinze a fim de que tivesse algum tempo para se ajustar. Nossa intenção era que ela... – Ele levanta um ombro. – Bem, é melhor você ler a ficha. Não conseguirei fazer jus à perspectiva de alguém de dezesseis anos.

Como se essa fosse algum tipo de deixa, Matthew abre uma gaveta na mesa e retira um pequeno pedaço de vidro plano. Ele o toca com a ponta do dedo, e uma imagem aparece na tela. É um dos documentos que acabou de abrir no computador. Ele me oferece o aparelho, que é mais rígido do que eu imaginava, duro e resistente.

– Não se preocupe. É praticamente indestrutível – diz David. – Você deve querer voltar para os seu amigos. Matthew, você pode levar a srta. Prior de volta ao hotel? Preciso resolver algumas coisas.

– E eu não preciso? – diz Matthew. Em seguida, ele pisca. – Estou brincando, senhor. Eu a levarei.

– Obrigada – digo para David, levantando-me para deixar o escritório.

– Disponha. E me avise se tiver qualquer dúvida.

– Está pronta? – pergunta Matthew.

Ele é alto, talvez da mesma altura que Caleb, e seu cabelo preto é artisticamente despenteado na frente, como se ele passasse muito tempo tentando parecer que acabou de sair da cama. Sob seu uniforme azul-escuro, ele veste uma camiseta preta lisa e um cordão preto ao redor do pescoço. O cordão se move sobre seu pomo de adão quando ele engole em seco.

Eu o sigo para fora do pequeno escritório e descemos o mesmo corredor por onde vim. Há menos pessoas nele agora. Todos já devem estar em seus postos, trabalhando ou tomando café da manhã. Há vidas inteiras sendo vividas neste lugar, pessoas dormindo, comendo e trabalhando, tendo filhos, construindo famílias e morrendo. Este é o lugar que no passado minha mãe chamou de lar.

– Estou esperando o momento em que você vai surtar – fala ele. – Depois de descobrir todas essas coisas ao mesmo tempo.

– Não vou surtar – digo, sentindo-me defensiva. *Eu já surtei*, penso, mas não quero admitir isso.

Matthew dá de ombros.

– Eu surtaria – diz ele.

Vejo uma placa com as palavras ENTRADA DO HOTEL mais à frente. Abraço o pequeno aparelho, ansiosa para chegar ao dormitório e contar a Tobias sobre a minha mãe.

– Ouça, uma das coisas que eu e meu supervisor fazemos é administrar testes genéticos – diz Matthew. – Gostaria de saber se você e o outro cara, o filho de Marcus Eaton, se importariam em nos visitar, para que eu possa testar os seus genes.

– Por quê?

– Curiosidade. – Ele dá de ombros novamente. – Ainda não testamos os genes de ninguém em uma geração tão recente do experimento, e você e Tobias parecem ser um pouco... estranhos na maneira de manifestar certas coisas.

Ergo as sobrancelhas.

– Você, por exemplo, tem uma resistência extraordinária aos soros. A maioria dos Divergentes não demonstra tamanha capacidade – explica Matthews. – E Tobias consegue resistir às simulações, mas não apresenta algumas das características que esperamos encontrar nos Divergentes. Posso explicar com maiores detalhes depois.

Hesito, sem saber ao certo se quero ver os meus genes ou os genes de Tobias e compará-los, como se isso importasse alguma coisa. Mas Matthew parece ansioso de forma quase infantil, e entendo sua curiosidade.

– Vou perguntar se ele topa. Mas eu aceito. Quando?

– Que tal esta manhã mesmo? Posso vir buscá-los em mais ou menos uma hora. Vocês não podem entrar no laboratório sem mim, de qualquer maneira.

Concordo com a cabeça. De repente, fico empolgada para aprender mais a respeito dos meus genes. É quase como ler um diário da minha mãe: vou recuperar pedaços dela.

CAPÍTULO DEZOITO

Tobias

É ESTRANHO VER de manhã pessoas que você não conhece muito bem, com olhos sonolentos e marcas de travesseiro no rosto; saber que Christina acorda de bom humor, e Peter se levanta com o cabelo completamente arrumado, mas que Cara se comunica apenas por grunhidos, se arrastando, membro por membro, a caminho do café.

A primeira coisa que faço é tomar um banho e vestir as roupas que eles nos deram, que não são muito diferentes das nossas, exceto pelo fato de que todas as cores estão misturadas, como se não significassem nada para as pessoas daqui, porque provavelmente não significam. Visto uma camisa preta e jeans azuis e tento me convencer de que isso parece normal, de que me sinto normal, de que estou me adaptando.

O julgamento do meu pai é hoje. Ainda não decidi se vou assistir ou não.

Quando volto para o dormitório, Tris está completamente vestida, sentada na beirada de um dos catres, como se estivesse pronta para saltar dali a qualquer momento. Exatamente como Evelyn.

Agarro um bolinho da bandeja de café da manhã que alguém trouxe para nós e me sento de frente para ela.

– Bom dia. Você acordou cedo.

– Acordei – diz ela, arrastando o pé para a frente e o prendendo entre os meus. – Zoe me encontrou perto daquela escultura gigantesca de manhã. David tinha algo para me mostrar. – Ela pega uma tela de vidro pousada sobre a cama ao seu lado. A tela se acende quando Tris a toca, exibindo um documento. – É a ficha da minha mãe. Ela escreveu um diário. Parece ser um diário pequeno, mas mesmo assim... – Ela se mexe, como se estivesse desconfortável. – Ainda não li muita coisa.

– Então... Por que você não está lendo?

– Não sei. – Ela pousa o equipamento sobre a cama, e a tela se apaga de forma automática. – Acho que estou com medo.

Crianças da Abnegação raramente conhecem bem seus pais, porque pais da Abnegação não se abrem da mesma maneira que outros pais quando seus filhos atingem certa idade. Eles se mantêm envoltos em uma armadura de tecidos cinzentos e atos altruístas, convencidos de que compartilhar seus sentimentos é ser egoísta. Este não é apenas um pedaço da mãe de Tris a ser redescoberto; é um dos primeiros e últimos vislumbres que Tris jamais terá de quem Natalie Prior foi.

De repente, entendo por que ela o segura como se fosse um objeto mágico, algo que pode desaparecer a qualquer momento. E por que quer mantê-lo oculto por um tempo. É a mesma coisa que sinto a respeito do julgamento do meu pai. A ficha poderia informar algo que ela não quer saber.

Sigo seu olhar pela sala, até o local onde Caleb está sentado, mastigando seu cereal lentamente, como uma criança emburrada.

– Você vai mostrar para ele?

Ela não responde.

– Normalmente, não seria a favor de dar nada a ele – digo. – Mas, neste caso... isso não pertence apenas a você.

– Eu sei – diz ela, um pouco irritada. – É claro que vou mostrar para ele. Mas acho que quero ficar sozinha com isso primeiro.

Não há como discutir. Passei a maior parte da minha vida guardando informações, revirando-as na cabeça sem parar. O impulso de compartilhar qualquer coisa é novo para mim, e o impulso de esconder as coisas é tão natural quanto respirar.

Ela suspira, depois arranca um pedaço do meu bolinho. Dou um peteleco nos seus dedos.

– Ei. Há vários outros iguais a este a menos de dois metros à sua direita.

– Então você não deveria se preocupar tanto em perder um pouco do seu – retruca ela, sorrindo.

– Está certo.

Ela me puxa pela frente da camisa e me beija. Deslizo minha mão pelo seu queixo e o seguro enquanto a beijo de volta.

De repente, percebo que ela está roubando outro naco do meu bolinho, e me afasto, olhando-a de cara feia.

– É sério – digo. – Vou pegar um da mesa para você. Volto em um segundo.

Ela sorri.

– Ah, eu queria perguntar uma coisa. Você toparia fazer um pequeno teste genético esta manhã?

A expressão "pequeno teste genético" soa como um paradoxo.

– Por quê? – pergunto. Pedir para ver meus genes é quase como me pedir para tirar a roupa.

– Bem, conheci um cara chamado Matthew que trabalha em um dos laboratórios daqui, e ele disse que estão interessados em analisar nosso material genético para suas pesquisas. E perguntou especificamente por você, porque você é meio que uma anomalia.

– Anomalia?

– Parece que você apresenta algumas características Divergentes, mas não outras – explica ela. – Eu sei lá. Ele só está curioso. Mas você não precisa aceitar.

O ar ao redor da minha cabeça parece mais quente e pesado. Para aliviar o desconforto, levo a mão à nuca, coçando o local onde meu cabelo começa.

Em algum momento na próxima hora, Marcus e Evelyn aparecerão nos monitores. De repente, sei que não posso assistir.

Então, embora não queira *realmente* deixar que um estranho examine as peças do quebra-cabeça que compõem a minha existência, digo:

– Claro. Eu topo.

– Ótimo – diz ela, comendo outro pedaço do meu bolinho. Um fio de cabelo cai sobre seus olhos, e eu o afasto antes mesmo que ela note. Tris cobre a minha mão com a sua, que é quente e forte, e os cantos da sua boca formam um sorriso.

A porta abre, e um jovem de olhos puxados e cabelo preto entra no dormitório. Logo o reconheço como George Wu, irmão mais novo de Tori. Ela costumava chamá-lo de "Georgie".

Ele sorri um sorriso exultante, e sinto vontade de me afastar, de criar mais espaço entre mim e seu sofrimento iminente.

– Acabei de voltar – diz ele, sem fôlego. – Eles me disseram que a minha irmã saiu da cidade com vocês, e...

Eu e Tris trocamos olhares preocupados. Ao nosso redor, os outros estão notando George perto da porta e ficando em silêncio, o mesmo tipo de silêncio ouvido em um funeral da Abnegação. Até Peter, que eu esperaria ver feliz com a dor dos outros, parece desorientado, levando as mãos da cintura para os bolsos, depois de volta para a cintura.

– E aí... – começa George novamente. – Por que estão todos me olhando assim?

Cara se aproxima, pronta para dar a má notícia, mas não consigo imaginá-la se saindo muito bem, então me levanto, falando mais alto do que ela.

– Sua irmã realmente veio conosco – digo. – Mas fomos atacados pelos sem-facção, e ela... não sobreviveu.

Há tantas coisas que a frase não diz, como o quão rápido tudo aconteceu, como foi o som do corpo dela atingido o chão, ou o caos que se instaurou quando todos correram pela noite, tropeçando na grama. Não voltei para ajudá-la. Eu deveria ter voltado. De todas as pessoas do nosso grupo, era Tori quem eu conhecia melhor. Eu conhecia a maneira firme como ela segurava a agulha da tatuagem e como a sua risada era áspera, como se tivesse sido arranhada com uma lixa.

George apoia a mão na parede atrás de si, para recobrar o equilíbrio.

– O quê?

– Ela sacrificou a própria vida para nos defender – diz Tris com uma delicadeza surpreendente. – Sem ela, nenhum de nós teria conseguido fugir.

– Ela... morreu? – pergunta George, baixinho. Ele apoia todo o corpo na parede, e seus ombros se curvam.

Vejo Amah no corredor com uma torrada na mão, e um sorriso desaparece depressa de seu rosto. Ele repousa a torrada na mesa ao lado da porta.

– Tentei encontrar você mais cedo para contar – diz Amah.

Ontem à noite, Amah falou o nome de George de maneira tão casual que pensei que eles não se conhecessem de verdade. Mas parece que se conhecem.

Os olhos de George ficam perdidos, e Amah lhe dá um abraço com um braço só. Os dedos de George agarram a camisa de Amah com força, até as juntas dos dedos ficarem brancas. Não o ouço chorar, e talvez ele não chore. Talvez só precise se agarrar a alguma coisa. Lembro-me apenas vagamente do meu próprio sofrimento quando pensei que minha mãe estava morta. Só me recordo do sentimento de estar separado de tudo ao meu redor e da sensação constante de precisar engolir alguma coisa. Não sei como as outras pessoas se sentem na mesma situação.

Amah acaba guiando George para fora do dormitório, e eu os observo andar pelo corredor, lado a lado, conversando em voz baixa.

+ + +

Mal me lembrava de que havia concordado em participar de um teste genético até outra pessoa aparecer na porta do dormitório. É um garoto. Ou melhor, não exatamente um garoto, já que parece ter mais ou menos a minha idade. Ele acena para Tris.

– Ah, este é Matthew – diz ela. – Acho que está na hora de irmos.

Ela segura a minha mão e me guia até a porta. Não me lembro de ela ter mencionado que o tal "Matthew" não era um cientista velho e acabado. Talvez ela não tenha falado nada.

Não seja idiota, penso.

Matthew me oferece a sua mão.

– Olá. É um prazer conhecê-lo. Meu nome é Matthew.

– Tobias – digo, porque parece estranho me apresentar como "Quatro" aqui, onde as pessoas nunca se identificariam pela quantidade de medos que têm. – O prazer é meu.

– Bom, acho que podemos ir ao laboratório. É por aqui.

O complexo está bastante movimentado esta manhã, todo mundo vestindo uniformes verdes e azul-escuros curtos ou compridos demais, dependendo da altura da pessoa. O complexo tem várias áreas abertas que bifurcam dos corredores centrais, como câmaras de um coração, cada uma marcada com uma letra e um número. E as pessoas parecem estar circulando entre elas, algumas carregando aparelhos de vidro como o que Tris trouxe para o dormitório esta manhã, outros de mãos vazias.

– Para que servem estes números? – pergunta Tris. – É só uma forma de identificar cada área?

– Elas costumavam ser portões – explica Matthew. – Ou seja, cada área tem uma porta e uma passarela que costumava levar a um avião que seguiria para determinado lugar. Quando eles transformaram o aeroporto neste complexo, tiraram todas as cadeiras que as pessoas usavam para esperar pelos voos e as substituíram por equipamentos de laboratório, a maioria vindos de escolas da cidade. Esta área do complexo é basicamente um laboratório gigante.

– No que estão trabalhando? Pensei que vocês só observassem os experimentos – digo, vendo uma mulher correr de um lado para outro do corredor com uma tela equilibrada nas duas mãos, como uma oferenda. Raios de luz iluminam os ladrilhos polidos, atravessando as janelas do teto. Através das janelas, tudo parece pacífico, com cada pedaço de grama aparado e as árvores selvagens balançando a distância, e é difícil imaginar que pessoas estão se matando lá fora por causa de "genes danificados" ou vivendo sob as regras rígidas de Evelyn na cidade que deixamos para trás.

– Alguns estão fazendo exatamente isso. Tudo o que notam nos experimentos deve ser registrado e analisado, e isso exige muita mão de obra. Mas outros buscam novas maneiras de curar os danos genéticos, ou trabalham desenvolvendo soros para o nosso próprio uso, e não para uso nos experimentos. São dezenas de projetos. Tudo o que uma pessoa precisa fazer é ter uma ideia, formar uma equipe e apresentar uma proposta para o conselho que administra o complexo, sob o comando de David. Eles costumam aprovar qualquer coisa que não seja arriscada demais.

– É – diz Tris. – Afinal, vocês não iam querer correr risco nenhum.

Ela revira os olhos.

– Eles têm bons motivos para se esforçar tanto – conta Matthew. – Antes da criação das facções e, como consequência, dos soros, todos os experimentos costumavam estar quase sempre sob ataque interno. Os soros ajudam as pessoas dentro dos experimentos a manter as coisas sob controle, em especial o soro da memória. Bem, acho que ninguém está trabalhando nisso agora. Ele está no Laboratório de Armas.

"Laboratório de Armas." Ele fala essas palavras como se fossem frágeis. Palavras sagradas.

– Então, foi o Departamento que nos deu os soros no começo – conclui Tris.

– Sim – responde ele. – E a Erudição continuou a desenvolvê-los, a aperfeiçoá-los. Entre eles, o seu irmão. Para ser sincero, aproveitamos alguns dos avanços obtidos por eles, depois de os observarmos da sala de controle. Mas eles não trabalharam muito no soro da memória, o soro da Abnegação. Nós o desenvolvemos bem mais, já que ele é a nossa maior arma.

– Uma arma – repete Tris.

– Bem, ele arma as cidades contra suas próprias rebeliões, por exemplo. Apaga as memórias das pessoas e, assim, não há necessidade de matá-las. Elas simplesmente esquecem pelo que estavam lutando. Além disso, podemos usar o soro contra rebeldes da margem, que fica a cerca de uma hora daqui. Às vezes, moradores da margem tentam promover ataques, e o soro da memória os detém, sem matá-los.

– Isso é... – começo a dizer.

– Terrível de qualquer jeito? – completa Matthew. – Sim, é mesmo. Mas os chefões aqui consideram isso o nosso suporte à vida, nosso respirador. Chegamos.

Levanto as sobrancelhas. Ele acabou de criticar seus próprios líderes de maneira tão casual que mal notei. Será que aqui é assim? Será que discordâncias podem ser expressas em público, no meio de uma conversa normal, e não apenas em lugares secretos, em sussurros?

Ele passa o cartão pelo sensor de uma porta pesada à esquerda, e entramos em outro corredor, mais estreito e iluminado por lâmpadas fracas e fluorescentes. Para diante de uma porta onde está escrito SALA DE TERAPIA DE GENES 1. Do outro lado da porta, uma garota com a pele moreno-clara, vestindo um macacão verde, está trocando o papel que cobre a mesa de exame.

– Esta é Juanita, técnica do laboratório. Juanita, estes são...

– Sim, eu sei quem eles são – diz ela, sorrindo. Pelo canto do olho, vejo Tris se empertigar, irritada com o lembrete de que nossas vidas foram registradas pelas câmeras. Mas ela não fala nada a respeito.

A garota me oferece a mão.

– O supervisor de Matthew é a única pessoa que me chama de Juanita. Além de Matthew, aparentemente. Sou Nita. Precisam que eu prepare dois testes?

Matthew assente com a cabeça.

– Vou buscá-los. – Ela abre um armário do outro lado da sala e começa a pegar coisas embaladas em plástico e papel e etiquetadas. A sala se enche com o som de materiais sendo amassados e rasgados.

– Estão gostando daqui até agora? – pergunta ela.

– Estamos nos ajustando – respondo.

– Sim, eu entendo. – Nita sorri para mim. – Vim de um dos outros experimentos. O de Indianápolis, que foi um fracasso. Ah, vocês não sabem onde fica Indianápolis, não é mesmo? Não é muito longe daqui. Fica a menos de uma hora de avião. – Ela faz uma pausa. – Mas isso também não significa nada para vocês. Quer saber? Não é tão importante assim.

Ela retira uma seringa e uma agulha de sua embalagem, e Tris fica tensa.

– Para que é isso? – pergunta ela.

– É o que nos permitirá analisar os seus genes – responde Matthew. – Tudo bem?

– Tudo – diz Tris, embora continue tensa. – É só que... não gosto que injetem substâncias estranhas em mim.

Matthew assente.

– Juro que isto só vai ler os seus genes. É só o que faz. Nita pode confirmar que estou falando a verdade.

Nita concorda com a cabeça.

– Tudo bem – diz Tris. – Mas posso injetar em mim mesma?

– Claro – consente Nita. Ela prepara a seringa, enchendo-a com o que quer que seja que eles vão injetar em nós, e a oferece a Tris.

– Vou explicar de forma simplificada como funciona – diz Matthew enquanto Nita limpa o braço de Tris com um líquido antisséptico. O cheiro é azedo e irrita as minhas narinas.

– O fluido está cheio de microcomputadores. Eles são projetados para detectar marcadores genéticos específicos e transmitir os dados para um computador. Levará cerca de uma hora para me fornecerem a informação de que preciso, mas é claro que demorariam muito mais para ler todo o seu material genético.

Tris enfia a agulha no braço e aperta o êmbolo.

Nita levanta o meu braço e passa a gaze com o líquido alaranjado na minha pele. O fluido na seringa é cinza-prateado como as escamas de um peixe, e, quando ele flui para dentro de mim através da agulha, imagino a tecnologia microscópica invadindo o meu corpo, me lendo e analisando. Ao meu lado, Tris pressiona um chumaço de algodão no local da injeção.

– O que são os... microcomputadores? – Matthew assente com a cabeça, e eu continuo. – O que estão procurando, exatamente?

– Bem, quando nossos predecessores aqui no Departamento inseriram genes "corrigidos" nos antepassados de vocês, eles também incluíram um rastreador genético, que é basicamente algo que nos diz se uma pessoa atingiu a cura genética. Neste caso, o rastreador genético é o estado de consciência durante as simulações. É algo que podemos testar com facilidade, que nos mostra se seus genes estão ou não curados. Esse é um dos motivos pelos quais todos na cidade devem fazer um teste de aptidão aos dezesseis anos de idade. Se ficam conscientes durante o teste, isso nos mostra que talvez seus genes estejam curados.

Incluo o teste de aptidão na lista mental de coisas que eu considerava importantes, mas que agora descarto, porque não passava de uma artimanha para fornecer a estas pessoas as informações que queriam.

Não acredito que o estado de consciência durante as simulações, algo que fazia com que eu me sentisse poderoso e singular, algo que levou Jeanine e a Erudição a *assassinar* pessoas, não passe de um sinal de cura genética para estas pessoas. Como uma palavra-senha que os avisa que pertenço à sua sociedade geneticamente curada.

– O único problema com o rastreador genético – continua Matthew – é que estar consciente durante simulações e resistir ao soro não significa necessariamente que uma pessoa é Divergente, apesar de existir uma correlação forte. Às vezes, pessoas são capazes de permanecer conscientes durante simulações ou de resistir aos soros mesmo tendo genes danificados. – Ele dá de ombros. – É por isso que estou interessado em seus genes, Tobias. Estou curioso para saber se você é mesmo Divergente, ou se seu estado de consciência durante as simulações apenas faz parecer que você é.

Nita, que está limpando a bancada, contrai os lábios, como se estivesse se segurando para não dizer algo. De repente, sinto-me inquieto. Há uma chance de que eu não seja Divergente?

– Agora, só nos resta sentar e esperar – diz Matthew. – Vou tomar café da manhã. Algum de vocês quer comer algo?

Eu e Tris balançamos a cabeça.

– Eu já volto. Nita, você se importa de fazer companhia para eles?

Matthew sai da sala sem esperar a resposta de Nita, e Tris se senta na mesa de exame, amassando o papel que a cobre e rasgando-o no local onde sua perna está pendurada na beirada. Nita enfia as mãos nos bolsos do seu macacão e olha para nós. Seus olhos são escuros, têm o mesmo brilho de uma poça de óleo sob um motor que vaza. Ela me entrega um chumaço de algodão, e eu o pressiono na bolha de sangue do lado de dentro do meu cotovelo.

– Então, você veio de um experimento em uma cidade – diz Tris. – Há quanto tempo está aqui?

– Desde que o experimento de Indianápolis foi desmontado, há cerca de oito anos. Eu poderia ter me integrado à população geral, fora dos experimentos, mas isso me pareceu muito assustador. – Nita se apoia na bancada. – Então, eu me ofereci para vir para cá. Costumava trabalhar como zeladora. Acho que estou subindo na vida.

Ela fala isso com certa amargura. Suspeito que aqui, como na Audácia, exista um certo limite para o quanto se pode subir, e ela está alcançando esse limite mais rápido do que gostaria. Bem como eu, quando escolhi trabalhar na sala de controle.

– E a sua cidade não tinha facções? – pergunta Tris.

– Não, nós éramos o grupo de controle, o que os ajudou a perceber que as facções eram na verdade eficazes, por comparação. Mas tínhamos muitas regras, como toques de recolher, hora para acordar, regulamentos de segurança. Armas eram proibidas. Coisas desse tipo.

– O que aconteceu? – pergunto, mas logo me arrependo, porque os cantos da boca de Nita se retraem, como se cada lado carregasse uma memória pesada.

– Bem, algumas pessoas lá dentro ainda sabiam fabricar armas. Eles construíram uma bomba, sabe, um explosivo, e a plantaram na sede do governo. Muitas pessoas morreram. Depois disso, o Departamento decidiu que nosso experimento era um fracasso. Eles apagaram a memória dos responsáveis pela bomba e realocaram o restante da população. Fui uma das únicas pessoas que quis vir para cá.

– Lamento – diz Tris com delicadeza. Às vezes, ainda esqueço que ela tem um lado mais gentil. Durante muito tempo, tudo o que enxerguei foi a sua força, salientada pelos músculos definidos dos seus braços e pela tinta que marca um voo em sua clavícula.

– Está tudo bem. Afinal, vocês conhecem bem esse tipo de coisa – fala Nita. – Digo, por causa do que Jeanine Matthews fez, e tudo mais.

– Por que eles não fecharam a nossa cidade? – pergunta Tris. – Como fizeram com a sua?

– Talvez ainda a fechem – diz Nita. – Mas acho que o experimento de Chicago, em especial, foi bem-sucedido por tanto tempo que eles estão relutantes em apenas acabar com ele agora. Foi o primeiro a incluir as facções.

Afasto o chumaço de algodão do meu braço. Há um pequenino ponto vermelho no local da injeção, mas não está mais sangrando.

– Gosto de imaginar que teria escolhido a Audácia – diz Nita. – Mas acho que não teria estômago para isso.

– Você ficaria surpresa em como temos estômago, quando precisamos – diz Tris.

Sinto uma pontada no centro do peito. Ela tem razão. O desespero pode levar uma pessoa a fazer coisas surpreendentes. Nós dois sabemos bem disso.

+ + +

Matthew retorna pontualmente uma hora depois, e, em seguida, permanece sentado diante do computador por muito tempo, com os olhos indo de um lado para outro, enquanto lê alguma coisa no monitor. De vez em quando, solta um som revelador, como "hum!" ou "ah!". Quanto mais ele espera para nos dizer alguma coisa, qualquer coisa, mais tensos ficam meus músculos, até que meus ombros parecem ser feitos de pedra, e não de carne. Ele afinal levanta a cabeça e vira o monitor para que possamos ver o que está escrito.

– Este programa nos ajuda a interpretar os dados. O que vocês estão vendo aqui é um retrato simplificado de uma sequência específica do material genético de Tris – diz ele.

A imagem no monitor é uma massa complicada de linhas e números, com algumas partes selecionadas em amarelo e vermelho. Não consigo extrair mais nada daquela imagem. Ela está além da minha compreensão.

– Estas seleções sugerem genes curados. Não as veríamos se estivessem danificados. – Ele aponta para alguns pontos da tela. Não entendo para o que está apontando, mas ele parece nem notar, distraído por sua própria explicação. – Estas seleções aqui indicam que o programa também encontrou o rastreador genético, a consciência durante a simulação. A combinação de genes curados e de genes de consciência durante a simulação é exatamente o que eu esperava ver em um Divergente. Agora, esta é a parte estranha.

Ele toca o monitor mais uma vez, e a imagem muda, mas continua igualmente confusa, com uma rede de linhas e emaranhados de números.

– Este é o mapa dos genes de Tobias – diz Matthew. – Como vocês podem ver, ele conta com os componentes genéticos certos para a consciência durante simulações, mas não tem os mesmos genes "curados" de Tris.

Minha garganta está seca, e sinto que recebi más notícias, mas ainda não entendi ao certo quais são.

– O que isso significa? – pergunto.

– Significa – diz Matthew – que você não é Divergente. Seus genes ainda são danificados, mas você conta com uma anomalia genética que lhe permite permanecer consciente durante simulações. Em outras palavras, você parece Divergente sem de fato ser.

Processo a informação aos poucos, parte por parte. Não sou Divergente. Não sou como Tris. Sou geneticamente danificado.

A palavra "danificado" afunda dentro de mim, como se feita de chumbo. Acho que sempre soube que havia algo de errado comigo, mas pensei que fosse por causa do meu pai ou da minha mãe e da dor que eles me deixaram de herança, como uma relíquia familiar, passada de geração a geração. E isso significa que a única coisa boa que o meu pai tinha, a sua Divergência, não foi passada para mim.

Não olho para Tris. Não consigo olhar para ela. Olho apenas para Nita. Sua expressão é dura, quase raivosa.

– Matthew – diz ela. – Você não quer levar esses dados para o seu laboratório a fim de analisá-los?

– Bem, eu estava planejando discuti-los com nossos sujeitos aqui – diz Matthew.

– Não acho que isso seja uma boa ideia – diz Tris, ríspida.

Matthew diz algo que não ouço muito bem; estou escutando o batimento do meu coração. Ele toca o monitor de novo, e a imagem do meu DNA desaparece da tela, que agora é só um vidro. Ele sai, instruindo-nos a visitar seu laboratório caso desejemos mais informações, e Tris, Nita e eu permanecemos na sala, em silêncio.

– Não é tão sério assim – diz Tris, firme. – Está bem?

– Você não tem o direito de me dizer que não é sério! – digo um pouco mais alto do que pretendia.

Nita se ocupa na bancada, certificando-se de que os potes sobre ela estão alinhados, embora não tenham sido movidos desde que chegamos aqui.

– Tenho, sim! – diz Tris. – Você é a mesma pessoa que era há cinco minutos, há quatro meses ou há dezoito anos! Isso não muda nada a respeito de você.

Ouço certa razão nas suas palavras, mas é difícil acreditar nela agora.

– Então, você quer me dizer que isso não me afeta em nada – digo. – Que a verdade não afeta nada.

– Que verdade? – pergunta ela. – Essas pessoas falam que há algo de errado com seus genes, e você acredita?

– Estava bem ali. – Aponto para o monitor. – Você viu.

– Eu também vejo você – diz ela com ferocidade, agarrando o meu braço. – E sei quem você é.

Balanço a cabeça. Ainda não consigo olhar para ela. Não consigo olhar para nada em particular.

– Eu... preciso dar uma volta. Vejo você mais tarde.

– Tobias, espere...

Deixo a sala, e parte da pressão que sinto dentro de mim é liberada na hora. Desço o corredor apertado e opressor, até os salões iluminados pelo sol mais adiante. Agora, o céu está completamente azul. Ouço passos atrás de mim, mas são pesados demais para pertencer a Tris.

– Ei. – Nita gira o pé, produzindo um ruído agudo no ladrilho. – Não quero pressionar você, mas queria conversar a respeito de todo... esse negócio de danos genéticos. Se estiver interessado, encontre-me aqui hoje à noite, às nove. E... nada contra a sua garota, mas é melhor não trazê-la.

– Por quê? – pergunto.

– Ela é uma GP: geneticamente pura. Por isso, não consegue entender que... bem, é difícil explicar. Apenas confie em mim, está bem? Será melhor para ela se afastar por um tempo.

– Está bem.

– Está bem. – Nita assente. – Preciso ir.

Vejo-a voltar correndo para a sala de terapia de genes, depois continuo andando. Não sei bem para onde estou indo, mas sei que, quando ando, o turbilhão de informações que aprendi no último dia para de se mover tão rápido e de gritar tão alto dentro da minha cabeça.

CAPÍTULO DEZENOVE

TRIS

NÃO VOU ATRÁS dele, porque não sei o que dizer.

Quando descobri a minha Divergência, pensava nela como um poder secreto que ninguém mais possuía. Algo que me tornava diferente, melhor, mais forte. Agora, depois de comparar o meu DNA com o de Tobias na tela do computador, percebo que "Divergente" não significa o que eu pensava. É apenas uma palavra que descreve uma sequência de DNA específica e que poderia ser usada para descrever todas as pessoas de olhos castanhos ou cabelo loiro.

Apoio a cabeça nas mãos. Mas estas pessoas ainda acreditam que ela significa alguma coisa. Ainda acham que significa que estou curada de uma maneira que Tobias não está. E querem que eu simplesmente confie nisso, acredite nisso.

Bem, não acredito. E não entendo por que Tobias acredita. Por que está pronto a acreditar que é danificado.

Não quero mais pensar nisso. Deixo a sala de terapia de genes no exato momento em que Nita está voltando.

– O que você disse a ele? – pergunto.

Ela é bonita. É alta, mas não demais, magra, mas não demais, e sua pele tem uma cor bonita.

– Só queria me certificar de que ele sabia para onde estava indo – diz ela. – Este lugar é complicado.

– É mesmo. – Saio dali, não sei bem para onde vou, apenas para longe de Nita, a menina bonita que conversa com meu namorado quando não estou por perto. Mas, afinal, a conversa nem foi tão longa assim.

Vejo Zoe no final do corredor, e ela acena para que eu me aproxime. Agora, parece mais relaxada do que mais cedo. Sua testa está lisa, e não franzida, e seu cabelo está solto. Ela enfia as mãos nos bolsos do macacão.

– Acabei de avisar os outros – conta ela. – Marcamos um passeio de avião para daqui a duas horas para quem quiser. Você topa?

Uma mistura de medo e empolgação remexe o meu estômago, bem como quando me prenderam à linha da tirolesa sobre o edifício Hancock. Imagino a sensação de disparar pelos ares em um carro alado, com a energia do motor e o sopro do vento através de todas as frestas nas paredes, e a possibilidade, mesmo que remota, de que algo dê errado, e eu desabe para a morte.

– Sim.

– Nós nos encontraremos no portão B14. Siga as placas! – Ela abre um sorriso e vai embora.

Olho pelas janelas sobre a minha cabeça. O céu está limpo e claro, da mesma cor dos meus olhos. Há certa inevitabilidade nele, como se sempre tivesse esperado por mim, talvez porque eu goste de alturas, enquanto outras pessoas a temem, ou talvez porque, depois de ver o que vi, só resta uma fronteira a ser explorada, e ela está sobre a minha cabeça.

+ + +

Os degraus de metal que levam até a pista rangem a cada passo que dou neles. Preciso inclinar a cabeça para trás a fim de olhar para o avião, que é maior do que eu esperava, com coloração branco-prateada. Sob a asa, há um enorme cilindro com lâminas giratórias dentro. Imagino as lâminas me sugando para dentro e me cuspindo do outro lado e estremeço um pouco.

– Como algo tão grande pode se sustentar no ar? – pergunta Uriah atrás de mim.

Balanço a cabeça. Não sei nem quero pensar sobre isso. Sigo Zoe por outro lance de escadas, conectado a um buraco na lateral do avião. Minha mão treme quando agarro o corrimão, e olho para trás uma última vez, para ver se Tobias chegou. Ele não está lá. Não o vejo desde o teste genético.

Baixo a cabeça ao atravessar o buraco, apesar de ele ser mais alto do que eu. Dentro do avião, há fileiras e mais fileiras de assentos cobertos com um tecido azul rasgado e desfiado. Escolho um mais para a frente, ao lado da janela. Uma barra de metal aperta as minhas costas. A sensação é de que estou sentada em um esqueleto de poltrona, sem quase nenhuma carne para sustentá-lo.

Cara se senta atrás de mim, e Peter e Caleb vão para o fundo do avião e se sentam perto um do outro. Não sabia que eles eram amigos. Mas faz sentido, considerando o quanto os dois são desprezíveis.

– Esse treco é muito velho? – pergunto a Zoe, que está em pé perto da frente do avião.

– Ele é bem velho. Mas restauramos as peças importantes. Tem um tamanho bom para as nossas necessidades.

– Para que vocês o usam?

– Para missões de vigilância, principalmente. Gostamos de ficar de olho no que acontece na margem caso ameace o que está acontecendo aqui. – Zoe faz uma pausa. – A margem é um lugar enorme e meio caótico, entre Chicago e a área mais próxima regulada pelo governo, Milwaukee, que fica a cerca de três horas de carro.

Gostaria de perguntar o que exatamente *está* acontecendo na margem, mas Uriah e Christina se sentam nas cadeiras ao meu lado, e perco a oportunidade. Uriah baixa o encosto de braço entre nossos assentos e se inclina sobre mim para olhar pela janela.

– Se os membros da Audácia conhecessem isto, todos fariam fila para aprender a pilotar um – diz ele. – Inclusive eu.

– Não, eles se prenderiam às asas – diz Christina, cutucando o seu braço. – Você não conhece a sua própria facção?

Uriah cutuca a bochecha dela de volta, depois vira para a janela outra vez.

– Vocês viram Tobias? – pergunto.

– Não, não o vi – diz Christina. – Está tudo bem?

Antes que eu consiga responder, uma mulher mais velha com linhas ao redor da boca para no corredor entre as fileiras de assentos e bate palmas.

– Meu nome é Karen e pilotarei este avião hoje! – anuncia ela. – Pode parecer assustador, mas lembrem: as chances de um desastre de avião, na realidade, são muito menores do que de um acidente de carro.

– Assim como as nossas chances de sobrevivência se *de fato* houver um acidente – sussurra Uriah, mas ele sorri. Seus olhos escuros estão alertas, e ele parece animado como uma criança. Não o vejo assim desde que Marlene morreu. Ele voltou a ser bonito.

Karen desaparece na dianteira do avião, e Zoe se senta do outro lado do corredor de Christina, virando para trás para gritar instruções como: "Apertem os cintos!" e "Não se levantem até que atinjamos a altitude de cruzeiro!" Não sei ao certo o que significa altitude de cruzeiro, e ela não explica, bem ao estilo Zoe. O fato de que ela tenha se lembrado de explicar o que é a margem foi quase um milagre.

O avião começa a dar ré, e fico surpresa pela suavidade dos seus movimentos, como se já estivéssemos flutuando acima do chão. Em seguida, ele vira e desliza sobre a pista, que está pintada com dezenas de linhas e símbolos. Meu coração bate mais rápido à medida que nos afastamos do complexo, e então a voz de Karen fala pelo sistema interno de comunicação:

– Tripulação, preparar para a decolagem.

Agarro os braços da poltrona quando o avião dá uma guinada e começa a se mover. A inércia me empurra para trás, contra o esqueleto de poltrona, e a vista da janela se transforma em um borrão de cores. De repente, eu sinto a ascensão, o avião subindo, e vejo o chão se estendendo sob nós, tudo diminuindo depressa. Fico boquiaberta e me esqueço até de respirar.

O complexo tem o formato de um neurônio que vi certa vez em um livro de ciências da escola, e vejo a cerca a seu redor. Em volta da cerca, há uma rede de estradas de concreto, com edifícios entre elas.

E, de repente, não consigo nem mais ver as estradas e os edifícios, porque há apenas uma camada verde e marrom abaixo, e, mais longe do que consigo enxergar, em todas as direções, terra, terra, terra.

Não sei exatamente o que esperava. Talvez ver o lugar onde o mundo termina, como uma montanha gigantesca flutuando no céu.

O que eu não esperava era descobrir que fui alguém que vivia em uma casa que nem consigo ver daqui. Que caminhei em uma rua entre centenas ou milhares de outras ruas.

O que eu não esperava era me sentir tão, tão pequena.

– Não podemos voar alto demais ou perto demais da cidade, para não chamarmos atenção, então vamos observar de uma grande distância. À sua esquerda, vocês vão ver agora um pouco da destruição causada pela Guerra da Pureza, antes de os rebeldes apelarem para armas biológicas, em vez de explosivos – diz Zoe.

Preciso afastar as lágrimas dos meus olhos para enxergar. A princípio, parece ser apenas um conjunto de prédios escuros. Mas, quando os examino melhor, percebo que os prédios não deveriam ser escuros. Estão completamente carbonizados. Alguns desabaram. A calçada entre eles está quebrada como uma casca de ovo rachada.

Eles me lembram de algumas partes da cidade, mas, ao mesmo tempo, são diferentes. A destruição da cidade pode ter sido causada por pessoas. Mas deveria ter sido causado por outra coisa, por algo maior.

– Agora vocês verão Chicago! – diz Zoe. – Verão que uma parte do lago foi drenada para que pudéssemos construir a cerca, mas que deixamos intacto tudo quanto possível.

Enquanto ela fala, vejo o Eixo com suas duas pontas, tão pequeno que parece de brinquedo, o horizonte acidentado da nossa cidade interrompendo o mar de concreto. E, além dele, uma área marrom: o pântano. E, depois do pântano... azul.

Certa vez, desci em uma tirolesa do edifício Hancock e imaginei como seria o pântano se estivesse cheio d'água, cinza-azulado e brilhando sob o sol. Agora que consigo ver mais longe do que jamais vi, sei que, bem depois dos limites da nossa cidade, ele é exatamente como imaginei, como o lago a distância, brilhando com raios de luz e marcado pela textura das ondas.

O avião está silencioso, exceto pelo ronco constante do motor.

– Nossa – diz Uriah.

– Psit – responde Christina.

– Qual é o tamanho dela em comparação com o resto do mundo? – pergunta Peter da outra ponta do avião. Ele parece estar engasgando com cada palavra. – Digo, a nossa cidade. Em termos de área de superfície. Qual é a porcentagem?

– Chicago ocupa cerca de quinhentos e oitenta e oito quilômetros quadrados – diz Zoe. – A área de superfície do planeta é de pouco mais de cinco milhões de quilômetros quadrados. A porcentagem é... tão pequena que é desprezível.

Ela nos oferece esses fatos com calma, como se fossem insignificantes para ela. Mas eles me atingem em cheio na barriga, e me sinto oprimida, como se algo me esmagasse. Tanto espaço. Como serão as coisas nos outros lugares? Como será que as pessoas vivem lá?

Olho pela janela outra vez, inalando lenta e profundamente o ar para dentro do meu corpo, que está tenso demais para se mexer. E, ao olhar para a terra abaixo, penso que isso é no mínimo a maior evidência da existência do Deus dos meus pais, o fato de nosso mundo ser tão gigantesco que está completamente fora de controle, de que não podemos, de maneira alguma, ser tão grandes quanto nos sentimos.

Tão pequena que é desprezível.

É estranho, mas há algo nessa ideia que me faz sentir quase... livre.

+ + +

De noite, quando todos estão jantando, sento-me no parapeito da janela do dormitório e ligo a tela que David me deu. Minhas mãos tremem quando abro o arquivo intitulado "Diário".

O primeiro texto diz o seguinte:

David me pede o tempo todo para escrever sobre o que vivi. Acho que ele espera que seja horripilante e talvez até queira isso. Talvez algumas partes tenham sido mesmo, mas elas foram ruins para todos, então não é como se eu fosse especial.

Cresci em um lar unifamiliar em Milwaukee, Wisconsin. Nunca soube muito bem quem estava no território fora da cidade (que as pessoas aqui chamam de "margem"). Só sabia que não devia ir para lá. Minha mãe era oficial da lei; ela tinha uma personalidade explosiva e era impossível de agradar. Meu pai era professor; era flexível, solidário e inútil. Certo dia, eles começaram a brigar na sala de estar, e as coisas saíram de controle. Ele a agarrou, e ela atirou nele. Naquela noite, ela enterrou o corpo dele no quintal dos fundos enquanto eu juntava uma boa parte dos meus pertences e saía pela porta da frente. Nunca mais a vi.

Onde eu cresci, a tragédia estava por toda a parte. A maioria dos pais dos meus amigos bebia até cair, gritava demais ou tinha parado de amar seus cônjuges havia muito tempo; e era simplesmente assim que as coisas funcionavam, não era nada demais. Portanto, quando parti, tenho certeza de que me tornei apenas mais um item em uma longa lista de coisas terríveis que tinham acontecido no nosso bairro aquele ano.

Eu sabia que, se fosse para qualquer lugar oficial, como outra cidade, as figuras governamentais me obrigariam a voltar para a casa da minha mãe. E eu não achava que conseguiria olhar para ela de novo sem ver a mancha de sangue que a cabeça do meu pai deixou no tapete da sala, por isso, não fui para nenhum lugar oficial. Fui para a margem, onde um monte de gente vive em uma pequena colônia construída de lona e alumínio, em alguns escombros pós-guerra, alimentando-se de restos e queimando velhos papéis para se aquecer, porque o governo não pode ajudá-los, já que está gastando todos os nossos recursos tentando nos reconstruir, como tem feito há mais de um século, desde que a guerra nos destruiu. Ou talvez eles simplesmente não queiram ajudá-los. Não sei.

Certo dia, vi um homem adulto espancar uma das crianças da margem, e bati com uma tábua na sua cabeça, para fazê-lo parar, e ele morreu bem ali, no meio da rua. Eu tinha apenas treze anos. Fugi. Fui pega por um cara em uma van, um cara que parecia um policial. Mas ele não me levou para a beira da estrada e atirou em mim, nem me levou para a cadeia; ele apenas me trouxe para esta área segura, testou meus genes e me contou tudo a respeito dos experimentos nas cidades e sobre como meus genes eram mais limpos do que os de outras pessoas. Ele até me mostrou um mapa dos meus genes em um monitor como prova.

Mas eu matei um homem, exatamente como a minha mãe. David diz que não tinha problema, porque não foi intencional e porque o homem estava prestes a matar aquela criancinha. Mas acho que minha mãe também não tinha a intenção de matar meu pai, então que diferença faz ter ou não ter a intenção de fazer uma coisa? Seja por acidente ou por querer, o resultado é o mesmo: uma vida a menos do que deveria haver no mundo.

Acho que é isso que vivi. Segundo David, parece que tudo isso aconteceu porque há muito, muito tempo, pessoas tentaram mexer com a natureza humana e acabaram piorando as coisas.

Acho que faz sentido. Pelo menos, eu gostaria que fizesse.

Mordo meu lábio inferior. Aqui no complexo do Departamento, pessoas estão sentadas no refeitório agora mesmo, comendo, bebendo e rindo. Na cidade, devem estar fazendo a mesma coisa. A vida comum me cerca, e estou sozinha com essas revelações.

Agarro a tela junto ao peito. Minha mãe era daqui. Este lugar representa tanto a minha história antiga quanto a minha história recente. Consigo sentir a minha mãe nas paredes, no ar. Consigo sentir a minha mãe dentro de mim, de onde nunca partirá. A morte não conseguiu apagá-la; ela é permanente.

O frio do vidro atravessa a minha camisa, e eu estremeço. Uriah e Christina entram no dormitório rindo de alguma coisa. Os olhos límpidos e os passos firmes de Uriah me dão alívio, e meus olhos se enchem de lágrimas de repente. Christina e ele parecem preocupados. Apoiam-se na janela perto de mim.

– Você está bem? – pergunta ela.

Assinto com a cabeça e afasto as lágrimas.

– Onde vocês estiveram hoje? – pergunto.

– Depois do passeio de avião, fomos assistir aos monitores na sala de controle durante um tempo – diz Uriah. – É muito estranho ver o que eles estão fazendo agora que não estamos mais lá. Apenas mais do mesmo. Evelyn está sendo estúpida, junto com seus lacaios, e assim por diante. Mas foi como receber notícias de casa.

– Acho que não quero assistir aos monitores – digo. – Aquilo é muito... repugnante e invasivo.

Uriah dá de ombros.

– Não sei. Se eles querem me ver coçando a bunda e comendo meu jantar, acho que isso diz mais sobre eles do que sobre mim.

Solto uma risada.

– Quanto tempo por dia você passa coçando a sua bunda?

Ele me empurra com o ombro.

– Sem querer desviar a conversa das *bundas*, que todos concordamos que são de extrema importância... – diz Christina, sorrindo um pouco. – Mas concordo com você,

Tris. Fiquei péssima só em assistir àquilo, como se estivesse fazendo algo errado. Acho que vou manter distância daqueles monitores de agora em diante.

Ela aponta para a pequena tela no meu colo, de onde a luz continua a brilhar ao redor das palavras da minha mãe.

– O que é isso? – pergunta ela.

– Ao que parece – digo –, minha mãe era daqui. Bem, era do mundo exterior, mas depois veio para cá, e, quando ela tinha quinze anos, foi inserida em Chicago, como membro da Audácia.

– Sua mãe era daqui? – pergunta Christina.

Assinto com a cabeça.

– Sim. É uma loucura. O mais estranho é que ela escreveu este diário e o deixou com eles. É isso que eu estava lendo antes de vocês voltarem.

– Nossa – diz Christina baixinho. – Isso é bom, não é? Digo, que você possa aprender mais sobre ela.

– É, é bom. E não, não estou mais triste, então você pode parar de me olhar assim. – O olhar de preocupação que estava se formando no rosto de Uriah desaparece.

Solto um suspiro.

– Mas não paro de pensar... que, de alguma maneira, pertenço a este lugar. Como se aqui pudesse ser o meu lar.

Christina franze as sobrancelhas.

– Talvez – diz ela, mas sinto que não acredita nisso de verdade, apesar de ser gentil da parte dela falar aquilo.

– Não sei – fala Uriah, agora em tom sério. – Não sei se jamais me sentirei em casa em algum lugar novamente. Mesmo que voltássemos para a cidade.

Talvez ele tenha razão. Talvez sejamos estrangeiros aonde quer que formos, seja no mundo lá fora, dentro do Departamento ou de volta ao experimento. Tudo mudou e não vai parar de mudar tão cedo.

Ou talvez construamos um lar dentro de nós mesmos, para carregar conosco aonde quer que formos, da mesma maneira que carrego a minha mãe agora.

Caleb entra no dormitório. Há uma mancha na sua camisa parecida com molho, mas ele nem parece notar. Está com uma expressão que eu já reconheço como fascínio intelectual, e me pergunto o que ele anda lendo, ou assistindo, que o fez ficar assim.

– Olá – diz ele, e faz menção de se aproximar de mim. Mas deve ter notado a minha repulsa, porque para no meio do caminho.

Cubro a tela com a mão, embora não haja como ele enxergar do outro lado do dormitório, e o encaro, incapaz, ou até mesmo sem vontade, de responder.

– Você acha que voltará a falar comigo algum dia? – pergunta ele com tristeza.

– Se ela voltasse, eu ficaria muito surpresa – diz Christina de maneira fria.

Eu desvio os olhos dele. A verdade é que às vezes tenho vontade de esquecer tudo o que aconteceu e voltar à maneira como éramos antes de escolhermos nossas facções. Mesmo quando ele me corrigia o tempo todo ou me lembrava de que eu deveria ser altruísta, era melhor do que isso, do que esse sentimento de que devo proteger dele até o diário da minha mãe para que ele não o envenene, como fez com todo o resto. Levanto-me e escondo o monitor sob o travesseiro.

– Venha – chama Uriah. – Quer vir comer sobremesa conosco?

– Vocês já não comeram?

– E daí? – Uriah revira os olhos e apoia o braço nos meus ombros, guiando-me em direção à porta.

Juntos, nós três caminhamos até o refeitório, deixando meu irmão para trás.

CAPÍTULO VINTE

TOBIAS

– NÃO SABIA se você viria mesmo – diz Nita.

Quando ela se vira para me guiar até sabe-se lá onde, vejo que sua camisa folgada deixa uma parte das costas à mostra, e há uma tatuagem ali, mas não consigo decifrar o que é.

– Vocês também fazem tatuagens aqui? – pergunto.

– Algumas pessoas, sim – diz ela. – A das minhas costas é um vidro quebrado. – Ela faz uma pausa. O tipo de pausa que as pessoas fazem quando estão decidindo se devem ou não compartilhar algo pessoal. – Eu a fiz porque ela sugere dano. É... tipo uma piada.

De novo esta palavra: "dano." A palavra que fica indo e voltando, indo e voltando à minha mente, desde o teste genético. Se a tatuagem é uma piada, não acho que seja muito engraçada, e parece que Nita também não. Ela cospe a explicação como se deixasse um gosto amargo na boca.

Passamos por um dos corredores cobertos de ladrilhos, quase vazio agora que o expediente está acabando, depois descemos um lance de escadas. Ao descermos, luzes azuis, verdes, roxas e vermelhas dançam pela parede, mudando de tom a cada segundo. O túnel no fim da escada é largo e escuro, e a única coisa que nos guia é a estranha luz. O chão é de ladrilho antigo, e, mesmo através das solas dos meus sapatos, sinto a terra e a poeira.

– Esta parte do aeroporto foi completamente restaurada e expandida quando eles se mudaram para cá – diz Nita. – Durante um tempo, depois da Guerra da Pureza, todos os laboratórios ficavam no subterrâneo para que estivessem mais protegidos de ataques. Agora apenas a equipe de apoio visita este lugar.

– São eles que você quer que eu conheça?

Ela faz que sim com a cabeça.

– Ser da equipe de apoio não é apenas um emprego. Quase todos nós somos GDs: geneticamente danificados, restos dos experimentos fracassados das cidades ou descendentes de outros restos, ou pessoas trazidas para cá do lado de fora, como a mãe de Tris, só que sem a vantagem genética dela. E todos os cientistas e líderes são GPs: geneticamente puros, descendentes de pessoas que resistiram ao movimento da engenharia genética. É claro que há algumas exceções, mas são tão poucas que eu posso listar todas para você se quiser.

Estou prestes a perguntar por que a divisão é tão rígida, mas posso deduzir sozinho. Os chamados "GPs" cresceram nesta comunidade, em um mundo de experimentos, observação e aprendizado. Os "GDs" cresceram dentro dos experimentos, onde tinham que aprender apenas o bastante para sobreviver até a geração seguinte. A divisão é pautada no conhecimento e nas qualificações. Mas, como aprendi com os sem-facção, qualquer sistema que dependa de um grupo de pessoas sem educação para fazer o trabalho sujo sem uma chance de ascensão não é muito justo.

– Mas acho que sua garota tem razão – diz Nita. – Nada mudou; agora, você apenas tem mais noção das suas próprias limitações. Qualquer ser humano tem limitações, até mesmo os GPs.

– Então, existe um limite máximo... do quê? Da minha compaixão? Da minha consciência? – pergunto. – É isso que você tem a me oferecer como conforto?

Nita me analisa com cautela, mas não responde.

– Isso é ridículo – digo. – Que direito você, eles ou qualquer pessoa tem de determinar os meus limites?

– É assim que as coisas são, Tobias – fala Nita. – É apenas genética, nada mais.

– Isso é mentira. A questão aqui tem a ver com coisas que vão além de genes, e você sabe disso.

Sinto que preciso ir embora, dar as costas e voltar correndo para o dormitório. A raiva está fervendo dentro de mim, enchendo-me de calor, e nem sei ao certo a quem ela é direcionada. A Nita, que apenas aceitou a ideia de que é limitada, ou a quem a convenceu disso? Talvez eu tenha raiva de todos.

Alcançamos o fim do túnel, e ela empurra com o ombro uma pesada porta de madeira. Do outro lado, há um mundo movimentado e brilhante. A sala é iluminada por pequenas lâmpadas penduradas, mas os fios estão tão emaranhados que uma teia amarela e branca cobre o teto. Em um dos cantos da sala, há um balcão de madeira com garrafas incandescentes atrás, coberto por um mar de copos. Há mesas e cadeiras no lado esquerdo da sala e um grupo de pessoas com instrumentos musicais no lado direito. A música preenche o ambiente, mas os únicos sons que reconheço da minha convivência limitada com a Amizade são os das cordas dos violões e dos tambores.

Sinto que estou sob um holofote e que todos estão me observando, esperando que eu me mova, fale, faça algo. A princípio, é difícil ouvir qualquer coisa além da música e do ruído de conversas, mas, depois de alguns segundos, me acostumo e ouço a voz de Nita:

– Venha por aqui! Você quer um drinque?

Estou prestes a responder quando um homem entra correndo na sala. Ele é baixo e usa uma camiseta grande demais, uns dois números maior. Gesticula para que os músicos parem de tocar, e eles param apenas o tempo suficiente para ele gritar:

– Está na hora do veredicto!

Metade das pessoas se levanta e corre em direção à porta. Olho para Nita, pedindo explicações, e ela franze a sobrancelha, criando uma ruga em sua testa.

– O veredicto de quem? – pergunto.

— De Marcus, com certeza — responde ela.

E eu começo a correr também.

+ + +

Desço o túnel correndo, tentando passar entre as pessoas, empurrando-as quando não consigo me espremer entre elas. Nita corre logo atrás de mim, gritando para que eu pare, mas não consigo. Sinto-me à parte deste lugar, destas pessoas e do meu próprio corpo, e, além disso, sempre fui bom em correr.

Corro escada acima, subindo os degraus de três em três, agarrando o corrimão para me equilibrar. Não sei por que estou tão ansioso. Será que é pela condenação de Marcus? Ou pela sua exoneração? Será que espero que Evelyn o julgue culpado e o execute ou que ela o poupe? Não sei dizer. Para mim, cada resultado parece feito da mesma substância. Tudo se resume ou à maldade de Marcus ou à sua máscara, à maldade de Evelyn ou à sua máscara.

Não preciso tentar me lembrar de onde fica a sala de controle, porque as pessoas no corredor já me mostram o caminho. Quando a alcanço, espremo-me entre elas até a frente da sala, e lá estão eles, meus pais, expostos em metade dos monitores. Todos se afastam de mim, cochichando, exceto Nita, que para ao meu lado, recuperando o fôlego.

Alguém aumenta o volume para que todos possam ouvir o que é dito. Suas vozes estalam, distorcidas pelos microfones, mas conheço a voz do meu pai; consigo ouvi-la mudando em todos os momentos certos, subindo de tom em todos os lugares certos. Consigo quase prever suas palavras, antes mesmo que eles as diga.

– Você não teve pressa – diz ele com desprezo. – Está saboreando o momento?

Fico paralisado. Essa não é a máscara de Marcus. Essa não é a pessoa que a cidade conhece como o meu pai. O líder calmo e paciente da Abnegação, que nunca machucaria ninguém, muito menos o filho e a mulher. Este é o homem que tirava o cinto devagar e o enrolava no punho. Esse é o Marcus que conheço melhor, e enxergá-lo agora, como quando o vejo na paisagem do medo, transforma-me em uma criança.

– É claro que não, Marcus – diz minha mãe. – Você serviu bem esta cidade durante muitos anos. Esta não foi uma decisão fácil para mim ou para qualquer um dos meus conselheiros.

Marcus não está usando a sua máscara, mas Evelyn está usando a dela. Ela soa tão sincera que quase me convence.

– Eu e os antigos representantes das facções tivemos muito a considerar. Seus anos de serviço, a lealdade que você inspirou entre os membros da sua facção, os sentimentos que ainda sinto por você como meu ex-marido...

Uma bufada de desdém escapa de meus lábios.

– Ainda sou seu marido – diz Marcus. – A Abnegação não permite o divórcio.

– Eles permitem em casos de violência doméstica – responde Evelyn, e sou tomado por aquele mesmo sentimento antigo, o vazio e o peso. Não acredito que ela acabou de admitir isso em público.

Mas o fato é que ela agora quer que as pessoas da cidade a enxerguem de outra maneira. Não como a mulher desalmada que assumiu o controle de suas vidas, mas como a mulher que Marcus oprimiu com sua força, o segredo que ele escondeu por trás de uma casa asseada e de roupas cinzentas bem passadas.

De repente, sei qual será o desfecho.

– Ela vai matá-lo – digo.

– Mas o fato – continua Evelyn, quase com carinho –, é que você cometeu crimes egrégios contra esta cidade. Você enganou crianças inocentes, levando-as a arriscar a própria vida por seus propósitos. Sua recusa em seguir minhas ordens e as de Tori Wu, ex-líder da Audácia, resultou em incontáveis mortes durante o ataque da Erudição. Você traiu seus pares ao deixar de fazer o que estava combinado e ao deixar de lutar contra Jeanine Matthews. Você traiu sua própria facção ao revelar o que deveria ser um segredo confidencial.

– Eu não...

– Não terminei de falar – diz Evelyn. – Dado o seu histórico de serviço a esta cidade, decidimos adotar uma solução alternativa. Ao contrário dos outros antigos representantes de facções, você não será perdoado, nem poderá opinar nos assuntos que dizem respeito a esta cidade. Mas também não será executado como traidor. Você será enviado para o lado de fora da cerca, para além do complexo da Amizade, e não poderá voltar jamais.

Marcus parece surpreso. Eu não o culpo.

– Parabéns – diz Evelyn. – Você ganhou a chance de recomeçar.

Será que eu deveria sentir alívio por meu pai não ser executado? Ou raiva, por ter chegado tão perto de enfim me ver livre dele, mas ver que ele continuará neste mundo, pairando sobre a minha cabeça?

Não sei. Não sinto nada. Minhas mãos ficam dormentes, e isso é um indício de que estou entrando em pânico, mas não me sinto assim ou pelo menos não como costumo me sentir. A necessidade de estar em algum outro lugar toma conta de mim, então me viro e deixo os meus pais, Nita e a cidade onde costumava morar para trás.

CAPÍTULO VINTE E UM

Tris

Eles anunciam pela manhã o exercício de simulação de ataque através do sistema de som enquanto tomamos café. A voz feminina e clara nos instrui a trancar a porta da sala onde estivermos pelo lado de dentro, cobrir as janelas e nos sentarmos em silêncio até que os alarmes parem de tocar.

– Isso ocorrerá dentro de uma hora – diz ela.

Tobias parece cansado e pálido, com olheiras. Ele pega um bolinho e belisca pequenos pedaços. Às vezes come, outras simplesmente se esquece de botar na boca.

A maioria de nós acordou tarde, às dez, acho que porque não tínhamos nenhum motivo para acordar mais cedo. Quando deixamos a cidade, perdemos as nossas facções, nosso propósito. Aqui, não há nada para fazer, a não ser esperar que alguma coisa aconteça, e isso não me deixa nada relaxada, mas agitada e tensa. Estou acostumada a ter algo para fazer, algo pelo qual lutar, o tempo todo. Tento me lembrar de que devo relaxar.

– Eles nos levaram para voar de avião ontem – digo a Tobias. – Onde você estava?

– Eu só precisava dar uma volta. Processar as coisas. – Ele soa conciso, irritado. – Como foi?

– Para falar a verdade, foi incrível. – Sento-me diante dele, e nossos joelhos se tocam no espaço entre as camas. – O mundo é... muito maior do que eu pensava.

Ele acena com a cabeça.

– Acho que eu não teria gostado. Por causa da altura e tal.

Não sei por quê, mas fico desapontada com sua reação. Desejava que ele dissesse que queria ter estado lá comigo, ter vivido aquilo comigo. Ou pelo menos que perguntasse por que foi incrível. Porém, tudo o que tem a dizer é que não teria gostado de estar lá.

– Está tudo bem? – pergunto. – Você parece mal ter dormido.

– Bem, o dia de hoje me proporcionou uma revelação e tanto – fala ele, apoiando a testa na mão. – Você não pode me culpar por estar chateado.

– Você pode ficar chateado com o que quiser – digo, franzindo a testa. – Mas, na minha opinião, não há muito pelo que ficar chateado. Sei que é uma surpresa, porém, como eu disse, você continua sendo a mesma pessoa de antes, independentemente do que digam.

Ele balança a cabeça.

– Não estou falando sobre meus genes. Estou falando de Marcus. Você não tem a menor ideia, não é mesmo? – A pergunta é acusatória, mas seu tom, não. Ele se levanta para jogar o bolinho no lixo.

Sinto-me magoada e frustrada. É claro que eu sabia de Marcus. As pessoas estavam comentando sobre isso no dormitório quando acordei. Mas, por algum motivo, não pensei que ele ficaria chateado em descobrir que seu pai não seria executado. Parece que eu estava errada.

O fato de que os alarmes soam naquele exato momento, impedindo-me de dizer qualquer outra coisa, não ajuda em nada. Os alarmes são altos, estridentes e agridem tanto os meus ouvidos que mal consigo pensar, muito menos me mover. Cubro um dos ouvidos com uma das mãos, e enfio a outra sob o travesseiro para pegar o aparelho que guarda o diário da minha mãe.

Tobias tranca a porta e fecha as cortinas, e todos permanecem sentados em suas camas. Cara cobre a cabeça com o travesseiro. Peter apenas permanece sentado, com as costas encostadas na parede e os olhos fechados. Não sei onde está Caleb. Deve estar pesquisando o que quer que o tenha deixado tão distante ontem. Também não sei onde estão Christina e Uriah. Talvez explorando o complexo. Ontem, depois da sobremesa, eles pareceram determinados a explorar todos os cantos deste lugar. Eu preferi explorar as opiniões da minha mãe a respeito daqui. Ela escreveu várias vezes no diário sobre suas impressões do complexo, sobre o quanto era estranho para ela o lugar ser tão limpo, sobre a maneira como todos viviam sorrindo, como ela se apaixonou pela cidade ao vê-la da sala de controle.

Ligo o aparelho, esperando me distrair do barulho ensurdecedor.

Hoje eu me ofereci para entrar na cidade. David disse que os Divergentes estão morrendo e que alguém precisa pôr fim nisso, porque é um desperdício do nosso melhor material genético. Acho que essa é uma forma muito doentia de ver as coisas, mas David não faz por mal. Ele só quer dizer que, se não fosse pela morte dos Divergentes, nós não interviríamos até que certo grau de destruição fosse alcançado, mas, já que é com eles, a situação precisa ser resolvida imediatamente.

Ele disse que é só por alguns anos. Tudo o que tenho aqui são alguns amigos, nenhuma família, e sou jovem o bastante para que seja fácil me inserir. Basta apagar e reprogramar as memórias de algumas pessoas, e estou dentro. Eles vão me colocar na Audácia, a princípio, porque já tenho tatuagens, e seria difícil de explicar isso para as pessoas dentro do experimento. O único problema é que, na minha Cerimônia de Escolha, no ano que vem, terei que me juntar à Erudição, porque é lá que está o assassino, e não sei se serei inteligente o bastante para passar pela iniciação. David diz que não importa, porque ele pode alterar os resultados, mas isso parece errado. Mesmo que o Departamento considere que as facções não significam nada, que elas não passam de um tipo de modificação comportamental que ajuda a reparar os danos, as pessoas da cidade acreditam que elas são importantes, e não parece certo burlar seu sistema.

Eu os tenho observado há alguns anos, então não preciso aprender muito sobre como agir como eles. A esta altura, aposto que conheço a cidade melhor do que eles. Será difícil enviar meus informes. Alguém poderá notar que estou me conectando a um servidor externo, e não a um servidor de dentro da cidade, portanto, incluirei poucas informações no diário ou talvez nenhuma. Será difícil deixar para trás tudo o que conheço, mas talvez seja bom. Talvez seja um recomeço.

Um recomeço seria muito bom para mim.

É muita coisa para absorver, mas acabo relendo a frase: *O único problema é que, na minha Cerimônia de Escolha, no ano que vem, terei que me juntar à Erudição, porque é lá que está o assassino.* Não sei sobre que assassino ela está falando. Será que é sobre o antecessor de Jeanine Matthews? Mas o mais confuso é que ela acabou *não* indo para a Erudição.

O que será que a levou a se juntar à Abnegação?

O alarme para e, na sua ausência, os sons parecem abafados em meus ouvidos. Os outros saem do dormitório um por um, mas Tobias fica mais um pouco, tamborilando os dedos na perna. Não falo com ele. Acho que não quero ouvir o que ele tem a dizer agora que estamos os dois à flor da pele.

Mas tudo o que diz é:

– Posso beijar você?

– Pode – respondo, aliviada.

Ele se inclina para a frente e toca o meu rosto, depois me beija com delicadeza.

Bem, pelo menos ele sabe melhorar o meu humor.

– Não me lembrei da questão do Marcus. Deveria ter lembrado – digo.

Ele dá de ombros.

– Já passou.

Sei que não passou. Com Marcus, as coisas nunca passam; as maldades que ele cometeu são grandes demais. Mas não insisto na questão.

– Mais textos do diário? – pergunta ele.

– Sim. Até agora, apenas algumas memórias do complexo. Mas está ficando interessante.

– Ótimo. Vou deixar você ler em paz.

Ele abre um pequeno sorriso, mas percebo que continua cansado e chateado. Não tento impedi-lo de ir. De certa maneira, parece que estamos deixando um ao outro sozinhos com nossas tristezas, a dele causada pela perda da sua Divergência e pelo que esperava do julgamento de Marcus, e a minha, pela perda dos meus pais.

Toco na tela para ler o próximo texto.

Caro David,

Ergo as sobrancelhas. Agora ela está escrevendo para David?

Caro David,

Perdão, mas as coisas não vão acontecer como planejamos. Eu não consigo. Sei que você vai pensar que estou agindo como uma adolescente idiota, mas esta é a minha vida, e, se vou passar uns anos aqui, preciso fazer isso do meu jeito. Ainda conseguirei fazer o meu trabalho de fora da Erudição. Portanto, amanhã, na Cerimônia de Escolha, eu e Andrew escolheremos a Abnegação juntos.

Espero que você não esteja irritado. Acho que, mesmo que esteja, não vou ficar sabendo.

—Natalie

Leio e releio o texto, até absorver as palavras. *Eu e Andrew escolheremos a Abnegação juntos.*

Sorrio, cobrindo a boca com a mão, depois apoio a cabeça na janela e deixo as lágrimas escorrerem em silêncio.

Meus pais realmente se amavam. O bastante para abandonar planos e facções. O bastante para desafiar a ideia de "facção antes do sangue". Facção antes do sangue, não. *Amor* antes da facção, sempre.

Desligo o aparelho. Não quero ler nada que estrague esta sensação: de que estou boiando em águas tranquilas.

É estranho como, embora eu devesse estar sofrendo a perda da minha mãe, na verdade, sinto que estou recuperando pedaços dela, palavra por palavra, linha por linha.

CAPÍTULO VINTE E DOIS

TRIS

HÁ APENAS MAIS uma dúzia de textos no arquivo, e eles não me dizem nada que eu queira saber, embora criem mais dúvidas. E, em vez de conterem os pensamentos e impressões da minha mãe, são todos dirigidos a alguém.

Caro David,

Pensei que você era mais meu amigo do que meu supervisor, mas acho que estava errada.

O que você pensou que aconteceria quando entrei aqui? Que eu viveria solteira e solitária para sempre? Que não me apegaria a ninguém? Que não tomaria nenhuma decisão por conta própria?

Deixei tudo para trás a fim de entrar aqui, quando ninguém mais queria fazer isso. Você deveria estar me agradecendo, e não me acusando de perder o foco da missão. Vamos deixar uma coisa bem clara: não vou esque-

cer por que estou aqui só porque escolhi a Abnegação e vou me casar. Mereço ter uma vida própria. Uma vida que eu queira, e não uma que você e o Departamento escolham por mim. Você deveria saber bem disso. Deveria entender por que esta vida me agradaria, depois de tudo o que vi e vivi.

Para ser franca, acho que você nem liga para o fato de que não escolhi a Erudição, como deveria ter feito. Parece apenas que você está com ciúmes. E, se quiser que eu continue enviando informações, deve desculpar-se por duvidar de mim. Mas, se você não se desculpar, não enviarei mais informação alguma, e, sem dúvida, não deixarei mais a cidade para visitá-lo. Você é quem sabe.

–Natalie

Será que ela tinha razão a respeito de David? Essa ideia instiga a minha mente. Será que ele de fato sentia ciúme do meu pai? Será que o ciúme dele sumiu com o tempo? Só consigo enxergar o relacionamento deles a partir do olhar da minha mãe e não sei se ela é a fonte mais confiável.

Dá para perceber que ela está ficando mais velha nos textos. Sua linguagem está se tornando mais refinada à medida que o tempo a separa da margem onde costumava viver, e suas reações estão ficando mais moderadas. Ela está amadurecendo.

Confiro a data do texto seguinte. Foi escrito alguns meses depois, mas não é para David, como alguns dos outros. O tom também é diferente. Não é tão familiar, e sim mais direto.

Toco na tela, passando pelos textos. Preciso tocá-la dez vezes até encontrar outro texto para ele. A data do texto sugere que foi escrito dois anos depois.

Caro David,

Recebi a sua carta. Entendo por que você não pode mais ser a pessoa a receber meus comunicados e respeito a sua decisão, mas vou sentir saudade.

Desejo-lhe toda a felicidade do mundo.

—Natalie

Tento passar para a página seguinte, mas é o fim do diário. O último documento no arquivo é um atestado de óbito. Segundo o atestado, a causa da morte foi *ferimentos múltiplos no torso causados por arma de fogo*. Balanço para a frente e para trás durante um tempo, para afastar da minha mente a imagem dela desabando na rua. Quero aprender mais sobre ela e meu pai e sobre ela e David. Qualquer coisa que me distraia da maneira como a sua vida terminou.

+ + +

Sigo Zoe até a sala de controle mais tarde nesta manhã, e isso mostra como estou desesperada por informações. Ela conversa com o administrador da sala de controle sobre uma reunião com David enquanto encaro, determinada, os meus pés, sem querer ver o que está nos monitores. Sinto que, se me permitir olhar para eles, mesmo que por um segundo, ficarei viciada, perdida no mundo antigo porque não sei como lidar com o novo.

Porém, quando Zoe encerra sua conversa, não consigo mais conter minha curiosidade. Olho para o enorme monitor pendurado sobre as mesas. Evelyn está sentada na cama, correndo as mãos sobre algo em sua mesa de cabeceira. Aproximo-me do monitor para ver o que é, e a mulher na mesa à minha frente diz:

– Esta é a câmera de Evelyn. Nós a observamos vinte e quatro horas por dia.

– Vocês podem ouvi-la?

– Só se aumentarmos o som – responde a mulher. – Mas em geral mantemos o som desligado. É difícil ouvir tanta conversa o dia inteiro.

Assinto com a cabeça.

– O que é isso que ela está tocando?

– Um tipo de escultura, não sei. – A mulher dá de ombros. – Mas ela costuma olhar muito para ela.

Eu a reconheço de algum lugar. Do quarto de Tobias, onde dormi depois da minha quase execução na sede da Erudição. Ela é feita de vidro azul. Uma forma abstrata que parece água sendo derramada e paralisada no tempo.

Levo as pontas dos dedos ao queixo, vasculhando minha memória. Ele me disse que Evelyn o havia presenteado com a escultura quando ele era jovem e o instruíra a mantê-la escondida do pai, que, por ser da Abnegação, desaprovaria um objeto lindo, mas inútil. Não pensei muito sobre a escultura então, mas ela deve significar algo para Evelyn, já que a carregou do setor da Abnegação até a sede da Erudição e a manteve em sua mesa de cabeceira. Talvez seja a sua maneira de se rebelar contra o sistema de facções.

No monitor, Evelyn equilibra o queixo na mão e encara a escultura por um instante. Depois, levanta-se e balança as mãos antes de deixar o quarto.

Não, não acredito que a escultura seja um símbolo de rebelião. Acho que é apenas uma lembrança de Tobias. De alguma forma, não me dei conta disso quando deixamos a cidade. Ele não era apenas um rebelde desafiando sua líder, mas também um filho abandonando a mãe. E ela está sofrendo por isso.

Será que ele também está?

Por mais problemático que fosse o relacionamento dos dois, os laços entre eles nunca vão se quebrar. Isso seria impossível.

Zoe toca o meu ombro.

– Você queria me perguntar alguma coisa?

Assinto com a cabeça e afasto os olhos do monitor. Zoe está jovem na foto em que aparece ao lado da minha mãe, mas ela estava lá, então deve saber alguma coisa. Eu teria perguntado a David, mas, por ser líder do Departamento, não é fácil encontrá-lo.

– Quero informações sobre meus pais. Estou lendo o diário da minha mãe e acho que estou tendo dificuldade em entender como eles se conheceram ou por que entraram na Abnegação juntos.

Zoe acena a cabeça devagar.

– Posso dizer o que sei. Você se importa em me acompanhar até o laboratório? Preciso levar uma mensagem para Matthew.

Ela leva as mãos às costas, apoiando-as no quadril. Ainda estou segurando a tela que David me deu. Ela está toda marcada com minhas impressões digitais e morna por conta do meu toque constante. Entendo por que Evelyn toca tanto aquela escultura. É o último pedaço que ela tem do seu filho, assim como aquele pequeno aparelho é o último pedaço da minha mãe. Sinto-me mais próxima dela quando estou com ele.

Acho que é por isso que não consigo entregá-lo a Caleb, embora ele tenha o direito de ver. Acho que ainda não consigo abrir mão dela.

– Eles se conheceram em uma aula – conta Zoe. – Embora seu pai fosse um homem inteligente, nunca foi muito bom em psicologia, e a professora, que, é claro, pertencia à Erudição, era muito dura com ele por isso. Então, sua mãe se ofereceu para ajudá-lo depois das aulas, e ele disse para os pais que estava fazendo um tipo de trabalho escolar. Isso durou várias semanas, e então eles começaram a se encontrar em segredo. Acho que um dos lugares preferidos deles era o chafariz do Millenium Park. O Chafariz Buckingham, bem ao lado do pântano. Sabe?

Imagino a minha mãe e o meu pai sentados ao lado do chafariz, sob a nuvem de gotas d'água, os pés tocando o fundo de concreto. Sei que o chafariz ao qual Zoe está se referindo não funciona há muito tempo e que não haveria água alguma, mas a imagem fica mais bonita assim.

– A Cerimônia de Escolha se aproximava, e seu pai mal podia esperar para deixar a Erudição, porque vira algo terrível...

– O quê? O que ele viu?

– Bem, seu pai era muito amigo de Jeanine Matthews – diz Zoe. – E ele a viu realizar um experimento em um homem sem-facção em troca de comida ou roupas. De qualquer maneira, ela estava testando o soro indutor de medo que mais tarde foi incorporado na iniciação da Audácia. Antigamente, as simulações de medo não eram geradas pelos medos específicos das pessoas, entende, mas por medos generalizados, como altura e aranhas, ou algo do tipo. E Norton, que na época era o representante da Erudição, estava presente, mas deixou que o experimento durasse mais do que deveria. O homem sem-facção nunca mais foi o mesmo. E isso foi a gota d'água para o seu pai.

Ela para diante da porta do laboratório a fim de abri-la com o crachá. Entramos no escritório sujo onde David me deu o diário da minha mãe. Matthew está sentado com o nariz colado no monitor do computador e os olhos semicerrados. Ele quase não nota a nossa presença.

Sou tomada por uma vontade de sorrir e chorar ao mesmo tempo. Sento-me em uma cadeira ao lado da mesa vazia, as mãos juntas entre os joelhos. Meu pai era um homem difícil. Mas também era um bom homem.

– Seu pai queria sair da Erudição, e sua mãe não queria entrar, independentemente do objetivo da sua missão. Mas ela queria estar próxima de Andrew, então eles escolheram a Abnegação juntos. – Ela faz uma pausa. – Isso causou um rompimento entre sua mãe e David, como você deve ter lido. Ele acabou se desculpando, mas disse que não receberia mais os informes dela, não sei por quê; ele não quis dizer. Depois disso, os informes dela passaram a ser muito curtos, puramente informativos. E é por isso que não estão incluídos no diário.

– Mas ela conseguiu mesmo assim continuar a sua missão na Abnegação.

– Sim. E acho que ela foi muito mais feliz lá do que teria sido na Erudição – diz Zoe. – É claro que, em certos aspectos, a Abnegação acabou não sendo muito melhor. Parece que não há como escapar dos danos genéticos. Até a liderança da Abnegação foi envenenada por eles.

Franzo a testa.

– Você está se referindo a Marcus? Mas ele é Divergente. Os danos genéticos não tiveram nada a ver com o que ele fez.

– Um homem cercado por danos genéticos não consegue deixar de imitá-los em seu próprio comportamento – diz Zoe. – Matthew, David quer marcar uma reunião com seu supervisor para discutir um dos soros em desenvolvimento. Da última vez, Alan esqueceu completamente, então queria saber se você pode acompanhá-lo até lá.

– Claro – diz Matthew sem afastar os olhos do computador. – Vou dar um jeito de fazê-lo reservar um tempo para mim.

– Ótimo. Bem, preciso ir. Espero ter respondido as suas perguntas, Tris. – Ela sorri e deixa o recinto.

Sento-me encurvada para a frente com os cotovelos nos joelhos. Marcus era Divergente, geneticamente puro, como eu. Mas não aceito que ele era uma pessoa ruim porque estava cercado por pessoas geneticamente danificadas. Eu também estava. Uriah também estava. Assim como a minha mãe. Mas nenhum de nós agrediu nossos entes queridos.

– O argumento dela é meio furado, não é? – pergunta Matthew. Ele está olhando para mim de trás da mesa, tamborilando os dedos no braço da cadeira.

– É – respondo.

– Algumas pessoas aqui querem culpar os danos genéticos por tudo. É mais fácil para elas acreditar nisso do que na verdade, que é a seguinte: não há como eles saberem tudo sobre as pessoas e os motivos que as levam a agir como agem.

– Todos têm que culpar alguma coisa pelo mundo ser como é – digo. – Para o meu pai, a culpada era a Erudição.

– Então é melhor eu não dizer que a Erudição sempre foi a minha facção preferida – diz Matthew, com um pequeno sorriso.

– Sério? – Ajeito o corpo. – Por quê?

– Não sei. Acho que concordo com eles. Com a ideia de que, se todos aprendessem o tempo todo sobre o mundo ao seu redor, teríamos muito menos problemas.

– Desconfiei deles a minha vida inteira – digo, apoiando o queixo na mão. – Meu pai odiava a Erudição, então aprendi a odiá-los também, assim como tudo o que eles faziam. Mas agora acho que ele estava errado. Ou, pelo menos... estava sendo preconceituoso.

– Sobre a Erudição ou sobre o aprendizado?

Dou de ombros.

– Os dois. Tantas pessoas da Erudição já me ajudaram sem eu nem precisar pedir. – Will, Fernando, Cara eram todos da Erudição, e algumas das pessoas mais bondosas com que convivi, mesmo que por pouco tempo. – Eles estavam tão determinados a transformar o mundo em um lugar melhor. – Balanço a cabeça. – O que Jeanine fez não tem nada a ver com sede de conhecimento, que a levou à sede por poder, como meu pai disse, mas sim com o medo dela da dimensão do mundo e como isso a tornava impotente. Talvez a Audácia é que tivesse razão.

– Existe um velho ditado – diz Matthew. – Conhecimento é poder. O poder de fazer o mal, como Jeanine... ou o poder de fazer o bem, como estamos fazendo. O poder em si não é mau. Portanto, o conhecimento em si não é mau.

– Acho que fui criada para desconfiar dos dois. Do poder e do conhecimento – digo. – Para a Abnegação, o poder só deve ser dado a pessoas que não o querem.

– Isso até faz algum sentido – diz Matthew. – Mas talvez esteja na hora de você superar essas desconfianças.

Ele pega um livro sob a mesa. É um livro grosso, com a capa gasta e as bordas puídas. Na capa, está escrito BIOLOGIA HUMANA.

– Este livro é um pouco rudimentar, mas me ajudou a aprender o que é ser humano. O que significa ser uma máquina biológica tão complicada e misteriosa e, o que é ainda mais fascinante, ter a capacidade de analisar a própria máquina! Isso é algo muito especial, sem precedentes em toda a história evolutiva. Nossa habilidade de aprender sobre nós mesmos e sobre o mundo é o que nos torna humanos.

Ele me entrega o livro e volta a encarar o computador. Olho para a capa gasta e corro os dedos pelas beiradas das páginas. Ele faz a aquisição de conhecimento parecer algo secreto e lindo, algo antigo. Sinto que, se ler este livro, conseguirei voltar no tempo, através de todas as gerações da humanidade, até a primeira, seja lá quando foi. Que participarei de algo muito maior e mais antigo do que eu.

– Obrigada – agradeço, e não estou me referindo ao livro. E sim ao fato de ele ter me devolvido algo, algo que eu havia perdido antes mesmo de ter.

+ + +

O saguão do hotel cheira a limão cristalizado e água sanitária, uma combinação pungente, que queima minhas narinas quando respiro. Passo por um vaso de planta com uma flor espalhafatosa crescendo em meio aos galhos e sigo em direção ao dormitório que se tornou nosso lar temporário. Ao caminhar, esfrego a minha camisa na tela, tentando limpar algumas das minhas impressões digitais.

Caleb está sozinho no dormitório, o cabelo despenteado e os olhos vermelhos de quem acabou de acordar. Ele pisca ao olhar para mim quando entro, e jogo o livro de biologia sobre a cama. Sinto uma dor nauseante no estômago e agarro o aparelho com o arquivo sobre a nossa mãe junto às minhas costelas. *Ele é filho dela. Tem tanto direito de ler o diário dela quanto você.*

– Se você tem algo a dizer – fala ele –, diga logo.

– Mamãe viveu aqui. – Deixo escapar como um segredo guardado há anos, alto e rápido demais. – Ela veio da margem, eles a trouxeram para cá, e ela viveu aqui durante alguns anos, depois foi para a cidade a fim de impedir que a Erudição assassinasse os Divergentes.

Caleb pisca novamente ao me encarar. Antes que eu perca a coragem, ofereço-lhe a tela.

– O arquivo dela está aqui. Não é muito longo, mas você devia ler.

Meu irmão se levanta e segura a placa de vidro. Ele está tão mais alto do que costumava ser, tão maior do que eu. Por alguns anos, quando éramos crianças, fui mais alta do que ele, apesar de ser quase um ano mais nova. Aqueles foram alguns dos nossos melhores anos, uma época na qual eu não sentia que ele era maior, melhor, mais inteligente ou mais altruísta do que eu.

– Há quanto tempo você sabe disso? – pergunta ele, semicerrando os olhos.

– Não importa. – Dou um passo para trás. – Estou contando agora. Aliás, você pode ficar com isso. Não preciso mais.

Ele limpa a tela com a manga da camisa e avança pelo dispositivo de maneira habilidosa até encontrar o primeiro texto do diário da nossa mãe. Imagino que vá se sentar e ler o texto, encerrando a conversa, mas ele suspira.

– Também tenho algo para mostrar – diz ele. – É sobre Edith Prior. Venha.

É o nome dela, e não o que me resta de ligação com ele, que me leva a segui-lo quando ele sai andando.

Saímos do dormitório, descemos o corredor e viramos algumas vezes até uma sala distante de todas as que conheço no complexo do Departamento. A sala é comprida e estreita, e as paredes são cobertas de prateleiras com livros azul-acinzentados idênticos, grossos e pesados, como dicionários. Entre as duas primeiras fileiras há uma longa mesa de madeira com cadeiras. Caleb acende o interruptor, e uma luz pálida enche a sala, lembrando-me da sede da Erudição.

– Tenho passado muito tempo aqui – diz ele. – É a sala de registro. Eles guardam algumas informações sobre o experimento de Chicago aqui.

Ele caminha diante das prateleiras do lado direito da sala, correndo os dedos pelas lombadas dos livros. Pega um dos volumes e o repousa sobre a mesa, abrindo-o, e consigo ver as páginas repletas de textos e fotos.

– Por que eles não guardam tudo isso em computadores?

– Acho que guardavam esses registros quando ainda não haviam desenvolvido um sistema de segurança sofisticado para a rede – diz ele sem levantar a cabeça. – Dados nunca desaparecem de verdade, mas papéis podem ser destruídos para sempre, e, portanto, é fácil se livrar disso para evitar que caia nas mãos erradas. Às vezes, é mais seguro ter tudo impresso.

Seus olhos verdes acompanham o texto depressa enquanto ele procura o ponto certo com dedos ágeis, feitos para virar páginas. Penso em como ele disfarçou esse aspecto de si, escondendo livros entre a cabeceira da cama e a parede na nossa casa na Abnegação, até derramar seu sangue na água da Erudição no dia da nossa Cerimônia de

Escolha. Eu deveria ter percebido, naquele dia, que ele era um mentiroso, leal apenas a si mesmo.

Sinto a dor nauseante outra vez. Mal consigo suportar estar aqui dentro com ele, a porta nos prendendo e apenas a mesa entre nós.

– Ah, aqui está. – Ele aponta para a página, depois vira o livro para me mostrar.

Parece uma cópia de um contrato, mas é escrita à mão com tinta.

Eu, Amanda Marie Ritter, de Peoria, Illinois, consinto com os seguintes procedimentos:

O procedimento de "cura genética", conforme definido pelo Departamento de Auxílio Genético: "um procedimento de engenharia genética projetado para corrigir os genes especificados como 'danificados' na página três deste formulário."

O "procedimento de reinicialização", conforme definido pelo Departamento de Auxílio Genético: "um procedimento de apagamento de memória, com o objetivo de tornar mais adequado o participante do experimento."

Declaro que fui cuidadosamente instruída quanto aos riscos e benefícios desses procedimentos por um membro do Departamento de Auxílio Genético. Entendo que isso significa que receberei um novo histórico e uma nova identidade pelo Departamento e que serei inserida no experimento em Chicago, Illinois, onde viverei o resto da minha vida.

Concordo em me reproduzir pelo menos duas vezes, para oferecer aos meus genes corrigidos a maior chance possível de sobrevivência. Entendo que serei encorajada a fazer isso durante a minha reeducação, depois do procedimento de reinicialização.

Também autorizo que meus filhos e os filhos dos meus filhos etc., permaneçam nesse experimento até que o Departamento de Auxílio Genético o considere completo. Eles serão instruídos com a história falsa que eu também receberei depois do procedimento de reinicialização.

Assinado,

Amanda Marie Ritter

Amanda Marie Ritter. Ela era a mulher do vídeo, Edith Prior, minha antepassada.

Olho para Caleb, cujos olhos estão brilhando com o conhecimento, como se fios elétricos passassem dentro deles.

Nossa antepassada.

Puxo uma das cadeiras e me sento.

– Ela era antepassada do papai? – pergunto.

Ele faz que sim com a cabeça e se senta de frente para mim.

– Sim, há sete gerações. Uma tia. O irmão dela foi quem passou adiante o nome Prior.

– E isto é...

– É um termo de consentimento. O termo de consentimento dela para se juntar ao experimento. As notas do texto afirmam que este é apenas um rascunho. Ela foi uma das projetistas originais do experimento. Era membro do Departamento. No experimento original, havia poucos membros do Departamento; a maioria das pessoas no experimento não trabalhava para o governo.

Releio o texto, tentando decifrá-lo. Quando a vi no vídeo, parecia tão lógico o fato de ela se tornar uma moradora da nossa cidade, de ela mergulhar no nosso sistema de facções, de se oferecer para deixar tudo para trás. Mas isso foi antes de eu saber como é a vida fora da cidade, e ela não parece tão terrível quanto Edith descreveu em sua mensagem para nós.

Ela foi uma hábil manipuladora naquele vídeo, cuja intenção era nos manter contidos e dedicados à visão do Departamento. *O mundo fora da cidade está gravemente danificado, e os Divergentes precisam sair para consertá-lo.* Não é bem uma mentira, porque as pessoas do Departamento de fato acreditam que genes curados vão consertar certas coisas, que, se nos integrarmos à população geral e passarmos adiante nossos genes, o mundo será um lugar melhor. Mas eles não precisavam que os Divergentes marchassem da cidade como um exército para combater a injustiça e salvar a todos, como Edith sugeriu. Será que ela acreditava nas suas próprias palavras ou será que as falou só porque precisava?

Há uma foto dela na página seguinte, com a boca em uma linha firme e cabelo castanho. Ela deve ter visto algo terrível para se oferecer para ter a memória apagada e a vida inteira reconstruída.

– Você sabe por que ela resolveu participar? – pergunto.

Caleb balança a cabeça em um gesto negativo.

— Os registros sugerem, embora de maneira bastante vaga, que as pessoas se juntavam ao experimento para que suas famílias pudessem escapar de um estado de pobreza extrema. As famílias dos sujeitos recebiam por mais de dez anos um ordenado mensal pela participação no teste. Mas essa com certeza não foi a motivação de Edith porque ela trabalhava no Departamento. Suspeito que algo traumático tenha acontecido a ela, algo que ela queria muito esquecer.

Franzo a testa ao olhar para a foto. Não consigo imaginar que tipo de pobreza levaria alguém a abrir mão de si mesmo e de todos os que ama em troca de um ordenado mensal para sua família. Posso até ter vivido de pão e legumes da Abnegação durante a maior parte da minha vida, sem nenhum luxo, mas nunca estive desesperada a esse ponto. A situação deles deveria ser bem pior do que qualquer coisa que vi na cidade.

Também não consigo imaginar o que teria deixado Edith tão desesperada. Talvez ela apenas não tivesse ninguém por quem manter a sua memória.

— Queria saber se existem precedentes jurídicos para o consentimento em nome de descendentes — diz Caleb. — Acho que é uma extrapolação do consentimento para crianças com menos de dezoito anos, mas parece um pouco estranho.

— Acho que todos nós decidimos o destino dos nossos filhos quando tomamos nossas próprias decisões — digo de forma vaga. — Será que teríamos escolhido as facções que escolhemos se mamãe e papai não tivessem optado pela Abnegação? — Dou de ombros. — Não sei. Talvez não tivéssemos nos sentido tão reprimidos. Talvez tivéssemos nos tornado pessoas diferentes.

O pensamento invade a minha mente como uma criatura rastejante: *Talvez tivéssemos nos tornado pessoas melhores. Pessoas que não traem a própria irmã.*

Encaro a mesa diante de mim. Durante os últimos minutos, foi fácil fingir que eu e Caleb éramos simplesmente irmã e irmão outra vez. Mas não dá para esquecer a realidade e a raiva durante muito tempo, antes que a verdade venha de novo à tona. Quando levanto meus olhos e encontro os dele, lembro-me da vez que o encarei exatamente assim, quando ainda era prisioneira na sede da Erudição. Lembro-me de estar cansada demais para brigar com ele ou para ouvir as desculpas dele; cansada demais para me importar com o fato de que meu irmão havia me abandonado.

– Edith se juntou à Erudição, não foi? Apesar de ter adotado um nome da Abnegação? – pergunto de maneira dura.

– Sim! – Ele parece não perceber o meu tom. – Na verdade, a maioria dos nossos antepassados pertencia à Erudição. Houve alguns casos isolados que se juntaram à Abnegação e um ou dois que se juntaram à Franqueza, mas a linhagem é bastante consistente.

Sinto frio, como se pudesse estremecer e depois me estilhaçar toda.

– Então, imagino que, na sua mentalidade torpe, você tenha usado isso como desculpa para o que fez – digo de maneira dura. – Para ter se juntado à Erudição, para ter sido leal a eles. Quer dizer, se você já estava destinado a ser um deles, então "facção antes do sangue" se torna uma crença aceitável, certo?

– Tris... – diz ele, e seus olhos imploram pela minha compreensão, mas não compreendo. Eu me recuso.

Levanto-me.

– Então, agora sei sobre Edith e você sobre a nossa mãe. Vamos deixar as coisas assim.

Às vezes, quando olho para ele, sinto uma pontada de compaixão, mas outras vezes tenho vontade de agarrar seu pescoço. Porém, agora só quero escapar e fingir que isso nunca aconteceu. Deixo a sala de registros, e meus sapatos chiam no chão de ladrilhos enquanto corro até o hotel. Corro até sentir o cheiro de limão doce, depois paro.

Tobias está parado no corredor, do lado de fora do dormitório. Estou sem fôlego e consigo sentir o meu batimento cardíaco nas pontas dos dedos; sinto-me sufocada, cheia de um sentimento de perda e assombro, raiva e saudade.

– Tris – diz Tobias com uma expressão preocupada. – Você está bem?

Balanço a cabeça, ainda tentando recuperar o fôlego, e o empurro contra a parede, meus lábios encontrando os seus. Por um instante, ele tenta me afastar, mas depois talvez decida que não se importa se estou bem, não se importa se ele está bem, não se importa. Há dias que não ficamos juntos, só nós dois. Semanas. Meses.

Seus dedos deslizam pelos meus cabelos, e eu me agarro aos seus braços para me equilibrar enquanto nos apertamos um contra o outro, como duas lâminas em um duelo empatado. Ele é a pessoa mais forte que conheço e é mais carinhoso do que as pessoas pensam; ele é um segredo que guardo comigo e guardarei pelo resto da vida.

Ele se curva e beija o meu pescoço com força, e suas mãos deslizam pelo meu corpo, parando e agarrando minha cintura. Prendo meus dedos nos passadores da sua calça, fechando os olhos. Naquele momento, sei exatamente o que quero; quero retirar todas as camadas de roupa entre nós, despir tudo o que nos separa, o passado, o presente e o futuro.

Ouço passos e risadas no fim do corredor, e nos afastamos. Alguém, provavelmente Uriah, assobia, mas quase não o ouço por trás do pulsar nos meus ouvidos.

Os olhos de Tobias encontram os meus, e é como na primeira vez que realmente olhei para ele durante a minha iniciação, depois da simulação do medo; nos olhamos por tempo demais, com intensidade demais.

– Cala a boca! – grito para Uriah sem tirar os olhos de Tobias.

Uriah e Christina entram no dormitório, e nós os seguimos como se nada tivesse acontecido.

CAPÍTULO VINTE E TRÊS

TOBIAS

NAQUELA NOITE, QUANDO minha cabeça desaba no travesseiro, pesada com tantos pensamentos, ouço algo sendo amassado sob a minha bochecha. Um bilhete sob a fronha.

T–

Encontre-me na entrada do hotel às onze. Preciso falar com você.

–Nita

Olho para o catre de Tris. Ela está deitada de costas, e há uma mecha de cabelo cobrindo seu nariz e sua boca que se mexe cada vez que ela respira. Não quero acordá-la, mas me sinto estranho indo encontrar uma garota no meio da noite sem avisá-la. Ainda mais agora que estamos nos esforçando tanto para sermos honestos um com o outro.

Olho o meu relógio. Faltam dez minutos para as onze.

Nita é apenas uma amiga. Você pode avisar Tris amanhã. Talvez seja urgente.

Afasto a coberta e enfio os pés nos sapatos. Tenho ido dormir com as roupas que uso durante o dia. Passo pela cama de Peter, depois pela de Uriah. Vejo a boca de uma garrafa escondida sob o travesseiro de Uriah. Eu a pego com cuidado e a carrego em direção à porta, escondendo-a sob o travesseiro de uma das camas vazias. Não tenho tomado conta dele como prometi a Zeke.

Ao chegar no corredor, amarro os cadarços e ajeito o cabelo. Parei de cortar o cabelo como faz um membro da Abnegação quando decidi que queria que as pessoas da Audácia me enxergassem como um possível líder, mas sinto saudade do ritual do modo antigo, o zumbido da máquina e os movimentos cuidadosos das minhas mãos, que se orientavam mais pelo tato do que pela visão. Quando eu era criança, meu pai costumava cortar meu cabelo no corredor do segundo andar da nossa casa na Abnegação. Ele nunca era muito cuidadoso com a lâmina, arranhando a minha nuca e machucando as minhas orelhas. Mas nunca reclamava de ter que cortar o meu cabelo. Isso já é alguma coisa, eu acho.

Nita bate o pé no chão. Desta vez, está usando uma camisa branca de manga curta, e seu cabelo está preso. Ela sorri, mas seus olhos não refletem o sorriso.

— Você parece preocupada — digo.

— É porque estou. Venha, tem um lugar que quero mostrar para você há um tempo.

Ela me guia por corredores escuros e vazios exceto por um ou outro faxineiro. Todos parecem conhecer Nita. Eles acenam para ela ou sorriem. Ela enfia as mãos nos bolsos, desviando com cuidado os olhos dos meus sempre que nossos olhares se cruzam.

Passamos por uma porta que não tem qualquer sensor de segurança para mantê-la trancada. Do outro lado, há uma grande sala circular com um lustre de vidro no centro. O chão é de madeira escura polida, e as paredes, cobertas de folhas de bronze, refletem a luz. Há nomes escritos nos painéis de bronze. Dezenas de nomes.

Nita para sob o lustre e abre os braços para abranger toda a sala com o gesto.

– Estas são as árvores genealógicas de Chicago – diz ela. – As árvores genealógicas de vocês.

Aproximo-me de uma das paredes e leio os nomes, procurando algum que me pareça familiar. No final, encontro dois: Uriah Pedrad e Ezekiel Pedrad. Ao lado de cada nome, há um pequeno "AA", e há um ponto ao lado do nome de Uriah que parece ter sido gravado há pouco tempo, provavelmente marcando-o como Divergente.

– Você sabe onde está o meu? – pergunto.

Ela atravessa a sala e toca em um dos painéis.

– As gerações são matrilineares. É por isso que os registros de Tris diziam que ela era de "segunda geração". Porque a mãe dela veio de fora da cidade. Não sei ao certo como Jeanine sabia disso, mas acho que agora nunca vamos descobrir.

Hesitante, aproximo-me do painel com o meu nome, embora não saiba ao certo por que deveria temer ver meu nome e os nomes dos meus pais gravados em bronze. Vejo uma linha vertical ligando Kristin Johnson e Evelyn Johnson e outra linha horizontal ligando Evelyn Johnson a Marcus Eaton. As pequenas letras ao lado do meu nome dizem "AbA", e há um ponto também, embora eu agora saiba que não sou de fato Divergente.

– A primeira parte indica a sua facção de origem – explica ela –, e a segunda, a sua facção de escolha. Eles acreditavam que manter um registro das facções os ajudaria a traçar um trajeto dos genes.

As letras da minha mãe: "EAS". Imagino que o *S* signifique "sem-facção".

As letras do meu pai: "AbAb", com um ponto.

Toco a linha que os conecta a mim, a linha que conecta Evelyn a seus pais e a linha que os conecta a seus pais, voltando oito gerações, contando a minha. Isto é um mapa que mostra o que eu sempre soube, que sou ligado a eles, preso para sempre a essa herança vazia, não importa o quanto eu fuja.

– Embora eu me sinta grato por ter me mostrado isto – digo, sentindo-me triste e cansado –, não entendo por que tinha que ser no meio da noite.

– Imaginei que você fosse querer ver. E queria conversar com você sobre uma coisa.

– Vai de novo me tranquilizar, dizendo que as minhas limitações não me definem? – Balanço a cabeça. – Não, obrigado. Já estou farto disso.

– Não. Mas fico feliz por você dizer isso.

Ela se apoia no painel, cobrindo o nome de Evelyn com o ombro. Eu me afasto, porque não quero estar perto o bastante dela para ver o anel de tom castanho um pouco mais claro ao redor das suas pupilas.

– A conversa que tive com você ontem à noite, sobre danos genéticos... na verdade, foi um teste. Queria saber como você reagiria ao que eu disse sobre genes danificados para saber se podia confiar em você – diz ela. – Se você aceitasse o que falei sobre as suas limitações, a resposta teria sido não. – Ela desliza um pouco mais para perto de mim, e seu ombro cobre o nome de Marcus também. – Sabe, não concordo muito em ser classificada como "danificada".

Lembro-me de como ela cuspiu a explicação sobre a tatuagem de vidro quebrado nas suas costas, como se fosse veneno.

Meu coração começa a bater mais forte, e consigo sentir a pulsação na garganta. O bom humor na voz dela foi substituído por amargura, e seus olhos perderam calor. Tenho medo dela, do que ela tem a dizer. Mas também estou animado, porque isso significa que não preciso aceitar que sou menor do que acreditava.

– Imagino que você também não concorde.

– Não. Não concordo.

– Existem muitos segredos neste lugar – diz ela. – Um deles é que, para eles, os GDs são dispensáveis. Outro é que alguns de nós não estão dispostos a aceitar isso.

– Como assim, dispensáveis? – pergunto.

– Os crimes que eles cometeram contra pessoas como nós são muito sérios – diz Nita. – E estão escondidos. Tenho provas, mas só posso mostrá-las depois. O que posso dizer agora é que estamos trabalhando contra o Departamento, por bons motivos, e queremos que você se junte a nós.

Semicerro os olhos.

– Por quê? O que vocês querem de mim exatamente?

– Agora quero dar a você a oportunidade de ver como é o mundo fora deste complexo.

– E o que você ganha com isso?

– A sua proteção – diz ela. – Estou indo para um lugar perigoso e não posso contar a mais ninguém do Departamento. Você não é daqui, e isso significa que é mais seguro para mim confiar em você, e sei que você sabe se defender. E, se vier comigo, posso mostrar a tal prova que você quer ver.

Com delicadeza, ela leva a mão ao coração, como se estivesse jurando. Minha desconfiança é grande, mas minha curiosidade é maior ainda. Não é difícil para mim acreditar que o Departamento tenha feito coisas más, porque todo governo que já conheci fez coisas más, até mesmo a oligarquia da Abnegação, que era dirigida pelo meu pai. E, para além dessa desconfiança razoável, ainda borbulha dentro de mim a esperança de que não sou danificado, de que valho mais do que os genes corrigidos que poderei passar a meus futuros filhos.

Então decido aceitar a proposta dela. Por enquanto.

– Está bem – digo.

– Em primeiro lugar – continua ela –, antes que eu mostre qualquer coisa, você precisa prometer que não vai contar a ninguém, nem mesmo a Tris, sobre as coisas que verá. Concorda?

– Ela é confiável, sabe. – Prometi a Tris que não guardaria mais segredos dela. Não deveria me envolver em situações nas quais terei que fazer isso de novo. – Por que não posso contar a ela?

– Não estou dizendo que ela não é confiável. Mas ela não tem as habilidades de que precisamos, e não devemos colocar ninguém em risco a menos que seja necessário. O Departamento não quer que nos organizemos, entende? Se acreditarmos que não somos "danificados", estaremos afirmando que tudo o que eles estão fazendo, os experimentos, as alterações genéticas, tudo isso, é uma perda de tempo. E ninguém quer ouvir que o trabalho da sua vida é uma farsa.

Sei bem disso. É como descobrir que as facções são um sistema artificial, projetado por cientistas para nos manter sob controle o maior tempo possível.

Ela se afasta da parede e diz a única coisa que poderia dizer para me fazer concordar:

– Se você contar a ela, estará privando-a da escolha que estou dando a você agora. Estará forçando-a a se tornar cúmplice da nossa conspiração. Ao guardar este segredo, você a estará protegendo.

Corro os dedos sobre o meu nome, gravado no painel de metal: Tobias Eaton. Estes genes são meus, esta bagunça é minha. Não quero arrastar Tris para dentro disso.

– Tudo bem – digo. – Vamos lá.

\+ + +

Vejo o feixe da lanterna que ela carrega se mover para cima e para baixo a cada passo seu. Acabamos de pegar uma bolsa no armário de limpeza deste corredor. Ela se preparou para isso com antecedência. Ela me guia para as profundezas dos corredores subterrâneos do complexo, passando por onde os GDs se reúnem até um corredor em que não há mais eletricidade. Em determinado local, ela se agacha e corre a mão pelo chão até encontrar uma alça. Me entrega a lanterna e puxa a alça, abrindo um alçapão entre os ladrilhos.

– É uma saída de emergência – explica ela. – Eles a fizeram quando chegaram aqui, para que sempre houvesse como fugir durante uma emergência.

Ela pega um tubo preto da bolsa e o abre. Ele solta faíscas vermelhas que refletem em seu rosto. Ela o solta sobre o alçapão e ele cai alguns metros, imprimindo um traço de luz nas minhas pálpebras. Ela se senta na beira do buraco, com a mochila nos ombros, e salta.

Sei que o túnel não é muito longo, mas parece maior por causa do espaço vazio sob meus pés. Sento-me na beirada, vendo a silhueta escura dos meus sapatos contra as faíscas vermelhas, e empurro o corpo para a frente.

– Interessante – diz Nita quando aterrisso. Levanto a lanterna e ela segura o sinalizador diante de si enquanto descemos o túnel, onde mal conseguimos caminhar lado a lado, e onde mal consigo caminhar com o corpo ereto. O cheiro do túnel é pesado e rançoso, como mofo e ar estagnado. – Esqueci que você tem medo de altura.

– Bem, não tenho medo de quase nada além disso – digo.

– Não precisa ficar na defensiva! – Ela sorri. – Na verdade, sempre quis lhe perguntar sobre isso.

Salto uma poça, e as solas dos meus sapatos aderem ao chão arenoso do túnel.

– O seu terceiro medo – diz ela. – De atirar naquela mulher. Quem era ela?

O sinalizador apaga, e a lanterna que estou segurando passa a ser nossa única fonte de luz. Afasto o braço porque não quero encostar nela no escuro.

– Não era ninguém em especial – respondo. – O medo não era de atirar nela.

– Você tinha medo de atirar nas pessoas?

– Não. Eu tinha medo da minha capacidade de matar.

Ela se cala, e eu também. É a primeira vez que falo isso em voz alta, e agora percebo o quanto é estranho. Quantos outros jovens temem haver um monstro morando dentro de si? As pessoas deveriam ter medo umas das outras, não de si mesmas. Elas deveriam desejar ser como seus pais, não ter calafrios só de pensar nisso.

– Sempre quis saber o que apareceria na minha paisagem do medo. – Ela diz isso em um tom sussurrado, como uma prece. – Às vezes, sinto que há tanta coisa a temer e outras vezes sinto que não sobrou nada.

Aceno com a cabeça, embora ela não consiga me ver, e continuamos caminhando com o feixe da lanterna balançando para cima e para baixo, nossos pés raspando o chão, o ar bolorento correndo contra nós, vindo do que quer que seja que existe do outro lado.

+ + +

Depois de caminhar por vinte minutos, o corredor faz uma curva, e sinto o cheiro de ar puro, frio o bastante para me fazer tremer. Desligo a lanterna, e o luar no fim do túnel nos guia até a saída.

O túnel nos deixa em algum lugar da paisagem erma por onde passamos de caminhonete para chegar ao complexo, entre edifícios em ruínas e árvores selvagens rompendo o concreto. A alguns metros de nós há uma caminhonete estacionada, com a caçamba coberta por uma lona rasgada e esfarrapada. Nita chuta um dos pneus para testá-lo, depois se senta no banco do motorista. As chaves já estão na ignição.

– De quem é a caminhonete? – pergunto ao me sentar no banco do carona.

– É das pessoas com quem vamos nos encontrar. Pedi para elas estacionarem aqui.

– E quem são elas?

– Amigos meus.

Não sei como se orienta pelo labirinto de ruas adiante, mas ela consegue, desviando de raízes de árvores e postes de luz caídos, iluminando com os faróis os animais que saem em disparada no canto da minha visão.

Uma criatura com pernas compridas e um corpo marrom e delgado atravessa a rua à nossa frente, quase tão alta quanto os faróis. Nita pisa nos freios devagar, para não atingi-la. As orelhas do animal tremem, e seus olhos escuros e redondos nos observam com uma curiosidade cuidadosa, como uma criança.

– São lindos, não são? – pergunta ela. – Antes de chegar aqui, eu nunca tinha visto um veado.

Concordo com a cabeça. É elegante, mas hesitante, temeroso.

Nita buzina de leve, e o veado sai do caminho. Aceleramos outra vez, alcançando uma estrada larga e aberta, suspensa sobre os trilhos por onde caminhei para alcançar o complexo. Vejo suas luzes à frente: o único ponto iluminado nesta terra erma e escura.

E seguimos na direção nordeste para longe das luzes.

+ + +

Demora muito até eu ver luzes elétricas novamente. Quando vejo, é ao longo de uma rua estreita e esburacada. As lâmpadas estão penduradas em um fio suspenso entre antigos postes de luz.

– Vamos parar aqui. – Nita gira o volante, guiando a caminhonete para um beco entre dois edifícios de tijolos. Ela tira as chaves da ignição e olha para mim. – Confira o porta-luvas. Pedi para eles deixarem armas para nós.

Abro o compartimento à minha frente. Sobre algumas embalagens velhas, há duas facas.

– Você é bom com facas? – pergunta ela.

A Audácia já ensinava seus iniciandos a atirar facas mesmo antes das mudanças no processo de iniciação realizadas por Max, antes da minha entrada. Nunca gostei muito disso, porque me parecia uma forma de encorajar a inclinação da Audácia para a teatralidade, e não para as habilidades realmente úteis.

– Eu me viro – digo com um sorriso debochado. – Mas nunca pensei que essa habilidade fosse de fato servir para alguma coisa.

– Parece que os membros da Audácia servem para alguma coisa, afinal... *Quatro* – diz Nita com um pequeno sorriso. Ela pega a faca maior, e eu pego a menor.

Estou tenso, girando sem parar o cabo da faca ao descer o beco. Acima de mim, as janelas brilham com uma luz diferente: chamas de velas e lampiões. A certa altura, quando olho para cima, vejo uma cortina de cabelos e órbitas de olhos escuros me encarando de volta.

– Tem gente vivendo aqui – digo.

– Este é o limite da margem – diz Nita. – Fica a cerca de duas horas de carro de Milwaukee, uma área metropolitana ao norte daqui. Sim, pessoas vivem aqui. Hoje em dia, ninguém se afasta muito das cidades, mesmo quem quer se libertar da influência do governo, como as pessoas daqui.

– Por que elas querem se libertar da influência do governo? – Sei como é viver fora do governo, porque conheço os sem-facção. Eles sempre passavam fome, com frio no inverno e calor no verão, lutando o tempo todo para sobreviver. Não é uma opção fácil. É preciso ter um bom motivo para isso.

– Porque são geneticamente danificadas – diz Nita, olhando para mim. – Pessoas geneticamente danificadas são técnica ou legalmente iguais a pessoas geneticamente puras, mas isso só conta no papel, por assim dizer. Na realidade, elas são mais pobres, mais propensas a serem condenadas por crimes, têm menos chances de serem contratadas para bons empregos... qualquer coisa que você possa imaginar se torna um problema, e isso tem ocorrido desde a Guerra de Pureza, há mais de um século. Para quem vive na margem, pareceu melhor se afastar por completo da sociedade do que tentar corrigir o problema de dentro, como pretendo fazer.

Lembro-me do fragmento de vidro tatuado na pele dela. Quando será que ela fez a tatuagem? O que será que a levou a ter esse olhar perigoso, esse tom dramático na voz? O que a fez se tornar uma revolucionária?

– Como você planeja fazer isso?

Ela contrai a mandíbula e diz:

– Tirando um pouco do poder do Departamento.

O beco leva a uma rua larga. Algumas pessoas se esgueiram pelas extremidades, mas outras caminham bem no meio da rua, em grupos, com movimentos abruptos e garrafas nas mãos. Todos jovens. Acho que não há muitos adultos na margem.

Ouço gritos mais à frente e o som de vidro estilhaçando no chão. Uma multidão cerca duas figuras que se chutam e se socam.

Começo a caminhar na direção deles, mas Nita agarra o meu braço e me arrasta na direção de um dos edifícios.

– Esta não é a hora de bancar o herói – diz ela.

Aproximamo-nos da porta do edifício na esquina. Há um homem enorme atrás dela, girando uma faca na mão. Quando subimos os degraus da entrada, ele para de girar a faca e a joga para a outra mão, coberta de cicatrizes.

Seu tamanho, sua destreza com a arma e sua aparência suja e marcada por cicatrizes deveriam me intimidar. Mas seus olhos são como o do veado, grandes, cautelosos e curiosos.

– Viemos ver Rafi – diz ela. – Somos do complexo.

– Vocês podem entrar, mas suas facas ficam – fala o homem. Sua voz é mais aguda e leve do que eu esperava. Talvez ele pudesse ser um homem amável se este fosse um lugar diferente. Mas vejo que, nesta situação, ele não é nada amável. Aliás, não sabe nem o que isso significa.

Embora eu mesmo considere qualquer tipo de delicadeza inútil, não consigo deixar de acreditar que, se este homem foi forçado a negar sua própria natureza, algo importante se perdeu.

– Sem chance – diz Nita.

– Nita, é você? – quer saber uma voz de dentro do edifício. É uma voz expressiva e musical. O homem a quem ela pertence é baixinho e exibe um sorriso largo. Ele vem até a porta. – Não falei para você deixá-los entrar? Entrem, entrem.

– Olá, Rafi – diz ela, visivelmente aliviada. – Quatro, este é Rafi. Ele é um homem importante na margem.

– É um prazer conhecê-lo – diz Rafi, sinalizando para que o sigamos.

Lá dentro há uma sala grande e espaçosa, iluminada por fileiras de velas e lampiões. Há móveis de madeira espalhados por toda a parte, e todas as mesas estão vazias, exceto uma.

Uma mulher está sentada ao fundo da sala, e Rafi se senta na cadeira ao seu lado. Embora eles não se pareçam (ela tem cabelos vermelhos e um físico pesado; as feições dele são escuras, e seu corpo é bem magro), eles têm um olhar idêntico, como duas rochas esculpidas pelo mesmo cinzel.

– Armas na mesa – diz Rafi.

Desta vez, Nita obedece, pousando sua faca na beirada da mesa, à sua frente. Ela se senta. Faço o mesmo. Do outro lado, a mulher pousa uma arma de fogo sobre a mesa.

– Quem é este? – pergunta a mulher, acenando a cabeça na minha direção.

– Este é meu parceiro – diz Nita. – Quatro.

– Que tipo de nome é "Quatro"? – Ao contrário do que costuma acontecer quando me perguntam isso, seu tom não é debochado.

– O tipo que se recebe dentro de um experimento urbano – diz Nita. – Quando se tem apenas quatro medos.

Percebo que ela talvez tenha me apresentado como Quatro apenas para ter a oportunidade de dizer de onde sou. Será que isso oferece alguma vantagem a ela? Será que me torna mais confiável para essas pessoas?

– Interessante. – A mulher tamborila o dedo indicador na mesa. – Bem, *Quatro*, meu nome é Mary.

– Mary e Rafi são os líderes da divisão Centro-Oeste do grupo rebelde GD – diz Nita.

– Quando você diz "grupo", parece que somos um bando de velhinhas jogando baralho – diz Rafi de modo suave. – Estamos mais para um levante. Temos representantes em todo o país. Há pessoas em cada área metropolitana existente e supervisores regionais no Centro-Oeste, no Sul e no Leste.

– E quanto ao Oeste? – pergunto.

– Não mais – diz Nita baixinho. – Era muito difícil transitar no terreno e as cidades eram afastadas demais, por isso não fazia sentido morar lá depois da guerra. Hoje em dia, é uma terra selvagem.

– Então é verdade o que dizem – diz Mary, seus olhos refletindo a luz como cacos de vidro ao me encarar. – As pessoas nos experimentos urbanos realmente não sabem o que existe do lado de fora.

– É claro que é verdade. Por que elas saberiam? – diz Nita.

De repente, sinto fadiga e um peso na cabeça. Na minha curta vida, já participei de levantes demais. Dos sem-facção e agora parece que deste dos GDs também.

– Não quero interromper as apresentações – diz Mary –, mas é melhor não passarmos muito tempo aqui. Não conseguiremos manter as pessoas do lado de fora por muito tempo antes que resolvam entrar e xeretar.

– Certo – concorda Nita. Ela olha para mim. – Quatro, você pode conferir se há alguma coisa acontecendo lá fora? Preciso conversar um pouco com Mary e Rafi em particular.

Se estivéssemos sozinhos, perguntaria por que não posso ficar aqui enquanto ela conversa com eles, ou por que ela se deu o trabalho de me trazer para dentro quando eu poderia ter simplesmente montado guarda do lado de fora. Acho que ainda não concordei em ajudá-la, e por algum motivo ela devia querer que eles me conhecessem. Então me levanto, pego a faca e caminho até a porta onde o guarda de Rafi observa a rua.

A briga do outro lado da rua terminou. Uma pessoa solitária está deitada na calçada. Por um instante, acho que ela ainda se mexe, mas depois percebo que é apenas alguém revirando seus bolsos. Não é uma pessoa, é um cadáver.

– Morto? – pergunto, e a palavra deixa minha boca como um suspiro.

– Sim. Aqui, quem não sabe se defender não dura uma noite.

– Então por que as pessoas vêm para cá? – pergunto, franzindo a testa. – Por que não voltam para as cidades?

Ele passa tanto tempo em silêncio que começo a achar que não ouviu a pergunta. Vejo o ladrão virar os bolsos do morto ao avesso e abandonar o corpo, entrando em um dos edifícios próximos. Por fim, o guarda de Rafi se pronuncia:

– Aqui, se você morre, há uma chance de que alguém se importe. Como Rafi ou um dos outros líderes – diz o guarda. – Nas cidades, se você é morto, sem dúvida, ninguém dará a mínima, não se você for um GD. O pior crime pelo qual vi um GP ser condenado após assassinar um GD foi "homicídio culposo". É uma enganação.

– Homicídio culposo.

– Significa que o crime foi considerado um acidente – diz a voz suave e cantarolada de Rafi atrás de mim. – Ou pelo menos que não é tão grave quanto um assassinato em primeiro grau, por exemplo. Mas é claro que, *oficialmente*, somos todos tratados de forma igualitária, não é mesmo? Mas isso quase nunca é posto em prática.

Rafi para ao meu lado com os braços cruzados. Quando olho para ele, vejo um rei observando seu reinado, que acredita ser lindo. Olho para a rua, para o cimento quebrado e o corpo sem vida com os bolsos revirados e as janelas brilhando com a luz das chamas, e sei que a beleza que ele vê é apenas a liberdade. Liberdade de ser visto como um homem inteiro, e não como um homem danificado.

Testemunhei essa liberdade certa vez, quando Evelyn me chamou entre os sem-facção, me tirou da minha facção para me tornar uma pessoa mais completa. Mas era tudo mentira.

– Você é de Chicago? – pergunta Rafi.

Faço que sim com a cabeça, ainda encarando a rua escura.

– E agora que você está fora? Como lhe parece o mundo?

– Mais ou menos a mesma coisa – respondo. – As pessoas só estão divididas por coisas diferentes, lutando em guerras diferentes.

Os passos de Nita fazem ranger as tábuas corridas de dentro do edifício, e, quando me viro, ela está atrás de mim com as mãos enfiadas nos bolsos.

– Obrigada por marcar este encontro – diz Nita, acenando para Rafi. – Temos que ir agora.

Descemos a rua outra vez, e, quando me viro para olhar para Rafi, sua mão está levantada, acenando um adeus.

\+ + +

No percurso de volta à caminhonete ouço gritos novamente, mas desta vez são gritos de criança. Passo por sons de fungadas e lamúrias e me lembro de quando era criança, agachado em meu quarto, limpando o nariz em uma das mangas da camisa. Minha mãe costumava esfregar os punhos das camisas com uma esponja antes de colocá-las para lavar. Ela nunca dizia nada.

Quando entro na caminhonete, já me sinto entorpecido por este lugar e a sua dor e estou pronto para voltar para o sonho do complexo, para o calor, a luz e a sensação de segurança.

– Ainda não consigo entender como este lugar pode ser melhor do que a vida na cidade – digo.

– Só estive uma vez em uma cidade que não é um experimento – diz Nita. – Eles têm eletricidade, mas é racionada. Cada família tem direito a apenas algumas horas por dia. Com a água, é a mesma coisa. E ocorrem muitos crimes, sempre com a desculpa dos danos genéticos. Também há policiais, mas não conseguem fazer muita coisa.

– Então, o complexo do Departamento é, sem dúvida, o melhor lugar para viver.

– Em termos de recursos, sim – diz Nita. – Mas o mesmo sistema social que existe nas cidades também existe no complexo; só é um pouco mais difícil de ver.

Vejo a margem desaparecer no espelho retrovisor, e ela é diferente dos edifícios abandonados ao seu redor apenas pelo fio de luzes elétricas pendurado na rua estreita.

Passamos diante de casas escuras com janelas cobertas por tábuas, e tento imaginá-las limpas e conservadas, como devem ter sido em algum momento no passado. Elas têm quintais cercados que deviam ser podados e verdes, além de janelas que deviam brilhar à noite. Imagino que as vidas passadas dentro delas eram pacíficas e tranquilas.

– Sobre o que você veio conversar com eles exatamente? – pergunto.

– Vim solidificar nossos planos – diz Nita. Percebo, pelas luzes do painel, que há alguns cortes em seu lábio inferior, como se ela o estivesse mordendo demais. – E eu queria que conhecessem você para verem como é alguém de dentro dos experimentos com facções. Mary costumava suspeitar que pessoas como você estavam de conluio com o governo, o que, é claro, não é verdade. Mas Rafi... ele foi a primeira pessoa a me oferecer provas de que o Departamento, o governo, estava mentindo para nós a respeito da nossa história.

Ela faz uma pausa, como se isso fosse me ajudar a sentir o peso das suas palavras, mas não preciso de tempo, silêncio ou espaço para acreditar nela. Meu governo mentiu para mim a minha vida inteira.

– O Departamento fala de uma época áurea da humanidade, antes das manipulações genéticas, quando todos eram geneticamente puros e a paz reinava – diz Nita. – Mas Rafi me mostrou fotos antigas de *guerras*.

Espero um instante.

– E daí? – pergunto.

– E daí? – diz Nita, incrédula. – Se pessoas geneticamente puras causaram guerras e devastações terríveis no passado, na mesma magnitude das quais pessoas geneticamente danificadas supostamente causam agora, então qual é a base por trás da crença de que precisamos gastar tantos recursos e tanto tempo trabalhando para corrigir os danos genéticos? Qual é a utilidade dos experimentos, afinal, exceto convencer as pessoas certas de que o governo está fazendo alguma coisa para melhorar nossas vidas, mesmo que não esteja?

A verdade muda tudo. Não é por isso que Tris estava tão desesperada para exibir o vídeo de Edith Prior, a ponto de se aliar ao meu pai? Ela sabia que a verdade, qualquer que fosse, mudaria a nossa luta, transformaria as prioridades para sempre. E aqui, agora, uma mentira mudou a luta, uma mentira transformou as prioridades para sempre. Em vez de combater a pobreza e o crime que se alastraram por todo o país, essas pessoas decidiram trabalhar contra os danos genéticos.

– Mas por quê? Por que gastar tanto tempo e energia lutando contra algo que não é de fato um problema? – pergunto, sentindo-me frustrado de repente.

– Bem, acho que as pessoas que lutam contra isso agora o fazem porque aprenderam que esse *é* o problema. Isso é outra coisa que Rafi me mostrou: exemplos da propagandas lançadas pelo governo sobre danos genéticos – diz Nita. – Mas no início? Não sei. Talvez tenha sido uma mistura de vários fatores. Preconceito contra os GDs? Controle? Controlar a população geneticamente danificada ensinando que há algo de errado com ela e controlar a população geneticamente pura ensinando que ela é saudável e completa? Essas coisas não acontecem do dia para a noite, nem por uma única razão.

Encosto a cabeça na janela fria da caminhonete e fecho os olhos. Há informações demais zunindo na minha mente, e não consigo me concentrar em uma única coisa, então desisto de tentar e me permito divagar.

Quando afinal atravessamos o túnel de volta e retorno para a minha cama, o sol está prestes a nascer, e o braço de Tris está pendurado para fora da cama outra vez, com os dedos arrastando no chão.

Sento-me de frente para ela, observando seu rosto enquanto dorme e pensando no acordo que fizemos naquela noite no Millenium Park: chega de mentiras. Se eu não contar a ela a respeito do que ouvi e vi esta noite, estarei quebrando a promessa. E por que motivo? Para protegê-la? Por Nita, uma garota que mal conheço?

Afasto o cabelo do rosto dela com delicadeza, para não acordá-la.

Ela não precisa da minha proteção. Ela é forte o bastante.

CAPÍTULO VINTE E QUATRO

Tris

Peter está do outro lado do quarto, organizando livros em uma pilha e os enfiando em uma mala. Ele morde uma caneta vermelha e leva a mala para fora do quarto; ouço os livros lá dentro esbarrarem na sua perna enquanto ele caminha pelo corredor. Espero até não conseguir ouvi-los mais e então me viro para Christina.

– Tenho me segurado para não perguntar, mas não aguento mais – digo. – O que está rolando entre você e Uriah?

Christina, esparramada no catre com uma de suas longas pernas pendurada para fora, olha para mim com uma cara estranha.

– O que foi? Vocês têm passado muito tempo juntos. Muito mesmo.

O dia está ensolarado, e a luz atravessa as cortinas brancas. Não sei como, mas o dormitório cheira a sono. A roupa suja, sapatos, suor noturno e café matinal. Algumas das camas estão feitas, e outras ainda têm lençóis jogados na parte inferior ou na lateral. A maioria de nós veio da Audácia, mas fico surpresa com o quanto somos diferentes. Hábitos diferentes, temperamentos diferentes, diferentes visões de mundo.

– Talvez você não acredite, mas não é nada disso. – Christina se apoia nos cotovelos. – Ele está sofrendo. Nós dois estamos entediados. Além disso, ele é *Uriah*.

– E daí? Ele é bonito.

– É bonito, mas completamente incapaz de ter uma conversa séria. – Christina balança a cabeça. – Não me leve a mal. Gosto de rir. Mas também quero um relacionamento que signifique alguma coisa, entende?

Assinto com a cabeça. Eu entendo bem. Talvez mais do que a maioria das pessoas, porque Tobias e eu somos mais sérios.

– Além disso – continua ela –, nem toda amizade vira romance. Eu nunca tentei beijar você, por exemplo.

Solto uma risada.

– É verdade.

– E onde *você* esteve nos últimos tempos? – pergunta Christina. Ela levanta uma sobrancelha. – Com Quatro? Fazendo um pouco de... soma? Multiplicação?

Cubro o rosto com as mãos.

– Essa foi a pior piada que já ouvi.

– Não fuja da pergunta.

– Nada de "soma" para nós – respondo. – Ainda não, pelo menos. Ele anda um pouco preocupado com esse negócio de "dano genético".

– Ah. Essa história. – Ela se senta na cama.

– O que você acha disso? – pergunto.

– Não sei. Acho que me dá uma certa raiva. – Ela franze a testa. – Ninguém gosta de ouvir que há algo de errado com você, ainda mais com seus genes, que não podem ser mudados.

– Você acredita que haja mesmo algo de errado com vocês?

– Acho que sim. É como uma doença, não é? Eles conseguem detectar isso nos nossos genes. Não é uma questão que pode ser contestada, não é?

– Não estou dizendo que seus genes não são diferentes – digo. – Só estou dizendo que isso não significa necessariamente que um é danificado e o outro não é. Os genes para olhos azuis e olhos castanhos também são diferentes, mas por acaso "olhos azuis" são danificados? Parece que eles simplesmente decidiram que um tipo de DNA é ruim e o outro, bom.

– Com base em evidências de que o comportamento dos GDs era pior – argumenta Christina.

– O que poderia ser causado por vários fatores – rebato.

– Não sei por que estou discutindo isso com você quando o que mais quero é que você tenha razão – diz Christina, rindo. – Mas você não acha que esse monte de cientistas do Departamento, que, sem dúvida, são inteligentes, não seria capaz de descobrir a causa do mau comportamento?

– Claro – digo. – Mas acho que, independentemente da inteligência, as pessoas costumam enxergar o que já estão procurando, só isso.

– Talvez você também esteja sendo parcial. Porque tem amigos e um namorado com esse problema genético.

– Talvez. – Sei que estou me esforçando para encontrar uma explicação na qual talvez nem eu acredite de verdade, mas digo mesmo assim. – Acho que não vejo um motivo para acreditar em danos genéticos. Isso por acaso vai me levar a tratar melhor as outras pessoas? Não. Talvez aconteça o oposto.

Além disso, sei como essa história afetou Tobias, como o levou a questionar a si mesmo, e não vejo que bem isso pode fazer.

– Não devemos acreditar nas coisas só porque melhoram a nossa vida. Devemos acreditar nelas porque são verdadeiras – diz ela.

– Mas... – falo devagar enquanto penso no assunto. – Será que analisar os efeitos de uma crença não é uma boa maneira de avaliar se ela é verdadeira?

– Isso me parece um típico raciocínio Careta. – Ela faz uma pausa. – Mas acho que a minha maneira de pensar também é muito típica da Franqueza. Meu Deus! A gente não consegue se livrar das facções aonde quer que vá, não é?

Dou de ombros.

– Talvez não seja tão importante se livrar delas.

Tobias entra no dormitório, pálido e exausto, como tem andado o tempo todo ultimamente. Seu cabelo está arrepiado em um dos lados, por causa do travesseiro, e está com a mesma roupa de ontem. Ele tem ido dormir sem trocar de roupa desde que chegamos no Departamento.

Christina se levanta.

– Vou nessa. Vou deixar vocês dois... com *todo este espaço*. Sozinhos. – Ela gesticula para todos os catres vazios, depois pisca para mim e sai do dormitório.

Tobias abre um pequeno sorriso, que não chega a me convencer de que está mesmo feliz. Em vez de se sentar ao meu lado, ele fica parado ao pé da cama, mexendo com a bainha da camisa.

– Precisamos conversar – diz ele.

– Tudo bem – respondo, sentindo uma pontada de medo no peito, como um salto em um monitor cardíaco.

– Queria pedir para você prometer que não ficará com raiva – diz ele –, mas...

– Mas você sabe que não faço promessas idiotas – digo com um nó na garganta.

– Eu sei. – Ele afinal se senta nos lençóis desarrumados da sua cama. E evita o meu olhar. – Nita deixou um bilhete sob meu travesseiro ontem à noite, pedindo para eu encontrá-la. E fui.

Eu me endireito e sinto uma onda de calor furioso se espalhar pelo meu corpo enquanto imagino o rosto bonito de Nita, os pés graciosos dela, caminhando em direção ao meu namorado.

– Uma garota bonita pede para você encontrá-la tarde da noite, e você *vai*? – pergunto. – E depois quer que eu não *fique com raiva*?

– Não há nada entre mim e Nita. Nada mesmo – diz ele depressa, e enfim me encara. – Ela só queria me mostrar uma coisa. Ela não acredita em dano genético, ao contrário do que me levou a acreditar. Tem um plano para diminuir o poder do Departamento, para trazer um pouco mais de igualdade para os GDs. Fomos até a margem.

Ele me conta sobre o túnel subterrâneo que leva ao exterior, a cidade arruinada na margem e a conversa com Rafi e Mary. Explica sobre a guerra que o governo manteve oculta para que ninguém soubesse que pessoas "geneticamente puras" são capazes de violências terríveis, e sobre a maneira como os GDs vivem nas áreas metropolitanas, onde o governo ainda tem o poder.

Enquanto ele fala, sinto uma suspeita em relação a Nita crescer dentro de mim, mas não sei de onde ela vem, se do meu instinto, no qual costumo confiar, ou do meu ciúme. Quando termina de falar, ele olha para mim com expectativa, e eu contraio os lábios, tentando decidir.

– Como você sabe que ela está falando a verdade? – pergunto.

– Não sei. Ela prometeu me mostrar provas. Hoje à noite. – Ele segura a minha mão. – Gostaria que você viesse comigo.

– E Nita não vai se importar?

– Nem quero saber. – Seus dedos deslizam entre os meus. – Se ela precisa mesmo da minha ajuda, vai ter que aceitar isso.

Olho para os nossos dedos entrelaçados, para o punho puído da sua camisa cinza e suas calças jeans gastas na altura do joelho. Não quero ficar um tempo com Nita e Tobias, sabendo que o suposto dano genético dela lhe dá algo que jamais terei em comum com ele. Mas isso é importante para Tobias, e quero saber tanto quanto ele se existem provas dos crimes do Departamento.

– Está bem – digo. – Eu vou. Mas saiba que não compro essa história de que ela só está interessada em seu código genético.

– Bem. Saiba que não estou interessado em ninguém além de você.

Ele repousa a mão na minha nuca e puxa a minha boca para a dele.

O beijo e suas palavras me tranquilizam, mas minha inquietação não desaparece por completo.

CAPÍTULO VINTE E CINCO

TOBIAS

TRIS E EU nos encontramos com Nita no saguão do hotel depois da meia-noite, entre os vasos de plantas florescendo, a natureza domesticada. Quando Nita vê Tris ao meu lado, seu rosto endurece, como se tivesse acabado de provar algo amargo.

– Você prometeu que não contaria a ela – diz Nita, apontando para mim. – E o que falamos sobre protegê-la?

– Mudei de ideia – digo.

Tris solta uma risada áspera.

– Foi isso que você disse para ele? Que ele estaria me protegendo? É uma manipulação e tanto. Parabéns.

Levanto as sobrancelhas ao olhar para ela. Não encarei aquilo como uma manipulação, e isso me assusta um pouco. Em geral, consigo detectar as intenções escusas das pessoas, isso quando não as invento na minha própria cabeça, mas estou tão acostumado com o meu desejo de proteger Tris, ainda mais depois que quase a perdi, que nem pensei duas vezes sobre isso.

Ou será que estou tão acostumado a mentir, em vez de ter que contar verdades duras, que aproveitei a oportunidade de enganá-la?

– Não foi manipulação, foi a verdade. – Nita não parece mais estar com raiva, apenas cansada, passando a mão pelo rosto e depois alisando o cabelo. Ela não está na defensiva, e isso significa que talvez esteja falando a verdade. – Você poderia ser presa apenas por saber o que sabe e não informar as autoridades. Pensei que seria melhor evitar isso.

– Bem, agora é tarde demais – digo. – Tris vem com a gente. Você tem algum problema com isso?

– Para mim, é melhor ter os dois do que nenhum, e imagino que esta seja a condição implícita – diz Nita, revirando os olhos. – Vamos logo.

+ + +

Nós três caminhamos pelo complexo silencioso e tranquilo até o laboratório onde Nita trabalha. Ninguém diz uma palavra, e ouço cada rangido dos meus sapatos, cada voz a distância, cada porta sendo fechada. Sinto que estamos fazendo algo proibido, embora, tecnicamente, não estejamos. Ainda não, pelo menos.

Nita para diante da porta do laboratório e passa seu cartão na máquina de identificação. Nós a seguimos, passando pela sala de terapia de genes onde vi um mapa do meu código genético, até um local mais ao centro do complexo do que jamais estive. O ambiente aqui é escuro e lúgubre, e levantamos nuvens de poeira ao passarmos.

Nita empurra outra porta com o ombro, e entramos em um depósito. As paredes são cobertas de gavetas simples de metal marcadas com números de papel com a tinta gasta pelo tempo. No centro do depósito há uma mesa de laboratório com um computador e um microscópio, diante dos quais um jovem com cabelo loiro engomado está sentado.

– Tobias, Tris, este é meu amigo Reggie – diz Nita. – Ele também é um GD.

– É um prazer conhecê-los – fala Reggie, sorrindo. Ele aperta a mão de Tris, depois a minha, de maneira firme.

– Primeiro, vamos mostrar a eles os slides – diz Nita.

Reggie toca no monitor do computador e acena para que nos aproximemos.

– Ele não morde – brinca ele.

Tris e eu trocamos um olhar, depois vamos para trás de Reggie na mesa a fim de enxergar o monitor. Fotos começam a surgir na tela, uma depois da outra. Elas estão em preto e branco e parecem pixeladas e distorcidas. Devem ser muito antigas. Demoro poucos segundos para perceber que são fotos de sofrimento: crianças esqueléticas com olhos enormes, covas cheias de corpos, pilhas enormes de papéis em chamas.

As fotos passam tão rápido, como páginas de um livro agitadas pelo vento, que absorvo apenas impressões do horror. Depois, afasto o olhar, incapaz de continuar vendo aquilo. Sinto um silêncio profundo crescendo dentro de mim.

A princípio, quando olho para Tris, seu rosto é um lago tranquilo, como se as imagens que acabamos de ver não lhe causassem nenhuma agitação. Mas então sua boca estremece, e ela contrai os lábios para disfarçar.

– Vejam as armas. – Reggie abre a foto de um homem uniformizado segurando uma arma e aponta para ela. – Esse tipo de arma é incrivelmente antigo. As armas usadas na Guerra de Pureza eram *muito* mais avançadas. Até o Departamento concordaria com isso. Deve ter sido utilizada em um conflito muito antigo. Que deve ter sido travado por pessoas geneticamente *puras*, já que a manipulação genética não existia naquela época.

– Como alguém consegue esconder uma *guerra*? – pergunto.

– As pessoas estão isoladas, famintas – diz Nita baixinho. – Elas sabem apenas o que lhes é ensinado e veem apenas as informações que estão disponíveis. E quem controla tudo isso? O governo.

– Está certo. – A cabeça de Tris move-se para cima e para baixo, e ela fala rápido, nervosa. – Então, eles estão mentindo sobre a sua, a *nossa*, história. Isso não significa que sejam o inimigo. Significa apenas que são um grupo de pessoas muito mal-informadas, tentando... melhorar o mundo. De maneira insensata.

Nita e Reggie trocam olhares.

– Essa é exatamente a questão – diz Nita. – Eles estão ferindo pessoas.

Ela pousa as mãos sobre a bancada e se inclina para a frente na nossa direção, e mais uma vez vejo a revolucionária ganhando força dentro dela, sobrepujando as partes que pertencem à jovem GD técnica de laboratório.

– Quando a Abnegação quis revelar a grande verdade do seu mundo antes da hora – diz ela bem devagar –, e Jeanine tentou impedi-los... o Departamento fez questão de providenciar um soro de simulação incrivelmente avançado para ela, o da simulação de ataque que escravizou os membros da Audácia e que resultou na destruição da Abnegação.

Demoro um instante para absorver a informação.

– Isso não pode ser verdade – digo. – Jeanine me disse que a facção com mais Divergentes, com mais pessoas geneticamente *puras*, era a Abnegação. Você disse que o Departamento valoriza tanto as pessoas geneticamente puras que enviou alguém para a cidade a fim de salvá-las. Por que eles ajudariam Jeanine a matar essas pessoas?

– Jeanine estava errada – diz Tris, distante. – Evelyn me disse isso. Os sem-facção tinham mais Divergentes, não a Abnegação.

Olho para Nita.

– Mesmo assim, não entendo por que eles arriscariam as vidas de tantos Divergentes – digo. – Preciso de provas.

– Por que acha que viemos aqui? – Nita acende outra luz, que ilumina as gavetas, e caminha ao longo da parede esquerda. – Demorei muito tempo para conseguir autorização para entrar – diz ela. – E mais tempo ainda para acumular conhecimento o bastante a fim de compreender o que encontrei. Na verdade, tive ajuda de um dos GPs. Um simpatizante.

Sua mão paira sobre uma das gavetas de baixo. De dentro dela, ela retira um frasco de líquido laranja.

– Parece familiar? – pergunta ela para mim.

Tento me lembrar da injeção que eles me deram antes de iniciarem a simulação de ataque, logo antes do último estágio da iniciação de Tris. Foi Max quem enfiou a agulha na lateral do meu pescoço, como eu já havia feito dezenas de vezes. Logo antes de ele me injetar, o frasco de vidro ficou visível à luz; era laranja, idêntico ao que Nita está segurando.

– As cores são iguais – digo. – E daí?

Nita carrega o frasco até o microscópio. Reggie pega uma lâmina de vidro de uma bandeja perto do computador e, usando um conta-gotas, pinga duas gotas do líquido laranja no centro dela, depois cobre o líquido com outra lâmina. Ao colocá-lo no microscópio, seus dedos são cuidadosos, mas firmes; são os movimentos de alguém que já fez isso centenas de vezes.

Reggie toca o monitor do computador algumas vezes, abrindo um programa chamado "MicroScan".

– Esta informação está disponível para qualquer um que saiba usar o equipamento e tenha a senha do sistema, a qual o simpatizante GP fez o enorme favor de me dar – diz

Nita. – Portanto, em outras palavras, não é muito difícil acessá-la, mas ninguém cogitou observar com mais cuidado. E os GDs não sabem as senhas do sistema, então não teria como sabermos disso. Este depósito guarda experimentos obsoletos ou falhos, coisas inúteis.

Ela olha pelo microscópio usando um botão na lateral para ajustar o foco da lente.

– Pronto.

Reggie aperta um botão no computador, e um texto aparece abaixo da barra do "MicroScan" no topo do monitor. Ele aponta para um parágrafo no meio da página, e eu o leio.

– Soro de Simulação V4.2. Coordena um grande número de alvos. Transmite sinais a longa distância. Alucinógeno de fórmula original não incluído. Realidade simulada é predeterminada por mestre do programa.

É isso.

É o soro da simulação de ataque.

– Agora... Por que o Departamento teria isso se não tivesse sido desenvolvido por eles mesmos? – questiona Nita. – Foram eles que introduziram os soros nos experimentos, mas costumavam ignorá-los depois e deixar que os moradores das cidades os aprimorassem. Se Jeanine tivesse desenvolvido este soro, não o teriam roubado dela. Se ele está aqui, é porque *eles* o criaram.

Olho para a lâmina iluminada no microscópio, para a gota laranja boiando no visor, e solto um suspiro trêmulo.

– Por quê? – diz Tris sem ar.

– A Abnegação estava prestes a revelar a verdade para todos dentro da cidade. E vocês viram o que aconteceu agora que todos sabem a verdade: Evelyn tornou-se ditadora, os sem-facção estão reprimindo os membros das facções, e tenho certeza de que as facções vão se revoltar mais cedo ou mais tarde. Muitas pessoas morrerão. Não há dúvida de que contar a verdade coloca em risco a segurança do experimento – afirma Nita. – Por isso, há alguns meses, quando a Abnegação estava prestes a causar essa destruição e instabilidade ao revelar o vídeo de Edith Prior para a cidade, é provável que o Departamento tenha decidido que seria melhor se a Abnegação sofresse uma enorme perda, mesmo que isso lhes custasse alguns Divergentes, do que se a cidade como um todo sofresse uma enorme perda. Seria melhor acabar com a vida da Abnegação do que colocar o experimento em risco. Então, eles apelaram para alguém que tinham certeza de que concordaria com eles. Jeanine Matthews.

Essas palavras me cercam e se enterram dentro de mim.

Apoio as mãos na mesa fria do laboratório e encaro o meu reflexo distorcido no metal escovado. Posso ter odiado o meu pai durante a maior parte da minha vida, mas nunca odiei a sua facção. A tranquilidade da Abnegação, sua comunidade, sua rotina sempre me pareceram boas. E agora a maioria daquelas pessoas boas e generosas morreu. Foram assassinadas pelas mãos da Audácia, manipuladas por Jeanine, que, por sua vez, contava com o apoio do poder do Departamento.

A mãe e o pai de Tris estavam entre elas.

Tris fica completamente imóvel, com as mãos pendendo ao lado do corpo, sem vida, e o rosto cada vez mais vermelho.

– Esse é o problema com o comprometimento cego deles a esses experimentos – diz Nita ao nosso lado, como se estivesse encaixando as palavras nos espaços vazios em nossas mentes. – O Departamento valoriza mais os experimentos do que as vidas dos GDs. Isso está claro. E agora as coisas podem piorar mais ainda.

– Piorar? – pergunto. – O que poderia ser pior do que matar a maioria dos membros da Abnegação?

– Há quase um ano o governo tem ameaçado fechar os experimentos – diz Nita. – Os experimentos costumam se desestruturar porque as comunidades não conseguem viver em paz, e David sempre encontra formas de restaurar a paz em cima da hora. Se algo mais der errado em Chicago, ele pode fazer isso de novo. Pode reprogramar todos os experimentos quando bem entender.

– *Reprogramar*? – pergunto.

– Sim, com o soro da memória da Abnegação – conta Reggie. – Bem, na verdade, é o soro da memória do Departamento. Cada homem, mulher e criança terá que recomeçar do zero.

– Suas vidas inteiras *apagadas* contra a sua vontade – diz Nita – apenas para resolver um "problema" de dano genético que não existe de verdade. Essas pessoas têm o poder de fazer isso. E ninguém deveria ter esse poder.

Lembro-me do que pensei quando Johanna me contou sobre como a Amizade administrava o soro da memória em patrulhas da Audácia. Pensei que, quando se rouba a memória de uma pessoa, você muda quem ela é.

De repente já não me importa qual é o plano de Nita, desde que signifique que investiremos contra o Departamento com força total. O que aprendi nos últimos dias me fez sentir que não há nada neste lugar que valha a pena salvar.

– Qual é o plano, então? – pergunta Tris com a voz inexpressiva, quase mecânica.

– Vou permitir que meus amigos da margem entrem pelo túnel subterrâneo – diz Nita. – Tobias, nesse momento você vai desligar o sistema de segurança para que não sejamos descobertos. É quase a mesma tecnologia com a qual você trabalhou na sala de controle da Audácia. Será fácil para você. Depois, Rafi, Mary e eu invadiremos o Laboratório de Armas e roubaremos o soro da memória para que o Departamento não possa mais usá-lo. Reggie tem nos ajudado dos bastidores, mas ele abrirá o túnel para nós no dia do ataque.

– O que você vai fazer com todo aquele soro da memória? – pergunto.

– Vou destruí-lo – diz Nita com segurança.

Sinto-me estranho, vazio como um balão sem ar. Não sei o que tinha em mente quando Nita me contou do seu plano, mas não era isso. Tudo parece pequeno demais, um ato de retaliação passivo demais às pessoas responsáveis pela simulação de ataque, às pessoas que me disseram que havia algo de errado com o meu próprio ser, com o meu código genético.

– É *só isso* que vocês pretendem fazer? – pergunta Tris, enfim desviando os olhos do microscópio. Ela semicerra os olhos ao encarar Nita. – Vocês sabem que o Departamento é responsável pela morte de centenas de pessoas, e o seu plano é... roubar o soro da memória deles?

– Não me lembro de pedir a sua opinião sobre meu plano.

– Não estou criticando o seu plano – diz Tris. – Estou dizendo que não acredito em você. Você odeia essas pessoas. Dá para perceber pela maneira como fala sobre elas. Seja qual for a sua intenção, acredito que é muito pior do que apenas roubar um pouco de soro.

– O soro da memória é o que eles usaram para manter os experimentos em andamento. É a maior fonte de poder deles sobre a sua cidade, e eu quero tirar isso deles. Acho que é um ataque e tanto, por enquanto. – Nita soa gentil, como se estivesse explicando algo para uma criança. – Nunca disse que é a única coisa que farei. Nem sempre é sensato investir toda a sua força na primeira oportunidade. Isso é uma maratona, não uma corrida de cem metros rasos.

Tris apenas balança a cabeça.

– Tobias, você está dentro? – pergunta Nita.

Olho para Tris, com sua postura tensa e ereta, depois para Nita, que está relaxada, pronta. Não vejo o que Tris vê, nem ouço o que ouve. E, quando penso em dizer não, sinto que meu corpo vai desabar. Preciso fazer alguma coisa. Mesmo que pareça pouco, preciso fazer alguma coisa e não entendo por que Tris não sente o mesmo desespero.

– Sim – digo. Tris me encara com os olhos arregalados, incrédula. Eu a ignoro. – Posso desabilitar o sistema de segurança. Precisarei de um pouco de soro da paz, da Amizade. Você tem acesso a ele?

– Sim, tenho. – Nita abre um pequeno sorriso. – Enviarei uma mensagem com os horários. Vamos, Reggie. Vamos deixar os dois sozinhos para que eles possam... conversar.

Reggie acena a cabeça para mim, depois para Tris, e ele e Nita saem do depósito, fechando a porta com cuidado, para não fazer barulho.

Tris se volta para mim, os braços cruzados como duas barras diante do corpo, mantendo-me de fora.

– Não acredito que você fez isso – diz ela. – Ela está *mentindo*. Como não consegue ver?

– Porque ela *não está* – respondo. – Sei quando alguém está mentindo tanto quanto você. E, nesta situação, acho que seu julgamento pode estar obscurecido por outro fator, como o ciúme.

– Não estou com *ciúme*! – diz ela com uma expressão irritada. – Estou sendo esperta. Ela tem um plano maior, e, se eu fosse você, correria de qualquer pessoa que mentisse a respeito de algo de que quer que eu participe.

– Bem, você não sou eu. – Balanço a cabeça. – Meu Deus, Tris. Essas pessoas assassinaram seus pais, e você não vai fazer nada?

– Nunca disse que não vou fazer nada – diz ela com aspereza. – Mas também não preciso aceitar o primeiro plano que aparece pela frente.

– Sabe, trouxe você aqui porque queria ser honesto com você, e não para que tirasse conclusões precipitadas sobre as pessoas e me dissesse o que tenho que fazer!

– Você se lembra do que aconteceu da última vez que não confiou nas minhas "conclusões precipitadas"? – pergunta Tris, fria. – Você acabou descobrindo que eu estava certa. Eu estava certa em acreditar que o vídeo de Edith Prior mudaria tudo, estava certa em relação a Evelyn, e estou certa sobre isto.

– É, você está sempre certa – digo. – Estava certa quando se meteu em situações perigosas desarmada? Estava certa quando mentiu para mim e se ofereceu para morrer na sede da Erudição, no meio da noite? E quanto a Peter, você estava certa sobre ele?

– Não jogue essas coisas na minha cara. – Ela aponta para mim, e me sinto como uma criança levando uma bronca dos pais. – Nunca disse que era perfeita, mas você, você não consegue nem enxergar além do seu próprio desespero. Você seguiu Evelyn porque estava desesperado para ter uma mãe e agora está seguindo com isso porque está desesperado para não ser *danificado*...

A palavra provoca um arrepio pelo meu corpo.

– Não sou danificado – digo baixinho. – Não acredito que você tenha tão pouca fé em mim a ponto de tentar me convencer a não confiar em mim mesmo. – Balanço a cabeça. – Não preciso da sua *permissão*.

Começo a caminhar até a porta, e, quando alcanço a maçaneta, ela diz:

– Está indo embora apenas para ter a última palavra. Que maduro da sua parte!

– Também é muito maduro suspeitar das motivações de uma pessoa só porque ela é bonita – respondo. – Acho que estamos quites.

Saio do depósito.

Não sou uma criança desesperada e desequilibrada, que confia em qualquer um. Não sou danificado.

CAPÍTULO VINTE E SEIS

TRIS

OLHO PELO MICROSCÓPIO. O soro flutua diante de mim, marrom-alaranjado.

Eu estava tão preocupada em identificar se Nita estava mentindo que mal registrei a verdade: se o Departamento queria este soro, eles devem tê-lo desenvolvido, e, de alguma maneira, entregaram-no para Jeanine. Eu me afasto do microscópio. Por que Jeanine trabalharia com o Departamento quando queria tanto ficar na cidade, longe dele?

Mas acho que o Departamento e Jeanine tinham um objetivo em comum. Os dois queriam que o experimento continuasse. Os dois morriam de medo do que aconteceria se ele fosse encerrado. E os dois estavam dispostos a sacrificar vidas inocentes para que isso acontecesse.

Pensei que este lugar poderia ser o meu lar. Mas o Departamento está cheio de assassinos. Recuo de repente, como se estivesse sendo empurrada por uma força invisível, e deixo o laboratório com o coração batendo rápido.

Ignoro as poucas pessoas paradas no corredor do lado de fora. Apenas sigo em frente, em direção ao centro do complexo, em direção ao estômago da besta.

Lembro-me do que disse para Christina: *Talvez este lugar pudesse ser o meu lar.*

E as palavras de Tobias ecoam na minha mente: *Essas pessoas assassinaram seus pais.*

Não sei para onde estou indo, mas preciso de espaço e de ar. Agarro a minha credencial e atravesso a passos largos o posto de segurança em direção à escultura. Não há nenhuma luz brilhando dentro do tanque agora, embora a água continue a cair nele, uma gota a cada segundo. Fico parada um instante, observando a escultura. De repente, vejo o meu irmão do outro lado da pedra.

– Você está bem? – pergunta ele, hesitante.

Não estou bem. Eu tinha começado a sentir que havia encontrado um lugar para ficar, um lugar que não era tão instável, corrupto ou controlador, ao qual poderia enfim pertencer. Eu já deveria ter aprendido que tal lugar não existe.

– Não – respondo.

Ele começa a contornar o bloco de pedra, vindo em minha direção.

– O que houve? – pergunta ele.

– O que houve? – Solto uma risada. – É o seguinte: acabei de descobrir que você não é a pior pessoa que conheço.

Agacho-me e corro os dedos pelo cabelo. Sinto-me entorpecida e apavorada com o meu próprio torpor. O Departamento é responsável pela morte dos meus pais. Por que preciso ficar repetindo isso a mim mesma para acreditar? Qual é o meu problema?

– Ah – diz ele. – Eu... lamento?

Só consigo responder com um curto grunhido.

– Sabe o que a mamãe me disse certa vez? – pergunta ele, e a maneira como diz *mamãe*, como se não a tivesse *traído*, faz com que eu trinque os dentes. – Ela disse que todas as pessoas têm algo de mau dentro de si e que o primeiro passo para amar qualquer pessoa é reconhecer o mesmo mal dentro de nós para que possamos perdoá-la.

– É isso que você quer que eu faça? – pergunto em um tom monótono ao me levantar. – Posso ter feito coisas ruins na minha vida, Caleb, mas *nunca* o levaria à sua própria execução.

– Você não pode afirmar isso – diz ele, e parece que está suplicando, implorando para que eu diga que sou exatamente como ele, que não sou melhor. – Não sabe como Jeanine era persuasiva...

Algo dentro de mim arrebenta, como um elástico gasto.

Soco o rosto dele.

Só consigo pensar em como a Erudição tirou o meu relógio e os meus sapatos e me levou até a mesa vazia, onde eles tirariam a minha vida. Uma mesa que talvez Caleb até tenha sido o responsável por arrumar.

Pensei que já tivesse superado esse tipo de perigo, mas, quando ele se afasta, cobrindo o rosto com as mãos, eu o persigo, agarrando a frente da sua camisa e lançando-o contra a escultura de pedra, gritando que ele é um covarde e um traidor, e que vou matá-lo, vou matá-lo.

Uma das guardas se aproxima de mim, e ela só precisa apoiar a mão no meu ombro para me fazer sair do transe. Solto a camisa de Caleb. Balanço a minha mão, que está ardendo. Viro as costas e vou embora.

+ + +

Há um suéter bege pendurado em uma cadeira vazia no laboratório de Matthew, com a manga arrastando no chão. Ainda não conheço o supervisor dele. Estou começando a suspeitar que Matthew faz todo o trabalho sozinho.

Sento-me sobre o suéter e examino as juntas dos meus dedos. Algumas estão feridas e manchadas com pequenos pontos roxos por causa do soco que dei em Caleb. Parece justo que o golpe deixe marcas em nós dois. É assim que o mundo funciona.

Ontem à noite, quando voltei para o dormitório, Tobias não estava lá, e eu estava irritada demais para dormir. Nas horas que permaneci acordada, encarando o teto, decidi que, embora não fosse participar do plano de Nita, também não iria impedi-lo. A verdade sobre a simulação de ataque gerou um ódio dentro de mim pelo Departamento, e quero vê-lo ruir de dentro para fora.

Matthew está dando explicações científicas. Não estou conseguindo prestar muita atenção.

– ...fazendo um pouco de análise genética, o que não tem problema algum, mas antes estávamos desenvolvendo um método para fazer o composto da memória se comportar como um vírus – diz ele. – Com a mesma replicação rápida, a mesma capacidade de se espalhar pelo ar. E desenvolvemos uma vacina para ele. É apenas temporária, tem duração de apenas quarenta e oito horas, mas enfim.

Assinto com a cabeça.

– Então... vocês estavam tentando arrumar um jeito de estabelecer outros experimentos urbanos com mais facilidade, não é? – pergunto. – Não seria necessário injetar o soro da memória em todo mundo. Vocês poderiam simplesmente soltá-lo no ar e deixar que ele se espalhasse.

– Exatamente! – Ele parece empolgado por eu estar interessada em suas explicações. – E é um modelo mais avançado, já que podemos selecionar membros específicos da população para ficar de fora. É só vaciná-los. O vírus se espalha em vinte e quatro horas e não teria qualquer efeito sobre eles.

Concordo com a cabeça mais uma vez.

– Você está bem? – pergunta Matthew com a caneca de café parada perto da boca. Ele a baixa. – Ouvi dizer que os seguranças tiveram que separar uma briga em que você estava envolvida ontem à noite.

– Foi com o meu irmão. Caleb.

– Ah. – Matthew ergue uma sobrancelha. – O que ele fez desta vez?

– Na verdade, nada. – Belisco a manga do suéter. As pontas estão todas puídas, gastas pelo tempo. – Eu estava à flor da pele. Ele só apareceu na minha frente.

Já sei, só de olhá-lo, a pergunta que ele quer fazer, e quero lhe explicar tudo, tudo o que Nita me mostrou e contou. Será que posso confiar nele?

– Fiquei sabendo de uma coisa ontem – digo com cuidado. – Sobre o Departamento. Sobre a cidade e as simulações.

Ele ajeita o corpo e me olha de forma estranha.

– O que foi? – pergunto.

– Você ficou sabendo por Nita?

– É. Como você sabia?

– Já a ajudei algumas vezes. Fui eu quem a liberou para entrar no depósito. Ela disse mais alguma coisa?

Matthew é o informante de Nita? Eu o encaro. Nunca imaginei que Matthew, que se esforçou tanto para me mostrar a diferença entre meus genes "puros" e os genes "danificados" de Tobias, poderia ajudar Nita.

– Ela falou algo sobre um plano – digo devagar.

Ele se levanta e caminha na minha direção, estranhamente tenso. Por instinto, eu me afasto dele.

– Eles vão levar a cabo o plano? – pergunta ele. – Você sabe quando?

– O que está acontecendo? Por que você ajudaria Nita?

– Porque toda essa baboseira sobre "danos genéticos" é ridícula – diz ele. – É muito importante que você responda as minhas perguntas.

– Sim, eles vão colocar o plano em prática. Não sei quando, mas acho que será em breve.

– Droga. – Matthew cobre o rosto com as mãos. – Nada de bom resultará disso.

– Se você não parar de falar em códigos, vou lhe dar um tapa – digo, levantando-me da cadeira.

– Eu estava ajudando Nita até que ela me disse o que ela e aquelas pessoas da margem querem fazer – diz Matthew. – Querem entrar no Laboratório de Armas e...

– ...roubar o soro da memória, eu sei.

– Não. – Ele balança a cabeça. – Não, eles não querem o soro da memória; querem o soro da morte. É parecido com o que a Erudição tinha. O que queriam injetar em você quando quase foi executada. Eles vão usá-lo para matar pessoas, muita gente. É só usar uma lata de aerossol para soltar o soro no ar que isso se torna fácil, entende? Se eles o entregarem às pessoas erradas, teremos uma explosão de anarquia e violência, e isso é exatamente o que aquelas pessoas da margem querem.

Sim, eu entendo. Consigo ver a imagem de um frasco sendo virado, de um botão de uma lata de aerossol sendo apertado. Consigo ver os corpos de pessoas da Abnegação e da Erudição espalhados por ruas e escadas. Consigo ver os pequenos pedaços deste mundo aos quais conseguimos nos agarrar ardendo em chamas.

– Pensei que estivesse ajudando Nita com um plano mais inteligente – diz Matthew. – Se eu soubesse que estava ajudando a começar outra guerra, não teria feito aquilo. Precisamos tomar alguma providência.

– Eu avisei a ele – falo baixinho, não para Matthew, mas para mim mesma. – Eu avisei a ele que ela estava mentindo.

– Talvez a maneira como tratamos os GDs neste país seja um problema, mas isso não será resolvido com um genocídio – diz ele. – Venha, vamos para o escritório de David.

Não sei mais o que é certo ou errado. Não sei nada sobre este país, sobre como ele funciona ou do que precisa para mudar. Mas sei que uma quantidade grande de soro da morte nas mãos de Nita e de algumas pessoas da margem é tão ruim quanto nas mãos do pessoal do Laboratório de Armas do Departamento. Então sigo Matthew pelo corredor. Caminhamos depressa em direção à entrada principal, por onde entrei no complexo pela primeira vez.

Quando atravessamos o posto de segurança, vejo Uriah perto da escultura. Ele levanta a mão para acenar para mim, a boca contraída em uma linha que poderia ser um sorriso se ele se esforçasse mais. Sobre a sua cabeça, a luz refrata no tanque d'água, o símbolo do esforço lento e inútil do Departamento.

Acabo de passar pelo posto de segurança quando vejo a parede ao lado de Uriah explodir.

Parece uma chama brotando de um botão de flor. Cacos de vidros e pedaços de metal são lançados do centro do botão, e o corpo de Uriah está entre eles, como um projétil inanimado. Um ruído surdo e profundo atravessa o meu corpo como um abalo. Minha boca está aberta; estou gritando o nome dele, mas não consigo ouvir a minha voz porque meus ouvidos estão zumbindo.

Ao meu redor, todos estão agachados, cobrindo suas cabeças com os braços. Mas eu estou de pé, olhando para o buraco na parede do complexo. Ninguém o atravessa.

Segundos depois, todos ao meu redor começam a fugir da explosão, e me jogo contra elas, abrindo caminho com o ombro, atrás de Uriah. Um cotovelo acerta as minhas costelas e eu desabo. Meu rosto raspa em algo duro e de metal, a lateral de uma mesa. Levanto-me com dificuldade, limpando o sangue da minha sobrancelha com a manga da camisa. Roupas raspam nos meus braços, e tudo o que consigo ver são braços, cabelos e olhos arregalados, exceto pela placa sobre suas cabeças, que diz SAÍDA DO COMPLEXO.

– Soem os alarmes! – grita um dos guardas do posto de segurança. Abaixo-me para desviar de um braço e tropeço para o lado.

– Já tentei! – grita outro guarda. – Não estão funcionando!

Matthew agarra o meu ombro e grita ao meu ouvido:

– O que você está fazendo? Não vá *na direção...*

Corro mais rápido até achar o caminho livre. Matthew corre atrás de mim.

– Não deveríamos estar indo para o local da explosão. Os responsáveis por ela já estão dentro do prédio – diz ele. – Laboratório de Armas! Vamos!

O Laboratório de Armas. Palavras sagradas.

Penso em Uriah jogado no chão de ladrilhos, cercado de vidro e metal. Meu corpo, todos os meus músculos, estão me puxando para perto dele, mas sei que não posso fazer nada por ele agora. O mais importante é usar o meu conhecimento de caos, de ataques, para impedir que Nita e seus amigos roubem o soro da morte.

Matthew estava certo. Nada de bom resultará disso.

Ele toma a dianteira, mergulhando na multidão de pessoas como se ela fosse uma piscina. Tento olhar apenas para a sua nuca a fim de conseguir acompanhá-lo, mas os rostos vindo na minha direção me distraem com suas bocas e seus olhos rígidos de terror. Eu o perco de vista por alguns segundos, depois o encontro novamente, a vários metros de distância, virando à direita no corredor seguinte.

– Matthew! – grito, abrindo caminho entre outro grupo de pessoas. Afinal o alcanço e agarro a parte de trás da sua camisa. Ele se vira e segura a minha mão.

– Você está bem? – pergunta ele, olhando para o corte logo acima da minha sobrancelha. Na correria, quase me esqueci do ferimento. Pressiono a manga da minha camisa no corte, e ela fica vermelha, mas, mesmo assim, faço que sim com a cabeça.

– Estou bem! Vamos!

Corremos lado a lado pelo corredor, que não está tão cheio quanto os outros, mas percebo que quem se infiltrou no prédio já passou por ele. Há guardas caídos no chão, alguns vivos e outros, não. Vejo uma arma sobre os ladrilhos ao lado de um bebedouro e a agarro, soltando a mão de Matthew.

Ofereço-a a Matthew, mas ele balança a cabeça.

– Nunca usei uma arma – diz ele.

– Ah, pelo amor de Deus.

Posiciono meu dedo sobre o gatilho. Esta arma é diferente das que tínhamos na cidade. Ela não tem um cano que vai para o lado, a mesma tensão no gatilho nem a mesma distribuição de peso. Como não me traz as mesmas lembranças, ela é mais fácil de segurar.

Matthew está arquejando, sem ar. Eu também, mas não percebo da mesma maneira, porque já corri em meio ao caos muitas vezes. O próximo corredor para o qual ele me guia está vazio, exceto por uma soldada caída. Ela não está se movendo.

– Estamos quase chegando – diz ele, e eu levo o dedo aos lábios, pedindo silêncio.

Desaceleramos o passo, e seguro a arma com mais firmeza, porque o meu suor a deixa escorregadia. Não sei quantas balas há na arma e não sei conferir. Quando passamos pela soldada, paro para checar se ela está armada. Encontro uma arma presa embaixo do seu quadril, que desabou sobre o pulso. Matthew a encara, sem piscar os olhos, enquanto pego a arma.

– Ei – digo baixinho. – Apenas continue andando. Ande agora, pense nisso depois.

Eu o cutuco com o cotovelo e sigo na frente. Os corredores são mal-iluminados, e o teto é coberto de barras e canos entrecruzados. Consigo ouvir pessoas adiante e não preciso das instruções sussurradas de Matthew para encontrá-las.

Quando alcançamos o corredor no qual devemos virar, encosto o corpo na parede e tento espiar, tomando cuidado para me manter o mais escondida possível.

Há um conjunto de portas de vidro duplo que parecem tão pesadas quanto portas de metal, mas estão abertas. Do outro lado, há um corredor apertado e vazio, exceto por três pessoas de preto. Estão vestindo roupas pesadas e carregando armas tão grandes que acho que nem conseguiria levantar uma delas. Seus rostos estão cobertos por um tecido preto, que oculta tudo, menos seus olhos.

David está ajoelhado diante das portas, com uma arma apontada para a sua cabeça e sangue escorrendo pelo queixo. E, entre os invasores, vestindo a mesma máscara dos outros, vejo uma garota com rabo de cavalo.

Nita.

CAPÍTULO VINTE E SETE

TRIS

– COLOQUE-NOS PARA dentro, David – diz Nita com a voz abafada pela máscara.

Bem devagar, os olhos de David se voltam para o homem que está apontando a arma para ele.

– Acho que você não vai atirar em mim – fala ele. – Porque sou o único neste prédio que sabe essa informação, e vocês querem o soro.

– Talvez não atire na sua cabeça – retruca o homem –, mas existem outros lugares.

O homem e Nita se entreolham. Depois o homem baixa a arma, apontando-a para o pé de David, e dispara. Fecho os olhos quando os gritos de David se espalham pelo corredor. Ele pode até ter sido uma das pessoas que ofereceu a simulação de ataque a Jeanine Matthews, mas mesmo assim não gosto de ouvir seus gritos.

Olho para as armas que estou carregando, uma em cada mão, e para os meus dedos pálidos nos gatilhos. Imagino-me podando todos os galhos que cobrem o meu pensamento, focando-me apenas neste lugar, neste momento.

Aproximo a boca da orelha de Matthew e sussurro:

– Vá buscar ajuda. Agora.

Matthew assente com a cabeça e vai embora pelo corredor. Pelo menos ele se move em silêncio, os passos mudos sobre os ladrilhos. No fim do corredor ele olha para trás, para mim, depois se vira e desaparece.

– Estou cansada desta porcaria – diz a mulher de cabelo ruivo. – Exploda a porta de uma vez.

– Uma explosão ativaria um dos sistemas auxiliares de segurança – explica Nita. – Precisamos da senha de acesso.

Espio o corredor de novo, e, desta vez, os olhos de David encontram os meus. Seu rosto está pálido e suado, e há uma poça grande de sangue ao redor dos seus tornozelos. Os outros estão encarando Nita, que retira uma caixa preta do bolso e a abre, revelando uma seringa.

– Você não disse que esse treco não funciona nele? – pergunta o homem com a arma.

– Eu disse que ele era capaz de *resistir* ao soro, e não que não funciona – diz ela. – David, isto é uma mistura muito potente de soro da verdade e soro do medo. Vou injetá-la em você se não nos revelar a senha de acesso.

– Sei que é culpa apenas dos seus genes, Nita – diz David com a voz fraca. – Se você parar agora, posso ajudá-la, posso...

Nita abre um sorriso torto. Saboreando o momento, ela enfia a agulha no pescoço dele e aperta o êmbolo. David desaba para a frente, depois seu corpo estremece uma vez e depois outra.

Ele arregala os olhos e solta um grito, encarando o ar vazio, e sei o que está vendo, porque eu mesma já vi algo parecido na sede da Erudição sob a influência do soro do terror. Vi meus piores medos ganharem vida.

Nita ajoelha-se diante dele e agarra o seu rosto.

– David! – diz ela com urgência. – Posso fazer isso parar se nos disser como entrar na sala. Você está me ouvindo?

Ele arfa, e seus olhos não se focam nela, mas em algo atrás dela.

– Não faça isso! – grita ele, e se lança para a frente, em direção a um fantasma qualquer que o soro lhe mostra. Nita apoia o braço em seu peito para apoiá-lo, e ele grita:

– Não...

Nita o sacode.

– Vou impedir que eles façam isso se você me disser como entrar na sala!

– Ela! – diz David com lágrimas brilhando nos olhos. – O... o nome...

– O nome de quem?

– Nosso tempo está acabando! – avisa o homem com a arma apontada para David. – Se não conseguirmos o soro, é melhor matá-lo...

– *Ela* – diz David, apontando para o espaço à sua frente. Apontando para mim.

Eu estico o braço pelo canto da parede e disparo duas vezes. O primeiro disparo atinge a parede. O segundo atinge o braço do homem, e sua enorme arma desaba no chão. A mulher ruiva aponta sua arma para mim ou para a parte de mim que ela consegue ver, meio escondida pela parede, e Nita grita:

– Não atire! – E continua: – Tris, você não sabe o que está fazendo...

– Você deve ter razão – digo, e disparo outra vez. Agora, minha mão está mais firme, e minha mira é melhor; acerto Nita bem acima do quadril. Ela solta um grito abafado pela máscara e aperta a região atingida, caindo de joelhos com as mãos cobertas de sangue.

David corre em minha direção, com uma expressão de dor ao apoiar-se em sua perna ferida. Agarro sua cintura com o braço e giro o seu corpo, fazendo-o ficar entre mim e os soldados. Depois, encosto o cano de uma das minhas armas na sua nuca.

Todos ficam imóveis. Posso sentir meu coração pulsar na garganta, nas mãos, atrás dos meus olhos.

– Ninguém atire, ou explodirei a cabeça dele – ameaço.

– Você não mataria o seu próprio líder – diz a mulher ruiva.

– Ele não é o meu líder. Não me importo se ele morrer – digo. – Mas, se vocês acham que deixarei que peguem o soro da morte, estão muito enganados.

Começo a me mover para trás, com David lamuriando-se na minha frente, ainda sob o efeito do coquetel de soros. Baixo a cabeça e viro o corpo para o lado, para ficar em segurança atrás dele. Mantenho uma das armas apontada para a sua cabeça.

Alcançamos o final do corredor, e a mulher resolve pagar para ver. Ela dispara, atingindo David logo acima do joelho, na perna que não estava ferida. Ele desaba, soltando um grito, e fico exposta. Eu me jogo no chão, e uma bala zune ao meu lado, com um som que vibra dentro da minha cabeça.

De repente, sinto algo quente se espalhar pelo meu braço esquerdo, vejo sangue, e meus pés cambaleiam no chão, à procura de apoio. Encontro o equilíbrio e disparo às cegas na direção deles. Agarro a gola de David e o arrasto pela curva do corredor, o braço esquerdo latejando de dor.

Ouço passos acelerados e solto um grunhido. Mas não estão vindo de trás de mim; vêm da frente. Pessoas me cercam, entre elas Matthew, e algumas levantam David e correm com ele pelo corredor. Matthew me oferece a mão.

Meus ouvidos estão zunindo. Não acredito que consegui.

CAPÍTULO VINTE E OITO

TRIS

O HOSPITAL ESTÁ cheio de gente, todos gritando, correndo de um lado para outro ou fechando cortinas com força. Antes de me sentar, confiro todos os leitos à procura de Tobias. Ele não está em nenhum deles. Ainda estou tremendo, aliviada.

Uriah também não está aqui. Ele está em uma das outras salas, e a porta está fechada, o que não é um bom sinal.

A enfermeira que passa um líquido antisséptico em meu braço está sem ar e olha ao redor para toda a movimentação, e não para o meu ferimento. Disseram-me que não passou de um tiro de raspão, nada sério.

– Posso esperar se você precisar fazer outra coisa – digo. – Preciso encontrar alguém, de qualquer maneira.

Ela contrai os lábios e fala:

– Você precisa levar pontos.

— Foi apenas um tiro de raspão!

— Não no seu braço, na sua cabeça — diz ela, apontando para o corte acima do meu olho. Em meio ao caos, havia me esquecido, apesar de ele ainda não ter parado de sangrar.

— Está bem.

— Precisarei injetar este agente anestesiante em você — diz ela, mostrando uma seringa.

Estou tão acostumada com agulhas que nem reajo. Ela passa antisséptico na minha testa. Eles são muito cuidadosos com germes aqui. Sinto o espetar ardido da agulha, que diminui aos poucos, à medida que a anestesia faz efeito.

Vejo as pessoas passando por mim enquanto ela costura a minha pele. Um médico tira um par de luvas sujas de sangue; um enfermeiro carrega uma bandeja de gaze, quase escorregando nos ladrilhos; um parente de um dos feridos torce as mãos, nervoso. O ar cheira a produtos químicos, papel velho e corpos quentes.

— Alguma notícia sobre David? — pergunto.

— Ele sobreviverá, mas levará muito tempo para voltar a andar — diz ela. Seus lábios relaxam por alguns segundos. — Poderia ter sido muito pior se você não estivesse lá. Pronto, acabei.

Assinto com a cabeça. Gostaria de poder dizer a ela que não sou uma heroína, que estava usando David como escudo humano, como um muro de carne. Gostaria de poder confessar que sou uma pessoa cheia de ódio pelo Departamento e por David, alguém que deixaria que outro ser humano fosse cravado de balas para salvar a própria pele. Meus pais sentiriam vergonha de mim.

Ela coloca um curativo sobre os pontos para proteger a ferida e reúne todos os embrulhos e chumaços de algodão molhados em sua mão para jogar no lixo.

Antes que eu consiga agradecer, ela vai embora para o leito seguinte, o paciente seguinte, o ferimento seguinte.

Os feridos estão enfileirados no corredor, do lado de fora do pronto-socorro. Fiquei sabendo que houve outra explosão simultânea à da entrada. Ambas fizeram parte de uma tática para desviar a atenção das pessoas. Nossos agressores entraram pelo túnel subterrâneo, como Nita disse que faria. Ela nunca disse que abriria enormes buracos nas paredes.

As portas no fim do corredor estão abertas, e um grupo de pessoas entra correndo, carregando uma jovem mulher, Nita. Elas a colocam em uma maca perto de uma das paredes. Ela solta um grunhido, agarrada a um rolo de gaze que cobre a ferida na lateral de seu corpo. Sinto-me estranhamente distante da sua dor. Atirei nela. Fui obrigada. Isso é tudo.

Ao caminhar pelo corredor, entre os feridos, noto os uniformes. Todos os que estão sentados aqui vestem verde. Com algumas exceções, são todos da equipe de apoio. Estão com as mãos em braços, pernas e cabeças sangrando. Suas feridas não são menos graves que as minhas, e algumas são até muito piores.

Vejo o meu reflexo nas janelas logo além do corredor principal. Meu cabelo está com um aspecto sujo, e o curativo ocupa grande parte da minha testa. Alguns pontos das minhas roupas estão ensanguentados, manchados com o meu sangue e o de David. Preciso tomar um banho e trocar de roupa, mas primeiro tenho que achar Tobias e Christina. Não vejo nenhum dos dois desde antes da invasão.

Não demoro muito a encontrar Christina. Ela está sentada na sala de espera quando saio da ala de emergência, o joelho balançando tanto que a pessoa sentada ao seu lado a olha com reprovação. Ela levanta a mão para me cumprimentar, mas seus olhos logo se desviam dos meus e olham para a porta.

– Você está bem? – pergunta ela.

– Estou – respondo. – Ainda não tenho notícias sobre Uriah. Não consegui entrar na sala.

– Estas pessoas me deixam maluca, sabe? Elas não me dizem nada. Não nos deixam vê-lo. Parece que acham que são donas dele e de tudo o que acontece com ele!

– Elas trabalham de forma diferente aqui. Com certeza vão informar você quando souberem de algo mais concreto.

– Bem, eles informariam *você* – diz ela, irritada. – Mas estou convencida de que nem notariam a minha presença.

Há alguns dias, poderia ter discordado dela, quando ainda não conhecia a influência que a crença em danos genéticos tem sobre o comportamento das pessoas daqui. Não sei o que fazer. Não sei como conversar com ela agora que tenho esses privilégios e ela, não, e não há nada que qualquer uma de nós possa fazer a respeito. Só consigo pensar em ficar ao seu lado.

– Preciso encontrar Tobias, mas volto logo para esperar com você, está bem?

Ela afinal olha para mim e para de balançar o joelho.

– Eles não lhe contaram? – pergunta ela.

Sinto um calafrio no estômago.

– O quê?

– Tobias foi preso – diz ela baixinho. – Eu o vi sentado com os invasores logo antes de entrar aqui. Algumas pessoas o viram na sala de controle antes do ataque. Dizem que ele desarmou o sistema de alarme.

Ela me olha com tristeza, como se sentisse pena de mim. Mas eu já sabia o que Tobias fez.

– Onde eles estão? – pergunto.

Preciso conversar com ele. E sei exatamente o que devo dizer.

CAPÍTULO VINTE E NOVE

TOBIAS

MEUS PULSOS ARDEM por causa da algema de plástico com a qual o guarda me prendeu. Corro as pontas dos dedos pelo queixo para conferir se estou sangrando.

– Você está bem? – pergunta Reggie.

Faço que sim com a cabeça. Já tive ferimentos piores. Já levei golpes mais fortes do que a coronhada que o soldado me deu no queixo ao me prender. Seus olhos estavam cheios de raiva.

Mary e Rafi estão sentados a poucos metros de distância. Rafi pressiona um punhado de gaze contra o braço ensanguentado. Um guarda está parado entre nós e eles, mantendo-nos separados. Quando olho para eles, Rafi me encara de volta e assente com a cabeça, como se dissesse, *Você foi bem*.

Se fui tão bem assim, por que me sinto nauseado?

– Ouça – diz Reggie, aproximando-se de mim. – Nita e as pessoas da margem vão assumir a culpa. Vai ficar tudo bem.

Assinto com a cabeça mais uma vez, mas não estou convencido. Tínhamos um plano B para o caso provável de sermos detidos, e o seu sucesso não me preocupa. O que me preocupa é a demora para lidarem conosco e a maneira casual como tudo ocorreu. Estamos sentados e encostados à parede de um corredor vazio desde que eles apreenderam os invasores, há mais de uma hora, e ninguém veio nos dizer o que vai acontecer conosco ou perguntar qualquer coisa. Ainda não vi Nita.

Sinto um gosto amargo. O que quer que tenhamos feito parece tê-los abalado, e nada abala tanto as pessoas quanto vidas perdidas.

Por quantas dessas vidas perdidas eu sou responsável porque participei disso?

– Nita me disse que eles iriam roubar o soro da memória – falo para Reggie, e tenho medo de olhar para ele. – É verdade?

Reggie olha para a guarda que está parada a alguns metros de nós. Eles já gritaram conosco antes porque estávamos conversando.

Mas já sei a resposta.

– Era mentira, não era? – pergunto. Tris tinha razão. Nita estava mentindo.

– Ei! – A guarda caminha até nós e enfia o cano da arma entre mim e Reggie. – Afastem-se. Vocês estão proibidos de conversar.

Reggie se move para a direita, e eu encaro a guarda.

– O que está acontecendo? – pergunto. – O que houve?

– Ah, até parece que você não sabe – responde ela. – Agora, cale a boca.

Eu a observo se afastar, depois vejo uma garota loira e pequena aparecer no fim do corredor. Tris. Um curativo cobre sua testa, e há manchas de sangue com o formato de dedos em suas roupas. Ela está segurando um pedaço de papel com firmeza.

– Ei! – diz a guarda. – O que você está fazendo aqui?

– Shelly – diz o outro guarda, correndo até ela. – Acalme-se. Esta é a garota que salvou David.

A garota que salvou David? Do que exatamente?

– Ah. – Shelly baixa a arma. – Bem, mesmo assim, minha pergunta faz sentido.

– Eles me pediram para trazer um informe para vocês – diz Tris ao oferecer o papel para Shelly. – David está em recuperação. Ele sobreviverá, mas não sabem dizer quando conseguirá andar novamente. A maioria dos outros feridos já foi tratada.

O gosto amargo em minha boca fica mais forte. David não pode andar. E, durante todo esse tempo, eles estiveram ocupados cuidando dos feridos. Toda essa destruição, para quê? Eu nem sei. Não sei a verdade.

O que será que eu fiz?

– Eles já sabem o número de mortos? – pergunta Shelly.

– Ainda não – responde Tris.

– Obrigada por nos avisar.

– Ouçam... – Ela apoia todo o seu peso em um só pé. – Preciso conversar com ele.

Ela me indica com a cabeça.

– Não podemos... – começa a dizer Shelly.

– Só por um segundo, juro – diz Tris. – Por favor.

– Deixe-a falar com ele – fala o outro guarda. – Que mal poderia fazer?

– Está bem – concorda Shelly. – Você tem dois minutos.

Ela acena para mim, e eu uso a parede para me levantar, minhas mãos ainda presas na frente do corpo. Tris se aproxima, mas não muito. O espaço e seus braços cruzados formam uma barreira entre nós que poderia ser um muro. Ela olha para algum lugar abaixo dos meus olhos.

– Tris, eu...

– Você quer saber o que seus amigos fizeram? – pergunta ela. Sua voz está trêmula, e não cometo o erro de achar que é de choro. Sua voz está trêmula de raiva. – Eles não planejavam pegar o soro da memória. Eles queriam o veneno, o soro da morte. Para assassinar um monte de gente importante do governo e começar uma guerra.

Olho para baixo, para as minhas mãos, para os ladrilhos, para as pontas dos meus sapatos. Uma guerra.

– Eu não sabia...

– Eu estava certa. Eu estava certa, e você não me deu ouvidos. De novo – diz ela baixinho. Seus olhos encaram os meus, e percebo que não quero o contato visual que desejava porque ele me desmonta, pedaço por pedaço. – Uriah estava parado bem diante de um dos explosivos que eles detonaram para causar distrações. Ele está inconsciente, e não se sabe se vai acordar.

É estranho como uma palavra, uma expressão, uma frase, podem parecer um golpe na cabeça.

– O quê?

Tudo o que consigo ver é o rosto de Uriah quando ele aterrissou na rede depois da Cerimônia de Escolha, o seu sorriso animado quando eu e Zeke o puxamos para a plataforma. Ou ele sentado no estúdio de tatuagem, puxando a orelha para a frente a fim de que não atrapalhasse Tori enquanto ela pintava a cobra em sua pele. Uriah talvez não acorde? Uriah, perdido para sempre?

E prometi. Prometi a Zeke que cuidaria dele, *prometi*...

– Ele é um dos últimos amigos que tenho – diz ela com a voz fraca. – Acho que nunca mais conseguirei olhar para você da mesma maneira.

Ela vai embora. Ouço a voz abafada de Shelly pedindo para que eu me sente e caio de joelhos, deixando os pulsos descansarem sobre as minhas pernas. Luto para encontrar uma forma de escapar disto, deste horror em relação ao que fiz, mas não há qualquer lógica sofisticada capaz de me liberar; não há qualquer saída.

Cubro o rosto com as mãos e tento não pensar, tento não imaginar absolutamente nada.

+ + +

A luz do teto da sala de interrogatórios projeta um círculo difuso sobre o centro da mesa. É nele que mantenho os meus olhos ao narrar a história que Nita me contou, que é tão próxima da verdade que não tenho nenhuma dificuldade em relatá-la. Quando termino, o homem que a está registrando digita as últimas frases em uma tela, e letras aparecem nos lugares em que ele toca do vidro. Então, uma mulher chamada Angela, que está atuando como substituta de David, diz:

– Então, você não sabia por que Juanita pediu para você desabilitar o sistema de segurança?

– Não – respondo, e isso é verdade. Eu não sabia o motivo real; o que eu sabia era uma mentira.

Eles colocaram todos os outros sob o efeito do soro da verdade, mas não a mim. A anomalia genética que permite que eu fique consciente durante as simulações também sugere que eu talvez seja resistente a soros, e, por isso, um testemunho meu sob efeito do soro da verdade não seria confiável. Desde que a minha história bata com as dos outros, eles acreditarão que estou falando a verdade. Não sabem que, há algumas horas, todos nós fomos inoculados contra o soro da verdade. O informante de Nita entre os GPs deu a ela o soro de inoculação há meses.

– Então, como ela o convenceu a fazer aquilo?

– Somos amigos – digo. – Ela é, ou era, uma das minhas únicas amigas aqui. E pediu que eu confiasse nela, disse que era por um bom motivo, e eu concordei.

– E o que você acha da situação agora?

Enfim olho para ela.

– Nunca me arrependi tanto de algo na minha vida.

Os olhos duros e claros de Angela se suavizam um pouco. Ela assente com a cabeça.

– Bem, a sua história bate com o que os outros nos disseram. Como você é novo nesta comunidade, não tinha ciência do plano e é geneticamente deficiente, estamos inclinados a ser clementes. Você está condenado à liberdade condicional. Deverá trabalhar para o bem desta comunidade e ter comportamento exemplar durante um ano. Você não terá permissão de entrar em nenhum laboratório ou aposento privado. Não deixará este complexo sem permissão prévia. Todo mês, deverá se apresentar ao oficial de condicional, que lhe será designado ao final do nosso processo. Você entende esses termos?

Com as palavras "geneticamente deficiente" pairando em meu cérebro, eu assinto e digo:

– Sim, entendo.

– Então, terminamos aqui. Você está livre. – Ela se levanta, empurrando a cadeira para trás. O homem que estava registrando o testemunho também se levanta, guardando a tela em sua bolsa. Angela toca na mesa para que eu olhe para ela.

– Não seja tão duro consigo mesmo – diz ela. – Você é muito jovem, sabe?

Não acho que a minha idade seja uma desculpa para o que fiz, mas aceito a tentativa de gentileza dela sem protestar.

– Posso saber o que vai acontecer com Nita? – pergunto.

Angela contrai os lábios.

– Quando ela se recuperar dos ferimentos, será transferida para a nossa prisão, onde passará o resto da vida.

– Ela não será executada?

– Não. Não acreditamos em pena capital para os geneticamente danificados. – Angela caminha em direção à porta. – Afinal, não podemos nutrir as mesmas expectativas comportamentais em relação aos geneticamente danificados que nutrimos pelos que têm genes puros.

Com um sorriso triste, ela deixa a sala sem fechar a porta. Permaneço sentado por alguns segundos, absorvendo o impacto de suas palavras. Queria acreditar que eles estavam errados a respeito de mim, que não sou limitado pelos meus genes, que não sou mais danificado do que qualquer outra pessoa. Mas como isso pode ser verdade, quando minhas ações levaram Uriah para o hospital, quando Tris não consegue nem olhar nos meus olhos, quando tantas pessoas morreram?

Cubro meu rosto e trinco os dentes enquanto as lágrimas escorrem, absorvendo a onda de desespero como se ela fosse um punho a me golpear. Quando enfim me levanto para ir embora, as mangas da minha camisa, usadas para enxugar o meu rosto, estão úmidas, e meu queixo dói.

CAPÍTULO TRINTA

TRIS

– VOCÊ JÁ conseguiu entrar?

Cara está em pé ao meu lado de braços cruzados. Ontem, Uriah foi transferido do seu quarto isolado para um quarto com janela, acho que para evitar que ficássemos perguntando sobre ele o tempo todo. Christina está sentada ao lado da cama, segurando sua mão inerte.

Pensei que ele tinha sido despedaçado como uma boneca de pano com um fio solto, mas, exceto por alguns curativos e arranhões, ele não está tão diferente. Dá a impressão de que poderia acordar a qualquer instante, sorrindo, sem entender por que estamos todos olhando para ele.

– Entrei ontem à noite – respondo. – Pareceu errado deixá-lo sozinho.

– Alguns estudos sugerem que, dependendo da extensão dos danos cerebrais, ele talvez consiga nos ouvir e sentir de alguma maneira – diz Cara. – Mas me disseram que o prognóstico não é nada bom.

Às vezes, ainda sinto vontade de dar uma bofetada nela. Não preciso que fiquem me lembrando de que Uriah não deve se recuperar.

– É – respondo.

Depois que saí do lado de Uriah ontem à noite, vaguei sem rumo pelo complexo. Eu deveria estar pensando no meu amigo, que está entre este mundo e o que há além, mas pensei apenas no que disse para Tobias. E em como me senti ao olhar para ele, como se algo estivesse se quebrando.

Não disse que aquele era o fim do nosso relacionamento. Pretendia dizer, mas, ao olhar a ele, foi impossível articular as palavras. Sinto as lágrimas brotando de novo, como tem acontecido, mais ou menos, a cada hora desde ontem, e eu as reprimo engolindo o choro.

– Então, você salvou o Departamento – diz Cara, olhando para mim. – Parece que você se envolve em muitos conflitos. Acho que devemos agradecer pelo fato de que consiga se manter estável em situações de crise.

– Não salvei o Departamento. Não tenho o menor interesse em salvar o Departamento – respondo. – Só mantive uma arma longe de mãos perigosas. – Espero um instante. – Você, por acaso, acabou de me elogiar?

– Consigo reconhecer as qualidades de outras pessoas – fala Cara, sorrindo. – Além disso, acho que as *nossas* questões já estão resolvidas, tanto em um nível lógico quanto emocional. – Ela limpa a garganta, e me pergunto se está desconfortável por afinal admitir que tem emoções ou se é por algum outro motivo. – Parece que você descobriu alguma coisa sobre o Departamento que a irritou. Eu me pergunto se você me diria o que é.

Christina encosta a cabeça na ponta do colchão de Uriah, com seu corpo delgado desabando para o lado.

– Também me pergunto – digo com ironia. – Talvez nunca venhamos a saber.

– Humm. – Uma ruga aparece entre as suas sobrancelhas quando ela franze a testa, deixando-a tão parecida com Will que sou obrigada a desviar os olhos. – Será que preciso pedir por favor?

– Está bem. Sabe o soro de simulação de Jeanine? Bem, não era dela de fato. – Solto um suspiro. – Venha, eu mostro para você. É mais fácil.

Seria igualmente fácil apenas contar a ela o que vi naquele velho depósito, escondido no meio dos laboratórios do Departamento. Mas a verdade é que preciso me manter ocupada para não pensar em Uriah. Ou em Tobias.

– Parece que essas mentiras nunca vão acabar – diz Cara enquanto caminhamos até o depósito. – As facções, o vídeo que Edith Prior deixou para nós... não passaram de mentiras para nos fazer agir de determinadas maneiras.

– É isso mesmo que você pensa a respeito das facções? – pergunto. – Pensei que você adorasse ser membro da Erudição.

– Adorava mesmo. – Ela coça a nuca, deixando pequenas linhas vermelhas em sua pele. – Mas o Departamento fez com que eu me sentisse uma tola por lutar por tudo aquilo e pelo que os Leais defendiam. E não gosto de me sentir tola.

– Então, você acha que nada daquilo valeu a pena – digo. – Toda a história dos Leais.

– Você acha que valeu?

– Foi o que nos fez sair da cidade e nos levou à verdade e era melhor do que a comunidade sem-facção que Evelyn tinha em mente, onde ninguém poderia escolher nada.

– É, acho que você tem razão – diz ela. – É só que me orgulho de ser uma pessoa que sabe enxergar a verdade por trás das coisas, inclusive do sistema de facções.

– Você sabe o que a Abnegação costumava dizer a respeito do orgulho?

– Algo ruim, imagino.

Solto uma risada.

– É claro. Diziam que o orgulho cega as pessoas para a verdade sobre elas mesmas.

Chegamos à porta dos laboratórios, e bato algumas vezes, para que Matthew ouça e nos deixe entrar. Enquanto espero que ele abra a porta, Cara olha para mim de maneira estranha.

– Os antigos escritos da Erudição diziam mais ou menos a mesma coisa – diz ela.

Nunca pensei que a Erudição diria alguma coisa sobre o orgulho, que eles chegariam a se preocupar com algo como moralidade. Parece que eu estava errada. Quero perguntar mais coisas a ela, mas a porta se abre, e Matthew nos encara do corredor, mastigando uma maçã.

– Você pode me levar ao depósito? – pergunto. – Preciso mostrar uma coisa para Cara.

Ele morde o último pedaço da maçã e acena com a cabeça.

– É claro – diz ele.

Faço uma careta, imaginando o gosto amargo das sementes de maçã, e depois o sigo.

CAPÍTULO TRINTA E UM

TOBIAS

NÃO POSSO VOLTAR para os olhares acusatórios e as perguntas silenciosas das pessoas do dormitório. Sei que também não deveria voltar para a cena do meu enorme crime, apesar de não ser uma das áreas restritas onde sou impedido de entrar, mas sinto que preciso ver o que está acontecendo na cidade. Como se precisasse lembrar que existe um mundo além deste, onde não sou odiado.

Caminho até a sala de controle e me sento em uma das cadeiras. Cada monitor na estrutura acima mostra uma parte diferente da cidade: o Merciless Mart, o saguão da sede da Erudição, o Millenium Park, o pavilhão do lado de fora do edifício Hancock.

Durante muito tempo, vejo as pessoas perambularem pela sede da Erudição usando as braçadeiras dos sem-facção e com armas nas cinturas, trocando palavras rápidas e distribuindo latas de comida para o jantar, um hábito antigo dos sem-facção.

De repente, ouço alguém da sala de controle dizer para um dos colegas de trabalho:

– Lá está ele.

Vasculho os monitores para encontrar a pessoa de quem estão falando. De repente, eu o vejo, parado diante do edifício Hancock: Marcus, perto da porta da frente, conferindo o relógio.

Levanto-me e levo o dedo indicador à tela para aumentar o som. Por um instante, ouço apenas o sopro do vento saindo dos autofalantes sob a tela, mas depois ouço passos. Johanna Reyes se aproxima do meu pai. Ele oferece a mão para cumprimentá-la, mas ela o ignora, e meu pai fica com a mão pairando no ar, como uma isca que ela não mordeu.

– Eu *sabia* que você tinha ficado na cidade – diz ela. – Estão procurando você por toda a parte.

Algumas pessoas na sala de controle param atrás de mim para assistir. Quase não as noto. Estou vendo o meu pai abaixar o braço, cerrando o punho.

– Por acaso fiz alguma coisa que a ofendeu? – pergunta Marcus. – Contatei você porque pensei que fosse minha amiga.

– Pensei que você tivesse me contatado porque sabe que ainda sou a líder dos Leais e porque você quer uma aliada – diz Johanna, virando o pescoço para deixar uma mecha de cabelo cair sobre seu olho marcado pela cicatriz. – E, dependendo de qual for o seu objetivo, ainda posso ser sua aliada, Marcus, mas acho que nossa amizade não existe mais.

Marcus franze as sobrancelhas. Meu pai aparenta ter sido um homem bonito, mas, à medida que envelhecia, as bochechas se tornaram ocas, e as feições, duras e rígidas. Seu cabelo, raspado rente à cabeça, no estilo da Abnegação, não ajuda a melhorar essa impressão.

– Eu não entendo – diz Marcus.

– Conversei com alguns dos meus amigos da Franqueza – diz Johanna. – Eles me contaram o que o seu filho disse sob o efeito do soro da verdade. Aquele boato asqueroso que Jeanine Matthews espalhou, sobre você e seu filho... era verdade, não era?

Meu rosto esquenta, e me encolho, curvando os ombros para a frente.

Marcus balança a cabeça.

– Não, Tobias...

Johanna levanta a mão. Ela fala de olhos fechados, como se não suportasse olhar para ele.

– Por favor. Observei a maneira como o seu filho se comporta e como a sua esposa se comporta. Sei como são pessoas marcadas pela violência. – Ela prende o cabelo atrás da orelha. – Sabemos reconhecer aqueles que são como nós.

– Você não pode acreditar mesmo... – Marcus começa a dizer, depois balança a cabeça. – Sim, sou disciplinador, mas só queria o melhor...

– O papel de um marido não é *disciplinar* a mulher – diz Johanna. – Nem mesmo na Abnegação. E, quanto ao seu filho... bem, digamos apenas que acredito, *sim*, que você seja capaz de uma coisa dessas.

Os dedos de Johanna tocam a cicatriz em sua bochecha. Sou sobrepujado pelo ritmo do meu coração. Ela sabe. Ela sabe, não por ter me ouvido confessar a minha vergonha na sala de interrogação da Franqueza, mas simplesmente porque *sabe*, porque já passou por isso também, tenho certeza. Quem será o culpado? Sua mãe? Pai? Ou outra pessoa?

Parte de mim sempre se perguntou o que meu pai faria se fosse confrontado com a verdade. Imaginei que talvez ele fosse se transformar do modesto líder da Abnegação para o pesadelo com o qual eu vivia em casa, que talvez ficasse agressivo e revelasse quem de fato é. Seria uma reação satisfatória para mim, mas não é o que acontece.

Ele apenas fica parado, com um olhar confuso, e, por um momento, pergunto-me se de fato *está* confuso, se, em seu coração doentio, ele acredita nas próprias mentiras sobre me disciplinar. Esse pensamento cria uma tormenta dentro de mim, um ronco de trovão e um tufão de vento.

– Agora que já fui honesta com você – diz Johanna, um pouco mais calma –, pode me dizer por que pediu que eu viesse aqui.

Marcus muda de assunto como se nunca tivesse discutido o tópico anterior. Vejo nele um homem que se divide em compartimentos e que consegue mudar de um para o outro à vontade. Um desses compartimentos era reservado apenas a minha mãe e a mim.

Os funcionários do Departamento aproximam a câmera, e o edifício Hancock se torna apenas um fundo preto atrás de Marcus e Johanna. Sigo uma viga do outro lado da tela com os olhos, para não precisar olhar para ele.

– Evelyn e os sem-facção são tiranos – diz Marcus. – A paz na qual vivíamos nas facções, antes do primeiro ataque de Jeanine, *pode* ser restaurada, tenho certeza. E quero tentar. Acho que você também quer.

– Sim, quero – afirma Johanna. – Como acha que devemos fazer isso?

– Acho que você não vai gostar desta parte, mas espero que tente manter a mente aberta – responde Marcus. – Evelyn controla a cidade porque controla as armas. Se tirarmos as armas dela, ela perderá boa parte do seu poder, e poderemos desafiá-la.

Johanna concorda com a cabeça e arrasta o sapato no calçamento. Desse ângulo, só consigo ver o lado liso de seu rosto, o cabelo cacheado e sem volume e a boca grossa.

– O que você quer que eu faça? – pergunta ela.

– Permita que eu me junte a você na liderança dos Leais – sugere ele. – Eu era um dos líderes da Abnegação. Era quase o líder desta cidade. O povo vai se unir sob a minha liderança.

– O povo já se uniu – diz Johanna. – E não sob uma pessoa, mas sob o desejo de restaurar as facções. Quem disse que precisamos de você?

– Não quero menosprezar suas conquistas, mas os Leais ainda são insignificantes demais para representar algo além de um pequeno levante – diz Marcus. – Os sem-facção estão em maior número do que imaginávamos. Vocês precisam de mim, sim. E sabe disso.

Meu pai sabe convencer as pessoas sem ser carismático, mas nunca entendi direito como. Ele apresenta suas opiniões como se fossem fatos, e, de alguma forma, sua certeza absoluta convence as pessoas a acreditarem nele. Essa qualidade me assusta agora, porque sei o que ele me disse: que eu era fraco, que eu era inútil, que eu não era nada. Em quantas dessas coisas ele me convenceu a acreditar?

Percebo que Johanna está começando a acreditar nele, pensando no pequeno número de pessoas que conseguiu reunir em prol da causa Leal. Pensando no grupo que enviou para o lado de fora da cerca com Cara, de quem nunca mais teve notícias. Pensando em como está sozinha e em como Marcus possui um histórico de liderança. Quero gritar para ela através da tela para que não confie nele, para dizer que ele só quer voltar a assumir sua posição como líder das facções. Mas minha voz não pode alcançá-la. Nem que eu estivesse parado ao seu lado, ela a alcançaria.

Com cuidado, Johanna pergunta:

– Você pode me prometer que, sempre que possível, tentará limitar o nível de destruição que causaremos?

– É claro – responde ele.

Ela faz que sim outra vez, mas, agora, parece que o gesto é para si mesma.

– Às vezes, precisamos lutar pela paz – diz ela, mais para a calçada do que para Marcus. – Acredito que esta seja uma dessas situações. E acredito mesmo que você seria útil e que as pessoas o seguiriam.

É o início da rebelião Leal que tenho esperado acontecer desde que fiquei sabendo da formação do grupo. Mesmo que isso parecesse inevitável para mim, desde que vi a maneira como Evelyn decidiu governar a cidade, sinto-me nauseado. Parece que as rebeliões nunca terminam, na cidade, neste complexo, em todo lugar. Existem apenas intervalos entre elas, e, tolos, chamamos esses breves períodos de "paz".

Afasto-me do monitor com a intenção de deixar a sala de controle para respirar um pouco de ar puro, onde quer que eu consiga.

Mas, ao me afastar, vejo outro monitor, que mostra uma mulher de cabelo escuro andando de um lado para o outro em um escritório da sede da Erudição. Evelyn. É claro que eles exibem as imagens de Evelyn no maior monitor da sala de controle. Faz sentido.

Evelyn corre as mãos pelo cabelo, agarrando as mechas mais grossas. Ela desaba em um sofá, com papéis jogados no chão ao redor, e eu penso, *Ela está chorando*, mas não sei por quê, já que não vejo seus ombros se mexendo.

Pelas caixas de som do monitor, ouço alguém bater à porta do escritório. Evelyn se ajeita, arruma o cabelo, enxuga o rosto e diz:

– Entre!

Therese entra no escritório com a braçadeira dos sem-facção desarrumada.

– Acabo de receber uma informação das patrulhas. Disseram que não viram qualquer sinal dele.

– Ótimo. – Evelyn balança a cabeça. – Eu o exilo, e ele fica na cidade. Deve estar fazendo isso apenas para me irritar.

– Ou talvez tenha se juntado aos Leais, e eles o estão abrigando – sugere Therese, lançando o corpo sobre uma das cadeiras do escritório. Ela torce um dos papéis no chão com as solas da bota.

– Sim, claro. – Evelyn apoia o braço na janela e se inclina, olhando para a cidade abaixo e para o pântano, mais além. – Obrigada pela informação.

– Nós o encontraremos – diz Therese. – Ele não pode ter ido muito longe. Prometo que o encontraremos.

– Só quero que ele vá embora – diz Evelyn com a voz sufocada e baixa como a de uma criança. Será que ela ainda sente medo dele, como eu sinto, como um pesadelo que continua a reaparecer durante o dia? O quão semelhantes eu e minha mãe somos por dentro, onde realmente importa?

– Eu sei – diz Therese, deixando o escritório.

Fico parado por um longo tempo, observando Evelyn olhar pela janela com os dedos trêmulos.

Sinto que me tornei algo entre a minha mãe e o meu pai, violento e impulsivo, desesperado e receoso. Sinto que perdi o controle sobre o que me tornei.

CAPÍTULO TRINTA E DOIS

TRIS

DAVID PEDE QUE eu compareça ao seu escritório no dia seguinte, e temo que ele se lembre da maneira que o usei como escudo humano enquanto me afastava do Laboratório de Armas e de como apontei uma arma para a sua cabeça e disse que não me importava se ele morresse.

Zoe me encontra no saguão do hotel e segue na minha frente pelo corredor central, depois por outro corredor, comprido e estreito, com janelas à minha direita que mostram a pequena frota de aviões estacionados em fileiras sobre o concreto. A neve escassa toca a janela, oferecendo um sabor precoce de inverno, e derrete em questão de segundos.

Olho de relance para Zoe algumas vezes enquanto caminhamos, tentando ver como age quando acha que não está sendo observada, mas ela parece sempre igual, animada, ainda que com uma aparência profissional. Como se o ataque nunca tivesse acontecido.

– Ele está em uma cadeira de rodas – avisa ela quando chegamos ao final do corredor estreito. – É melhor não comentar. Ele não gosta que sintam pena dele.

– Não sinto pena dele. – Esforço-me para controlar o tom de raiva em minha voz. Isso levantaria suspeitas. – Não é a primeira pessoa do mundo a ser baleada.

– Sempre esqueço que você testemunhou muito mais violência do que nós – diz Zoe, passando sua credencial no posto de segurança seguinte. Espio os guardas do outro lado através do vidro da porta. Eles mantêm o corpo ereto e as armas apoiadas nos ombros, olhando para a frente. Imagino que sejam obrigados a ficar assim o dia inteiro.

Sinto-me pesada e dolorida, como se meus músculos estivessem comunicando uma dor mais profunda e emocional. Uriah continua em coma. Ainda não consigo olhar para Tobias quando ele está no dormitório, no refeitório, no corredor, sem ver a parede explodindo ao lado da cabeça de Uriah. Não sei quando, ou se, as coisas vão melhorar e não sei se essas feridas podem ser curadas.

Passamos pelos guardas, e os ladrilhos sob meus pés dão lugar a tábuas corridas. Vejo pequenas pinturas com molduras douradas penduradas nas paredes, e, bem do lado de fora do escritório de David, há um pedestal encimado por um buquê de flores. São pequenos detalhes, mas fazem-me sentir que minhas roupas estão imundas.

Zoe bate à porta, e uma voz lá dentro grita:

– Pode entrar!

Ela abre a porta para mim, mas fica do lado de fora. O escritório de David é espaçoso e quente, as paredes repletas de livros nos espaços onde não há janelas. No lado esquerdo, vejo uma mesa com telas de vidro suspensas, e, no lado direito, um pequeno laboratório com móveis de madeira, e não de metal.

David está sentado em uma cadeira de rodas, e suas pernas estão cobertas por um material rígido, cujo propósito, imagino, seja mantê-las imóveis, para que possam sarar. Apesar de pálido e abatido, está com uma aparência saudável. Embora saiba que ele teve alguma coisa a ver com a simulação de ataque e com todas aquelas mortes, é difícil ligar essas ações ao homem que vejo diante de mim. Será que é assim com todos os homens maus? Será que, para quem os vê, eles parecem homens bons, falam como homens bons e são tão simpáticos quanto homens bons?

– Tris. – Ele empurra a cadeira de rodas na minha direção e aperta a minha mão entre as suas. Mantenho a mão firme, ainda que sua pele pareça seca como papel e que seu toque me provoque repulsa.

– Você é tão corajosa – diz ele, depois solta a minha mão. – Como estão seus ferimentos?

Dou de ombros.

– Já estive pior. E quanto aos seus?

– Levarei algum tempo até voltar a andar, mas eles estão confiantes de que conseguirei. Além disso, alguns dos nossos funcionários estão desenvolvendo sofisticados suportes para as pernas, e posso ser a primeira cobaia se necessário – diz ele, enrugando os cantos dos olhos. – Você poderia me empurrar para trás da mesa novamente? Ainda não aprendi a conduzir isto direito.

Eu o empurro, guiando suas pernas rígidas para debaixo da mesa e deixando que o restante do seu corpo as siga. Depois de me assegurar de que ele está posicionado de maneira correta, sento-me na cadeira à sua frente e tento sorrir. Até encontrar uma forma de vingar a morte dos meus pais, preciso manter intactas a confiança e a afeição que ele sente por mim. E não conseguirei fazer isso sendo antipática.

– Pedi que viesse aqui principalmente para lhe agradecer – diz ele. – Poucos jovens teriam ido me resgatar daquela maneira, em vez de fugir para se proteger, ou teriam a capacidade de salvar este complexo, como você fez.

Penso em como encostei uma arma na cabeça dele e ameacei a sua vida e engulo em seco.

– Você e as pessoas que vieram com você estão em um estado de transição lamentável desde que chegaram – fala ele. – Para ser sincero, não sabemos muito bem o que fazer com todos vocês, e tenho certeza de que vocês mesmos não sabem bem o que fazer, mas pensei em algo que gostaria que *você* fizesse. Sou o líder oficial deste complexo, mas, na realidade, temos um sistema de governo parecido com o da Abnegação, e, portanto, sou ajudado por um pequeno grupo de conselheiros. Gostaria que você começasse um treinamento para assumir um desses postos.

Minhas mãos agarram os descansos da cadeira com força.

– Sabe, vamos precisar fazer algumas mudanças por aqui agora que fomos atacados. Precisaremos defender a nossa causa de forma mais enfática. E acho que você sabe fazer isso.

Não há como discordar dele.

– O que... – Limpo a garganta. – O que eu teria que fazer para treinar para essa posição?

– Comparecer às nossas reuniões, por exemplo, e aprender os pormenores do nosso complexo, a maneira como ele funciona em todos os seus setores, nossa história, nossos valores e assim por diante. Não posso permitir que você faça parte do conselho oficialmente porque ainda é jovem demais, e há um processo pelo qual deve passar como assistente de um dos membros atuais do conselho, mas estou convidando você a seguir por esse caminho se for do seu interesse.

Seus olhos, e não a sua voz, é que fazem a pergunta.

Os conselheiros devem ser as pessoas que autorizaram a simulação de ataque e garantiram que o soro fosse entregue a Jeanine no momento certo. E ele quer que eu me sente entre eles, aprenda a me tornar um deles. Apesar do gosto amargo em minha boca, não hesito em responder.

– É claro – digo, sorrindo. – Seria uma honra.

Ao receber uma oportunidade de se aproximar do seu inimigo, sempre aceite. Sei disso sem que ninguém tenha me ensinado.

Ele deve acreditar no meu sorriso, porque também abre um pequeno sorriso de volta.

– Imaginei que você aceitaria – diz ele. – É algo que eu queria que sua mãe tivesse feito comigo antes de se voluntariar para entrar na cidade. Mas acho que ela se apaixonou a distância pela cidade e não conseguiu resistir.

– Se apaixonou... pela cidade? – pergunto. – Acho que existe mesmo gosto para tudo.

É apenas uma piada, mas não estou sendo sincera. Apesar disso, David solta uma risada, e sei que falei a coisa certa.

– Você era... próximo da minha mãe, durante o período no qual ela esteve aqui? – pergunto. – Tenho lido o diário dela, mas ela não é muito prolixa.

– Não, isso não faria o tipo dela, não é? Natalie sempre foi muito direta. Sim, sua mãe e eu éramos próximos. – A voz de David se torna mais suave ao falar dela. Ele deixa de lado a persona de líder calejado do complexo e se torna um homem velho, pensando com carinho no passado.

O passado que ocorreu antes de ele causar a morte dela.

– Tivemos uma história parecida. Também fui resgatado de um mundo danificado quando criança... meus pais eram pessoas extremamente disfuncionais, que foram presas quando eu ainda era jovem. Em vez de sucumbir a um sistema de adoção sobrecarregado de órfãos, eu e meus irmãos decidimos fugir para a margem, o mesmo lugar onde sua mãe se refugiou anos depois, e fui o único a sair de lá com vida.

Não sei o que dizer, nem o que fazer com a compaixão que está brotando dentro de mim por um homem que fez coisas terríveis. Apenas encaro as minhas mãos e imagino que minhas entranhas são feitas de metal líquido e que estão se solidificando em contato com o ar, assumindo uma forma que nunca mais mudará.

– Você terá que ir lá com nossas patrulhas amanhã. Assim, poderá ver a margem com os próprios olhos – diz ele. – É importante que um futuro membro do conselho veja isso.

– Estou muito interessada.

– Ótimo. Bem, lamento encerrar a nossa conversa, mas preciso recuperar um bocado de tempo perdido de trabalho – fala ele. – Vou pedir que alguém notifique você a respeito das patrulhas, e nossa primeira reunião de conselho será na sexta-feira, às dez da manhã, então nos veremos em breve.

Fico tensa. Não perguntei o que queria perguntar. Acho que a oportunidade não surgiu. De qualquer maneira, agora é tarde demais. Levanto-me e caminho até a porta, mas ele fala comigo novamente.

– Tris, sinto que devo ser franco com você, já que pretendemos estabelecer uma relação de confiança.

Pela primeira vez desde que o conheci, David parece estar quase... com medo. Seus olhos estão arregalados como os de uma criança. Mas, segundos depois, a expressão desaparece.

– Mesmo sob a influência do coquetel de soros, ouvi o que você disse a eles para que não atirassem em nós. Sei que você disse que me mataria para proteger o que há dentro do Laboratório de Armas.

Minha garganta aperta, e mal consigo respirar.

– Não se preocupe – diz ele. – Essa é uma das razões pelas quais lhe ofereci essa oportunidade.

– Por... por quê?

– Você demonstrou a qualidade de que mais preciso em um conselheiro – explica ele. – A habilidade de fazer sacrifícios pelo bem maior. Se pretendemos vencer esta batalha contra os danos genéticos, se pretendemos evitar que os experimentos sejam encerrados, precisaremos fazer sacrifícios. Você entende isso, não entende?

Sinto uma onda de raiva tomar conta de mim, mas me forço a assentir com a cabeça. Nita já nos disse que os experimentos corriam o risco de serem encerrados, e, por isso, não fico surpresa em saber que é verdade. Mas o desespero de David para salvar o trabalho ao qual dedicou a sua vida não é nenhuma desculpa para matar toda uma facção, a *minha* facção.

Fico parada por um instante, com a mão na maçaneta, tentando me recompor, e então decido correr o risco.

– O que teria acontecido se eles tivessem detonado outra bomba para conseguir entrar no Laboratório de Armas? – pergunto. – Nita disse que outra explosão ativaria uma medida de segurança auxiliar, mas, para mim, parecia a solução mais óbvia para o que eles queriam.

– Um soro teria sido lançado no ar... Um soro para o qual as máscaras não teriam servido como proteção por ser absorvido pela pele – diz David. – Um soro ao qual nem os geneticamente puros são capazes de resistir. Não sei como Nita sabe disso, já que é uma informação confidencial, mas acho que vamos descobrir.

– O que esse soro faz?

O sorriso dele se transforma em uma careta.

– Digamos que é tão ruim que Nita preferiu passar o resto da vida na prisão a entrar em contato com ele.

Ele tem razão. Não é preciso dizer mais nada.

CAPÍTULO TRINTA E TRÊS

TOBIAS

– VEJAM SÓ quem chegou – diz Peter quando entro no dormitório. – O traidor.

Há mapas espalhados sobre dois dos catres. São brancos, azul-claros e verde-foscos e me atraem como se exercessem um estranho magnetismo sobre mim. Em cada um deles, Peter desenhou um círculo trêmulo sobre a nossa cidade, sobre Chicago. Ele está marcando os limites de onde já esteve.

Vejo o círculo diminuir em cada mapa até que se torne apenas um ponto vermelho como uma gota de sangue.

Depois, afasto-me, assustado com o que pode significar o fato de eu ser tão pequeno.

– Se você acha que está em algum tipo de pedestal sob o ponto de vista moral, está muito enganado – digo a Peter. – Para que todos estes mapas?

– Estou tendo dificuldade em compreender o tamanho do mundo – explica ele. – Alguns dos funcionários do Departamento têm me ajudado a aprender mais sobre isso. Planetas, estrelas, massas de água e outras coisas do tipo.

Seu tom é natural, mas dá para perceber, pela maneira como rabiscou freneticamente os mapas, que essa naturalidade é forçada e ele está obcecado. Eu costumava ser igualmente obsessivo em relação aos meus medos, sempre tentando entendê-los, sem parar.

– E ajudou alguma coisa? – pergunto. Percebo que nunca tive uma conversa com Peter, a não ser pelas vezes que gritei com ele. Não que não fosse merecido, mas não sei quase nada sobre ele. Mal me lembro do seu sobrenome, da chamada da iniciação. Hayes. Peter Hayes.

– Mais ou menos. – Ele pega um dos mapas maiores, que mostra todo o globo, achatado como massa sovada. Encaro o mapa até entender as formas que estou vendo, as extensões azuis de água e os pedaços de terra multicoloridos. Em um deles, há um ponto vermelho, para o qual ele aponta. – Este ponto contém todos os lugares onde já estivemos. Poderíamos cortar este pedaço de terra e afundá-lo no oceano, e ninguém nem notaria.

Sinto o mesmo medo outra vez. O medo do meu próprio tamanho.

– Sim. E daí?

– E daí? E daí que tudo com o qual jamais nos preocupamos, tudo o que dissemos ou fizemos, que importância tem? – Ele balança a cabeça. – Não tem importância nenhuma.

– É claro que tem. Toda esta terra está repleta de pessoas, todas diferentes, e as coisas que fazem umas às outras têm importância.

Peter balança a cabeça de novo, e, de repente, eu me pergunto se esta é a maneira que ele encontrou para se sentir melhor a respeito de si mesmo: convencendo-se de que as coisas más que fez não têm importância. Entendo como o gigantesco planeta, que me aterroriza, parece um abrigo seguro para ele, um lugar onde pode desaparecer em meio ao enorme espaço, sem se distinguir, e sem jamais ser responsabilizado por seus atos.

Ele se curva para a frente a fim de desamarrar os cadarços.

– Então, você foi banido do seu pequeno grupo de seguidores? – pergunta ele.

– Não – respondo automaticamente, mas depois digo: – Talvez. Mas eles não são meus seguidores.

– Ah, por favor. Eles parecem o Culto do Quatro.

Não consigo deixar de rir.

– Está com inveja? Queria que existisse um Culto dos Psicopatas para chamar de seu?

Uma das suas sobrancelhas salta para cima.

– Se eu fosse um psicopata, já teria matado você enquanto dormia.

– E, sem dúvida, teria adicionado meu globo ocular à sua coleção.

Peter também solta uma gargalhada, e me dou conta de que estou conversando e trocando piadas com o iniciando que enfiou uma faca no olho de Edward e que tentou matar a minha namorada, se é que ainda posso chamá-la assim. Mas, afinal, ele também é um membro da Audácia que nos ajudou a encerrar a simulação de ataque e salvou Tris de uma morte terrível. Não sei qual de suas ações deveria pesar mais para mim. Talvez eu devesse esquecer todas elas e permitir que ele comece do zero.

– Talvez você devesse se juntar ao meu pequeno grupo de pessoas odiadas – diz Peter. – Por enquanto, Caleb e eu somos os únicos membros, mas, como é bem fácil se tornar odiado por aquela garota, tenho certeza de que nosso número vai crescer.

Meu corpo enrijece.

– Você tem razão. Ela odeia as pessoas com facilidade. Basta tentar matá-la, por exemplo.

Meu estômago se revira. *Eu* quase a matei. Se ela estivesse mais perto da explosão, poderia estar na mesma condição de Uriah, ligada a tubos no hospital, com a mente em silêncio.

Não é à toa que ela não sabe se quer ou não ficar comigo.

O momento descontraído passa. Não posso esquecer o que Peter fez, porque ele não mudou. Ainda é a mesma pessoa que estava disposta a matar, machucar e destruir para se tornar o primeiro lugar da turma de iniciandos. E também não posso esquecer o que fiz. Eu me levanto.

Peter apoia as costas na parede e cruza os dedos sobre a barriga.

– Só estou dizendo que, quando ela decide que alguém não presta, todos concordam na mesma hora. É um talento estranho para alguém que costumava ser apenas mais uma Careta chata, não acha? E talvez seja poder demais para uma pessoa só, não é?

– O talento dela não é controlar as opiniões dos outros, mas sim estar certa a respeito das pessoas.

Ele fecha os olhos.

– Você é quem sabe, Quatro.

Sinto uma tensão tomar conta dos meus braços e pernas. Deixo o dormitório e os mapas, com seus círculos vermelhos, para trás, embora não saiba muito bem para onde ir.

Para mim, Tris sempre pareceu exercer um tipo de magnetismo indescritível, sem nem perceber. Nunca a temi ou odiei por isso, como Peter, mas sempre estive em uma posição de poder, sem ser ameaçado por ela. Agora que perdi essa posição, consigo sentir uma inclinação para o ressentimento, forte e segura, como mãos puxando o meu braço.

Encontro-me novamente no jardim do átrio, e, desta vez, há uma luz brilhando por trás das janelas. De dia, as flores parecem lindas e selvagens, como criaturas ferozes paradas no tempo, imóveis.

Cara entra correndo no átrio, o cabelo desarrumado e cheio.

– Achei você. É tão fácil perder as pessoas neste lugar.

– O que você quer?

– Bem... Você está bem, Quatro?

Mordo o lábio com tanta força que sinto uma pontada de dor.

– Estou ótimo. O que foi?

– Nós vamos fazer uma reunião e queremos a sua presença.

– "Nós" quem exatamente?

– Os GDs e os simpatizantes dos GDs que não querem permitir que o Departamento fique impune em relação a algumas das suas ações – diz ela, depois inclina a cabeça para o lado. – Pessoas que planejam as coisas melhor do que os últimos indivíduos com os quais você se envolveu.

Quem será que contou para ela?

– Você sabe sobre a simulação de ataque?

– Mais do que isso, reconheci o soro da simulação no microscópio quando Tris o mostrou para mim – diz Cara. – Sim, eu sei de tudo.

Balanço a cabeça.

– Bem, não vou me envolver nesse assunto outra vez.

– Não seja tolo – diz ela. – O que você ouviu continua sendo verdade. Essas pessoas continuam sendo responsáveis pelas mortes da maior parte da Abnegação, a escravização mental da Audácia e a destruição total do nosso modo de vida, e algo precisa ser feito a respeito delas.

Acho que não quero estar no mesmo recinto de Tris, sabendo que podemos estar prestes a terminar. Seria como estar à beira de um abismo. É mais fácil fingir que isso não está acontecendo quando não estou perto dela. Entretanto, Cara coloca as coisas de maneira tão simples que não há como não concordar com ela: sim, alguma coisa precisa ser feita.

Ela segura a minha mão e me guia pelo saguão do hotel. Sei que tem razão, mas estou indeciso, inseguro sobre participar de outra tentativa de resistência. Mesmo assim, já estou seguindo-a, e parte de mim clama pela chance de voltar a me mover, em vez de apenas ficar paralisado diante das imagens da nossa cidade, captadas pelas câmeras de vigilância, como tenho feito nos últimos tempos.

Quando percebe que estou vindo atrás, ela larga a minha mão e prende uma mecha solta de cabelo atrás da orelha.

– Ainda é estranho não ver você de azul – comento.

– Acho que está na hora de deixar tudo isso para trás – responde ela. – Mesmo se eu pudesse voltar, não iria querer a esta altura.

– Você não sente saudade das facções?

– Na verdade, sinto. – Ela olha para mim. Já passou tanto tempo desde a morte de Will que não o vejo mais quando olho para ela. Vejo apenas Cara. Eu a conheço há muito mais tempo do que o conhecia. Ela tem um pouco do bom humor dele, o bastante para me assegurar de que posso caçoar dela sem que se ofenda. – Eu me dava bem na Erudição. Tantas pessoas dedicadas ao descobrimento e à inovação, era ótimo. Mas agora que sei o quanto o mundo é grande... bem. Acho que acabei crescendo demais para a minha facção. – Ela franze a testa. – Perdão, isso soou arrogante?

– Quem se importa?

– Algumas pessoas se importam. É bom saber que você não é uma delas.

Não consigo deixar de perceber que algumas das pessoas por quem passamos a caminho da reunião me olham com expressões carrancudas ou desviam do caminho ao me verem. Já fui odiado e evitado antes, como filho de Evelyn Johnson, a tirana sem-facção, mas isto me incomoda mais. Agora sei que fiz algo que justifica esse ódio; eu traí todos eles.

– Ignore-os – diz Cara. – Eles não sabem como é tomar uma decisão difícil.

– Aposto que você não teria feito o que fiz.

– Sim, mas apenas porque me ensinaram a ser cautelosa quando não conheço todas as informações e lhe ensinaram que riscos podem trazer grandes recompensas. – Ela olha para mim de soslaio. – Ou, como neste caso, pode não trazer recompensa alguma.

Ela para diante da porta do laboratório usado por Matthew e seu supervisor e bate. Matthew abre a porta e morde a maçã que segura na mão. Nós o seguimos para dentro da sala onde descobri que não sou Divergente.

Tris está na sala, ao lado de Christina, que olha para mim como se eu fosse uma coisa podre que precisa ser jogada fora. No canto ao lado da porta, vejo Caleb com o rosto coberto de hematomas. Estou prestes a perguntar o que aconteceu quando percebo que as juntas da mão de Tris também estão machucadas e que ela faz questão de não olhar para ele.

Nem para mim.

– Acho que todos já estão aqui – diz Matthew. – Tudo bem... então... é. Tris, sou péssimo nisso.

– Sim, é mesmo – diz ela, sorrindo. Sinto uma pontada de ciúme. Ela limpa a garganta. – Então, sabemos que essas pessoas foram responsáveis pelo ataque à Abnegação e que não podemos mais confiar nelas para salvaguardar a nossa cidade. Sabemos que queremos fazer algo a respeito disso e que a última tentativa de fazer algo foi... – Os olhos dela encontram os meus, e seu olhar me transforma em um homem menor. – Insensata. Podemos fazer melhor.

– Qual é a sua sugestão? – pergunta Cara.

– Só sei que quero expor o que eles de fato são – responde Tris. – Não é possível que todos no complexo saibam o que seus líderes fizeram, e acho que devemos revelar isso a eles. Quem sabe possam eleger novos líderes, que talvez não tratem as pessoas dos experimentos como dispensáveis. Pensei que seria uma boa ideia causar uma "infecção" generalizada de soro da verdade, por assim dizer...

Lembro-me do peso do soro da verdade, preenchendo todos os espaços vazios dentro de mim, meus pulmões, minha barriga e meu rosto. Lembro-me de como achei surpreendente Tris conseguir erguer todo aquele peso e mentir.

– Isso não vai funcionar – digo. – Eles são GPs, lembra? GPs conseguem resistir ao soro da verdade.

– Isso não é necessariamente verdade – diz Matthew, puxando e torcendo o cordão ao redor do seu pescoço. – Não vemos muitos Divergentes que conseguem resistir ao soro da verdade. O único caso que conhecemos na história recente é o de Tris. A capacidade de resistir aos soros parece ser maior em alguns indivíduos. Veja você, por exemplo, Tobias. – Matthew dá de ombros. – Mesmo assim, é por isso que eu o convidei, Caleb. Você já trabalhou com os soros. Talvez os conheça tão bem quanto eu. Talvez consigamos desenvolver um soro da verdade ao qual seja mais difícil resistir.

– Não quero mais fazer esse tipo de trabalho – diz Caleb.

– Ah, cala a... – começa a dizer Tris, mas Matthew a interrompe.

– Por favor, Caleb – pede ele.

Caleb e Tris trocam olhares. A pele do rosto dele e das juntas do punho de Tris tem quase a mesma cor, roxo-azul-verde, como se tivesse sido pintada com tinta. É isso que acontece quando irmãos se enfrentam: eles se machucam da mesma maneira. Caleb, com as costas apoiadas na beirada do balcão, escorrega para baixo, encostando a nuca nas gavetas de metal.

– Está bem – diz Caleb. – Desde que você prometa que não vai usar isso contra mim, Beatrice.

– Por que eu usaria? – pergunta Tris.

– Eu posso ajudar – diz Cara, levantando a mão. – Também já trabalhei com soros na Erudição.

– Ótimo. – Matthew bate palmas. – Enquanto isso, Tris trabalhará como espiã.

– E eu? – pergunta Christina.

– Pensei que você e Tobias talvez pudessem tentar convencer Reggie a nos ajudar – diz Tris. – David não quer me falar nada sobre as medidas de segurança auxiliares do Laboratório de Armas, mas Nita decerto não era a única pessoa que sabia delas.

– Você quer que eu *tente convencer* o cara que detonou os explosivos que deixaram Uriah em coma? – pergunta Christina.

– Vocês não precisam ficar amigos dele – diz Tris –, apenas conversar a respeito do que ele sabe. Tobias pode ajudar você.

– Não preciso de Quatro. Posso fazer isso sozinha – diz Christina.

Ela se mexe com desconforto sobre a mesa de exame, rasgando o papel sob a coxa, e me olha com desdém outra vez. Sei que ela deve ver o rosto imóvel de Uriah toda vez que olha para mim. Sinto como se houvesse algo entalado na minha garganta.

– Na verdade, você precisa de mim, sim. Porque ele já confia em mim – digo. – Essas pessoas são muito sigilosas, e isso significa que precisaremos ser sutis.

– Eu consigo ser sutil – retruca Christina.

– Não consegue, não.

– Ele tem *razão*... – cantarola Tris, abrindo um sorriso.

Christina dá uma tapa no braço de Tris, e ela devolve o tapa.

– Então, está resolvido – diz Matthew. – Acho que devemos nos reunir de novo depois que Tris participar da reunião do conselho, que acontecerá na sexta-feira. Cheguem aqui às cinco.

Ele se aproxima de Cara e Caleb e fala alguma coisa sobre compostos químicos que não entendo muito bem. Christina deixa a sala, esbarrando no meu ombro ao sair. Tris levanta os olhos e me encara.

– Acho que devemos conversar – digo.

– Está bem – responde ela, e eu a sigo até o corredor.

Esperamos ao lado da porta até que todos tenham ido embora. Os ombros dela estão curvados para a frente, como se ela estivesse tentando ficar ainda menor do que é, tentando evaporar de onde estamos, e estamos distantes demais, com toda a largura do corredor entre nós. Tento me lembrar da última vez que a beijei, mas não consigo.

Por fim ficamos sozinhos, e o corredor está em silêncio. Minhas mãos começam a formigar e ficam dormentes, como sempre acontece quando entro em pânico.

– Você acha que conseguirá me perdoar algum dia? – pergunto.

Ela balança a cabeça, mas diz:

– Não sei. Acho que é exatamente isso que preciso descobrir.

– Você sabe... você *sabe* que nunca quis que Uriah se machucasse, não sabe? – Olho para os pontos na testa dela e digo: – Ou você. Também não queria que você tivesse se machucado.

Ela está batendo com o pé no chão, e seu corpo se move no mesmo ritmo. E faz que sim com a cabeça.

– Eu sei – responde ela.

– Eu precisava fazer alguma coisa – digo. – Simplesmente *precisava*.

– Muitas pessoas se machucaram – diz ela. – Só porque você não levou o que falei a sério, e, o que é ainda pior, porque achou que eu estava sendo mesquinha e *ciumenta*. Só uma garotinha boba de dezesseis anos, não é?

Tris balança a cabeça.

– Nunca chamaria você de boba ou de mesquinha – respondo, bem sério. – Sim, realmente pensei que seu julgamento estava comprometido. Só isso.

– É ruim o bastante. – Os dedos dela deslizam pelo seu cabelo e o agarram. – É o mesmo problema se repetindo, não é? Você não me respeita tanto quanto diz. No fundo, ainda acredita que não consigo pensar racionalmente...

– *Não* é isso! – digo, irritado. – Respeito você mais do que qualquer um. Mas agora não sei o que a incomoda mais: eu ter tomado uma decisão idiota ou não ter tomado a decisão que *você* queria.

– O que quer dizer com isso?

– O que quero dizer é que você falou que deveríamos ser honestos um com o outro, mas acho que o que você queria mesmo é que eu sempre concordasse com você.

– Não acredito que você disse isso! Você estava *errado*...

– Sim, eu estava errado! – Agora estou gritando, e não sei de onde veio esta raiva, mas posso senti-la se remexer dentro de mim, violenta e cruel. A raiva mais forte que sinto há dias. – Eu estava errado e cometi um erro enorme! O irmão do meu melhor amigo está quase morto! E agora você está agindo como se fosse minha mãe, punindo-me por não ter feito o que você mandou. Bem, você não é a minha mãe, Tris, e não tem o direito de me dizer o que tenho que fazer ou que escolher...!

– Pare de gritar comigo – diz ela baixinho, e afinal me encara. Eu costumava identificar vários sentimentos em seus olhos, como amor, saudade e curiosidade, mas agora só vejo raiva. – Pare, agora.

Seu tom de voz baixo diminui a raiva dentro de mim, e eu relaxo, apoiando as costas na parede e enfiando as mãos nos bolsos. Não queria ter gritado com ela. Não queria ter sentido raiva.

Eu a encaro, chocado, enquanto lágrimas escorrem por sua face. Não a vejo chorar há muito tempo. Ela funga, engole em seco e tenta soar normal, mas não consegue.

– Só preciso de um pouco de tempo – diz ela, engasgando com cada palavra. – Está bem?

– Está bem – respondo.

Tris enxuga o rosto com as palmas das mãos e vai embora pelo corredor. Olho para a sua cabeça loira até que ela dobra o corredor e desaparece, e me sinto nu, como se não houvesse mais nada para me proteger da dor. A ausência dela é o que mais dói.

CAPÍTULO TRINTA E QUATRO

TRIS

– AÍ ESTÁ ela – diz Amah quando me aproximo do grupo. – Venha, vou pegar seu colete, Tris.

– Meu... colete? – Como prometi a David ontem, vou para a margem esta tarde. Não sei o que esperar, o que em geral me deixa nervosa, mas estou esgotada demais dos últimos dias para sentir qualquer coisa.

– Sim, um colete à prova de balas. A margem não é muito segura – diz ele enquanto enfia a mão em um baú perto das portas, procurando o tamanho certo entre uma pilha de coletes pretos grossos. Ele acaba pegando um que parece grande demais para mim. – Desculpe-nos, mas não há muita variedade aqui. Este vai servir. Levante os braços.

Ele veste o colete em mim e ajeita o tamanho das tiras na lateral do meu corpo.

– Não sabia que você também viria – comento.

– Bem, o que você acha que faço aqui no Departamento? Só ando por aí contando piadas? – Ele abre um sorriso. – Eles encontraram um bom uso para as habilidades que aprendi na Audácia. Sou parte da equipe de segurança. Assim como George. Costumamos lidar apenas com a segurança do complexo, mas, sempre que alguém quer visitar a margem, a gente se oferece para levar.

– Está falando de mim? – pergunta George, que estava com o grupo perto das portas. – Olá, Tris. Espero que ele não esteja falando mal de mim.

George apoia o braço nos ombros de Amah, e eles sorriem um para o outro. George parece melhor do que da última vez que o vi, mas a tristeza continua a marcar a sua expressão, afastando as rugas dos cantos dos seus olhos e as covinhas das bochechas quando ele sorri.

– Acho que deveríamos dar uma arma para ela – sugere Amah. E olha para mim. – Não costumamos oferecer armas para possíveis futuros membros do conselho porque eles não têm a menor ideia de como usá-las, mas tenho certeza de que você tem.

– Estou bem – digo. – Realmente, não preciso...

– Que nada, você deve atirar melhor do que a maioria das pessoas aqui – diz George. – E mais uma pessoa da Audácia poderia ser bem útil para nós. Vou buscar uma arma.

Alguns minutos depois, estou armada e caminhando com Amah até a caminhonete. Ele e eu nos sentamos bem no fundo, George e uma mulher chamada Ann se sentam no meio, e dois oficiais de segurança mais velhos, chamados Jack e Violet, se sentam na frente. A parte de trás da caminhonete é coberta por um material preto e duro. As portas de trás parecem opacas e pretas do lado de fora, mas, de dentro, são transparentes para conseguirmos ver aonde estamos indo. Sento-me entre Amah e pilhas de equipamentos, que bloqueiam a nossa visão da parte da frente da caminhonete. George espia por cima dos equipamentos e sorri quando o automóvel começa a andar, mas, fora isso, fico sozinha com Amah.

Observo enquanto o complexo desaparece atrás de nós. Atravessamos os jardins e passamos diante dos edifícios externos que o cercam, e, meio escondidos atrás do complexo, vejo os aviões, brancos e imóveis. Alcançamos a cerca, e o portão é aberto para nós. Ouço Jack falando com o soldado da cerca externa, relatando nossos planos e o conteúdo do veículo, em uma série de palavras que não entendo, antes que nos libertem para seguirmos pelo mundo selvagem.

– Qual é o objetivo desta patrulha? – pergunto. – Quer dizer, além de me mostrar como as coisas funcionam.

– Sempre mantivemos um olho na margem, que é a área geneticamente danificada mais próxima do complexo. Em geral, fazemos apenas pesquisas, estudando a maneira como se comportam os geneticamente danificados – diz Amah. – Mas, depois do ataque, David e o conselho decidiram que precisamos montar uma vigilância mais abrangente lá para prevenirmos outro ataque parecido.

Passamos pelo mesmo tipo de ruínas que vi quando deixei a cidade, com construções desabando sob o próprio peso e plantas crescendo em liberdade, quebrando o concreto.

Não conheço Amah, não confio muito nele, mas preciso perguntar:

– Então, você acredita em tudo aquilo? Toda aquela história de que os danos genéticos são a causa... *disto*?

Todos os seus antigos amigos no experimento eram GDs. Será que ele acredita mesmo que são danificados, que há algo de errado com eles?

– Você não acredita? – pergunta ele. – A meu ver, a Terra existe há muito, muito tempo. Há mais tempo do que conseguimos imaginar. E, antes da Guerra de Pureza, ninguém jamais havia feito *isto*, certo?

Ele faz um gesto indicando o mundo do lado de fora.

– Não sei – digo. – Acho difícil acreditar que não tenham feito.

– Você tem uma visão muito pessimista da natureza humana.

Não respondo.

– De qualquer maneira, se algo assim tivesse acontecido antes na história, o Departamento saberia.

Para mim, isso soa ingênuo vindo de alguém que já viveu na minha cidade e viu, pelo menos através dos monitores, quantos segredos escondíamos uns dos outros. Evelyn tentou controlar pessoas usando armas, mas Jeanine foi ainda mais ambiciosa. Ela sabia que, quando alguém controla as informações ou as manipula, não precisa de força para manter as pessoas sob seu jugo. Elas obedecerão por vontade própria.

É isso que o Departamento, e provavelmente todo o governo, está fazendo: condicionando as pessoas a serem felizes sob o seu controle.

Seguimos em silêncio por um tempo, acompanhados apenas pelo chacoalhar do equipamento e pelo som do motor. A princípio, olho para cada edifício pelo qual passamos, tentando decifrar o que costumavam ser, mas depois eles parecem se misturar. Quantas ruínas será que precisamos ver antes de decidir simplesmente chamar tudo aquilo de "ruína"?

– Estamos quase chegando à margem – grita George do meio da caminhonete. – Vamos saltar aqui e seguir o restante do caminho a pé. Todos devem pegar alguns equipamentos e montá-los, exceto Amah, que deve se preocupar apenas com a segurança de Tris. Tris, você pode saltar e dar uma olhada na região, mas não se afaste de Amah.

Sinto que todos os meus nervos estão à flor da pele e que um simples toque poderia fazê-los disparar. A margem é o local para onde a minha mãe fugiu depois de presenciar um assassinato. É onde o Departamento a encontrou e a resgatou, por suspeitar que seu código genético era puro. Agora, caminharei por aqui até o local onde, de certa maneira, tudo começou.

A caminhonete para e Amah abre as portas. Ele segura a sua arma com uma das mãos e me chama com a outra. Salto do automóvel.

Há edifícios aqui, mas em quantidade muito menor do que os barracos construídos de ferro-velho e lonas de plástico e empilhados um ao lado do outro, como se estivessem se sustentando. Nos becos estreitos entre eles, vejo pessoas, em sua maioria crianças, vendendo produtos em bandejas, carregando baldes d'água ou cozinhando em fogueiras.

Quando as crianças mais perto de nós nos veem, um menininho sai correndo, gritando:

– Batida! Batida!

– Não se preocupe com isso – diz Amah. – Eles acham que somos soldados. Às vezes, ocorrem batidas para transportar as crianças para orfanatos.

Mal registro o comentário. Apenas sigo por um dos becos enquanto a maioria das pessoas sai correndo ou se fecha dentro dos barracos usando um pedaço de papelão ou uma lona de plástico. Eu os vejo através dos espaços entre as paredes e percebo que suas casas são praticamente apenas pilhas de comida e suprimentos de um lado, e colchões do outro. Como será que eles sobrevivem ao inverno? E como será que fazem suas necessidades?

Penso nas flores dentro do complexo, nas portas de madeira e em todas as camas no hotel que estão desocupadas e pergunto:

– Vocês os ajudam de alguma forma?

– Acreditamos que a melhor maneira de ajudar o nosso mundo é consertando suas deficiências genéticas – diz Amah, como se estivesse repetindo um discurso decorado. – Alimentar as pessoas é como cobrir uma enorme ferida com um pequeno curativo. Talvez pare o sangramento por um tempo, mas a ferida continuará aberta.

Não consigo responder. Apenas balanço a cabeça um pouco e continuo andando. Começo a entender por que a minha mãe ingressou na Abnegação quando deveria ter ingressado na Erudição. Se quisesse apenas se afastar da crescente corrupção da Erudição, poderia ter ido para a Amizade ou a Franqueza. Mas escolheu a facção onde poderia ajudar os necessitados e dedicou a maior parte da sua vida a garantir alguns recursos para os sem-facção.

Eles deviam lembrá-la deste lugar, da margem.

Olho para o outro lado a fim de que Amah não veja as lágrimas nos meus olhos.

– Vamos voltar para a caminhonete – digo.

– Você está bem?

– Estou.

Nós nos viramos para voltar para o automóvel, mas, de repente, ouvimos tiros.

E, em seguida, um grito:

– Socorro!

Todos ao nosso redor se dispersam.

– É George – diz Amah, e começa a correr por um beco à direita. Eu o sigo em meio às estruturas de ferro-velho, mas ele é rápido demais para mim, e este lugar é um labirinto. Eu o perco em questão de segundos e fico sozinha.

Por mais que meus anos na Abnegação façam com que me sinta solidária às pessoas que vivem neste lugar, também tenho medo delas. Se elas são como os sem-facção, então decerto também são tão desesperadas quanto eles, e pessoas desesperadas me preocupam.

Certa mão agarra o meu braço e me puxa para trás, para dentro de um dos abrigos de alumínio. No interior do abrigo, um tom azul envolve tudo por causa da lona que cobre as paredes, insulando o ambiente contra o frio. O chão é coberto de tábuas de madeira compensada, e, diante de mim, vejo uma mulher pequena e magra, de rosto encardido.

– Não é bom você ficar lá fora – diz ela. – Eles atacarão qualquer um, por mais jovem que seja.

– Eles?

– Há muitas pessoas indignadas aqui na margem – conta a mulher. – A raiva de algumas pessoas as faz quererem matar qualquer um que considerem inimigo. Outras pessoas usam a raiva de maneira mais construtiva.

– Bem, obrigada por me ajudar – agradeço. – Meu nome é Tris.

– Amy. Sente-se.

– Não posso – digo. – Meus amigos estão lá fora.

– Então, é melhor você esperar as pessoas correrem até onde seus amigos estão para surpreendê-las por trás.

Parece uma ideia sensata.

Sento-me no chão, a arma pressionando minha perna. O colete à prova de balas é rígido demais, e é difícil ficar confortável, mas me esforço ao máximo para parecer relaxada. Ouço pessoas correndo e gritando do lado de fora. Amy puxa o canto da lona para espiar o que está acontecendo no beco.

– Então, você e seus amigos não são soldados – diz Amy, ainda olhando para fora. – Isso significa que devem ser do pessoal do Auxílio Genético, certo?

– Não – respondo. – Quer dizer, eles são, mas eu sou da cidade. Digo, de Chicago.

Amy ergue as sobrancelhas, surpresa.

– Nossa. Esse experimento já foi desativado?

– Ainda não.

– Que pena.

– Que pena? – Franzo a testa ao olhar para ela. – Você está falando sobre a minha casa, sabia?

– Bem, a sua casa está perpetuando a crença de que pessoas geneticamente danificadas precisam ser consertadas, ou seja, de que estão de fato *danificadas*, algo que elas, quer dizer, nós, não estamos. Portanto, sim, acho uma pena que os experimentos ainda existam. E não vou me desculpar por dizer isso.

Não havia pensado na questão dessa maneira. Para mim, Chicago precisa continuar existindo porque as pessoas que perdi viviam lá, porque o modo de vida que eu costumava levar continua lá, mesmo que em crise. Mas não havia pensado que a própria existência de Chicago pudesse ser prejudicial a pessoas do lado de fora, que só querem ser consideradas inteiras.

– Você deve ir agora – diz Amy, soltando a ponta da lona. – Eles devem estar em uma das áreas de reunião, a noroeste daqui.

– Mais uma vez, obrigada.

Ela assente a cabeça para mim, e eu me abaixo para sair do seu casebre improvisado, as tábuas do chão rangendo sob meus pés.

Sigo pelos becos e agradeço o fato de que todos fugiram quando chegamos, porque assim não há ninguém bloqueando o meu caminho. Salto sobre uma poça de algo que não quero nem saber o que é e chego a um tipo de pátio, onde um rapaz alto e desengonçado está apontando uma arma para George.

Um pequeno grupo de pessoas cerca o garoto com a arma. Eles distribuíram entre si o equipamento de vigilância que George estava carregando e o estão destruindo, golpeando-o com sapatos, pedras e martelos.

Os olhos de George me encontram, mas levo o dedo aos lábios depressa. Agora estou atrás do grupo; o garoto com a arma não me viu.

– Baixe a arma – pede George.

– Não! – responde o garoto. Seus olhos pálidos movimentam-se continuamente, de George para o grupo ao redor depois de volta para George. – Eu me esforcei muito para conseguir a arma e não vou entregá-la a você agora.

– Então apenas... me deixe ir. Pode ficar com ela.

– Não até você me dizer para onde têm levado o nosso povo! – retruca o garoto.

– Não levamos nenhum de vocês – diz George. – Não somos soldados. Somos cientistas.

– Até parece – diz o rapaz. – Um colete à prova de balas? Se isso não é coisa de soldado, então eu sou o cara mais rico dos Estados Unidos. Agora, desembuche!

Movimento-me para trás a fim de me esconder atrás de um dos abrigos, depois estendo minha arma da beirada da estrutura e digo:

– Ei!

Todos do grupo se viram ao mesmo tempo, mas o rapaz com a arma não para de apontá-la para George, ao contrário do que eu esperava que fizesse.

– Você está na minha mira – digo. – Vá embora agora, e deixarei você fugir.

– Vou atirar nele! – fala o garoto.

– Vou atirar em *você* – retruco. – Somos do governo, mas não somos soldados. Não sabemos onde está o seu povo. Se deixá-lo ir, vamos embora em silêncio. Se você o matar, garanto que *soldados* logo chegarão aqui para prendê-lo, e não vão ser tão legais quanto eu.

Neste momento, Amah surge no pátio, atrás de George, e alguém do grupo grita:

– Há mais deles!

Todos se espalham. O rapaz com a arma salta para o beco mais próximo, deixando George, Amah e eu sozinhos. Mesmo assim, mantenho a arma levantada, perto do rosto, caso eles decidam voltar.

Amah abraça George, que bate com o punho fechado nas suas costas. Amah olha para mim com o rosto sobre o ombro de George.

– Ainda acha que os danos genéticos não são os culpados? – pergunta ele.

Passo por um dos barracos e vejo uma menininha agachada logo depois da porta, abraçando os joelhos. Ela me vê através de uma fenda nas camadas de lonas e choraminga baixinho. Quem será que ensinou estas pessoas a ter tanto medo de soldados? O que fez o rapaz ficar tão desesperado?

– Sim. Ainda acho.

Tenho pessoas melhores para culpar por isto.

+ + +

Quando chegamos à caminhonete, Jack e Violet estão instalando uma câmera de vigilância que não foi roubada pela população da margem. Violet segura uma pequena tela onde há uma longa lista de números e os lê para Jack, que os programa em sua própria tela.

– Onde vocês estavam? – pergunta ele.

– Fomos atacados – responde George. – Precisamos ir embora agora.

– Felizmente, esta é a última série de coordenadas – diz Violet. – Vamos nessa.

Entramos outra vez na caminhonete. Amah fecha as portas, e pouso a minha arma no chão, com a trava de segurança acionada, feliz em me livrar dela. Quando acordei hoje, não pensei que apontaria uma arma perigosa para alguém. Também não pensei que testemunharia condições de moradia como aquelas.

– É a Abnegação dentro de você – diz Amah. – Faz com que você odeie este lugar. Dá para notar.

– Há muitas coisas dentro de mim.

– É algo que notei em Quatro também. A Abnegação produz pessoas muito sérias. Pessoas que automaticamente enxergam coisas como necessidade – diz ele. – Percebi que, quando as pessoas mudam para a Audácia, alguns perfis comuns surgem. Pessoas da Erudição que vão para a Audácia se tornam cruéis e brutais. Pessoas da Franqueza que vão para a Audácia costumam se tornar viciados em adrenalina, exaltados que gostam de arrumar briga. E pessoas da Abnegação que vão para a Audácia se tornam... não sei, acho que soldados. Revolucionários.

Ele faz uma pausa.

– É isso que ele poderia ser se confiasse mais em si mesmo – continua Amah. – Se Quatro não fosse tão inseguro, acho que seria um líder e tanto. Sempre pensei assim.

– Acho que você tem razão – digo. – Ele só se mete em problemas quando está seguindo outra pessoa. Como Nita. Ou Evelyn.

E quanto a você?, eu me pergunto. *Você também queria que ele a seguisse.*

Não, eu não queria, digo a mim mesma, mas não sei se acredito nisso.

Amah assente com a cabeça.

Imagens da margem não param de vir à minha cabeça, como soluços. Imagino a criança que minha mãe foi um dia, encolhida dentro de um daqueles barracos, desesperada atrás de armas porque elas significavam pelo menos um pouco de segurança, engasgando em fumaça para se aquecer durante o inverno. Não sei por que ela teve tanta vontade de deixar aquele lugar depois que foi resgatada. Foi absorvida pelo complexo e depois trabalhou para ele pelo resto da vida. Será que ela se esqueceu de onde veio?

Não poderia ter esquecido. Passou toda a vida tentando ajudar os sem-facção. Talvez não para cumprir sua obrigação como membro da Abnegação. Talvez fosse um desejo de ajudar pessoas como as que ela tinha deixado para trás.

De repente, não aguento mais pensar sobre minha mãe, aquele lugar ou as coisas que vi lá. Apego-me ao primeiro pensamento que surge na minha cabeça, para tentar me distrair.

– Então, você e Tobias eram próximos?

– Alguém é próximo dele de fato? – Amah balança a cabeça. – Mas fui eu quem lhe deu o apelido. Vi-o encarando seus medos e notei o quanto ele era perturbado. Achei que uma nova vida seria uma boa para ele e comecei a chamá-lo de "Quatro". Mas, não, não diria que éramos próximos. Não tanto quanto eu gostaria.

Amah inclina a cabeça para trás e a encosta na parede, fechando os olhos. Um pequeno sorriso surge em sua boca.

– Ah. Você... *gosta* dele?

– Por que está me perguntando isso?

Dou de ombros.

– Não sei. Pelo jeito que você fala.

– Não *gosto* mais dele se é realmente isso que quer saber. Mas, sim, eu gostava, mas ficou claro que o sentimento não era recíproco, então me afastei – diz Amah. – Por favor, não comente nada sobre isso.

– Para Tobias? É claro que não.

– Não, não quero que você diga nada a ninguém. E não estou falando apenas da situação com Tobias.

Ele olha para a nuca de George, que agora conseguimos ver sobre a pilha consideravelmente reduzida de equipamentos.

Levanto a sobrancelha ao olhar para ele. O fato de que os dois tenham se sentido atraídos um pelo outro não me surpreende. Os dois são Divergentes que tiveram de fingir suas próprias mortes para sobreviver. Os dois são forasteiros em um mundo desconhecido.

– Você precisa entender – diz Amah. – O Departamento é obcecado por procriação, por passar genes adiante. E tanto George quanto eu somos GPs, portanto, qualquer relacionamento que não seja capaz de produzir um código genético mais forte... Não é algo que seja encorajado, só isso.

– Ah. – Assinto com a cabeça. – Você não precisa se preocupar comigo. Não sou obcecada pela produção de genes fortes. – Abro um sorriso debochado.

– Obrigado.

Ficamos sentados em silêncio por alguns segundos, assistindo às ruínas se transformarem em um borrão, à medida que a caminhonete ganha velocidade.

– Acho que você faz bem a Quatro, sabe? – comenta ele.

Encaro as minhas mãos dobradas sobre o colo. Não tenho vontade de explicar para ele que estamos prestes a terminar o namoro. Não o conheço e, mesmo se conhecesse, não teria vontade de falar sobre isso. Tudo o que consigo dizer é:

– Ah, é?

– É. Consigo ver o que você desperta nele. Você não sabe, porque nunca viu, mas Quatro, sem você, é uma pessoa bem diferente. Ele é... obsessivo, explosivo, inseguro...

– Obsessivo?

– Do que mais você chamaria uma pessoa que passa repetidas vezes por sua própria paisagem do medo?

– Não sei... determinada. – Faço uma pausa. – Corajosa.

– É, está bem. Mas também um pouco maluca, não é? Quer dizer, a maioria dos membros da Audácia preferiria saltar para dentro do abismo a continuar passando por suas paisagens do medo. Há uma diferença entre coragem e masoquismo, mas, para ele, a linha se tornou muito tênue.

– Conheço bem essa linha.

– Eu sei. – Amah abre um sorriso. – De qualquer maneira, o que quero dizer é que, sempre que duas pessoas diferentes são comprimidas uma contra a outra, haverá problemas, mas dá para ver que o que vocês têm vale a pena, só isso.

Franzo o nariz.

– Pessoas *comprimidas* umas contra as outras? Sério?

Amah aperta as palmas das suas mãos uma contra a outra e as torce para um lado e para o outro a fim de ilustrar o que quer dizer. Solto uma risada, mas não consigo ignorar a pontada em meu peito.

CAPÍTULO TRINTA E CINCO

TOBIAS

CAMINHO ATÉ O grupo de cadeiras mais próximo das janelas na sala de controle e abro as imagens de diferentes câmeras espalhadas pela cidade, uma por uma, à procura dos meus pais. Encontro Evelyn primeiro. Ela está no saguão da sede da Erudição, conversando de perto com Therese e um homem sem-facção, que, agora que não estou mais lá, são o segundo e o terceiro no comando. Aumento o volume do microfone, mas ainda não consigo ouvir nada além de murmúrios.

Pelas janelas dos fundos da sala de controle, vejo o mesmo céu noturno e limpo sobre a cidade, interrompido apenas pelas pequenas luzes azuis e vermelhas que marcam a pista de pouso de aviões. É estranho pensar que temos isso em comum, ao passo que todo o resto aqui é tão diferente.

Agora as pessoas na sala de controle já sabem que fui eu quem desligou o sistema de segurança na noite antes do ataque, embora não tenha sido eu quem deu soro da paz para um dos funcionários do turno da noite a fim de que eu pudesse fazer isso. Foi Nita. Mas, em geral, eles apenas me ignoram, desde que eu mantenha distância de suas mesas.

Em outra tela, vasculho as imagens outra vez em busca de Marcus e Johanna ou de qualquer coisa que me dê uma indicação do que está acontecendo com os Leais. Todas as partes da cidade aparecem na tela: a ponte perto do Merciless Mart, a Pira e a principal via pública do setor da Abnegação, o Eixo, a roda gigante e os campos da Amizade, agora cultivados por todas as facções. Mas nenhuma das câmeras me mostra o que procuro.

– Você tem vindo muito aqui – comenta Cara ao se aproximar de mim. – Está com medo do resto do complexo? Ou de alguma outra coisa?

Ela tem razão. Tenho vindo muito para a sala de controle. É apenas uma forma de passar o tempo enquanto espero uma decisão de Tris, enquanto espero que nosso plano de atacar o Departamento se concretize, enquanto espero por alguma coisa, *qualquer coisa*.

– Não. Estou apenas de olho nos meus pais.

– Os pais que você odeia? – Ela para ao meu lado de braços cruzados. – Claro, entendo perfeitamente por que você quer passar todas as horas dos seus dias observando as pessoas de quem quer distância. Faz muito sentido.

– Eles são perigosos – digo. – E o mais perigoso é que, além de mim, ninguém sabe o quanto são perigosos.

– E o que você fará daqui, se eles fizerem algo terrível? Mandar um sinal de fumaça?

Eu a olho de cara feia.

– Está bem, está bem. – Ela levanta as mãos como se estivesse se rendendo. – Só estou tentando lembrá-lo de que você não está mais no mundo deles, e sim neste. Só isso.

– Já entendi.

Nunca pensei que os membros da Erudição fossem particularmente perceptivos quando o assunto é relacionamentos, ou emoções, mas os olhos atentos de Cara enxergam todo tipo de coisa. Meu medo. Minha procura por uma distração em meio ao meu passado. É quase preocupante.

Corro o dedo por um dos ângulos da câmera, depois pauso, e volto. A imagem está escura por causa da hora, mas vejo pessoas se reunindo ao redor de um prédio que não reconheço, como um bando de pássaros, com movimentos sincronizados.

– Está acontecendo – diz Cara, animada. – Os Leais estão realmente atacando.

– Ei! – grito para uma das mulheres nas mesas da sala de controle. A mais velha, que sempre me olha de cara feia quando chego, levanta a cabeça. – Câmera vinte e quatro! Rápido!

Ela toca a tela, e todos os que circulam pela área de segurança se aglomeram ao seu redor. Pessoas passando pelo corredor param para ver o que está acontecendo, e eu me viro para Cara.

– Você pode chamar os outros? – pergunto. – Acho que eles deveriam ver isto.

Ela assente com a cabeça, empolgada, e sai correndo da sala de controle.

As pessoas ao redor do edifício desconhecido não estão vestindo uniformes que as distingam, mas também não estão usando as braçadeiras dos sem-facção e estão armadas. Tento reconhecer algum rosto, qualquer coisa que me pareça familiar, mas a imagem está muito desfocada. Vejo-os se organizarem, acenando uns para os outros a fim de se comunicarem, sacudindo os braços escuros na noite ainda mais escura.

Prendo a unha do meu dedão entre os dentes, esperando com impaciência que alguma coisa, qualquer coisa, aconteça. Alguns minutos depois, Cara chega acompanhada dos outros. Quando eles alcançam o grupo de pessoas ao redor do monitor principal, Peter diz, alto o bastante para fazer todos se virarem:

– Com licença!

Quando eles veem quem falou aquilo, abrem caminho para ele.

– O que foi? – pergunta Peter ao se aproximar. – O que está acontecendo?

– Os Leais formaram um exército – respondo, apontando para o monitor à esquerda. – Há pessoas de todas as facções nele, até da Amizade e da Erudição. Tenho visto bastante desses monitores nos últimos tempos.

– *Erudição*? – pergunta Caleb.

– Os Leais são os inimigos dos novos inimigos, os sem-facção – responde Cara. – E isso cria um objetivo comum à Erudição e aos Leais: derrubar Evelyn.

– Você disse que há membros da Amizade em um *exército*? – pergunta Christina.

– Eles não estão participando de fato da parte violenta – respondo. – Mas estão trabalhando em conjunto.

– Os Leais saquearam o primeiro depósito de armas há alguns dias – diz a mulher sentada à mesa da sala de controle mais próxima, olhando para trás. – Este será o segundo. Depois do primeiro saque, Evelyn realocou a maioria das armas, mas não conseguiu mudar esse depósito a tempo.

Meu pai sabe o que Evelyn sabia: que o poder de fazer as pessoas o temerem é o único necessário. Armas são capazes de oferecer esse poder.

– Qual é o objetivo deles? – pergunta Caleb.

– Os Leais são motivados pelo desejo de retornar ao nosso propósito original na cidade – diz Cara. – Seja mandar um grupo de pessoas para fora, de acordo com as instruções de Edith Prior, que pensávamos serem importantes, mas que já descobri que não são, seja reinstaurar as facções à força. Eles estão se preparando para atacar o reduto dos sem-facção. É isso que discuti com Johanna antes de deixarmos a cidade. *Não* discutimos nada a respeito de se aliar ao seu pai, Tobias, mas acho que ela tem a capacidade de tomar as próprias decisões.

Havia quase esquecido que Cara era a líder dos Leais antes de sairmos da cidade. Agora, nem sei se ela quer saber se as facções sobreviverão ou não, mas ainda se importa com as pessoas. Dá para perceber pela maneira como observa os monitores: ansiosa, mas temerosa.

Mesmo com toda a conversa das pessoas ao redor, ouço o som de tiros começando a ser disparados, e eles soam apenas como estalos e ruídos nos microfones. Toco o vidro à minha frente algumas vezes, e o ângulo da câmera muda para dentro do edifício que os invasores acabaram de arrombar. Em uma mesa no interior, há uma pilha de pequenas caixas de munição e algumas pistolas. Não é nada comparado com as armas que as pessoas têm aqui com toda a abundância, mas, dentro da cidade, sei que aquilo é valioso.

Alguns homens e mulheres com braçadeiras dos sem-facção protegem a mesa, mas estão sendo derrotados depressa por conta da vantagem numérica dos Leais. Reconheço um rosto familiar entre eles: Zeke, que dá uma coronhada no queixo de um homem sem-facção. Os sem-facção são subjugados em menos de dois minutos, derrubados pelas balas que vejo apenas quando já estão alojadas em seus corpos. Os Leais se espalham pela sala, saltando sobre corpos, como se não passassem de destroços, e reúnem tudo o que podem. Zeke empilha as armas espalhadas sobre a mesa com um olhar duro que vi poucas vezes na vida.

Ele nem sabe o que aconteceu com Uriah.

A mulher na mesa toca a tela em alguns lugares diferentes. Em um dos monitores menores sobre sua cabeça há um frame das imagens de vigilância que acabamos de assistir, congelado em um momento específico. Ela toca novamente a tela, e a imagem se aproxima mais dos alvos, um homem de cabelo raspado e uma mulher de cabelo longo e escuro que cobre um dos lados do seu rosto.

Marcus, é claro. E Johanna, carregando uma arma.

— Juntos, eles conseguiram reunir a maioria dos membros convergentes aos ideais das facções sob a sua causa. Mas o mais surpreendente é que, mesmo assim, os Leais continuam em menor número do que os sem-facção. — A mulher inclina sua cadeira para trás e balança a cabeça. — Havia muito mais pessoas sem-facção do que jamais imaginamos. Afinal, é difícil conseguir uma contagem de população precisa quando as pessoas estão espalhadas.

— Johanna? Liderando a rebelião? Com uma arma? Isso não faz sentido — diz Caleb.

Johanna me disse, certa vez, que se tivesse sido a responsável por tomar as decisões, teria apoiado uma ação concreta contra a Erudição, e não a passividade que o resto da sua facção defendia. Mas ela estava à mercê da sua facção e do medo dos seus membros. Agora, com as facções desmanteladas, parece que se tornou algo diferente da porta-voz da Amizade ou até mesmo da líder dos Leais. Ela se tornou uma soldada.

— Faz mais sentido do que você imagina — digo, e Cara assente com a cabeça ao ouvir as minhas palavras.

Eu os vejo esvaziarem a sala de armas e de munição e seguirem em frente, rápido, espalhando-se como sementes ao vento. Sinto-me mais pesado, como se estivesse carregando um novo fardo. Será que as pessoas ao meu redor, Cara, Christina, Peter e até Caleb sentem a mesma coisa? A cidade, a nossa cidade, está ainda mais perto da destruição total do que antes.

Podemos fingir que não pertencemos mais à cidade enquanto vivemos em um lugar de relativa segurança, mas a verdade é que pertencemos. Sempre pertenceremos.

CAPÍTULO TRINTA E SEIS

Tris

Está escuro e nevando quando chegamos à entrada do complexo. Os flocos se espalham pela estrada, leves como açúcar de confeiteiro. É apenas uma neve de início de outono; de manhã, já terá desaparecido. Retiro meu colete à prova de balas assim que salto da caminhonete e o entrego a Amah junto com a arma. Hoje em dia, sinto-me desconfortável segurando uma arma. Pensava que meu desconforto passaria com o tempo, mas agora não sei mais. Talvez nunca passe, e talvez isso não seja um problema.

O ar quente me envolve quando atravesso a porta. O complexo parece mais limpo do que nunca, agora que vi a margem. A comparação é desconcertante. Como posso caminhar neste chão lustroso e vestir estas roupas limpas quando sei que aquelas pessoas estão lá fora, cobrindo suas casas com lonas para se aquecer?

Porém, quando alcanço o dormitório do hotel, o desconforto já passou.

Procuro Christina no quarto, ou Tobias, mas não encontro nenhum dos dois. Apenas Peter e Caleb estão presentes. Peter está com um enorme livro no colo, rabiscando em um caderno, e Caleb lê o diário da nossa mãe na tela, com os olhos marejados. Tento ignorar isso.

– Algum de vocês viu... – Mas com quem quero conversar, Christina ou Tobias?

– Quatro? – pergunta Caleb, decidindo por mim. – Eu o vi na sala de genealogia mais cedo.

– Na... sala de quê?

– Eles têm os nomes dos nossos antepassados expostos em uma sala. Você pode me dar uma folha de papel? – pergunta ele para Peter.

Peter arranca uma página da parte de trás do caderno e a entrega a Caleb, que rabisca alguma coisa nela. Instruções.

– Encontrei os nomes dos nossos pais lá mais cedo – diz ele. – No lado direito da sala, no segundo painel depois da porta.

Ele me entrega as instruções sem olhar para mim. Encaro a sua letra caprichada e precisa. Antes de ser agredido por mim, Caleb teria insistido em me levar pessoalmente, desesperado pela oportunidade de se explicar. Mas, nos últimos dias, tem se mantido distante, seja porque tem medo de mim, ou porque finalmente desistiu.

Nenhuma das duas opções faz com que me sinta bem.

– Obrigada – digo. – É... como está o seu nariz?

– Está ótimo – responde ele. – O roxo faz sobressaírem os meus olhos, não acha?

Ele abre um pequeno sorriso, e eu retribuo. Mas está claro que nenhum dos dois sabe o que fazer em seguida, porque não temos mais o que dizer.

– Espere, você não estava por aqui hoje, não é? – diz ele, um segundo depois. – Algo está acontecendo na cidade. Os Leais se revoltaram contra Evelyn e atacaram seus depósitos de armas.

Eu o encaro. Faz alguns dias que não penso no que pode estar acontecendo na cidade; estou preocupada demais com o que está acontecendo aqui.

– Os Leais? As pessoas lideradas por *Johanna Reyes*... atacaram um depósito?

Antes de irmos embora, eu tinha certeza de que outro conflito estava prestes a estourar na cidade. Parece que foi exatamente o que aconteceu agora. Mas me sinto distante disso. Quase todos com quem me importo estão aqui.

– Lideradas por Johanna Reyes e Marcus Eaton – diz Caleb. – Mas Johanna estava lá, segurando uma arma. Foi bizarro. O pessoal do Departamento pareceu bastante perturbado com aquilo.

– Nossa. – Balanço a cabeça. – Acho que era apenas uma questão de tempo.

Caímos novamente em silêncio, depois nos afastamos um do outro ao mesmo tempo. Caleb volta para seu catre, e eu saio para o corredor, seguindo as instruções que ele me deu.

Vejo a sala de genealogia a distância. As paredes de bronze reluzem com uma luz quente. Parada à porta, sinto-me em um pôr do sol, com seu esplendor me cercando. Tobias corre o dedo pela linha do que imagino ser a árvore da sua família, mas ele faz isso bem devagar, como se não estivesse de fato prestando atenção.

Sinto que consigo ver o traço obsessivo ao qual Amah estava se referindo. Sei que Tobias tem observado os pais nos monitores, e agora ele está observando seus nomes, embora não haja nada nesta sala que ele já não saiba. Eu estava certa em dizer que ele estava desesperado – desesperado por ter uma ligação com Evelyn, desesperado para não ser danificado –, mas nunca pensei em como essas coisas estavam conectadas. Não sei como seria a sensação de odiar a minha própria história e, ao mesmo tempo, desejar exatamente o amor das pessoas que me deram esta história. Como é possível que eu nunca tenha conseguido enxergar a cisão dentro do coração dele? Como é possível que eu nunca tenha percebido que, apesar de todas as partes fortes e bondosas dentro dele, também existem partes feridas e quebradas?

Caleb me contou que nossa mãe disse que existe maldade dentro de todos nós, e que o primeiro passo para amar alguém é reconhecer essa maldade em nós mesmos, para que possamos perdoar as pessoas. Então, como posso criticá-lo pelo seu desespero como se eu fosse melhor do que ele, como se eu nunca tivesse permitido que as partes quebradas dentro de mim também me cegassem?

– Ei – digo, enfiando as instruções de Caleb no bolso de trás da calça.

Ele se vira, e sua expressão é dura, mas familiar. Parece com a que eu via durante as primeiras semanas após conhecê-lo, como um sentinela guardando seus pensamentos mais profundos.

– Escute. Pensei que precisava decidir se conseguiria perdoar você ou não, mas agora penso que você não fez nada contra mim que eu precise perdoar, exceto talvez me acusar de sentir ciúme de Nita...

Ele abre a boca para discutir, mas levanto a mão para detê-lo.

– Se ficarmos juntos, terei de perdoá-lo muitas e muitas vezes, e, se você ainda me quiser, terá de me perdoar muitas e muitas vezes também – digo. – Portanto, a questão não é o perdão. O que eu deveria estar tentando decidir é se ainda somos bons um para o outro ou não.

Durante todo o trajeto de volta, pensei no que Amah disse, sobre relacionamentos terem problemas. Pensei nos meus pais, que discutiam com mais frequência do que quaisquer outros pais da Abnegação que eu conhecia, mas que passaram todos os dias juntos até morrer.

Depois, pensei em como me tornei forte, como me sinto segura em relação à pessoa que sou agora, e o quanto, durante todo esse percurso, ele me disse que sou corajosa, que sou respeitada, que sou amada e que vale a pena me amar.

– E? – pergunta ele, com a voz, os olhos e as mãos um pouco instáveis.

– E acho que você ainda é a única pessoa afiada o bastante para afiar alguém como eu.

– Sou mesmo – diz ele com aspereza.

E eu o beijo.

Seus braços deslizam ao redor de mim e me seguram com força, me levantando até eu ficar nas pontas dos pés. Mergulho meu rosto no seu ombro e fecho os olhos, apenas sentindo seu cheiro limpo, o cheiro do vento.

Eu costumava pensar que, quando as pessoas se apaixonavam, elas apenas iam aonde fossem levadas, sem ter qualquer liberdade de escolha a respeito disso depois. Talvez isso seja o caso no começo dos relacionamentos, mas não é o que está acontecendo agora.

Eu me apaixonei por ele. Mas não fico com ele de maneira automática, como se não existisse mais ninguém disponível para mim. Fico com ele porque decido fazê-lo todos os dias quando acordo e sempre que brigamos, mentimos um para o outro ou nos desapontamos. Eu o escolho continuamente, e ele me escolhe também.

CAPÍTULO TRINTA E SETE

TRIS

CHEGO AO ESCRITÓRIO do David para a minha primeira reunião de conselho no instante exato em que o meu relógio marca dez horas, e ele chega logo depois em sua cadeira de rodas. David parece ainda mais pálido do que da última vez que o vi, e suas olheiras estão muito salientes, parecendo hematomas.

– Olá, Tris – cumprimenta ele. – Está ansiosa? Chegou bem na hora.

Ainda sinto meus membros um pouco pesados por conta do soro da verdade que Cara, Caleb e Matthew testaram em mim mais cedo, como parte do nosso plano. Eles estão tentando desenvolver um soro da verdade mais potente, ao qual não sejam imunes nem mesmo GPs resistentes aos soros como eu.

Ignoro o peso que sinto e digo:

– É claro que estou ansiosa. É minha primeira reunião. Você quer ajuda? Parece cansado.

– Está bem, está bem.

Vou para trás da cadeira de rodas e começo a empurrá-la.

Ele suspira.

– Acho que estou mesmo cansado. Passei a noite em claro lidando com a nossa crise mais recente. Vire à esquerda aqui.

– Que crise?

– Você logo vai descobrir. Não vamos nos afobar.

Seguimos pelos corredores mal-iluminados do Terminal 5, como o local é chamado. David diz que é um nome antigo. Os corredores não têm janelas, nem qualquer outra pista do mundo exterior. Quase posso sentir a paranoia que emana das paredes, como se o próprio terminal morresse de medo de olhares de estranhos. Se eu ao menos soubesse o que *meus* olhos estão procurando.

Enquanto seguimos pelo corredor, observo as mãos de David, agarradas ao descanso da cadeira. A pele ao redor das unhas está ferida e vermelha, como se ele a tivesse roído a noite inteira. As unhas também estão roídas. Lembro-me de quando a minha mão também tinha essa aparência, quando as memórias das simulações de medo invadiam todos os meus sonhos e pensamentos. Talvez sejam as memórias do ataque que estejam causando isso a David.

Eu não me importo, penso. *Lembre-se do que ele fez. E faria novamente.*

– Chegamos – diz David.

Empurro a cadeira de rodas entre um par de portas duplas mantidas abertas por pesos. A maioria dos membros do conselho parece estar presente, mexendo as xícaras de café com pequenos palitos, e quase todos têm mais ou menos a mesma idade de David. Mas há também alguns membros mais jovens. Zoe está entre eles e sorri para mim de maneira forçada, embora educada.

– Vamos começar a reunião! – anuncia David, e empurra a cadeira de rodas até a cabeceira da mesa de conferências.

Sento-me em uma das cadeiras num dos cantos da sala, ao lado de Zoe. Claramente, não devemos nos sentar à mesa com todas as pessoas importantes, e não vejo problema nenhum nisso. Assim será mais fácil tirar um cochilo se a reunião ficar muito monótona. Porém, se essa nova crise for séria o bastante para manter David acordado a noite inteira, duvido que a reunião vá ser monótona.

– Ontem à noite recebi uma ligação muito tensa dos funcionários na sala de controle – conta David. – Parece que a violência em Chicago está prestes a eclodir de novo. Pessoas convergentes aos ideais das facções, que batizaram a si mesmas de Leais, começaram uma rebelião contra os sem-facção, atacando depósitos de armas. O que eles não sabem é que Evelyn Johnson descobriu uma nova arma: estoques de soro da morte escondidos na sede da Erudição. Como sabemos, ninguém consegue resistir ao soro da morte, nem mesmo os Divergentes. Se os Leais atacarem o governo sem-facção, e Evelyn Johnson retaliar, o número de mortes com certeza será catastrófico.

Encaro o chão diante dos meus pés enquanto todos na sala começam a falar ao mesmo tempo.

– Silêncio – ordena David. – Os experimentos correm o risco de serem encerrados se não conseguirmos provar aos nossos superiores que somos capazes de controlá-los. Outra revolução em Chicago os convenceria de que essa iniciativa já não tem mais utilidade alguma, algo que não podemos permitir que aconteça se quisermos continuar combatendo os danos genéticos.

Atrás da expressão cansada e abatida de David, existe algo mais duro e forte. Eu acredito nele. Acredito que ele não vai permitir que isso aconteça.

– Está na hora de usarmos o vírus do soro da memória para uma reprogramação em massa – diz ele. – E acho que devemos usá-lo em todos os quatro experimentos.

– Uma *reprogramação*? – pergunto, porque não consigo me conter. Todos na sala olham para mim. Parecem ter esquecido que eu, que costumava pertencer a um dos experimentos a que eles estão se referindo, estou presente.

– "Reprogramação" é a palavra que usamos para nos referir ao processo de apagamento generalizado de memórias – explica David. – É o que fazemos quando experimentos que incorporam modificações comportamentais correm o risco de dar errado. Fizemos isso quando criamos cada experimento com algum componente de modificação comportamental, e a última reprogramação feita em Chicago ocorreu algumas gerações antes da sua. – Ele sorri de maneira estranha para mim. – Por que você acha que o setor dos sem-facção estava tão destruído? Houve um levante, e fomos obrigados a reprimi-lo da forma mais limpa possível.

Fico sentada em minha cadeira, estarrecida, pensando nas ruas rachadas, nas janelas quebradas e nos postes derrubados do setor dos sem-facção, uma destruição que não é visível em nenhuma outra parte da cidade, nem ao norte da ponte, onde os edifícios estão vazios, mas parecem ter sido evacuados de modo pacífico. Sempre imaginei que os setores em ruínas de Chicago tivessem chegado àquele estado naturalmente e que aquilo fosse apenas evidência do que acontece quando as pessoas não pertencem a uma comunidade. Nunca imaginei que aquilo fosse o resultado de um levante e de uma subsequente reprogramação.

Fico nauseada de tanta raiva. Já é ruim o bastante que eles queiram deter uma revolução não para salvar vidas, e sim para salvar seu precioso experimento. Mas por que acham que têm o direito de apagar as memórias das pessoas, suas identidades, só porque é conveniente?

É claro que já sei a resposta. Para eles, as pessoas na nossa cidade são apenas recipientes de material genético, apenas GDs, valiosos pelos genes corrigidos que podem passar adiante, e não pelos cérebros em suas cabeças ou pelos corações em seus peitos.

– Quando? – pergunta um dos membros do conselho.

– Dentro de, no máximo, quarenta e oito horas – diz David.

Todos assentem com a cabeça, como se sua resposta fosse sensata.

Lembro-me do que ele me disse em seu escritório. *Se pretendemos vencer esta batalha contra os danos genéticos, precisaremos fazer sacrifícios. Você entende isso, não entende?* Eu deveria ter imaginado que ele não teria problemas em trocar milhares de memórias e vidas de GDs pelo controle sobre seus experimentos. Que ele as trocaria sem nem cogitar uma alternativa, sem nem se preocupar em tentar salvá-las.

Afinal, elas são *danificadas*.

CAPÍTULO TRINTA E OITO

TOBIAS

APOIO O SAPATO na ponta da cama de Tris e firmo os nós dos cadarços. Pela grande janela, vejo a luz da tarde se refletindo nos painéis laterais dos aviões estacionados na pista de pouso. GDs de uniformes verdes caminham sobre as asas e se enfiam embaixo dos bicos, conferindo os aviões antes da decolagem.

– Como anda o seu projeto com Matthew? – pergunto para Cara, que está a duas camas de distância. Tris deixou que Cara, Caleb e Matthew testassem seu novo soro da verdade nela hoje de manhã, mas não a vi desde então.

Cara está penteando o cabelo. Antes de responder, ela olha ao redor para se certificar de que o dormitório está vazio.

– Nada bem. Por enquanto, Tris continua imune à nova versão do soro que desenvolvemos. Ela não foi afetada. É muito estranho os genes de uma pessoa a tornarem mais resistente a qualquer tipo de manipulação mental.

– Talvez não sejam os genes dela – digo, dando de ombros. Troco o pé apoiado na cama. – Talvez seja apenas algum tipo de teimosia sobre-humana.

– Ah, vocês estão naquela fase pós-término na qual as pessoas começam a se insultar? Porque pratiquei muito isso com Tris depois do que aconteceu com Will. Se quiser, tenho algumas coisas interessantes para dizer sobre o nariz dela.

– Não terminamos o namoro. – Abro um sorriso. – Mas é bom saber que você nutre sentimentos tão calorosos em relação à minha namorada.

– Peço desculpas. Não sei por que tirei essa conclusão precipitada. – As bochechas de Cara ficam vermelhas. – Sim, meus sentimentos em relação à sua namorada às vezes são contraditórios, mas, de maneira geral, tenho muito respeito por ela.

– Eu sei. Só estava brincando. É bom ver que você também fica vermelha de vez em quando.

Cara me olha feio.

– Aliás, o que há de errado com o nariz dela?

A porta do dormitório se abre, e Tris entra, descabelada e com uma expressão perturbada. Não gosto de vê-la tão agitada. Parece que o chão que estou pisando deixa de ser sólido. Levanto-me e passo a mão pelo cabelo dela para arrumá-lo.

– O que houve? – pergunto, pousando a mão em seu ombro.

– A reunião do conselho – diz Tris. Ela cobre a minha mão com a sua por um instante, depois se senta em uma das camas, com as mãos entre os joelhos.

– Detesto ser repetitiva – diz Cara –, mas... o que aconteceu?

Tris balança a cabeça como se estivesse tentando tirar poeira do cabelo.

– O conselho traçou planos. Planos importantes.

Ela nos conta, de maneira nervosa e truncada, sobre os planos do conselho para reprogramar os experimentos. Ao falar, põe as mãos sobre as pernas e as pressiona até que os pulsos ficam vermelhos.

Quando ela termina, sento-me ao seu lado, colocando o braço sobre seus ombros. Olho pela janela para os aviões parados na pista, brilhando e preparados para o voo. Em menos de dois dias, estes aviões devem lançar o vírus do soro da memória sobre os experimentos.

– O que você pretende fazer? – pergunta Cara para Tris.

– Não sei – diz Tris. – Sinto que não sei mais o que é certo e o que é errado.

Tris e Cara são parecidas. Duas mulheres endurecidas pela perda. A diferença é que a dor de Cara a fez ter certeza de tudo enquanto Tris guardou sua incerteza, protegeu-a, apesar de tudo pelo que passou. Ela ainda encara tudo como uma pergunta, e não uma resposta. É uma característica que admiro nela, mas que provavelmente deveria admirar ainda mais.

Durante alguns segundos, permanecemos em silêncio, e tento organizar meus pensamentos enquanto eles se reviram na minha cabeça.

– Eles não podem fazer isso – digo. – Não podem apagar a memória de todo mundo. Eles nem deveriam ter o poder de fazer isso. – Faço uma pausa. – Só consigo pensar em como isso seria muito mais fácil se estivéssemos lidando com um grupo diferente de pessoas, gente que consegue ouvir a voz da *razão*. Aí talvez conseguíssemos encontrar um equilíbrio entre proteger os experimentos e buscar outras soluções.

– Talvez devêssemos trazer um novo grupo de cientistas – diz Cara, suspirando. – E descartar os antigos.

Tris faz uma careta e leva a mão à testa, como se estivesse tentando aliviar uma pontada de dor inconveniente.

– Não – responde ela. – Não precisamos chegar a tanto.

Ela olha para mim, e seus olhos claros me mantêm imóvel.

– O soro da memória – diz ela. – Alan e Matthew descobriram uma forma de fazer os soros agirem como vírus, para que pudessem se espalhar por toda uma população sem que fosse necessário injetá-lo em todo mundo. É assim que eles estão planejando reprogramar os experimentos. Mas nós poderíamos reprogramar os *cientistas*. – Ela fala mais rápido à medida que a ideia toma forma na sua cabeça, e sua empolgação é contagiosa; borbulha dentro de mim, como se a ideia fosse minha, e não de Tris. Mas, para mim, esse plano não parece sugerir uma solução para o nosso problema. Parece sugerir que causemos outro problema. – Podemos reprogramar o Departamento e apagar toda a doutrinação e o desdém pelos GDs. Assim, eles nunca mais vão considerar apagar as memórias das pessoas dos experimentos. O perigo passará para sempre.

Cara ergue uma sobrancelha.

– Será que apagar suas memórias também não apagaria o seu conhecimento? Se isso ocorrer, eles vão se tornar inúteis.

– Não sei. Acho que existe um modo seletivo de apagar a memória, dependendo de onde o conhecimento está armazenado no cérebro, senão os primeiros membros das facções não saberiam nem falar, amarrar o cadarço nem fazer qualquer outra coisa. – Tris se levanta. – É melhor perguntarmos para Matthew. Ele sabe como o soro funciona melhor do que eu.

Também me levanto, bloqueando o caminho dela. Os raios de sol refletidos pelas asas dos aviões me cegam, e não consigo ver seu rosto.

– Tris – digo. – Espere. Você quer mesmo apagar as memórias de toda uma população à força? É exatamente o que *eles* estão planejando fazer com nossos amigos e familiares.

Protejo os olhos do sol para ver o olhar frio dela, a expressão que vi em minha mente antes mesmo de enxergá-la. Ela me parece mais velha do que nunca, inflexível, resistente e esgotada pelo tempo. Também me sinto assim.

– Essas pessoas não têm o menor respeito pela vida humana – diz Tris. – Estão prestes a apagar as memórias de todos os nossos amigos e vizinhos. São responsáveis pelas mortes da grande maioria da nossa antiga facção. – Ela se desvia de mim e marcha em direção à porta. – Acho que eles deveriam é agradecer por eu não pretender matá-los.

CAPÍTULO TRINTA E NOVE

TRIS

MATTHEW FECHA AS mãos atrás das costas.

– Não, não, o soro não apaga todo o conhecimento da pessoa – explica ele. – Você acha que criaríamos um soro que fizesse as pessoas esquecerem como andar ou falar? – Ele balança a cabeça. – O soro ataca memórias explícitas, como o seu nome, onde você cresceu, o nome da sua primeira professora e deixa intactas as memórias implícitas, como a habilidade de falar, amarrar os cadarços ou andar de bicicleta.

– Interessante – diz Cara. – Isso funciona mesmo?

Tobias e eu trocamos olhares. Não há nada como uma conversa entre alguém da Erudição e alguém que bem poderia ter sido da Erudição. Cara e Matthew estão perto demais um do outro e, quanto mais falam, mais gesticulam.

– Inevitavelmente, algumas memórias importantes serão perdidas – diz Matthew. – Mas, se tivermos um registro das descobertas científicas e do histórico das pessoas, elas conseguirão reaprendê-los no período nebuloso depois que suas memórias forem apagadas. Nesse período, as pessoas ficam muito influenciáveis.

Encosto-me à parede.

– Espere – digo. – Se o Departamento vai encher esses aviões com o vírus do soro da memória para reprogramar os experimentos, sobrará algum soro para usarmos contra o complexo?

– Teremos de pegá-lo antes deles – diz Matthew. – Em menos de quarenta e oito horas.

Cara parece não ter me ouvido.

– Depois que você apaga a memória das pessoas, não precisa programá-las com novas memórias? Como isso funciona?

– Só precisamos reeducá-las. Como eu disse, as pessoas costumam ficar desorientadas durante alguns dias depois de serem reprogramadas, e isso significa que é mais fácil controlá-las. – Matthew se senta e rodopia uma vez em sua cadeira. – Podemos simplesmente oferecer uma aula nova de história para eles. Uma que ensine os fatos, e não a doutrinação.

– Poderíamos usar a sequência de slides da margem para suplementar uma aula de história básica – digo. – Eles têm fotos de uma guerra causada por GPs.

– Ótimo. – Matthew assente com a cabeça. – Mas há um grande problema. O vírus do soro da memória está no Laboratório de Armas. O que Nita acabou de tentar invadir *sem sucesso*.

– Christina e eu íamos falar com Reggie – diz Tobias –, mas, considerando nosso novo plano, acho melhor falar com Nita.

– Acho que você tem razão – digo. – Vamos descobrir onde exatamente ela errou.

+ + +

Quando chegamos aqui, o complexo me pareceu enorme e labiríntico. Agora nem preciso mais consultar as placas para me lembrar de como chegar ao hospital, nem Tobias, que me acompanha até lá. É estranho como o tempo tem a capacidade de fazer um lugar encolher e acabar com a sua estranheza.

Ficamos em silêncio, embora possamos sentir a necessidade de conversar crescer entre nós. Por fim, decido perguntar.

– O que foi? – pergunto. – Você não falou quase nada durante a reunião.

– É só que... – Ele balança a cabeça. – Não sei se estamos fazendo a coisa certa. Eles querem apagar as memórias dos nossos amigos, então decidimos apagar as deles?

Eu o encaro e toco seu ombro de leve.

– Tobias, temos quarenta e oito horas para detê-los. Se você tiver qualquer outra ideia, qualquer coisa capaz de salvar a nossa cidade, estou aberta a sugestões.

– Não consigo pensar em mais nada. – Seus olhos azuis parecem derrotados e tristes. – Mas estamos agindo de maneira desesperada para salvar algo que é importante para nós, exatamente como o Departamento está fazendo. Qual é a diferença?

– A diferença é o que está certo – digo com firmeza. – As pessoas da cidade, de forma geral, são inocentes. As pessoas do Departamento, que ofereceram a simulação de ataque a Jeanine, não são inocentes.

Ele faz um bico e dá para perceber que não está completamente convencido.

Solto um suspiro.

– Não é uma situação perfeita. Mas, quando precisamos escolher entre duas opções ruins, escolhemos a que salvará as pessoas que amamos e em quem acreditamos mais. É o que precisa ser feito. Está bem?

Tobias segura a minha mão, e sua mão é quente e forte.

– Está bem – responde ele.

– Tris! – Christina empurra as portas oscilantes do hospital e corre na nossa direção. Peter vem logo atrás, o cabelo preto penteado para o lado.

A princípio, acho que ela está animada, e sinto uma onda de esperança. Será que Uriah acordou?

Porém, quando ela se aproxima, fica claro que não está animada. Está desesperada. Peter fica parado atrás dela, de braços cruzados.

– Acabei de falar com um dos médicos – diz ela, esbaforida. – Ele disse que Uriah não vai acordar. Parece que tem algo a ver com... falta de ondas cerebrais.

Meus ombros pesam. É claro que eu sabia que Uriah talvez não acordasse. Mas a esperança que afastava a tristeza está desaparecendo, fugindo a cada palavra de Christina.

– Eles iam desligar o sistema de suporte à vida agora mesmo, mas implorei para que não fizessem isso. – Ela enxuga um dos olhos com vigor com as costas da mão, impedindo que uma lágrima escorra. – O médico acabou concordando em me dar mais quatro dias para que eu possa contatar a família de Uriah.

A família de Uriah. Zeke continua na cidade, assim como a mãe deles, da Audácia. Ainda não havia me tocado de que eles não sabem o que aconteceu com ele, e nunca nos preocupamos em informá-los porque estávamos tão concentrados em...

– Eles vão reprogramar a cidade dentro de quarenta e oito horas – digo de repente, agarrando o braço de Tobias. Ele parece atordoado. – Se não conseguirmos impedi-los, Zeke e sua mãe se *esquecerão* da existência de Uriah.

Eles se esquecerão dele, sem nem ter a chance de se despedir. Será como se ele nunca tivesse existido.

– O quê? – pergunta Christina com os olhos arregalados. – Minha *família* está lá dentro. Eles não podem reprogramar todo mundo! Como conseguiriam fazer isso?

– É bem fácil, na verdade – diz Peter. Eu havia esquecido que ele estava presente.

– O que você está fazendo aqui? – pergunto.

– Fui visitar o Uriah – conta ele. – Existe alguma lei contra isso?

– Você nem ligava para ele – retruco, irritada. – Que direito você tem de...

– Tris. – Christina balança a cabeça. – Agora não, está bem?

Tobias hesita, com a boca aberta, como se estivesse prestes a dizer alguma coisa.

– Precisamos entrar na cidade – diz ele. – Matthew disse que é possível vacinar pessoas contra o soro da memória, certo? Então entramos, vacinamos a família de Uriah, por via das dúvidas, e os trazemos para o complexo a fim de que possam se despedir. Mas precisamos fazer isso amanhã ou será tarde demais. – Ele faz uma pausa. – E você também pode vacinar a sua família, Christina. De qualquer modo, acho que eu é que devo dar a notícia a Zeke e Hanna.

Christina assente com a cabeça. Aperto o braço dela, tentando oferecer algum conforto.

– Eu também vou – diz Peter. – Senão, contarei o seu plano para o David.

Todos paramos e olhamos para ele. Não sei por que Peter quer voltar para a cidade, mas seu motivo não deve ser nada bom. Entretanto, não podemos deixar que David descubra o que estamos planejando, não agora, quando não temos tempo.

– Está bem – consente Tobias. – Mas, se você causar qualquer confusão, terei o direito de deixá-lo inconsciente e trancá-lo em um prédio abandonado qualquer.

Peter revira os olhos.

– Como chegaremos lá? – pergunta Christina. – Eles não costumam simplesmente emprestar carros às pessoas.

– Aposto que conseguiríamos convencer Amah a levar vocês – digo. – Hoje ele me disse que sempre se oferece para participar das patrulhas. Portanto, conhece todas as pessoas certas. E tenho certeza de que concordaria em ajudar Uriah e a família dele.

– Acho melhor ir perguntar agora. E é melhor alguém fazer companhia a Uriah... para a gente ter certeza de que o médico não vai descumprir sua promessa. Christina, não Peter. – Tobias esfrega a nuca, arranhando a tatuagem da Audácia como se quisesse arrancá-la do corpo. – Depois, é melhor eu arrumar um jeito de informar à família de Uriah de que fui responsável pela sua morte quando deveria estar cuidando dele.

– Tobias... – digo, mas ele levanta a mão para me silenciar.

Ele começa a se afastar.

– É provável que não vão me deixar visitar Nita, de qualquer maneira.

Às vezes, é difícil saber como cuidar das pessoas. Enquanto vejo Peter e Tobias indo embora, caminhando distantes um do outro, penso que talvez Tobias precise que alguém corra atrás dele, porque as pessoas têm permitido que ele vá embora, que se retraia, por toda a sua vida. Mas ele tem razão: precisa fazer isso por Zeke, e eu preciso conversar com Nita.

– Vamos – diz Christina. – O horário de visita está quase acabando. Vou voltar lá para ficar com Uriah.

+ + +

Antes de entrar no quarto de Nita, que reconheço pelo guarda sentado ao lado da porta, passo no quarto de Uriah com Christina. Ela se senta em uma cadeira ao lado dele, que já está marcada com o contorno das suas pernas.

Faz bastante tempo que não converso com ela como uma amiga, que não rimos juntas. Eu estava perdida sob a névoa do Departamento, sob a promessa de poder pertencer ao lugar.

Paro ao seu lado e olho para Uriah. Ele não parece mais ferido. Há alguns hematomas e cortes, mas nada sério o bastante para matá-lo. Inclino a cabeça para enxergar a tatuagem de cobra enroscada ao redor da sua orelha. Sei que é ele, mas a pessoa que vejo não se parece muito com Uriah sem o sorriso largo no rosto e os olhos escuros, brilhantes e alertas.

– Eu e ele nem éramos tão próximos – diz ela. – Apenas no... no fim. Porque ele havia perdido alguém, e eu também...

– Eu sei – digo. – Você o ajudou muito.

Arrasto uma cadeira e me sento ao lado dela. Ela agarra a mão de Uriah, que permanece inerte sobre o lençol.

– Às vezes, parece que perdi todos os meus amigos – diz ela.

– Você não perdeu Cara. Ou Tobias. E, Christina, você não me perdeu. Nunca vai me perder.

Ela se vira para mim, e, em meio ao torpor de tristeza, nos abraçamos, da mesma maneira desesperada que fizemos quando ela me disse que me perdoava por ter matado Will. Nossa amizade se manteve de pé sob um peso incrível, o peso resultante de eu ter atirado em alguém que ela amava, o peso de tantas perdas. Outros elos teriam se rompido. Por algum motivo, este não se rompeu.

Permanecemos abraçadas por muito tempo, até que o desespero se esvai.

– Obrigada – diz ela. – Você também não vai me perder.

– Acho que, se fosse perder você, isso já teria acontecido. – Abro um sorriso. – Ouça, preciso contar algumas coisas.

Conto a ela sobre o nosso plano para impedir que o Departamento reprograme os experimentos. Ao falar, penso nas pessoas que ela poderá perder, como o pai, a mãe e a irmã. Todas essas conexões, alteradas e descartadas para sempre em nome da pureza genética.

– Lamento – digo ao terminar. – Sei que você provavelmente quer nos ajudar, mas...

– Não precisa se lamentar. – Ela olha para Uriah. – Apesar de tudo, estou feliz de voltar para a cidade. – Christina assente com a cabeça algumas vezes. – Vocês vão impedir que eles reprogramem o experimento. Tenho certeza disso.

Espero que ela tenha razão.

\+ + +

Quando chego ao quarto de Nita, faltam apenas dez minutos para acabar o horário de visita. O guarda levanta os olhos do livro que está lendo e ergue a sobrancelha ao me ver.

– Posso entrar? – pergunto.

– Eu não deveria deixar ninguém entrar aí – diz ele.

– Fui eu que atirei nela – digo. – Isso conta alguma coisa?

– Bem. – Ele dá de ombros. – Desde que prometa que não vai atirar nela outra vez. E que saia em dez minutos.

– Combinado.

Ele me obriga a tirar o casaco para provar que não estou carregando nenhuma arma; depois, permite que eu entre. Nita se sobressalta ao perceber a minha entrada, mas não consegue se mexer muito. Metade do seu corpo está engessada, e uma das mãos está algemada à cama, como se ela fosse capaz de escapar, mesmo se tentasse. Seu cabelo está despenteado e emaranhado, mas, é claro, Nita continua bonita.

– O que você está fazendo aqui? – pergunta ela.

Eu não respondo. Confiro os cantos do quarto, à procura de câmeras, e localizo uma à minha frente, apontada para o leito de Nita.

– Não há microfones – diz ela. – Eles não fazem esse tipo de coisa aqui.

– Ótimo. – Arrasto uma cadeira e me sento ao seu lado. – Estou aqui porque preciso de informações importantes de você.

– Já contei a eles tudo o que tive vontade de contar. – Ela me lança um olhar raivoso. – Não tenho mais nada a dizer. Ainda mais para a pessoa que atirou em mim.

– Se eu não tivesse atirado em você, não teria virado a queridinha de David e não saberia tudo o que sei. – Olho para a porta, mais por paranoia do que por uma preocupação real de que alguém esteja escutando a nossa conversa. – Temos um novo plano. Matthew e eu. E Tobias. E precisaremos entrar no Laboratório de Armas.

– E você imaginou que eu poderia ajudá-los? – Ela balança a cabeça. – Eu não consegui entrar da primeira vez, lembra?

– Preciso saber como funciona o sistema de segurança. David é a única pessoa que sabe o código de segurança?

– Ele não é, tipo... a única pessoa do mundo – diz ela. – Isso seria burrice. Os superiores dele também sabem, mas, sim, ele é a única pessoa no complexo que sabe.

– Está bem, mas qual é a medida auxiliar de segurança? A que é ativada se as portas forem explodidas?

Ela contrai os lábios, e eles quase desaparecem, depois olha para o gesso que cobre metade do seu corpo.

– É o soro da morte – diz ela. – Em forma de aerossol, ele é praticamente irrefreável. Mesmo que vocês usem roupas de laboratório ou algo do tipo, ele acaba conseguindo entrar. Só demorará um pouco mais. Pelo menos, é isso o que dizem os relatórios do laboratório.

– Então, eles automaticamente *matarão* qualquer pessoa que consiga entrar naquela sala sem um código de acesso?

– Isso a surpreende?

– Acho que não. – Apoio os cotovelos nos joelhos. – E não há outra maneira de entrar, exceto pelo código de David.

– Sim, e, como você deve ter percebido, ele não está muito disposto a revelar o código – diz ela.

– Existe alguma chance de um GP resistir ao soro da morte? – pergunto.

– Não. Definitivamente, não.

– A maioria dos GPs também não consegue resistir ao soro da verdade – digo. – Mas eu consigo.

– Se você quiser desafiar a morte, fique à vontade. – Ela apoia as costas nos travesseiros. – Já parei com isso.

– Só mais uma pergunta – acrescento. – Digamos que eu queira desafiar a morte. Onde posso conseguir explosivos para arrombar as portas?

– Até parece que vou contar.

– Acho que você não está entendendo – retruco. – Se esse plano funcionar, você não vai mais passar o resto da vida na prisão. Depois de se recuperar, será libertada. Então me ajudar é do seu interesse.

Nita me encara, como se estivesse me pesando e medindo. Seu pulso puxa a algema apenas o bastante para deixar uma linha marcada em sua pele.

– Reggie tem explosivos – diz ela. – Ele pode ensinar você a usá-los, mas é péssimo em ação, então, pelo amor de Deus, não o leve junto, a não ser que queira ser a babá dele.

– Entendi.

– Diga a ele que vocês precisarão de duas vezes mais potência para arrombar aquelas portas do que qualquer outra. Elas são muito resistentes.

Assinto com a cabeça. Meu relógio toca, indicando que meu tempo ali acabou. Eu me levanto e empurro a cadeira de volta até o canto onde a encontrei.

– Obrigada pela ajuda.

– Qual é o plano? – pergunta ela. – Se não se importa em me dizer.

Faço uma pausa, pensando em que palavras usar.

– Bem – respondo por fim. – Digamos apenas que ele vai apagar o termo "geneticamente danificado" do vocabulário geral.

O guarda abre a porta, provavelmente para gritar comigo por passar do horário de visita, mas já estou de saída. Olho para trás uma última vez antes de sair e vejo que Nita exibe um pequeno sorriso.

CAPÍTULO QUARENTA

TOBIAS

AMAH CONCORDA EM nos ajudar a entrar na cidade sem que eu precise insistir muito. Ele está ansioso por uma aventura, como eu sabia que estaria. Combino de encontrá-lo mais tarde para jantar e discutir o plano com Christina, Peter e George, que vão nos ajudar a conseguir o veículo.

Depois de conversar com Amah, caminho até o dormitório e me deito com um travesseiro sobre o rosto por um longo tempo, planejando o que direi a Zeke quando o encontrarmos. *Perdão, eu estava fazendo o que pensei que precisava ser feito, e todos os outros estavam cuidando de Uriah, e eu não pensei...*

Pessoas entram no quarto e depois vão embora, a calefação é ligada, e o ar quente entra pelo sistema de ventilação, que depois é desligado outra vez. Durante todo esse tempo, não paro de pensar no que direi, concatenando desculpas e depois as descartando, escolhendo o tom certo, os gestos certos. Por fim, frustrado, tiro o travesseiro do rosto e o lanço contra a parede à minha frente. Cara, que está alisando uma camisa limpa sobre seu quadril, dá um salto para trás.

– Pensei que você estivesse dormindo – diz ela.

– Desculpe.

Ela toca o cabelo, assegurando-se de que cada fio está seguro. É tão cuidadosa em seus movimentos, tão precisa, que me lembra os músicos da Amizade, dedilhando as cordas dos seus banjos.

– Tenho uma pergunta. – Eu me sento na cama. – Mas ela é um pouco pessoal.

– Tudo bem. – Ela se senta de frente para mim na cama de Tris. – Diga.

– Como você conseguiu perdoar a Tris depois do que ela fez ao seu irmão? – pergunto. – Quer dizer, se é que de fato a perdoou.

– Hum. – Cara cruza os braços. – Às vezes, acho que a perdoei. Outras vezes, não tenho tanta certeza. Não sei como isso funciona. É como perguntar a uma pessoa como ela consegue seguir com a vida depois de perder alguém. Você simplesmente segue em frente, e, no dia seguinte, continua.

– Ela... poderia ter feito algo para ajudar nesse processo? Ou ela chegou a fazer algo que, de fato, ajudou?

– Por que você está me perguntando isso? – Ela apoia a mão no meu joelho. – É por causa de Uriah?

– É – respondo com firmeza, e mexo a perna um pouco, derrubando a sua mão. Não preciso que me acariciem ou consolem como uma criança. Não preciso das sobrancelhas erguidas dela nem da sua voz suave, tentando arrancar uma emoção minha que eu preferiria conter.

– Está bem. – Ela ajeita o corpo, e, quando volta a falar, seu tom é casual como de costume. – Acho que a coisa mais importante que ela fez, mesmo que sem querer, foi confessar. Há uma diferença entre admitir e confessar. Admitir envolve suavizar a história e inventar desculpas para algo que não pode ser desculpado; confessar é apenas uma nomeação do crime em toda a sua seriedade. Eu precisava disso.

Assinto com a cabeça.

– E, depois de ter se confessado a Zeke, acho que seria bom se você o deixasse sozinho pelo tempo que ele precisar. É tudo o que você pode fazer.

Concordo com a cabeça novamente.

– Mas, Quatro, você não matou Uriah. Você não acionou a bomba que causou seus ferimentos. Não bolou o plano que resultou naquela explosão.

– Mas participei dele.

– Ah, cala a boca, está bem? – Ela diz isso de maneira gentil, com um sorriso. – Aconteceu. Foi horrível. Você não é perfeito. É só isso, pronto. Não confunda a sua tristeza com culpa.

Permanecemos em silêncio na solidão do dormitório vazio por mais alguns minutos, e tento permitir que suas palavras entrem em mim.

+ + +

Janto com Amah, George, Christina e Peter no refeitório, entre o balcão de bebidas e uma fileira de lixeiras. O pote de sopa diante de mim esfriou antes que eu conseguisse tomar tudo, e ainda há biscoitos de sal boiando no caldo.

Amah nos informa onde e quando devemos nos encontrar, depois seguimos para os corredores perto da cozinha, onde não seremos vistos. Ele pega uma pequena caixa preta com seringas e entrega uma para Christina, uma para Peter e uma para mim, junto com lenços antibacterianos embalados individualmente, que suspeito que só ele vai se preocupar em usar.

– O que é isto? – pergunta Christina. – Não vou injetar em mim mesma sem saber o que é.

– Tudo bem. – Amah cruza os braços. – Há uma chance de ainda estarmos na cidade quando o vírus do soro da memória for lançado. Você precisará se vacinar contra ele a não ser que queira perder todas as suas lembranças. É a mesma coisa que injetará em seus familiares, portanto não precisa se preocupar.

Christina vira o braço e dá tapinhas na parte interna do cotovelo para fazer a veia ficar mais visível em sua pele. Por puro hábito, enfio a agulha na lateral do meu pescoço, como fazia sempre que passava pela minha paisagem do medo, algo que, em certa época, eu fazia várias vezes por semana. Amah faz o mesmo.

Percebo, no entanto, que Peter apenas finge injetar a vacina. Quando pressiona o êmbolo, o líquido escorre por sua garganta, e ele o limpa disfarçadamente com a manga da camisa.

Como será a sensação de optar por esquecer tudo?

+ + +

Depois do jantar, Christina caminha até mim e diz:

– Precisamos conversar.

Descemos uma escadaria longa que leva ao espaço subterrâneo dos GDs; nossos joelhos se movem em sincronia, e atravessamos um corredor com luzes multicoloridas. No final do corredor, Christina cruza os braços, e uma luz roxa dança sobre seu nariz e boca.

– Amah não sabe que vamos tentar impedir a reprogramação? – pergunta ela.

– Não – respondo. – Ele é leal ao Departamento. Não quero envolvê-lo nisso.

– Sabe, a cidade continua à beira de uma revolução – diz ela, e a luz fica azul. – O Departamento quer reprogramar nossos amigos e familiares para impedir que eles matem uns aos outros. Se impedirmos a reprogramação, os Leais vão atacar Evelyn, ela vai usar o soro da morte, e muita gente vai morrer. Mesmo ainda estando com raiva de você, não acho que você queira que tanta gente da cidade morra. Especialmente os seus pais.

Solto um suspiro.

– Para falar a verdade, não me importo com o que vai acontecer com eles – digo.

– Você não pode estar falando sério – retruca ela, irritada. – Eles são os seus *pais*.

– Na verdade, posso, sim – digo. – Quero contar a Zeke e sua mãe o que fiz a Uriah. Fora isso, não me importo com o que venha a acontecer com Evelyn e Marcus.

– Talvez você não se importe com sua família permanentemente perturbada, mas deveria se importar com as outras pessoas! – exclama Christina. Ela segura meu braço com força e me sacode para que eu olhe em sua direção. – Quatro, minha irmãzinha está lá dentro. Se Evelyn e os Leais entrarem em conflito, ela pode se ferir, e eu não estarei lá para protegê-la.

Vi Christina com a família durante o Dia da Visita, quando para mim ela não passava de uma falastrona transferida da Franqueza. Vi sua mãe arrumando o colarinho da camisa de Christina com um sorriso orgulhoso. Se o vírus do soro da memória for lançado, essa lembrança será apagada da mente da sua mãe. Se o soro da memória não for lançado, a sua família se encontrará em meio a mais uma batalha por poder, que tomará toda a cidade.

– Então, o que sugere que a gente faça? – pergunto.

Ela me solta.

– Deve haver uma forma de evitar um enorme conflito, uma que não envolva apagar a memória de todos.

– Talvez – admito. Eu não havia pensado nisso porque não me pareceu necessário. Mas é necessário. Claro que é necessário. – Você tem alguma ideia de como deter o conflito?

– O conflito se resume, basicamente, a um dos seus pais contra o outro – diz Christina. – Será que não há algo que você possa dizer a eles que os impeça de tentarem se matar?

– Algo que eu possa *dizer* a eles? – pergunto. – Você está brincando? Eles não dão ouvidos a ninguém. Eles não fazem nada que não os beneficie diretamente.

– Então, não há nada que você possa fazer. Vai simplesmente deixar que a cidade destrua a si mesma.

Encaro os meus sapatos banhados em uma luz verde e penso no assunto. Se eu tivesse pais diferentes ou pelo menos mais razoáveis e menos motivados pela dor, pela raiva e pelo desejo por vingança, até que isso poderia funcionar. Talvez eles dessem ouvidos ao filho. Infelizmente, não tenho pais diferentes.

Mas eu poderia ter. Poderia ter se quisesse. Apenas uma gota do soro da memória no café matinal deles ou na água que tomam antes de dormir, e eles se tornariam pessoas diferentes, telas em branco, não corrompidas pela história. Teriam que aprender até que tiveram um filho; teriam que reaprender o meu nome.

É a mesma técnica que estamos usando para curar o complexo. Eu poderia usá-la para curá-los também.

Olho para Christina.

– Providencie um pouco de soro da memória para mim – peço. – Enquanto você, Amah e Peter estiverem procurando a sua família e a de Uriah, eu resolverei esse problema. É provável que não terei tempo o suficiente para encontrar meu pai e minha mãe, mas só um deles já será o suficiente.

– Como você vai se separar do grupo?

– Preciso... Não sei. Precisamos criar uma complicação. Algo que exija que um de nós deixe o grupo.

– Que tal um pneu furado? – sugere Christina. – Vamos à noite, não é? Então, posso pedir para Amah parar o automóvel a fim de que eu vá ao banheiro ou algo assim e cortar os pneus. Assim, precisaremos nos dividir para você procurar outra caminhonete.

Penso nisso por um instante. Eu poderia simplesmente contar para Amah o que está acontecendo, mas, para isso, eu teria que desfazer o denso nó de doutrinação e mentiras que o Departamento amarrou em seu cérebro. Mesmo que eu fosse capaz de fazer isso, não teríamos tempo.

Mas temos tempo para uma mentira bem-contada. Amah sabe que meu pai me ensinou a ligar um carro usando apenas os fios quando eu era mais novo. Ele não acharia estranho se eu me oferecesse para encontrar outro veículo.

– Isso vai funcionar – digo.

– Ótimo. – Ela inclina a cabeça para o lado. – Então, você vai mesmo apagar a memória de um dos seus pais?

– O que fazer quando seus pais são do mal? Arrumar novos pais. Se pelo menos um deles não tiver toda a bagagem que os dois carregam hoje, talvez os dois consigam negociar uma espécie de acordo de paz.

Ela franze a testa para mim, como se quisesse dizer alguma coisa, mas acaba assentindo com a cabeça.

CAPÍTULO QUARENTA E UM

TRIS

O CHEIRO DE água sanitária irrita o meu nariz. Estou parada ao lado do esfregão no depósito do porão; acabei de contar a todos que a pessoa que invadir o Laboratório de Armas embarcará em uma missão suicida. O soro da morte é irrefreável.

– A questão é: isso é realmente algo pelo qual estamos dispostos a sacrificar uma vida? – pergunta Matthew.

Esta é a sala onde Matthew, Caleb e Cara estavam desenvolvendo o novo soro antes da mudança de planos. Frascos, béqueres e cadernos rabiscados estão espalhados sobre a mesa de laboratório diante de Matthew. Ele está mastigando, distraído, o próprio cordão.

Tobias se apoia na porta de braços cruzados. Lembro-me de como ele ficava parado do mesmo jeito, durante a iniciação, enquanto nos observava lutando um contra o outro, tão alto e forte que nunca imaginei que fosse me olhar de outra maneira que não de relance.

– A questão não é apenas vingança – digo. – A questão não é o que eles fizeram com a Abnegação. A questão é impedi-los antes que eles façam algo igualmente cruel com as pessoas de todos os experimentos. A questão é tirar o poder deles de controlar milhares de vidas.

– É verdade, vale a pena – diz Cara. – Uma morte para salvar milhares de pessoas de um destino terrível? E cortar o poder do complexo pela raiz? Resta alguma dúvida?

Sei o que ela está fazendo. Comparando a importância de uma única vida com a importância de tantas vivências e memórias e tirando uma conclusão óbvia do resultado. É assim que funciona a mente de um membro da Erudição e de um membro da Abnegação, mas não sei ao certo se esse é o tipo de mente de que precisamos agora. Uma vida em troca de milhares de memórias, é claro que a resposta é fácil, mas precisa ser uma de nossas vidas? Será que precisamos ser as pessoas a agir?

Mas, como já sei qual será a minha resposta, minha mente se volta para outra questão. Se tem que ser um de nós, quem deve ser?

Meus olhos vagam de Matthew para Cara, parada atrás da mesa, para Tobias, para Christina, com o braço apoiado em um cabo de vassoura, e param em Caleb.

Ele.

Um segundo depois, sinto nojo de mim mesma.

– Ah, falem logo – diz Caleb, encontrando os meus olhos. – Vocês querem que seja eu. Todos vocês querem.

— Ninguém disse isso — fala Matthew, cuspindo o seu cordão.

— Todos estão olhando para mim — insiste Caleb. — Vocês acham que eu não percebi? Fui eu que escolhi o lado errado, que trabalhei com Jeanine Matthews; nenhum de vocês liga para mim, então é melhor que seja eu a morrer.

— Por que você acha que Tobias se ofereceu para tirá-lo da cidade antes da sua execução? — Minha voz soa fria e baixa. O cheiro de água sanitária paira em meu nariz. — Porque não me importo se você está vivo ou morto? Porque não me importo com você?

Ele deveria ser a pessoa a morrer, pensa uma parte de mim.

Não quero perdê-lo, argumenta a outra.

Não sei em qual parte confiar ou em qual acreditar.

— Você acha que não sei reconhecer o ódio? — Caleb balança a cabeça. — Eu o vejo sempre que você olha para mim. Nas raras ocasiões em que você olha para mim.

Seus olhos estão marejados. É a primeira vez, desde a minha quase execução, que o vejo com ar de remorso, não defensivo ou cheio de desculpas. Talvez esta também seja a primeira vez que o vejo como meu irmão, e não como o covarde que me entregou a Jeanine Matthews. De repente, tenho dificuldade em engolir.

— Se eu fizer isso...

Balanço a cabeça para dizer não, mas ele levanta a mão.

— Pare — pede ele. — Beatrice, se eu fizer isso... você vai conseguir me perdoar?

Para mim, quando uma pessoa faz mal a outra, as duas compartilham o ônus dessa maldade. A dor dela pesa sobre as duas. O perdão, então, é a opção por carregar o peso sozinho. A traição de Caleb é algo que ambos carregamos, e, já que ele foi o responsável por ela, tudo o que eu queria é que ele retirasse esse peso de cima de mim. Não sei se conseguirei carregá-lo todo sozinha. Não sei se sou forte ou boa o bastante. Mas eu o vejo se preparando para enfrentar esse destino e sei que *preciso* ser forte e boa o bastante se ele for se sacrificar por todos nós.

Concordo com a cabeça.

– Vou – respondo, engasgada. – Mas esse não é um bom motivo para ser você.

– Tenho muitos motivos – diz Caleb. – Eu faço. É claro que faço.

+ + +

Não sei exatamente o que acabou de acontecer.

Matthew e Caleb ficam para trás, para ajustar a roupa de laboratório de Caleb. A roupa que vai mantê-lo vivo no Laboratório de Armas por tempo o suficiente para que ele ative o vírus do soro da memória. Espero até os outros saírem antes de ir embora também. Quero voltar para o dormitório acompanhada apenas pelos meus pensamentos.

Há algumas semanas, eu mesma teria sido voluntária para a missão suicida, como de fato fui. Eu me ofereci para ir à sede da Erudição, sabendo que a morte me esperava lá. Mas não fiz aquilo por ser altruísta ou corajosa. Fiz aquilo porque me sentia culpada, e uma parte de mim queria perder tudo; a parte de mim que estava sofrendo queria morrer. Será que é essa a motivação de Caleb? Será mesmo que devo permitir que ele morra para que sinta que quitou sua dívida comigo?

Caminho pelo corredor, com seu arco-íris de luzes, e subo as escadas. Não consigo nem pensar em uma alternativa. Será que eu estaria mais disposta a perder Christina, Cara ou Matthew? Não. A verdade é que eu estaria menos disposta a perdê-los porque eles têm sido bons amigos, e Caleb não, há muito tempo que não. Mesmo antes de me trair, ele me abandonou para se juntar à Erudição, sem olhar para trás. Eu é que fui visitá-lo durante a iniciação, e ele passou o tempo todo se perguntando por que eu estava lá.

E não quero mais morrer. Estou preparada para o desafio de suportar a culpa e a tristeza, disposta a enfrentar as dificuldades que a vida colocou no meu caminho. Alguns dias são mais difíceis do que outros, mas estou preparada para viver cada um deles. Não posso me sacrificar desta vez.

Nas partes mais honestas do meu ser, consigo admitir que foi um alívio ouvir Caleb se voluntariando.

De repente, não consigo mais pensar no assunto. Chego à entrada do hotel e ando até o dormitório, esperando conseguir simplesmente desabar na cama e dormir, mas Tobias está me esperando no corredor.

– Você está bem? – pergunta ele.

– Estou – respondo. – Mas não deveria estar. – Levo a mão por um instante à cabeça. – Sinto que já venho sofrendo a perda dele. Como se ele tivesse morrido no momento em que o vi na sede da Erudição quando estive lá. Você entende?

Confessei a Tobias, pouco depois daquilo, que eu havia perdido toda a minha família. E ele me assegurou de que passara a ser a minha família.

É assim que me sinto. Como se tudo entre nós estivesse misturado, amizade, amor e família, e eu não conseguisse distinguir entre um e outro.

– Sabe, a Abnegação tem ensinamentos a respeito disso – diz ele. – Sobre deixar que outras pessoas se sacrifiquem por nós, mesmo que isso seja egoísta. Eles dizem que, se o sacrifício for a melhor maneira de a pessoa nos mostrar que nos ama, devemos permitir que ela o faça. – Ele apoia o ombro na parede. – E, em tal situação, essa é a maior dádiva que podemos dar à pessoa. Assim como foi quando seus pais morreram por você.

– Mas não acho que seja o amor que o está motivando. – Fecho os olhos. – Parece mais ser a culpa.

– Talvez – admite Tobias. – Mas por que ele se sentiria culpado por tê-la traído se não amasse você?

Assinto com a cabeça. Sei que Caleb me ama, e sempre amou, até quando estava me ferindo. Também sei que o amo. Mas, mesmo assim, me parece errado.

Apesar disso, consigo ser consolada por um momento, sabendo que isso é algo que talvez meus pais teriam entendido se estivessem aqui agora.

– Talvez não seja o melhor momento, mas quero dizer uma coisa.

Na mesma hora, fico tensa, temendo que ele cite algum crime meu que passou despercebido, uma confissão que o está corroendo por dentro ou algo igualmente difícil. Não consigo decifrar a sua expressão.

– Só quero agradecer – diz ele em voz baixa. – Um grupo de cientistas disse a você que meus genes eram danificados, que havia algo de errado comigo, e mostraram resultados de testes como prova. E até eu comecei a acreditar naquilo.

Ele toca o meu rosto, acariciando a minha bochecha com o dedão, e seus olhos seguem os meus, intensos e insistentes.

– Mas você nunca acreditou neles. Nem por um segundo. Você sempre continuou insistindo que eu era... não sei, inteiro.

Cubro a mão dele com a minha.

– Bem, você é.

– Ninguém jamais me disse isso – diz ele baixinho.

– É o que você merece ouvir – falo com firmeza, a visão embaçada pelas lágrimas. – Que você é inteiro, que vale a pena amá-lo e que você é a melhor pessoa que já conheci.

Assim que essas últimas palavras deixam a minha boca, ele me beija.

Beijo-o de volta com tanta força que dói e torço os dedos na sua camisa. Eu o empurro pelo corredor, por uma das portas, para dentro de um quarto pouco mobiliado perto do dormitório. Chuto a porta com o calcanhar para fechá-la.

Assim como tenho insistido que Tobias tem valor, ele sempre insistiu que sou forte, insistiu que a minha capacidade é maior do que acredito. E eu sei, sem que ninguém precise me dizer, que é isso que o amor faz quando é certo. Ele torna você algo maior do que é, maior do que acreditava ser capaz de ser.

Isso é certo.

Seus dedos deslizam pelos meus cabelos e se enroscam neles. Minhas mãos tremem, mas não me importo se ele perceber ou não, não me importo se ele souber que tenho medo do quão intensa é essa sensação. Puxo sua camisa e o arrasto mais para perto e suspiro o seu nome contra a sua boca.

Esqueço que ele é outra pessoa; parece que é apenas mais uma parte de mim, tão essencial quanto um coração, um olho ou um braço. Levanto a sua camisa e a puxo pela cabeça. Corro as mãos pela pele que exponho, como se ela fosse minha.

Suas mãos agarram a minha camisa e eu a tiro, mas então me lembro. Lembro que sou pequena, que meus seios são pequenos e que sou doentiamente pálida e me retraio.

Ele olha para mim, não como se estivesse esperando uma explicação, mas como se eu fosse a única coisa na sala para a qual vale a pena olhar.

Também olho para ele, mas tudo o que vejo faz com que me sinta pior. Ele é tão bonito, e até a tinta preta que se contorce em sua pele o transforma em uma obra de arte. Há poucos segundos, eu estava convencida de que éramos um par perfeito, e talvez ainda sejamos, mas apenas vestidos.

Mas ele continua a olhar para mim daquela maneira.

Ele sorri, um sorriso pequeno e tímido. Depois, pousa as mãos na minha cintura e me puxa para si. Ele se agacha e beija entre seus dedos e suspira "linda" contra o meu estômago.

E eu acredito nele.

Ele se levanta e pressiona seus lábios nos meus, com a boca aberta, suas mãos no meu quadril nu, seus dedões deslizando para debaixo da minha calça jeans. Toco o seu peito, apoio-me nele e sinto o seu suspiro cantando em meus ossos.

– Amo você, sabia? – digo.

– Eu sei – responde ele.

Com uma expressão ardilosa em suas sobrancelhas, ele dobra os joelhos e agarra as minhas pernas com o braço, lançando-me sobre seu ombro. Uma risada escapa da minha boca, metade de alegria e metade de nervosismo. Ele me carrega pela sala e, sem cerimônias, me deixa cair no sofá.

Tobias se deita ao meu lado, e eu corro os dedos pelas chamas que envolvem suas costelas. Ele é forte, esbelto e seguro.

E é meu.

Encaixo a minha boca na dele.

+ + +

Temia que continuássemos a colidir um contra o outro se ficássemos juntos e que o impacto me quebraria.

Mas agora sei que sou uma navalha, e ele é uma pedra de amolar...

Sou forte demais para quebrar com facilidade e me torno melhor, mais afiada, toda vez que o toco.

CAPÍTULO QUARENTA E DOIS

TOBIAS

AS PRIMEIRAS COISAS que vejo quando acordo, ainda no sofá do quarto do hotel, são os pássaros voando na clavícula dela. Sua camisa, apanhada do chão no meio da noite por causa do frio, está caída em um dos lados, e Tris está deitada sobre ela.

Já dormimos juntos antes, mas, neste caso, a sensação é diferente. Das outras vezes, ficamos juntos apenas para reconfortar ou proteger um ao outro; agora, estamos juntos só porque queremos e porque caímos no sono antes de conseguirmos voltar ao dormitório.

Estendo a mão e toco a sua tatuagem com as pontas dos dedos, e ela abre os olhos.

Tris me envolve em seus braços e chega mais perto, quente, macia e maleável.

– Bom dia – digo.

– Pshh – responde ela. – Se você não der atenção a ele, talvez ele vá embora.

Eu a puxo para mim, com a mão no seu quadril. Seus olhos estão grandes, alertas, embora ela tenha acabado de acordar. Beijo a sua bochecha, depois o seu queixo, depois o seu pescoço, parando ali por alguns segundos. Suas mãos seguram a minha cintura com mais força, e ela suspira ao meu ouvido.

Meu autocontrole está prestes a desaparecer em cinco, quatro, três...

– Tobias – sussurra ela. – Odeio ter que dizer isso, mas... acho que temos algumas *coisinhas* para fazer hoje.

– Elas podem esperar – digo com a boca perto do seu ombro, depois beijo sua primeira tatuagem bem devagar.

– Não, não podem!

Desabo de novo no acolchoado, e sinto frio sem o corpo dela ao meu lado.

– É. Quanto a isso... Estive pensando que seria bom se o seu irmão treinasse um pouco de tiro ao alvo. Só por via das dúvidas.

– Acho uma boa ideia – diz ela baixinho. – Ele só atirou... O quê? Uma ou duas vezes?

– Posso ensinar a ele – digo. – Se há uma coisa no qual sou bom, é de mira. E talvez ele se sinta melhor se distraindo com alguma coisa.

– Obrigada – agradece Tris. Ela senta no sofá e passa os dedos pelo cabelo para penteá-lo. Sob a luz da manhã, ele parece mais brilhante, como se tivesse fios de ouro. – Sei que você não gosta dele, mas...

– Mas, se você deixar o que ele fez para trás – digo, segurando a mão dela –, vou tentar fazer o mesmo.

Ela sorri e beija a minha bochecha.

+ + +

Enxugo a água de chuveiro que ainda molha a minha nuca com a palma da mão. Tris, Caleb, Christina e eu estamos na sala de treinamento, na área subterrânea dos GDs. Ela é fria, mal-iluminada e cheia de equipamentos, armas de treinamento, tapetes, capacetes e alvos, tudo de que poderíamos precisar. Seleciono a arma de treinamento certa, que tem mais ou menos o tamanho de uma pistola, mas é mais volumosa, e a ofereço a Caleb.

Os dedos de Tris deslizam entre os meus. Tudo é mais fácil esta manhã. Cada sorriso e risada, cada palavra e cada movimento.

Se formos bem-sucedidos no que tentaremos fazer esta noite, amanhã Chicago estará segura, o Departamento mudará para sempre, e Tris e eu poderemos construir uma vida nova em algum lugar. Talvez em um lugar onde eu possa trocar minhas armas e facas por ferramentas mais produtivas, como chaves de fenda, pregos e pás. Esta manhã, sinto que poderia ter essa sorte. Eu realmente poderia.

– Ela não dispara balas de verdade – digo –, mas acho que a projetaram para parecer o máximo possível com uma das armas que você vai usar. E a sensação de dispará-la é quase real.

Caleb segura a arma com as pontas dos dedos, como se temesse que ela fosse se despedaçar em suas mãos.

Solto uma risada.

– Primeira lição: não tenha medo dela. Agarre-a. Já segurou uma arma antes, lembra? Você nos ajudou a sair do complexo da Amizade com aquele tiro.

– Aquilo foi apenas sorte – diz Caleb, virando a arma para estudá-la de todos os ângulos. Sua língua empurra a bochecha, como se ele estivesse solucionando um quebra-cabeças. – Não foi resultado de habilidade nenhuma.

– É melhor ter sorte do que não ter – digo. – Agora, podemos trabalhar a sua habilidade.

Olho para Tris. Ela sorri para mim, depois inclina o corpo e sussurra algo para Christina.

– Você está aqui para ajudar ou não, Careta? – pergunto. Falo no mesmo tom de voz que cultivei como instrutor de iniciação, mas, desta vez, uso-o de brincadeira. – Você também precisa treinar um pouco com o braço direito se bem me lembro. Você também, Christina.

Tris faz cara feia para mim, depois ela e Christina atravessam a sala e pegam armas também.

– Pronto. Agora, encare o alvo e solte a trava de segurança – instruo. Há um alvo do outro lado da sala, mais sofisticado do que o alvo de madeira da sala de treinamento da Audácia. Existem três anéis de cores diferentes, verde, amarelo e vermelho, e assim é mais fácil saber onde a bala atinge. – Mostre-me como você atiraria.

Ele segura a arma com uma das mãos, ajeita os pés e os ombros em relação ao alvo, como se estivesse se preparando para levantar algo pesado, e dispara. A arma recua com força para trás e para cima, disparando a bala perto do teto. Cubro a boca com a mão para disfarçar o sorriso.

– Não precisa *rir* – diz Caleb, irritado.

– Parece que os livros não ensinam tudo, não é mesmo? – comenta Christina. – Você precisa segurar a arma com as *duas* mãos. Não parece tão legal, mas atacar o teto também não.

– Eu não estava tentando parecer legal!

Christina se posiciona, com as pernas levemente desniveladas, e levanta os dois braços. Encara o alvo por um segundo, depois dispara. A bala de treinamento atinge o círculo externo do alvo e ricocheteia, rolando no chão. O projétil deixa um círculo de luz no alvo, marcando o local de impacto. Adoraria ter tido acesso a esse tipo de tecnologia durante o treinamento de iniciação.

– Ah, que bom – comento. – Você acertou o ar ao redor do corpo do seu alvo. Muito útil.

– Estou um pouco enferrujada – admite Christina, sorrindo.

– Acho que a maneira mais fácil de você aprender é me imitando – digo para Caleb. Posiciono-me da mesma forma de sempre, com tranquilidade e naturalidade, e levanto os dois braços, apertando a arma com uma das mãos e estabilizando-a com a outra.

Caleb tenta me imitar, começando pelos pés e seguindo com o resto do corpo. Por mais que Christina queira caçoar dele, é a sua capacidade de análise que o torna bem-sucedido. Consigo ver que ele está ajustando os ângulos, as distâncias, a tensão e a força de empunhadura ao olhar para mim, tentando fazer tudo certo.

– Ótimo – digo quando ele termina. – Agora, concentre-se no que está tentando acertar e em mais nada.

Encaro o centro do alvo e tento deixar que ele me envolva. A distância não me incomoda. A bala traçará uma linha reta, como faria se eu estivesse mais perto. Puxo o ar e me preparo, depois solto a respiração e disparo, e a bala atinge exatamente o local que eu queria que atingisse: o círculo vermelho no centro do alvo.

Dou um passo atrás para assistir à tentativa de Caleb. Ele está de pé na posição correta, segura a arma do jeito certo, mas está rígido, como uma estátua armada. E prende a respiração ao disparar. Desta vez, o coice da arma não o assusta tanto, e a bala atinge de raspão a parte de cima do alvo.

– Ótimo – repito. – Acho que o que você precisa mesmo é se sentir confortável com a arma. Está tenso demais.

– Como esperava que eu estivesse? – pergunta Caleb. Sua voz treme, mas apenas no fim de cada palavra. Ele parece alguém que está aprisionando o terror dentro de si. Vi a mesma expressão nos rostos de duas turmas de iniciandos, mas ninguém nelas estava diante do que Caleb está encarando agora.

Balanço a cabeça e digo baixinho:

– É, tem razão. Mas você precisa perceber que, se não conseguir se livrar dessa tensão hoje à noite, talvez nem consiga chegar no Laboratório de Armas, e isso não seria bom para ninguém.

Ele solta um suspiro.

– A técnica física é importante – digo. – Mas isso é basicamente um jogo mental, o que é ótimo, porque você é bom nisso. Não deve praticar apenas o ato de atirar, mas também o foco mental. Assim, quando estiver em uma situação na qual está lutando para sobreviver, o foco estará tão entranhado em você que virá com naturalidade.

– Não sabia que os membros da Audácia tinham tanto interesse em treinar o cérebro – diz Caleb. – Posso ver você tentar, Tris? Acho que nunca vi você atirar sem o ombro ferido.

Tris abre um pequeno sorriso e encara o alvo. Quando a vi atirando pela primeira vez, durante o treinamento da Audácia, ela parecia desajeitada como um pássaro. Mas sua forma magra e frágil se tornou esbelta, mas musculosa, e, quando ela segura a arma, parece fazê-lo com facilidade. Fecha um pouco um dos olhos, muda o pé de apoio e dispara. Sua bala erra o centro do alvo, mas apenas por alguns centímetros. Caleb ergue as sobrancelhas, claramente impressionado.

– Não fique tão surpreso! – reclama Tris.

– Desculpe – diz ele. – É que... você costumava ser tão desajeitada, lembra? Não sei como não percebi que você não é mais assim.

Tris dá de ombros, mas, ao desviar o rosto, suas bochechas estão coradas, e ela está com um ar de satisfação. Christina dispara outra vez, e, agora, seu tiro se aproxima mais do centro do alvo.

Dou um passo para trás a fim de deixar Caleb treinar, e vejo Tris disparando outra vez. Observo as linhas retas do seu corpo quando levanta a arma e como ela se mantém estável quando dispara. Toco o seu ombro e me aproximo do seu ouvido.

– Você se lembra de como a arma quase atingiu o seu rosto durante o treinamento? – sussurro.

Ela assente com a cabeça e abre um pequeno sorriso.

– Você se lembra de quando fiz *isto* durante o treinamento? – pergunto, levando a mão à barriga dela. Sua respiração falha.

– Não vou esquecer tão cedo – murmura Tris.

Ela se vira e puxa o meu rosto para perto do seu, com as pontas dos dedos em meu queixo. Nós nos beijamos, e ouço Christina fazendo algum comentário sobre nós, mas, pela primeira vez, não dou a mínima.

+ + +

Não há muito o que fazer depois do treinamento de tiro ao alvo senão esperar. Tris e Christina pegam os explosivos com Reggie e ensinam Caleb a usá-los. Depois, Matthew e Cara estudam minuciosamente um mapa, examinando rotas diferentes para alcançar o Laboratório de Armas através do complexo. Christina e eu nos encontramos com Amah, George e Peter para bolar a rota que seguiremos pela cidade à noite. Tris é chamada para uma reunião de última hora do conselho. Matthew passa o dia vacinando pessoas contra o soro da memória. Ele vacina Cara, Caleb, Tris, Nita, Reggie e a si mesmo.

Não temos tempo para pensar na importância do que vamos tentar fazer: deter uma revolução, salvar os experimentos, mudar o Departamento para sempre.

Enquanto Tris está ocupada, vou para o hospital a fim de visitar Uriah uma última vez antes de trazer sua família para vê-lo.

Quando chego lá, não consigo entrar. De onde estou, através do vidro, posso fingir que está apenas dormindo, e que, se eu o tocasse, ele acordaria, sorriria e contaria uma piada. Lá dentro, eu conseguiria ver como está sem vida, como o impacto contra o seu cérebro levou embora as últimas partes dele que eram Uriah.

Cerro os punhos para disfarçar o quanto minhas mãos estão tremendo.

Matthew se aproxima de mim vindo do fim do corredor, com as mãos nos bolsos do seu uniforme azul-escuro. Seu andar é relaxado, mas seus passos são pesados.

– Ei – cumprimenta ele.

– Oi – respondo.

– Eu estava vacinando Nita – diz ele. – Ela está mais animada hoje.

– Que bom.

Matthew bate com o dedo no vidro.

– Então... você vai trazer a família dele mais tarde? É o que Tris me disse.

Confirmo com a cabeça.

– O irmão e a mãe dele.

Já conheço a mãe de Zeke e Uriah. É uma mulher pequena, com uma postura poderosa, e um dos poucos membros da Audácia que age de maneira tranquila e discreta. Gostei dela, mas ela também me dá medo.

– Ele não tem pai? – pergunta Matthew.

– O pai deles morreu quando eram pequenos. Isso é algo comum entre os membros da Audácia.

– Entendo.

Ficamos parados em silêncio durante um tempo, e me sinto grato pela presença dele, que impede que eu seja tomado pela tristeza. Sei que Cara tinha razão ontem quando disse que não matei Uriah, mas *sinto* como se o tivesse matado e talvez eu me sinta assim para sempre.

– Quero perguntar uma coisa há um tempo – digo depois de alguns minutos. – Por que você está nos ajudando? Parece ser um risco enorme para alguém que não tem qualquer interesse pessoal no resultado da nossa empreitada.

– Na verdade, tenho, sim – diz Matthew. – É uma história um pouco longa.

Ele cruza os braços, depois puxa o cordão ao redor do pescoço com o dedão.

– Havia essa garota – diz ele. – Ela era geneticamente danificada, o que significava que eu não deveria sair com ela, sabe? Devemos tentar nos envolver com parceiros "adequados" para produzirmos filhos geneticamente superiores ou algo assim. Bem, eu estava me sentindo rebelde, e existia uma atração a mais no fato de que aquilo era proibido, então começamos a namorar. Não tinha a intenção de que aquilo se tornasse algo sério, mas...

– Mas se tornou.

Ele fez que sim com a cabeça.

– Sim. Ela, mais do qualquer outra pessoa, me convenceu de que o complexo estava errado a respeito dos danos genéticos. Ela era uma pessoa melhor do que sou, do que jamais serei. E foi atacada. Um grupo de GPs a espancou. Ela era meio respondona e jamais se contentava em ficar onde estava. Acho que talvez isso tenha tido alguma influência sobre o que aconteceu... ou talvez não. Talvez as pessoas apenas façam coisas assim do nada, e tentar encontrar um motivo é frustrante.

Examino com mais atenção o cordão com o qual ele está brincando. Sempre pensei que fosse preto, mas, ao olhar mais de perto, percebo que é verde, da cor dos uniformes da equipe de apoio.

– Enfim, ela ficou gravemente ferida, mas um dos GPs era filho de um membro do conselho. Ele alegou que o ataque foi provocado, e esta foi a desculpa que eles usaram quando o liberaram, junto com os outros GPs, com apenas uma pena leve de serviço comunitário. Mas eu sabia que não era verdade. – Ele começa a acenar a cabeça enquanto fala. – Eu sabia que eles haviam sido liberados porque o Departamento a considerava inferior a eles. Como se os GPs tivessem espancado um animal.

Um arrepio começa no topo da minha coluna e desce pelas minhas costas.

– O que...

– O que aconteceu com ela? – Matthew olha para mim. – Morreu um ano depois, após um procedimento cirúrgico para reparar parte do estrago. Ela teve azar e pegou uma infecção. – Suas mãos caem ao lado do corpo. – No dia em que ela morreu, comecei a ajudar Nita. Não achei o último plano dela bom e por isso não a ajudei com ele. Mas também não me esforcei para detê-la.

Penso em todas as coisas que se deve dizer a alguém em um momento como este, as desculpas e os consolos, mas não encontro uma única expressão que soe correta. Então, deixo que o silêncio entre nós se prolongue. É a única resposta adequada para o que ele acabou de me dizer, a única coisa que faz jus à tragédia, em vez de simplesmente a remendar com pressa e depois seguir em frente.

– Sei que não parece – diz Matthew –, mas eu os odeio.

Os músculos da sua mandíbula estão tensos. Ele nunca me pareceu uma pessoa calorosa, mas também nunca foi frio. Mas é assim que está agora, um homem envolto em gelo, os olhos duros e a voz como um sopro gélido.

– Eu teria me oferecido para morrer no lugar de Caleb... mas quero muito estar aqui para ver quando eles sofrerem as consequências. Quero vê-los desnorteados sob o efeito do soro da memória, sem saber mais quem são, porque é isso que aconteceu comigo quando ela morreu.

– Isso me parece um castigo adequado.

– É mais adequado do que matá-los – diz Matthew. – Além disso, não sou um assassino.

Fico inquieto. Não é todo dia que nos deparamos com a verdadeira pessoa por trás de uma máscara simpática, seu lado mais sombrio. Não é confortável quando isso acontece.

– Lamento pelo que aconteceu com Uriah – diz Matthew. – Vou deixar você sozinho com ele.

Ele enfia as mãos nos bolsos outra vez e segue novamente pelo corredor, assobiando.

CAPÍTULO QUARENTA E TRÊS

Tris

A REUNIÃO DE emergência do conselho é apenas mais do mesmo: a confirmação de que o vírus será lançado nas cidades esta noite, discussões sobre que aviões serão usados e em quais horários. Eu e David trocamos palavras amigáveis após a reunião, depois escapo enquanto os outros ainda estão tomando café e volto para o hotel.

Tobias me leva até o átrio perto do dormitório, e passamos algum tempo lá, conversando, nos beijando e apontando para as plantas mais estranhas. Tenho a sensação de que é isso que pessoas normais fazem: saem em encontros, falam sobre amenidades, riem. Tivemos tão poucos momentos como este. A maior parte do nosso tempo juntos foi gasta entre uma ameaça e outra, correndo em direção a uma ameaça ou outra. Mas consigo ver um tempo no horizonte em que isso não será mais necessário. Nós reprogramaremos as pessoas no complexo e trabalharemos para reconstruir este lugar juntos. Talvez, então, descubramos se nos sairemos tão bem nos momentos tranquilos quanto nos agitados.

Mal posso esperar.

Enfim, chega a hora de Tobias partir. Fico em pé no degrau mais alto do átrio, e ele, no mais baixo, para ficarmos da mesma altura.

– Não gosto de não poder estar com você hoje à noite – diz ele. – Não me parece certo deixá-la sozinha com algo desta magnitude.

– Acha que não consigo aguentar o tranco? – pergunto um pouco na defensiva.

– É claro que não. – Ele toca o meu rosto e encosta a testa na minha. – Só não quero que você tenha que suportar isso sozinha.

– E eu não quero que você tenha que lidar com a família de Uriah sozinho – digo baixinho. – Mas acho que essas são coisas que precisamos fazer separadamente. Fico feliz em poder ficar com Caleb antes de... você sabe. Será bom não precisar me preocupar com você.

– É. – Ele fecha os olhos. – Mal posso esperar por amanhã, quando eu tiver voltado e você tiver feito o que pretende fazer, e então poderemos decidir o que vem a seguir.

– Posso garantir que vai incluir muito disto – digo, pressionando meus lábios nos dele.

Suas mãos descem das minhas bochechas para os meus ombros, depois, deslizam devagar pelas minhas costas. Seus dedos encontram a bainha da minha camisa, depois deslizam sob ela, quentes e persistentes.

De repente, sinto-me ciente de tudo, da pressão da boca dele, do gosto do seu beijo, da textura da sua pele, da luz alaranjada refletindo em seus cílios fechados e do cheiro de coisas verdes, coisas crescendo. Quando me afasto, e ele abre os olhos, vejo tudo o que há neles, o risco azul-claro em seu olho esquerdo, o azul-escuro que faz com que me sinta segura dentro dele, como se eu estivesse sonhando.

– Amo você – digo.

– Também amo você – responde ele. – Nós nos veremos em breve.

Ele me beija mais uma vez, suavemente, depois me deixa no átrio. Fico parada sob o raio de sol, até que o sol desaparece.

Está na hora de ficar com o meu irmão.

CAPÍTULO QUARENTA E QUATRO

TOBIAS

CONFIRO OS MONITORES antes de ir me encontrar com Amah e George. Evelyn está enfurnada na sede da Erudição com seus apoiadores sem-facção, curvada sobre um mapa da cidade. Marcus e Johanna estão em um edifício na Avenida Michigan, ao norte do edifício Hancock, conduzindo uma reunião.

Espero que estejam no mesmo lugar daqui a algumas horas, quando eu decidir qual dos dois vou reprogramar. Amah nos deu pouco mais de uma hora para encontrar e vacinar a família de Uriah e trazê-los escondidos para o complexo, então só terei tempo para um dos meus pais.

+ + +

A neve rodopia sobre a calçada do lado de fora, flutuando com o vento. George me oferece uma arma.

– Está perigoso lá dentro agora – diz ele. – Com toda essa história dos Leais.

Pego a arma sem nem olhar para ela.

– Vocês entenderam o plano? – pergunta George. – Estarei monitorando vocês daqui, da pequena sala de controle. Mas vamos ver o quão útil serei hoje à noite, com esta neve cobrindo as câmeras.

– E onde estarão os outros agentes de segurança?

– Bebendo? – George dá de ombros. – Disse para eles tirarem a noite de folga. Ninguém dará falta da caminhonete. Tudo vai dar certo, prometo.

Amah abre um sorriso.

– Está bem, vamos lá – diz ele.

George aperta o braço de Amah e acena para nós. Enquanto os outros seguem Amah até a caminhonete estacionada do lado de fora, seguro George. Ele me olha de maneira estranha.

– Não me pergunte nada sobre isso, porque não vou responder – digo. – Mas é melhor você se vacinar contra o soro da memória, está bem? O mais rápido possível. Matthew pode ajudá-lo.

Ele franze a testa ao olhar para mim.

– Apenas faça o que digo. – Afasto-me dele em direção à caminhonete.

Flocos de neve grudam no meu cabelo, e uma nuvem de vapor se enrosca ao redor da minha boca cada vez que respiro. Christina esbarra em mim ao caminharmos para a caminhonete e enfia alguma coisa no meu bolso. Um frasco.

Percebo os olhos de Peter sobre nós quando me sento no banco do carona. Ainda não entendo por que ele está tão ansioso para vir conosco, mas sei que preciso tomar cuidado.

O interior da caminhonete está quente, e logo os pequenos flocos de neve que nos cobriam derretem.

– Você é um cara de sorte – diz Amah. Ele me entrega uma tela de vidro com luzes brilhantes emaranhadas, como veias. Olho mais de perto e vejo que são ruas e que a linha mais forte traça o nosso caminho por elas. – Você está encarregado de conferir o mapa.

– Você precisa de um mapa? – Levanto a sobrancelha. – Que tal simplesmente... ir em direção aos prédios gigantes?

Amah faz uma careta ao olhar para mim.

– Não vamos seguir em linha reta até a cidade. Vamos seguir um caminho menos óbvio. Agora, cale a boca e cuide do mapa.

Encontro um ponto azul no mapa que marca a nossa posição. Amah sai com a caminhonete para a neve, que cai tão rápido que mal posso enxergar alguns metros à frente.

Os prédios pelos quais passamos parecem figuras escuras espiando através de um véu branco. Amah dirige rápido, confiando que o peso da caminhonete nos manterá estáveis. Entre os flocos de neve, vejo a cidade adiante. Eu tinha me esquecido de como estamos perto dela, porque tudo é tão diferente além dos seus limites.

– Nem posso acreditar que estamos voltando – diz Peter baixinho, como se não esperasse uma resposta.

– Nem eu – digo, porque é a pura verdade.

A distância que o Departamento manteve do resto do mundo é um mal de natureza diferente da guerra que eles planejam travar contra as nossas memórias. Um mal mais sutil, ainda que, de certa maneira, seja igualmente sinistro. Eles tiveram a chance de nos ajudar enquanto padecíamos em nossas facções, mas escolheram permitir que ruíssemos. Que morrêssemos. Que matássemos uns aos outros. Só agora, que estamos prestes a destruir um nível de material genético além do aceitável, eles resolveram intervir.

Chacoalhamos de um lado para outro dentro da caminhonete que Amah dirige sobre trilhos de trem, mantendo-nos perto do muro de cimento à direita.

Olho para Christina pelo espelho retrovisor. O joelho direito dela está balançando depressa.

+ + +

Ainda não sei que memória apagarei: se a de Marcus ou a de Evelyn.

Em geral, eu tentaria decidir qual seria a escolha mais altruísta, porém, neste caso, qualquer uma das duas parece egoísta. Reprogramar Marcus significaria apagar da face da terra o homem que mais odeio e temo. Significaria a minha libertação da influência dele.

Reprogramar Evelyn significaria transformá-la em uma nova mãe, que não me abandonaria ou tomaria decisões baseadas no desejo por vingança, nem controlaria todos em um esforço de não precisar confiar nas pessoas.

De qualquer maneira, estarei melhor com qualquer um dos dois fora de cena. Mas o que seria melhor para a cidade?

Não sei mais.

+ + +

Posiciono as mãos diante da saída de calefação para aquecê-las enquanto Amah continua a dirigir sobre os trilhos de trem, passando pelo vagão abandonado que vimos quando chegamos, que reflete a luz dos faróis em seus painéis prateados. Alcançamos o local onde o mundo externo termina e o experimento começa, e a mudança é tão abrupta quanto se alguém tivesse desenhado uma linha no chão.

Amah atravessa essa linha como se ela nem estivesse lá. Imagino que, para ele, ela tenha desaparecido com o tempo, à medida que ele se acostumou com seu novo mundo. Para mim, parece que estamos passando da verdade para a mentira, da vida adulta para a infância. Vejo a paisagem de cimento, vidro e metal se transformar em um campo aberto. Agora, a neve está caindo de leve, e consigo ver vagamente o contorno dos prédios da cidade adiante, e eles parecem só um pouco mais escuros do que as nuvens.

– Aonde devemos ir para encontrar Zeke? – pergunta Amah.

– Zeke e sua mãe se uniram aos Leais – digo. – Então, imagino que estejam onde a maioria deles estiver.

– O pessoal da sala de controle disse que a maioria deles passou a viver ao norte do rio, perto do edifício Hancock – conta Amah. – Que tal um passeio de tirolesa?

– De jeito nenhum.

Amah solta uma risada.

Demoramos mais uma hora para nos aproximarmos do local. Só começo a ficar nervoso quando vejo o edifício Hancock a distância.

– Hã... Amah? – diz Christina do banco de trás. – Detesto dizer isso, mas preciso muito parar. E... você sabe, fazer xixi.

– Agora? – pergunta ele.

– É. A vontade apareceu de repente.

Ele suspira, mas para a caminhonete perto da calçada.

– Vocês, fiquem aqui dentro. E nada de olhar! – diz Christina, e salta do automóvel.

Vejo a silhueta dela caminhando até a traseira da caminhonete e espero. Tudo o que sinto quando ela corta os pneus é um pequeno quique na caminhonete, tão sutil que tenho certeza de que só o senti porque estava esperando por ele. Quando Christina volta, está exibindo um pequeno sorriso.

Às vezes, a única coisa necessária para salvar pessoas de um destino terrível é que alguém esteja disposto a fazer algo a respeito. Mesmo que este "algo" seja apenas uma falsa ida ao banheiro.

Amah dirige por mais alguns minutos antes que alguma coisa aconteça. De repente, a caminhonete estremece e começa a quicar, como se estivéssemos passando sobre um quebra-molas.

– Droga – diz Amah, olhando para o velocímetro. – Não acredito.

– O pneu furou? – pergunto.

– Furou. – Ele suspira, pisando devagar o freio e parando o automóvel.

– Vou conferir – digo.

Salto do banco do carona e caminho até a traseira da caminhonete. Os dois pneus traseiros estão completamente murchos, rasgados pela faca que Christina trouxe consigo. Olho pela janela traseira para me assegurar de que há apenas um estepe, depois volto para a porta aberta para dar a notícia.

– Os dois pneus traseiros estão murchos e só temos um estepe – digo. – Precisamos abandonar a caminhonete e conseguir outro veículo.

– Droga! – Amah golpeia o volante. – Não temos tempo para isso. Precisamos vacinar Zeke, sua mãe e a família de Christina antes que o soro da memória seja lançado, ou tudo isso será inútil.

– Calma – digo. – Sei onde podemos encontrar outro veículo. Que tal vocês continuarem a pé enquanto procuro outra coisa que a gente possa dirigir?

A expressão de Amah se ilumina.

– Boa ideia – diz ele.

Antes de me afastar da caminhonete, certifico-me de que minha arma está carregada, apesar de não saber se vou precisar usá-la. Todos saltam do automóvel, e Amah estremece de frio e dá saltinhos nas pontas dos pés.

Confiro o relógio.

– Até que horas vocês precisam vaciná-los?

– Segundo o cronograma de George, temos uma hora antes de a cidade ser reprogramada – diz Amah, também conferindo o relógio, para ter certeza. – Se você quiser poupar Zeke e a mãe dele da tristeza de descobrirem o que aconteceu com Uriah e permitir que eles sejam reprogramados, vou entender. Farei isso se você quiser.

Balanço a cabeça.

– Eu não poderia fazer isso. Eles não sofreriam, mas não seria real.

– Como eu sempre disse – diz Amah, sorrindo –, uma vez Careta, sempre Careta.

– Você poderia... não contar a eles o que aconteceu? Só até eu chegar lá? Apenas os vacine. Quero dar a notícia.

O sorriso de Amah murcha um pouco.

– Sim, é claro.

Meus sapatos já estão encharcados só de ter ido conferir os pneus, e meus pés doem quando tocam o chão gelado mais uma vez. Estou prestes a me afastar da caminhonete quando Peter resolve abrir a boca.

– Vou com você – diz ele.

– O quê? Por quê? – Eu o olho feio.

– Talvez você precise de ajuda para encontrar uma caminhonete – sugere ele. – A cidade é bem grande.

Olho para Amah, mas ele dá de ombros.

– Faz sentido – diz ele.

Peter se inclina para perto de mim e fala baixinho para que apenas eu consiga ouvir:

– E, se não quiser que eu diga a ele que você está planejando alguma coisa, é melhor não discutir.

Ele olha o bolso do meu casaco, onde o soro da memória está guardado.

Solto um suspiro.

– Está bem. Mas faça exatamente o que eu mandar.

Vejo Amah e Christina se distanciando em direção ao edifício Hancock. Quando eles já estão longe demais para nos ver, dou alguns passos para trás, enfiando a mão no bolso para proteger o frasco.

– Não estou indo procurar uma caminhonete – digo. – É melhor que você saiba disso logo. Vai me ajudar com o que tenho que fazer ou terei que atirar em você?

– Depende do que você for fazer.

É difícil encontrar uma resposta quando nem eu sei muito bem o que vou fazer. Fico parado, olhando para o edifício Hancock. À minha direita, encontram-se os sem-facção, Evelyn e seu estoque de soro da morte. À minha esquerda, estão os Leais, Marcus e seu plano de insurreição.

Onde será que tenho mais influência? Onde posso fazer mais diferença? Essas são as perguntas que eu deveria estar fazendo a mim mesmo. Mas só consigo pensar em qual dos dois eu mais quero destruir.

– Vou impedir uma revolução.

Viro à direita, e Peter me segue.

CAPÍTULO QUARENTA E CINCO

TRIS

MEU IRMÃO ESTÁ parado atrás do microscópio, o olho junto à lente. A luz da plataforma do microscópio lança sombras estranhas em seu rosto, fazendo-o parecer muito mais velho.

– Com certeza, é ele – diz Caleb. – Digo, o soro da simulação de ataque. Sem a menor dúvida.

– É sempre bom ter a confirmação de outra pessoa – diz Matthew.

Estou ao lado do meu irmão nas horas antes da sua morte. E ele está analisando soros. É tão idiota.

Sei por que Caleb queria vir aqui: para se certificar de que morrerá por uma boa razão. Eu compreendo. Depois de se morrer por algo, não há como voltar atrás. Pelo menos, acho que não.

– Diga-me o código de ativação mais uma vez – diz Matthew. O código de ativação acionará a arma do soro da memória, e outro botão vai dispará-la de maneira instantânea. Matthew tem obrigado Caleb a repetir os dois a cada cinco minutos desde que chegamos aqui.

– Não tenho nenhuma dificuldade em memorizar sequências de números! – gaba-se Caleb.

– Não duvido disso. Mas não sabemos qual será o seu estado mental quando o soro da morte começar a agir, e esse código precisa estar bem-gravado na sua cabeça.

Caleb faz uma careta ao ouvir o termo "soro da morte". Encaro os meus sapatos.

– 080712 – diz Caleb. – Depois, aperto o botão verde.

Enquanto estamos aqui, Cara está com o pessoal da sala de controle para jogar soro da paz em suas bebidas e desligar as luzes do complexo enquanto eles estiverem entorpecidos demais para notar, assim como Nita e Tobias fizeram há algumas semanas. Quando ela fizer isso, correremos até o Laboratório de Armas, escondidos das câmeras pela escuridão.

Diante de mim, sobre a mesa do laboratório, encontram-se os explosivos que Reggie nos deu. Eles parecem tão comuns dentro de uma caixa preta com garras de metal nas pontas e um detonador remoto. As garras prenderão a caixa ao segundo conjunto de portas do laboratório. O primeiro conjunto ainda não foi consertado desde o ataque.

– Acho que é isso – fala Matthew. – Agora, tudo o que precisamos fazer é esperar.

– Matthew – digo. – Você poderia nos deixar a sós um pouco?

– É claro. – Matthew abre um sorriso. – Voltarei quando estiver na hora.

Ele fecha a porta ao sair. Caleb corre as mãos pela roupa de laboratório, pelos explosivos, pela mochila onde levará o equipamento. E alinha todos os objetos, ajeitando um canto, depois outro.

– Estive pensando sobre quando a gente era criança e brincava de "Franqueza" – conta ele. – Como eu colocava você sentada em uma cadeira na sala de estar e fazia perguntas? Você se lembra disso?

– Lembro – respondo. Apoio o quadril na mesa do laboratório. – Você costumava sentir o meu pulso e me dizer que, se eu mentisse, você saberia, porque membros da Franqueza sempre sabem quando os outros estão mentindo. Não era muito legal.

Caleb solta uma risada.

– Uma vez, você confessou que havia roubado um livro da biblioteca da escola no exato momento em que a mamãe chegou em casa...

– E fui obrigada a me desculpar à bibliotecária! – Solto uma risada também. – Aquela bibliotecária era terrível. Ela chamava todo mundo de "minha jovem" e "meu jovem".

– Ah, mas ela me adorava. Sabia que, quando trabalhei como voluntário na biblioteca, e deveria estar guardando livros nas prateleiras durante o horário de almoço, na verdade, eu passava o tempo todo entre as estantes, lendo? Ela me pegou algumas vezes, mas nunca disse nada.

– Sério? – Sinto uma pontada no peito. – Eu não sabia.

– Acho que havia muito que não sabíamos a respeito um do outro. – Ele tamborila os dedos na mesa. – Gostaria que tivéssemos conseguido ser mais honestos um com o outro.

– Eu também.

– E agora é tarde demais, não é? – Ele olha para mim.

– Nem tanto. – Puxo uma cadeira da mesa do laboratório e me sento nela. – Vamos brincar de Franqueza. Primeiro, eu respondo uma pergunta; depois, é a sua vez de responder. Com honestidade, é claro.

Ele parece um pouco exasperado, mas aceita.

– Está bem. O que você fez para quebrar aqueles vidros na cozinha quando disse que estava apenas tentando limpar as manchas deles?

Reviro os olhos.

– É esta a pergunta para a qual você quer uma resposta honesta? Fala sério, Caleb.

– Está bem, está bem. – Ele limpa a garganta, e seus olhos verdes se fixam nos meus, sérios. – Você realmente me perdoou ou está apenas dizendo isso porque estou prestes a morrer?

Encaro as minhas mãos, pousadas no meu colo. Tenho conseguido ser gentil e agradável com ele porque toda vez que penso sobre o que aconteceu na sede da Erudição imediatamente afasto o pensamento. Mas isso não pode ser perdão. Se eu o tivesse perdoado, conseguiria pensar sobre o que aconteceu sem aquele ódio que sinto dentro de mim, não é?

Ou talvez o perdão seja apenas o afastamento contínuo de lembranças amargas até que o tempo diminua a dor e a raiva, e o mal seja esquecido.

Pelo bem de Caleb, decido acreditar na segunda opção.

– Sim, eu perdoei você – respondo, depois faço uma pausa. – Ou, pelo menos, quero desesperadamente perdoar, e acho que talvez isso seja a mesma coisa.

Ele parece aliviado. Levanto-me para que ele possa se sentar na cadeira. Sei o que quero perguntar desde que ele se ofereceu para se sacrificar.

– Qual é o principal motivo pelo qual você está fazendo isso? – pergunto. – O motivo mais importante?

– Não me pergunte isso, Beatrice.

– Não é uma armadilha – digo. – Não vou deixar de perdoar você por isso. Só preciso saber.

Entre nós dois encontram-se a roupa de laboratório, os explosivos e a mochila, enfileirados sobre o aço escovado. São os instrumentos que vão fazê-lo ir embora e não voltar mais.

– Acho que eu sinto que essa é a única maneira como conseguirei escapar da culpa por todas as coisas que fiz – responde ele. – Nunca quis tanto alguma coisa quanto quero me livrar da culpa.

Suas palavras me ferem por dentro. Temia que ele dissesse isso. Já sabia que é o que ele iria dizer, mas queria que ele não tivesse dito.

De repente, uma voz sai da caixa do sistema de comunicação interna no canto da sala:

– Atenção, residentes do complexo. Iniciando procedimento de confinamento emergencial, em vigor até as cinco da manhã. Repito, iniciando procedimento de confinamento emergencial, em vigor até as cinco da manhã.

Eu e Caleb trocamos olhares preocupados. Matthew entra correndo.

– Droga – diz ele, depois repete mais alto. – Droga!

– Confinamento emergencial? – pergunto. – É a mesma coisa que um alarme de ataque?

– Basicamente. Significa que devemos agir *agora*, enquanto os corredores ainda estão caóticos e antes que eles aumentem a segurança – diz Matthew.

– Por que fariam isso? – pergunta Caleb.

– Talvez estejam apenas tentando aumentar a segurança antes de lançar os vírus – diz Matthew. – Ou talvez tenham descoberto que vamos tentar alguma coisa. Mas, se soubessem, é provável que já teriam vindo nos prender.

Olho para Caleb. Os minutos que eu ainda tinha ao lado dele se dissipam.

Atravesso o laboratório e pego nossas armas sobre o balcão, mas um pensamento se agarra ao fundo da minha mente, sobre o que Tobias disse ontem: a Abnegação afirma que devemos permitir que alguém se sacrifique por nós se essa for a maneira da pessoa de nos mostrar que nos ama.

E a razão de Caleb não é essa.

CAPÍTULO QUARENTA E SEIS

TOBIAS

MEU PÉ ESCORREGA na calçada coberta de neve.

– Você não se vacinou ontem – digo para Peter.

– Não, não me vacinei.

– Por que não?

– Por que eu deveria contar?

Corro o dedão pelo frasco e digo:

– Você veio comigo porque sabe que estou com o soro da memória, não é? Se quer que eu lhe dê o soro, poderia pelo menos me dar um motivo.

Ele olha mais uma vez para o meu bolso, como fez antes. Deve ter visto quando Christina colocou o frasco ali.

– Prefiro *tomá-lo* de você.

– Fala sério. – Levanto os olhos para ver a neve se amontoando sobre as beiradas dos prédios. Está escuro, mas a lua oferece luz o bastante para enxergarmos. – Você pode achar que é muito bom de luta, mas não o bastante para me derrotar, pode ter certeza.

De repente, ele me empurra com força, e eu escorrego no chão coberto de neve e caio. Minha arma desaba no chão, meio enterrada na neve. *Isto é para você deixar de ser metido*, penso enquanto tento me levantar. Ele agarra o colarinho da minha camisa e me puxa para a frente, fazendo-me escorregar de novo. Mas, desta vez, mantenho o equilíbrio e atinjo a sua barriga com o meu cotovelo. Ele chuta a minha perna com força, de modo a deixá-la dormente, e agarra a frente do meu casaco a fim de me puxar para si.

Sua mão vasculha o meu bolso, onde o soro está guardado. Tento empurrá-lo, mas ele está muito estável, e minha perna continua dormente. Com um gemido de frustração, puxo meu braço livre para perto do meu rosto, depois atinjo a sua boca com o cotovelo. A dor se espalha pelo meu braço. É doloroso atingir os dentes de uma pessoa. Mas valeu a pena. Ele solta um grito, deslizando pela rua e agarrando o rosto com as mãos.

– Sabe por que você ganhava as lutas durante a iniciação? – digo enquanto me levanto. – Porque você é cruel. Porque gosta de machucar as pessoas. E acha que é especial, e que todos ao seu redor são maricas que não conseguem tomar decisões difíceis como você.

Peter começa a se levantar, mas chuto as suas costelas, e ele desaba de novo. Depois, piso seu peito, com o pé bem abaixo da sua garganta, e nossos olhos se encontram. Seus olhos parecem arregalados e inocentes, completamente diferentes do que existe dentro dele.

– Você não é especial. Também gosto de machucar as pessoas. Consigo tomar decisões cruéis. A diferença é que, às vezes, não é isso que faço. Mas você sempre age assim, e é isso que o torna mau.

Passo por cima dele e volto a seguir pela Avenida Michigan. Dou apenas alguns passos antes de ouvir sua voz.

– É por isso que eu quero o soro – diz ele com a voz trêmula.

Eu paro, mas não me viro. Não quero ver o rosto dele agora.

– Quero o soro porque estou cansado de ser assim. Estou cansado de fazer coisas ruins e gostar disso e, depois, ficar me perguntando o que há de errado comigo. Quero que isso acabe. Quero recomeçar.

– E você não acha que essa é uma saída covarde? – pergunto.

– Acho que eu não ligo se é ou não – diz Peter.

Sinto a raiva que crescia dentro de mim diminuir enquanto giro o frasco em meus dedos dentro do bolso. Ouço-o se levantar e limpar a neve da sua roupa.

– Não tente se meter no meu caminho novamente e eu prometo que, quando tudo estiver resolvido, deixarei que você se reprograme. Não tenho nenhum motivo para não deixar.

Ele assente com a cabeça e continuamos caminhando pela neve lisa em direção ao edifício onde vi minha mãe pela última vez.

CAPÍTULO QUARENTA E SETE

Tris

UM SILÊNCIO TENSO paira no corredor, embora haja pessoas por todo lado. Uma mulher esbarra em mim com o ombro e murmura um pedido de desculpa, e eu me aproximo mais de Caleb para não o perder de vista. Às vezes, queria ter apenas alguns centímetros a mais para que o mundo não parecesse uma grande coleção de torsos.

Caminhamos rápido, mas não rápido demais. Quanto mais seguranças vejo, mais cresce a pressão que sinto dentro de mim. A mochila de Caleb, com a roupa de laboratório e os explosivos, quica em suas costas enquanto caminhamos. As pessoas estão se movendo em todas as direções, mas, em breve, alcançaremos um corredor onde não há qualquer motivo para pessoas passarem.

– Acho que algo deve ter acontecido com Cara – diz Matthew. – As luzes já deveriam ter apagado.

Concordo com a cabeça. Sinto a pressão da arma, ocultada pela minha camisa larga, contra as minhas costas. Eu esperava não ter de usá-la, mas parece que isso não será possível. E mesmo que eu a use, talvez não consigamos chegar ao Laboratório de Armas.

Toco os braços de Caleb e de Matthew, e nós três paramos no meio do corredor.

– Tenho uma ideia – digo. – Vamos nos dividir. Eu e Caleb corremos até o laboratório enquanto Matthew cria algum tipo de distração.

– Distração?

– Você tem uma arma, não tem? Dispare-a para cima.

Ele hesita.

– Apenas faça o que digo, está bem? – digo entredentes.

Matthew saca sua arma. Agarro o cotovelo de Caleb e o guio pelo corredor. Ao olhar para trás, vejo Matthew levantar a arma e disparar diretamente para cima, acertando um dos painéis de vidro sobre sua cabeça. Ao som do estampido, começo a correr, arrastando Caleb comigo. Os sons de gritos e de vidro estilhaçado enchem o ambiente, e seguranças passam correndo por nós, sem notar que estamos correndo para longe dos dormitórios, correndo em direção a um lugar onde não deveríamos estar.

É estranho sentir os meus instintos e o treinamento da Audácia se manifestarem. Minha respiração se torna mais profunda, mais estável, enquanto seguimos o trajeto que determinamos de manhã. Minha mente parece mais afiada e clara. Olho para Caleb, esperando ver a mesma coisa acontecendo com ele, mas toda a circulação parece ter desaparecido do seu rosto, e ele está arquejando. Mantenho a mão firme em seu cotovelo para mantê-lo estável.

Viramos o corredor, os sapatos chiando sobre os ladrilhos, e um corredor meio vazio, com o teto espelhado, estende-se à nossa frente. Sinto uma onda de triunfo. Conheço este lugar. Não estamos longe agora. Vamos conseguir.

– Parem! – grita uma voz atrás de mim.

Os seguranças. Eles nos encontraram.

– Parem, ou atiraremos!

Caleb estremece e levanta as mãos. Levanto as minhas também e olho para ele.

Sinto tudo desacelerando dentro de mim, meus pensamentos urgentes e o bater forte do meu coração.

Quando olho para ele, não vejo o jovem covarde que me entregou para Jeanine Matthews e não ouço as desculpas que ele me ofereceu depois.

Quando olho para ele, vejo o garoto que segurou a minha mão no hospital quando nossa mãe quebrou o pulso e me disse que tudo ia ficar bem. Vejo o irmão que me disse que eu deveria fazer as minhas próprias escolhas na noite antes da Cerimônia de Escolha. Penso em todas as coisas louváveis que ele é: esperto, entusiasmado e observador, tranquilo, sério e bondoso.

Ele é parte de mim e sempre será, e eu sou parte dele também. Não pertenço à Abnegação ou à Audácia, nem mesmo aos Divergentes. Não pertenço ao Departamento, ao experimento ou à margem. Pertenço às pessoas que amo, e elas pertencem a mim. Elas, junto com o amor e a lealdade que eu lhes ofereço, formam a minha identidade muito mais do que qualquer palavra ou grupo jamais formará.

Amo o meu irmão. Eu o amo, e ele está tremendo de medo diante da perspectiva de morrer. Eu o amo e tudo o que consigo pensar, tudo o que consigo ouvir em minha mente, são as palavras que disse para ele há alguns dias: *Eu nunca o levaria à sua própria execução.*

– Caleb. Me dê a mochila.

– O quê?

Deslizo a mão sob a parte de trás da minha camisa e seguro a arma. Eu a aponto para ele.

– Me dê a mochila.

– Tris, não. – Ele balança a cabeça. – Não. Não vou deixar você fazer isso.

– Baixe a arma! – grita o guarda no final do corredor. – Baixe a arma, ou atiraremos!

– Talvez eu consiga sobreviver ao soro da morte – argumento. – Sou boa em combater soros. Existe uma chance de eu sobreviver. Você não tem a menor chance. Me dê a mochila, ou vou atirar na sua perna e tomá-la de você.

Então, falo mais alto para que os guardas consigam me ouvir.

– Ele é meu refém! Não se aproximem, ou vou matá-lo!

Neste momento, ele me lembra o meu pai. Seus olhos estão cansados e tristes. Há um vestígio de barba em seu queixo. Suas mãos tremem quando ele puxa a mochila para a frente do corpo e a entrega para mim.

Pego a mochila e lanço-a sobre meu ombro. Mantenho a arma apontada para ele e mudo a posição do meu corpo, fazendo com que ele bloqueie minha visão dos guardas e do final do corredor.

– Caleb, amo você.

Seus olhos brilham com lágrimas, e ele diz:

– Eu também amo você, Beatrice.

– De joelhos! – grito para que os guardas consigam ouvir.

Caleb ajoelha-se no chão.

– Se eu não sobreviver, diga a Tobias que eu não queria deixá-lo.

Eu me afasto, apontando a arma para um dos guardas. Inspiro e firmo a mão. Disparo. Ouço um grito de dor e corro na direção oposta, o som de tiros enchendo os meus ouvidos. Corro em zigue-zague para dificultar a mira dos guardas, depois mergulho na curva do corredor. Uma bala atinge a parede bem atrás de mim, abrindo um buraco.

Enquanto corro, giro a mochila para a frente do corpo e abro o zíper. Retiro os explosivos e o detonador. Ouço gritos e passos apressados atrás de mim. Não tenho tempo. Não tenho tempo.

Corro mais rápido, mais do que pensei que conseguiria. O impacto de cada passo faz meu corpo estremecer, e viro mais uma vez o corredor, onde encontro dois guardas ao lado das portas que Nita e os invasores quebraram. Agarrando os explosivos e o detonador junto ao peito com a mão livre, atiro na perna de um dos guardas e no peito de outro.

O guarda que acertei na perna tenta pegar a sua arma, e eu atiro mais uma vez, fechando os olhos depois de mirar. Ele não se move mais.

Atravesso as portas quebradas correndo e entro no corredor entre elas. Bato com os explosivos contra a barra de metal, no local onde as duas portas se unem, e prendo as garras ao redor dela para que eles não saiam do lugar. Depois, corro de volta para o fim do corredor, viro a esquina e me agacho de costas para as portas enquanto aperto o botão de detonação e cubro os ouvidos com as mãos.

O som vibra em meus ossos quando a pequena bomba explode, e a força da explosão me joga de lado no chão, fazendo minha arma deslizar sobre os ladrilhos. Cacos de vidro e metal voam ao meu redor, depois caem sobre o chão onde estou deitada, atordoada. Apesar de ter tapado os ouvidos, ainda ouço um zunido quando afasto as mãos e não consigo me equilibrar direito.

No fim do corredor, os guardas me alcançam. Eles atiram, e uma bala atinge a parte carnuda do meu braço. Solto um grito e cubro a ferida com a mão, e minha visão fica enevoada. Viro novamente o corredor e caminho, entre tropeços, em direção às portas arrombadas.

Do outro lado, há um pequeno vestíbulo com um par de portas fechadas, mas destrancadas, no outro extremo. Através das pequenas janelas dessas portas, vejo o Laboratório de Armas, com fileiras uniformes de maquinaria, aparelhos escuros e frascos de soros iluminados de baixo, como se estivessem em uma exposição. Ouço um som de spray e sei que o soro da morte está flutuando no ar ao meu redor, mas os guardas estão atrás de mim, e não tenho tempo de vestir a roupa de laboratório que retardará seus efeitos.

Também sei, tenho certeza, que conseguirei sobreviver a isto.

Entro no vestíbulo.

CAPÍTULO QUARENTA E OITO

TOBIAS

A SEDE DOS sem-facção, que, para mim, sempre será a sede da Erudição, independentemente de qualquer coisa, está silenciosa sob a neve, com nada além de janelas acesas para sinalizar que há pessoas lá dentro. Paro diante das portas e produzo um som de insatisfação com a garganta.

– O que foi? – pergunta Peter.

– Odeio este lugar.

Ele afasta dos olhos o cabelo encharcado de neve.

– Então, o que devemos fazer? Quebrar uma janela? Procurar uma porta dos fundos?

– Vou simplesmente entrar. Sou o filho dela.

– Você também a traiu e deixou a cidade quando ela proibiu todo mundo de fazer isso – lembra ele. – E ela mandou pessoas atrás de você para detê-lo. Pessoas armadas.

– Pode ficar aqui se quiser – digo.

– Aonde o soro for, eu vou. Mas, se atirarem em você, vou agarrar o frasco e sair correndo.

– Não esperava outra coisa.

Ele é uma pessoa estranha.

Entro no saguão, onde alguém reconstruiu o retrato de Jeanine Matthews, mas desenhou um *X* sobre cada um dos seus olhos com tinta vermelha e escreveu "lixo das facções" embaixo.

Várias pessoas com braçadeiras dos sem-facção avançam contra nós com armas apontadas. Reconheço algumas delas das fogueiras no armazém dos sem-facção ou do tempo que passei ao lado de Evelyn como líder da Audácia. Outros são completos estranhos, o que me lembra que a população sem-facção é muito maior do que jamais suspeitamos.

Levanto as mãos.

– Vim ver Evelyn.

– Claro – diz um deles. – Porque nós deixamos qualquer pessoa que quiser falar com ela entrar assim.

– Tenho uma mensagem das pessoas do lado de fora – aviso. – Tenho certeza de que ela gostará de ouvir.

– Tobias? – diz uma mulher sem-facção. Eu a reconheço, não do armazém dos sem-facção, mas do setor da Abnegação. Ela era minha vizinha. Seu nome é Grace.

– Olá, Grace. Só quero falar com a minha mãe.

Ela morde o interior da bochecha e me estuda, depois passa a segurar a arma com menos firmeza.

– Bem, mesmo assim, não devemos deixar ninguém entrar.

– Pelo amor de Deus! – exclama Peter. – Que tal ir contar o que está acontecendo e ver o que ela tem a dizer sobre isso, então? Podemos esperar.

Grace recua para o meio da multidão que se reuniu ao nosso redor enquanto conversávamos, depois baixa a arma e sai apressada por um corredor próximo.

Ficamos parados ali por um tempo que parece muito longo, até que meus ombros doem de tanto suportar o peso dos meus braços levantados. Depois, Grace retorna e faz um sinal para que a sigamos. Desço os braços, os outros baixam suas armas, e entro no foyer, passando pelo centro da multidão, como um fio passando pelo buraco de uma agulha. Ela nos guia até um elevador.

– O que está fazendo com uma arma, Grace? – pergunto. Nunca soube de alguém da Abnegação usando uma arma.

– Os costumes das facções não existem mais – diz ela. – Agora posso me defender. Posso ter um senso de autopreservação.

– Que bom – digo, e estou sendo sincero. A Abnegação era tão problemática quanto qualquer outra facção, mas seus males eram menos óbvios, disfarçados pela máscara do altruísmo. Exigir que uma pessoa desapareça, que suma em meio à paisagem aonde quer que for, não é melhor do que a encorajar a socar outra pessoa.

Subimos até o andar onde o escritório administrativo de Jeanine costumava ficar, mas não é para lá que Grace nos leva. Ela nos leva para uma grande sala de reuniões com mesas, sofás e cadeiras organizadas em quadrados arrumados. Enormes janelas na parede dos fundos deixam entrar a luz da lua. Evelyn está sentada a uma mesa à direita, olhando pela janela.

– Pode ir, Grace – diz Evelyn. – Você tem uma mensagem para mim, Tobias?

Ela não olha para mim. Seu cabelo espesso está preso em um nó, e ela veste uma camisa cinza com uma braçadeira dos sem-facção. Parece exausta.

– Você se importa em esperar no corredor? – digo para Peter, e, para a minha surpresa, ele não discute. Apenas sai da sala, fechando a porta.

Eu e minha mãe estamos sozinhos.

– As pessoas do lado de fora não têm nenhuma mensagem para nós – digo, aproximando-me dela. – Querem roubar as memórias de todos nesta cidade. Acreditam que não há como argumentar conosco, não há como apelar para nosso lado bom. Eles decidiram que seria mais fácil nos apagar do que conversar conosco.

– Talvez tenham razão – diz Evelyn. Enfim, ela me encara, apoiando a maçã do rosto em suas mãos. Há um círculo vazio tatuado em um dos seus dedos, como uma aliança. – Então, o que você veio fazer aqui?

Eu hesito com a mão no frasco em meu bolso. Olho para ela e consigo ver a maneira como o tempo a exauriu, como um pedaço de pano velho, puído e com as fibras expostas. E também consigo ver a mulher que conheci na minha infância, a boca que se abria em um sorriso, os olhos que brilhavam com alegria. Mas, quanto mais olho para ela, mais me convenço de que a mulher feliz nunca existiu. A mulher é apenas uma versão tênue da minha mãe real, vista através dos olhos egocêntricos de uma criança.

Sento-me à mesa, de frente para ela, e pouso o frasco de soro da memória entre nós.

– Vim fazer você beber isto – digo.

Ela olha para o frasco, e acho que vejo lágrimas nos seus olhos, mas poderia ser apenas a luz.

– Pensei que seria a única maneira de prevenir a destruição absoluta – digo. – Sei que Marcus, Johanna e o pessoal deles vão atacar e sei que você fará o que for preciso para detê-los, incluindo usar o soro da morte que possui. – Inclino a cabeça. – Estou errado?

– Não. As facções são más. Elas não podem ser restauradas. Eu preferiria ver todos nós destruídos.

A mão dela aperta a beirada da mesa, e suas juntas ficam brancas.

– O motivo pelo qual as facções eram más é que não ofereciam uma saída – digo. – Elas nos davam a ilusão da escolha, sem de fato nos oferecer uma. É a mesma coisa que você está fazendo ao aboli-las. Você está dizendo: *Faça uma escolha. Mas que a sua escolha não seja pelas facções, ou vou acabar com você!*

– Se você pensava assim, por que não me disse nada? – pergunta ela, com a voz mais alta e os olhos evitando os meus, me evitando. – Por que não me disse, em vez de *me trair*?

– Porque eu tinha medo de você! – As palavras escapam da minha boca, e eu me arrependo delas, mas, ao mesmo tempo, fico feliz de tê-las dito. Fico feliz pelo fato de que, antes de pedir que ela abra mão da sua identidade, eu possa pelo menos ser honesto. – Você... você me faz lembrar *dele*!

– Não ouse falar isso. – Ela cerra os punhos e quase cospe as palavras em mim. – Não *ouse*.

– Não me importa se você não quiser ouvir – digo, levantando-me. – Ele era um tirano em nossa casa, e agora você é uma tirana nesta cidade e nem consegue enxergar que é a mesma coisa!

– Então, foi por isso que você trouxe isto – diz ela, fechando a mão ao redor do frasco, levantando-o e o analisando. – Porque acha que é a única maneira de consertar as coisas.

– Eu... – Estou prestes a dizer que é a maneira mais fácil, a melhor, talvez a única pela qual eu possa confiar nela.

Se eu apagar sua memória, posso criar uma nova mãe para mim mesmo, mas...

Mas ela é mais do que a minha mãe. É uma pessoa por si só e não pertence a mim.

Eu não posso decidir o que ela vai se tornar só porque não consigo lidar com quem é.

– Não – digo. – Não, eu vim lhe oferecer uma escolha.

De repente, sinto-me aterrorizado, as mãos dormentes e o coração batendo rápido...

– Pensei em visitar Marcus esta noite, mas não fui. – Engulo em seco. – Eu vim ver você porque... porque acredito que ainda existe alguma chance de reconciliação entre nós. Não agora, nem tão cedo, mas algum dia. E, com ele, não existe nenhuma esperança, nenhuma chance de reconciliação.

Ela me encara com os olhos ferozes, mas se enchendo de lágrimas.

– Não é justo lhe dar essa escolha – digo. – Mas é o que preciso fazer. Você pode liderar os sem-facção, pode lutar contra os Leais, mas terá que fazer isso sem mim, para sempre. Ou pode abandonar essa cruzada, e... e terá o seu filho de volta.

É uma oferta fraca, eu sei, e é por isso que estou com medo. Com medo de que Evelyn se recuse a escolher, que escolha o poder, e não a mim, que diga que sou uma criança ridícula, que é exatamente o que sou. Sou uma criança. Tenho meio metro de altura e estou perguntando se ela me ama.

Os olhos de Evelyn, escuros como terra molhada, estudam os meus durante um longo tempo.

Depois, ela estende a mão sobre a mesa e me puxa com força para os seus braços, que formam uma gaiola ao redor de mim, com uma força surpreendente.

– Deixe que eles fiquem com a cidade e tudo o que há dentro dela – diz ela, com o rosto mergulhado no meu cabelo.

Não consigo me mover, não consigo falar. Ela me escolheu. Ela me escolheu.

CAPÍTULO QUARENTA E NOVE

TRIS

O SORO DA morte cheira a fumaça e tempero, e meus pulmões o rejeitam assim que o respiro. Começo a tossir e cuspir e sou engolida pela escuridão.

Desabo de joelhos. Parece que alguém trocou o meu sangue por melaço e meus ossos por chumbo. Um fio invisível me puxa em direção ao sono, mas quero ficar acordada. É importante que eu queira ficar acordada. Imagino essa vontade, esse desejo, queimando o meu peito como uma chama.

O fio puxa mais forte, e eu alimento a chama com nomes. Tobias. Caleb. Christina. Matthew. Cara. Zeke. Uriah.

Mas não consigo suportar o peso do soro. Meu corpo desaba de lado, e meu braço ferido se aperta contra o chão frio. Estou flutuando...

Seria gostoso sair flutuando, diz uma voz dentro da minha cabeça. *E ver para onde serei levada...*

Mas a chama, a chama.

O desejo de viver.

Ainda não terminei, ainda não.

Sinto que estou cavando em minha própria mente. É difícil lembrar por que vim aqui e por que estou tão preocupada em me livrar deste lindo peso. Mas, de repente, minhas mãos, que cavam, encontram a memória do rosto da minha mãe, e seu corpo esparramado na calçada, o sangue escorrendo do corpo do meu pai.

Mas estão mortos, diz a voz. *Você poderia se juntar a eles.*

Eles morreram por mim, respondo. E agora preciso retribuir o sacrifício. Preciso impedir que outras pessoas percam tudo. Preciso salvar a cidade e as pessoas que minha mãe e meu pai amavam.

Se eu me juntar aos meus pais, quero que seja por um bom *motivo*, e não isto, este colapso sem sentido no limiar.

A chama, a chama. Ela arde dentro de mim, uma fogueira e depois um inferno, e o meu corpo é o combustível. Sinto-a se espalhando depressa dentro de mim, consumindo o peso. Não há nada capaz de me matar agora; sou poderosa, invencível e eterna.

Sinto o soro grudando na minha pele como óleo, mas a escuridão recua. Bato com a mão pesada no chão e empurro meu corpo para cima, levantando-me.

Curvada para a frente, lanço meu ombro contra a porta dupla e ela range contra o chão quando o selo se rompe. Respiro o ar puro e ajeito o corpo. Eu cheguei, *cheguei*.

Mas não estou sozinha.

– Não se mova – diz David, levantando sua arma. – Olá, Tris.

CAPÍTULO CINQUENTA

TRIS

– COMO VOCÊ se vacinou contra o soro da morte? – pergunta David. Ele continua sentado em sua cadeira de rodas, mas não precisa andar para disparar uma arma.

Pisco os olhos ao olhar para ele, ainda atordoada.

– Não me vacinei.

– Não seja idiota – diz David. – É impossível sobreviver ao soro da morte sem a vacina, e sou a única pessoa do complexo que tem a substância.

Eu apenas o encaro sem saber o que dizer. Não me vacinei. O fato de que continuo em pé é impossível. Não há mais nada a dizer.

– Acho que não importa mais – diz ele. – Estamos aqui agora.

– O que está fazendo aqui? – murmuro. Meus lábios parecem desagradavelmente inchados, e é difícil falar.

Ainda sinto o peso oleoso em minha pele, como se a morte se agarrasse a mim, apesar de eu tê-la vencido.

Tenho vaga ciência de que deixei a minha arma no corredor por onde passei, certa de que não precisaria usá-la quando chegasse aqui.

– Eu sabia que algo estava acontecendo – conta David. – Você tem andado com pessoas geneticamente danificadas a semana inteira, Tris. Pensou que eu não fosse perceber? – Ele balança a cabeça. – Depois, sua amiga Cara foi pega tentando manipular as luzes, mas, muito esperta, desmaiou antes que pudesse nos contar qualquer coisa. Então, resolvi vir para cá, por via das dúvidas. Fico triste em dizer que não estou surpreso em encontrá-la aqui.

– Você veio sozinho? – pergunto. – Não foi muito esperto, não é?

Ele semicerra um pouco os olhos brilhantes.

– Bem, sou resistente ao soro da morte e tenho uma arma, e não há como você lutar contra mim. Não há como roubar quatro dispositivos de vírus enquanto aponto minha arma para você. Temo que tenha chegado tão longe à toa, e isso custará sua vida. O soro da morte pode não a ter matado, mas eu vou. Você com certeza entenderá. Oficialmente, não acreditamos em penas capitais, mas não posso permitir que você sobreviva a isto.

Ele acha que estou aqui para roubar as armas que vão reprogramar os experimentos, e não ativá-las. É claro que é isso que ele pensa.

Tento manter minha expressão neutra, embora tenha certeza de que ela continua frouxa. Observo a sala, à procura do dispositivo que lançará o vírus do soro da memória. Eu estava presente quando Matthew o descreveu para Caleb de maneira extremamente detalhada, mais cedo: uma caixa preta com um teclado numérico prateado, marcada por uma fita azul com o número do modelo. É um dos únicos objetos no balcão da parede esquerda, a poucos metros de distância. Mas não posso me mover, ou ele vai me matar.

Precisarei esperar o momento certo e agir rápido.

– Eu sei o que você fez – digo. Começo a me afastar, esperando que a acusação o distraia. – Sei que você projetou a simulação de ataque. Sei que é responsável pela morte dos meus pais. Pela morte da minha *mãe*. Eu sei.

– Não sou responsável pela morte dela! – exclama David, com as palavras escapando da boca, altas e repentinas demais. – Eu *avisei* o que estava por vir logo antes do começo do ataque para que ela tivesse tempo o bastante para levar seus entes queridos até um abrigo. Se ela tivesse ficado onde estava, teria sobrevivido. Mas era uma mulher tola, que não entendia que é preciso fazer sacrifícios pelo bem maior, e foi *isso* que a matou!

Franzo a testa ao olhar para ele. Há algo em sua reação, em seus olhos marejados, algo que ele murmurou quando Nita injetou o soro do medo nele, algo a respeito *dela*.

– Você a amava? – pergunto. – Durante todos aqueles anos, quando ela lhe enviava aquelas correspondências... a razão pela qual você não quis que ela ficasse lá... a razão pela qual você disse que não poderia mais ler seus relatórios depois que ela se casou com o meu pai...

David fica parado, como uma estátua, como um homem feito de pedra.

– Sim, eu a amava – diz ele. – Mas esse tempo passou.

Deve ter sido por isso que ele me acolheu dentro do seu círculo de confiança, por isso que me deu tantas oportunidades. Porque sou um pedaço dela, tenho o cabelo dela e falo com a sua voz. Porque ele passou a vida tentando tê-la e não conseguiu nada.

Ouço passos no corredor do lado de fora. Os soldados estão vindo. Que bom. Preciso que eles venham. Preciso que sejam expostos ao soro, que é transportado por via aérea, a fim de que o transmitam para o restante do complexo. Espero que aguardem até que o ar esteja livre do soro da morte.

– Minha mãe não era tola – digo. – Ela apenas entendia algo que você não entende. Não é nenhum sacrifício quando é a vida de *outra pessoa* que você está jogando fora. Isso é apenas maldade.

Dou mais um passo para trás.

– Ela me ensinou tudo sobre verdadeiros sacrifícios – continuo. – Que devem ser feitos por amor, e não por um nojo equivocado pelo código genético alheio. Que devem ser feitos por necessidade e apenas quando não existem opções. Que devem ser feitos para pessoas que precisam da nossa força, porque não dispõem de força o bastante. É por isso que preciso impedi-lo de "sacrificar" todas aquelas pessoas e suas memórias. É por isso que preciso livrar o mundo de você de uma vez por todas.

Balanço a cabeça.

– Não vim aqui roubar nada, David.

Eu me viro e salto em direção ao dispositivo. A arma dispara, e uma dor atravessa o meu corpo. Nem sei onde a bala atingiu.

Ainda consigo ouvir Caleb repetindo o código para Matthew. Com a mão trêmula, digito os números no teclado.

A arma dispara outra vez.

Mais dor, e os cantos da minha visão escurecem, mas ouço a voz de Caleb falando novamente. *O botão verde.*

Tanta dor.

Mas como, se meu corpo está tão dormente?

Começo a desabar e bato com a mão no teclado ao cair. Uma luz acende atrás do botão verde.

Ouço um bipe, e o som de algo chacoalhando.

Deslizo até o chão. Sinto algo morno em meu pescoço e sob a minha bochecha. Vermelho. Sangue tem uma cor estranha. Escura.

Pelo canto do olho, vejo David caído sobre sua cadeira.

E a minha *mãe* aparece atrás dele.

Ela usa as mesmas roupas que vestia quando a vi pela última vez, o cinza da Abnegação manchado com seu sangue, e seus braços estão descobertos, mostrando sua tatuagem. Ainda há furos de balas em sua camisa; através deles, consigo ver sua pele ferida, vermelha, mas já sem sangrar, como se ela estivesse congelada no tempo. Seu cabelo loiro-claro está amarrado em um coque, mas alguns fios soltos formam uma moldura dourada ao redor do seu rosto.

Sei que ela não pode estar viva, mas não sei se a vejo porque estou delirando, por causa do sangue perdido, se o soro da morte aturdiu a minha mente ou se ela está aqui de alguma outra maneira.

Ela se ajoelha ao meu lado e leva sua mão fria ao meu rosto.

– Olá, Beatrice – diz ela, depois abre um sorriso.

– Acabou? – pergunto, mas não sei se falo isso mesmo ou se apenas penso, e ela consegue escutar.

– Acabou – responde ela, os olhos marejados. – Minha doce criança, você se saiu muito bem.

– E os outros? – Eu engasgo em um soluço quando a imagem de Tobias aparece na minha mente, quando penso em como seus olhos eram escuros e tranquilos, em como suas mãos eram fortes e quentes, quando ficamos cara a cara pela primeira vez. – Tobias, Caleb, meus amigos?

– Eles vão cuidar uns dos outros – diz ela. – É isso que as pessoas fazem.

Eu sorrio e fecho os olhos.

Sinto um fio me puxar de novo, mas, desta vez, sei que não é uma força sinistra me arrastando em direção à morte.

Desta vez, sei que é a mão da minha mãe, puxando-me para os seus braços.

E, feliz, aceito o seu abraço.

+ + +

Será que poderei ser perdoada pelo que fiz para chegar aqui?

Quero ser.

Eu posso.

Eu acredito.

CAPÍTULO CINQUENTA E UM

TOBIAS

EVELYN ENXUGA AS lágrimas dos olhos com o dedão. Estamos parados diante das janelas, lado a lado, assistindo à neve rodopiar no ar. Alguns dos flocos se acumulam no parapeito, do lado de fora, amontoando-se nos cantos das janelas.

Minha mão não está mais dormente. Enquanto encaro o mundo lá fora, polvilhado de branco, sinto que tudo recomeçou e que as coisas serão melhores desta vez.

– Acho que posso entrar em contato com Marcus pelo rádio e negociar um tratado de paz – diz Evelyn. – Ele estará prestando atenção ao rádio. Seria idiotice dele não prestar.

– Antes que você entre em contato com ele, fiz uma promessa que preciso cumprir – digo. Apoio a mão no ombro de Evelyn. Esperava que seu sorriso fosse mais forçado, mas não é assim.

Sinto uma pontada de culpa. Não vim aqui pedir para ela baixar suas armas por mim ou trocar tudo pelo qual lutou apenas para ter-me de volta. Mas também não vim aqui para lhe oferecer qualquer tipo de escolha. Acho que Tris tinha razão. Quando é preciso escolher entre opções ruins, escolhemos aquela que salva as pessoas que amamos. Eu não estaria salvando Evelyn se lhe desse aquele soro. Eu a estaria destruindo.

Peter está sentado com as costas apoiadas na parede do corredor. Olha para mim quando me inclino sobre ele, com o cabelo escuro colado na testa por causa da neve derretida.

– Você a reprogramou? – pergunta ele.

– Não.

– Imaginei que não teria coragem.

– Não tem nada a ver com coragem. Quer saber? Dane-se. – Balanço a cabeça e levanto o frasco de soro da memória. – Você ainda quer fazer isso?

Ele assente com a cabeça.

– Você poderia simplesmente se esforçar, sabe? Poderia tomar decisões melhores, levar uma vida melhor.

– É, eu sei – diz ele. – Mas não é o que vou fazer. Nós dois sabemos disso.

É, sei mesmo. Sei que essa mudança é difícil e lenta e que é o resultado de muitos dias sucessivos, um após o outro, até que a origem deles seja esquecida. Ele teme não conseguir se esforçar tanto, acha que desperdiçará esses dias e que acabará pior do que está agora. E eu entendo esse sentimento. Entendo o que é ter medo de si mesmo.

Portanto, peço que se sente em um dos sofás e pergunto-lhe o que quer que eu diga a respeito dele mesmo depois que suas memórias desaparecerem como fumaça. Ele apenas balança a cabeça. Nada. Não quer guardar nada.

Peter segura o frasco com a mão trêmula e desenrosca a tampa. O líquido treme dentro do frasco, quase derramando. Ele o coloca sob o nariz, para sentir o cheiro.

– Quanto devo beber? – pergunta ele, e acho que ouço seus dentes batendo.

– Acho que não faz diferença – respondo.

– Certo. Bem... lá vou eu. – Ele levanta o frasco para a luz, como se estivesse fazendo um brinde.

Quando encosta o frasco na boca, eu digo:

– Seja corajoso.

Depois, ele o engole.

E eu vejo Peter desaparecer.

+ + +

O ar do lado de fora tem gosto de gelo.

– Ei, Peter! – grito, e o ar que sai da minha boca vira vapor.

Peter está parado na porta da sede da Erudição, o olhar completamente perdido. Ao ouvir seu nome, que eu já repeti para ele pelo menos dez vezes desde que bebeu o soro, Peter levanta as sobrancelhas, apontando para o próprio peito. Matthew disse que as pessoas ficariam desorientadas por um tempo depois de beber o soro da memória, mas eu não sabia que "desorientado" significava "idiota".

Solto um suspiro.

– Sim, é você! Pela décima primeira vez! Venha logo!

Pensei que, quando olhasse para Peter depois de ele beber o soro, ainda veria o iniciando que enfiou uma faca de manteiga no olho de Edward, o garoto que tentou matar a minha namorada e todas as coisas que ele fez desde que o conheço. Mas é mais fácil do que eu imaginava ver que ele não tem mais a menor ideia de quem é. Seus olhos ainda carregam aquele olhar arregalado e inocente, mas, desta vez, acredito neles.

Evelyn e eu caminhamos lado a lado, e Peter nos segue. A neve parou de cair, mas já se acumulou tanto no chão que meu passos rangem.

Caminhamos até o Millenium Park, onde a enorme escultura em forma de feijão reflete o luar, depois descemos um lance de escadas. Ao descermos, Evelyn agarra o meu cotovelo para se equilibrar, e trocamos um olhar. Será que ela está tão nervosa quanto eu em encarar meu pai novamente? Será que sempre fica nervosa ao vê-lo?

Ao fim da escada, há um pavilhão com dois blocos de vidro, cada um com pelo menos três vezes a minha altura. É aqui que marcamos o encontro com Marcus e Johanna. Os dois lados estarão armados, não para sermos realistas, mas justos.

E já estão lá. Johanna não está segurando uma arma, mas Marcus, sim, e ele a aponta para Evelyn. Aponto para ele a arma que Evelyn me deu, só por segurança. Noto as linhas do seu crânio, sob seu cabelo raspado, e o caminho tortuoso que seu nariz entalha por seu rosto.

– Tobias! – diz Johanna. Ela veste um casaco vermelho da Amizade salpicado de flocos de neve. – O que está fazendo aqui?

– Tentando impedir que vocês todos se matem – digo. – Estou surpreso por você estar carregando uma arma.

Aceno na direção do volume no bolso do seu casaco, com os contornos claros de uma arma.

– Às vezes, é preciso tomar medidas difíceis para alcançar a paz – comenta Johanna. – Acho que você concorda com esse princípio.

– Não viemos aqui para bater papo – diz Marcus, olhando para Evelyn. – Você disse que queria discutir um acordo.

As últimas semanas o afetaram. Percebo isso nos cantos caídos da sua boca e na pele arroxeada sob seus olhos. Vejo meus próprios olhos encaixados em seu crânio e penso no meu reflexo na paisagem do medo e em como eu ficava aterrorizado vendo a pele dele se espalhar sobre a minha, como uma erupção. Ainda fico nervoso com a ideia de me tornar Marcus, mesmo agora, enfrentando-o ao lado da minha mãe, como sonhei fazer durante a minha infância.

Mas acho que não tenho mais medo.

– Sim – diz Evelyn. – Tenho alguns termos sobre os quais nós dois devemos concordar. Acho que você vai considerá-los justos. Se concordar com eles, renunciarei ao meu cargo e entregarei qualquer arma que meus seguidores não estejam usando para a sua proteção pessoal. Deixarei a cidade e nunca mais voltarei.

Marcus solta uma risada. Não sei se é de deboche ou de descrença. Ele é igualmente capaz dos dois sentimentos, sendo um homem arrogante e profundamente desconfiado.

– Deixe-a terminar de falar – diz Johanna baixinho, enfiando as mãos nas mangas do casaco.

– Em troca – continua Evelyn –, vocês não vão atacar ou tentar assumir o controle da cidade. Permitirão que as pessoas que queiram sair e buscar uma nova vida em outro lugar assim o façam. Permitirão que as pessoas que ficarem *votem* em um novo líder e um novo sistema social. E o mais importante: *você*, Marcus, não poderá se candidatar para liderá-los.

Esse é o único termo puramente egoísta do tratado de paz. Ela me disse que não suportaria a ideia de ter Marcus enganando mais pessoas, e eu não discuti.

Johanna levanta as sobrancelhas. Percebo que ela prendeu o cabelo dos dois lados da cabeça, revelando a sua cicatriz. Ela fica melhor assim. Parece mais forte quando não está se escondendo atrás de uma cortina de cabelo. Escondendo o que é.

– Não há acordo – afirma Marcus. – Sou o líder dessas pessoas.

– Marcus – diz Johanna.

Ele a ignora.

– *Você* não tem o direito de decidir se posso liderá-los ou não só porque tem uma birra comigo, Evelyn!

– Com licença – intervém Johanna bem alto. – Marcus, o que ela está oferecendo é bom demais para ser verdade. Conseguiremos tudo o que queremos sem violência! Como você pode dizer não?

– Porque sou o líder dessas pessoas por direito! – diz Marcus. – Sou o líder dos Leais! Eu...

– Não, não é – diz Johanna com calma. – *Eu* sou a líder dos Leais. E você vai aceitar o tratado, ou então direi a eles que você teve a chance de acabar com este conflito sem derramamento de sangue se sacrificasse o seu orgulho, mas disse não.

A máscara passiva de Marcus caiu, e ele revelou sua face maliciosa. Porém, nem essa nova faceta conseguiu argumentar com Johanna, cuja calma e ameaça perfeitas o subjugaram. Ele balança a cabeça, mas não discute mais.

– Aceito os seus termos – diz Johanna, e estende a mão, com os pés amassando a neve.

Evelyn tira a luva dedo por dedo e estende a mão para apertar a de Johanna.

– Amanhã de manhã reuniremos todos e comunicaremos o novo plano – diz Johanna. – Você pode garantir uma reunião segura?

– Farei o melhor possível – fala Evelyn.

Confiro o relógio. Passou-se uma hora desde que Amah e Christina se separaram de nós perto do edifício Hancock, o que significa que ele deve saber que o vírus do soro não funcionou. Ou talvez não saiba. De qualquer maneira, preciso fazer o que vim fazer. Preciso encontrar Zeke e sua mãe e informá-los sobre o que aconteceu com Uriah.

– É melhor eu ir – digo para Evelyn. – Preciso resolver outra coisa. Mas posso buscar você nos limites da cidade amanhã à tarde?

– Sim, é um bom plano – concorda Evelyn, esfregando meu braço vigorosamente com a mão enluvada, como costumava fazer quando eu chegava em casa com frio quando criança.

– Imagino que você não vai voltar, certo? – diz Johanna para mim. – Você encontrou uma vida para si mesmo do lado de fora?

– Sim, encontrei – digo. – Boa sorte aqui. As pessoas do lado de fora... elas vão tentar fechar a cidade. É melhor vocês estarem preparados.

Johanna abre um sorriso.

– Tenho certeza de que conseguiremos negociar com elas.

Ela estende a mão, e eu a aperto. Sinto os olhos de Marcus em mim, como um peso opressivo, ameaçando me esmagar. Obrigo-me a olhar para ele.

– Adeus – digo para ele com sinceridade.

+ + +

Hanna, a mãe de Zeke, tem pés pequenos que não tocam o chão quando ela se senta na poltrona da sala de estar. Usa um roupão preto esfarrapado e pantufas, mas sua expressão, com as mãos dobradas sobre o colo e as sobrancelhas levantadas, é tão digna que sinto que estou diante de uma líder mundial. Olho para Zeke, que esfrega o rosto com os punhos para acordar.

Amah e Christina os encontraram, não entre os outros revolucionários perto do edifício Hancock, mas no apartamento da família, na Pira, acima da sede da Audácia. Só os encontrei porque Christina teve o bom senso de deixar um bilhete para Peter e para mim na caminhonete abandonada, informando a localização deles. Peter está esperando na nova van que Evelyn encontrou para que possamos voltar para o Departamento.

– Perdão – digo. – Não sei por onde começar.

– É melhor começar pelo pior – sugere Hanna. – Como o que aconteceu com o meu filho.

– Ele foi gravemente ferido durante um ataque – digo. – Houve uma explosão, e ele estava muito próximo dela.

– Meu Deus – diz Zeke, balançando para a frente e para trás, como se seu corpo quisesse voltar a ser criança, embalado pelo movimento.

Mas Hanna apenas inclina a cabeça, escondendo seu rosto de mim.

A sala de estar deles cheira a alho e cebola, possíveis resquícios do jantar. Apoio meu ombro na parede branca ao lado da porta. Pendurado de maneira torta na parede ao meu lado, encontra-se um retrato de família, com Zeke ainda criança e Uriah bebê, equilibrando-se no colo da mãe. O rosto do pai deles conta com vários *piercings* no nariz, nas orelhas e no lábio. Mas seu sorriso largo e claro e sua tez escura são mais familiares para mim, porque ele as passou para seus dois filhos.

– Ele está em coma desde então – digo. – E...

– E não vai acordar – completa Hanna com a voz falha. – Foi isso que você veio nos contar, não foi?

– Sim. Vim buscá-los para que possam decidir o que fazer.

– Decidir? – repete Zeke. – Você quer dizer, decidir se desligamos ou não os aparelhos?

– Zeke – diz Hanna, depois balança a cabeça. Ele se afunda novamente no sofá. As almofadas parecem envolvê-lo.

– É claro que não queremos mantê-lo vivo dessa maneira – diz Hanna. – Vamos querer seguir em frente. Mas gostaríamos de vê-lo.

Assinto com a cabeça.

– É claro. Mas há outra coisa que eu devo dizer. O ataque... foi um tipo de levante, que envolveu algumas das pessoas do local onde temos ficado. E eu participei dele.

Encaro a rachadura nas tábuas corridas bem à minha frente, e a poeira que se acumulou ali com o tempo. Espero uma reação, qualquer reação. Recebo apenas o silêncio de volta.

– Não fiz o que você me pediu para fazer – digo para Zeke. – Não cuidei dele como deveria ter cuidado. E lamento.

Experimento olhar para ele, e ele está apenas parado, encarando o vaso vazio sobre a mesa de centro, pintado com rosas desbotadas.

– Acho que precisamos de um tempo para pensar sobre isso – diz Hanna. Ela limpa a garganta, mas isso não melhora a sua voz trêmula.

– Adoraria poder fazer isso por vocês – digo. – Mas voltaremos para o complexo em breve, e vocês precisam vir conosco.

– Está bem – diz Hanna. – Espere lá fora, por favor. Sairemos em cinco minutos.

+ + +

A viagem de volta para o complexo é lenta e escura. Vejo a lua desaparecer e reaparecer atrás das nuvens enquanto seguimos chacoalhando. Quando alcançamos o limite da cidade, começa a nevar de novo, em flocos grandes e leves, que rodopiam diante dos faróis. Será que Tris está assistindo à neve flutuar sobre o chão e se amontoar ao lado dos aviões? Será que ela está vivendo em um mundo melhor do que o de antes, entre pessoas que não lembram mais o que é ter genes puros?

Christina inclina o corpo para a frente a fim de sussurrar ao meu ouvido.

– Então, você conseguiu? Funcionou? – pergunta ela.

Faço que sim com a cabeça. Pelo espelho retrovisor, vejo-a levando as duas mãos ao rosto e sorrindo, cobrindo a boca. Sei como ela se sente: segura. Estamos todos seguros.

– Você vacinou a sua família? – pergunto.

– Sim. Encontrei-os junto com os Leais no edifício Hancock – diz ela. – Mas a hora da reprogramação já passou. Parece que Tris e Caleb conseguiram impedi-la.

Hanna e Zeke conversam em voz baixa durante o caminho, maravilhados com o mundo estranho e escuro que atravessamos. Amah oferece as explicações básicas durante o trajeto, olhando mais para eles, no banco de trás, do que para a estrada, o que me deixa incomodado. Tento ignorar minhas ondas de pânico quando ele quase bate em postes de luz ou barreiras de estrada e me concentro na neve.

Sempre odiei o vazio que o inverno traz, a paisagem branca e a diferença gritante entre o céu e o chão, a maneira como as árvores se transformam em esqueletos e a cidade parece um terreno desolado. Talvez, neste inverno, eu consiga mudar de ideia.

Passamos pelas cercas e paramos diante das portas da frente, que não estão mais sendo vigiadas por guardas. Saltamos da van, e Zeke segura a mão da mãe para equilibrá-la enquanto ela caminha pela neve. Ao entrarmos no complexo, tenho certeza de que Caleb foi bem-sucedido, porque não há ninguém à vista. Isso só pode significar que eles foram reprogramados e que suas memórias foram alteradas para sempre.

– Cadê todo mundo? – pergunta Amah.

Atravessamos o posto de segurança abandonado, sem parar. Do outro lado, vejo Cara. A lateral do seu rosto está muito machucada, e há um curativo em sua cabeça, mas não é isso que me preocupa. O que me preocupa é a sua expressão perturbada.

– O que foi? – pergunto.

Cara balança a cabeça.

– Onde está Tris?

– Eu lamento, Tobias.

– Lamenta o quê? – diz Christina, áspera. – Conte logo o que *aconteceu*!

– Tris entrou no Laboratório de Armas no lugar de Caleb – diz Cara. – Ela sobreviveu ao soro da morte e lançou o soro da memória, mas... foi baleada. E não sobreviveu. Eu lamento.

Geralmente, consigo perceber quando as pessoas estão mentindo, e isso deve ser uma mentira, porque Tris continua viva, com seus olhos brilhantes, suas bochechas ruborizadas e seu pequeno corpo cheio de poder e força, parada sob um raio de luz no átrio. Tris ainda está viva. Ela não me deixaria sozinho. Não entraria no Laboratório de Armas no lugar de Caleb.

– Não – diz Christina, balançando a cabeça. – Não pode ser. Deve haver algum engano.

Os olhos de Cara se enchem de lágrimas.

É quando me dou conta: é claro que Tris entraria no Laboratório de Armas no lugar de Caleb.

É claro que faria isso.

Christina grita alguma coisa, mas sua voz soa abafada para mim, como se eu tivesse enfiado a cabeça dentro d'água. Também estou tendo dificuldade de enxergar os detalhes do rosto de Cara, e o mundo ao meu redor vira um borrão de cores embotadas.

Tudo o que consigo fazer é ficar parado. Sinto que, se simplesmente ficar parado, posso impedir que isso seja verdade, posso fingir que está tudo bem. Christina dobra o corpo para a frente, incapaz de sustentar a própria tristeza, e Cara a abraça. E tudo o que eu faço é ficar parado.

CAPÍTULO CINQUENTA E DOIS

Tobias

Quando o corpo dela atingiu a rede pela primeira vez, tudo o que vi foi um borrão cinza. Eu a puxei pela rede, e sua mão era pequena, mas morna. E então ela ficou em pé diante de mim, pequena, magra, simples e comum em todos os sentidos, exceto pelo fato de que havia pulado primeiro. A Careta havia pulado primeiro.

Nem eu pulei primeiro.

Os olhos dela eram tão firmes, tão insistentes.

Lindos.

CAPÍTULO CINQUENTA E TRÊS

Tobias

Mas aquela não foi a primeira vez que a vi. Eu a vira nos corredores da escola, no falso funeral da minha mãe e caminhando pelas calçadas do setor da Abnegação. Eu a vira, mas não a enxergara; ninguém a enxergava como ela era de fato, até que ela pulou.

Imagino que uma chama que queime com tanta intensidade não seja feita para durar.

CAPÍTULO CINQUENTA E QUATRO

TOBIAS

VOU VER O corpo dela... em algum momento. Não sei quanto tempo se passou desde que Cara me contou o que aconteceu. Christina e eu caminhamos lado a lado; seguimos logo atrás de Cara. Não me lembro do trajeto da entrada até o necrotério, apenas de algumas imagens borradas e dos poucos sons que consigo ouvir através da barreira que se formou dentro da minha cabeça.

Ela está deitada na mesa, e, por um instante, penso que está apenas dormindo e que, quando eu tocá-la, vai acordar e sorrir para mim, beijar a minha boca. Porém, quando eu a toco, ela está gelada, e seu corpo está rígido e inflexível.

Christina funga e soluça. Eu aperto a mão de Tris, esperando que, se apertá-la com força o bastante, encherei seu corpo novamente de vida, e ela vai ruborizar e acordar.

Não sei quanto tempo demora até eu me dar conta de que isso não vai acontecer, de que ela se foi. Mas, quando percebo isso, sinto que toda a força se esvai do meu corpo, e eu caio de joelhos ao lado da mesa e acho que choro, ou pelo menos quero chorar, e tudo dentro de mim clama por só mais um beijo, uma palavra, um olhar, só mais um.

CAPÍTULO CINQUENTA E CINCO

NOS DIAS SEGUINTES é o movimento, e não a imobilidade, que mantém a tristeza afastada, então caminho pelos corredores do complexo em vez de dormir. Assisto à recuperação do soro da memória que alterou a todos de maneira permanente como se estivesse a uma grande distância.

Aqueles que estão perdidos no torpor do soro da memória são divididos em grupos para aprender a verdade: que a natureza humana é complexa, que todos os nossos genes são diferentes, mas que não são nem danificados nem puros. Eles também aprendem uma mentira: que suas memórias foram apagadas por causa de um acidente e que estavam prestes a pressionar o governo pela igualdade dos GDs.

Sinto-me o tempo todo sufocado pela companhia de terceiros e depois incapacitado pela solidão quando estou sozinho. Estou morrendo de medo, mas nem sei do que, porque já perdi tudo. Minhas mãos tremem quando paro na sala de controle para assistir à cidade nos monitores. Johanna está organizando um sistema de transporte para as pessoas que querem deixar a cidade. Eles virão aqui aprender a verdade. Não sei o que acontecerá com aqueles que ficarem em Chicago e não sei se me importo.

Enfio as mãos nos bolsos e assisto aos monitores por alguns minutos, depois me afasto de novo, tentando sincronizar meus passos com meu batimento cardíaco ou evitar os espaços entre os ladrilhos. Quando passo pela entrada, vejo um pequeno grupo de pessoas reunidas perto da escultura de pedra, e uma delas está em uma cadeira de rodas: Nita.

Atravesso a barreira de segurança inútil e fico parado a certa distância, observando-os. Reggie pisa a laje de pedra e abre uma válvula na parte inferior do tanque d'água. As gotas se transformam em um rio, e logo a água começa a jorrar do tanque, molhando toda a laje e encharcando a bainha da calça de Reggie.

– Tobias?

Estremeço de leve. É Caleb. Afasto-me da voz, procurando uma rota de fuga.

– Espere. Por favor – implora ele.

Não quero olhar para ele e acabar medindo o quanto está sofrendo ou não pela morte dela. E não quero pensar em como ela morreu por um covarde tão miserável, em como ele não valia a vida dela.

Mesmo assim, olho para ele, perguntando a mim mesmo se conseguirei ver alguma coisa dela no rosto dele, ainda a desejando, mesmo sabendo que ela se foi.

O cabelo dele está sujo e despenteado, seus olhos verdes estão vermelhos, sua boca está trêmula, formando uma careta.

Ele não se parece com ela.

– Não quero incomodar – diz ele. – Mas preciso dizer uma coisa. Uma coisa que... *ela* me pediu para dizer, antes...

– Fale logo – interrompo-o.

– Ela me disse que, se não sobrevivesse, eu deveria lhe dizer que... – Caleb engasga, depois ajeita o corpo, segurando as lágrimas. – Que ela não queria deixar você.

Eu deveria sentir alguma coisa ouvindo as últimas palavras dela para mim, não deveria? Não sinto nada. Sinto-me mais distante do que nunca.

– É mesmo? – pergunto, áspero. – Então por que ela me deixou? Por que não deixou você morrer?

– Acha que não estou me perguntando a mesma coisa? – diz Caleb. – Ela me amava. A ponto de me ameaçar com uma arma para morrer por mim. Não tenho a menor ideia de por que fez isso, mas foi o que aconteceu.

Ele se afasta antes que eu possa responder, e talvez seja melhor assim, porque não consigo pensar em nada para dizer que faça jus à minha raiva. Pisco os olhos para afastar as lágrimas e sento-me no chão, bem no meio do saguão.

Eu sei por que Tris queria me dizer que não tinha a intenção de me deixar. Ela queria que eu soubesse que não estava repetindo o que fez no caso da sede da Erudição e que não era apenas uma mentira contada para me fazer dormir enquanto ela seguia para a morte, não era um sacrifício desnecessário. Esfrego os olhos com força, como se fosse possível empurrar as lágrimas de volta para dentro do meu crânio. *Não chore*, eu me censuro. Se eu permitir que um pouco da emoção saia, toda ela vai começar a sair e nunca vai parar.

Algum tempo depois, ouço vozes perto de mim, de Cara e Peter.

– Esta escultura era um símbolo de mudança – diz ela. – Mudança gradual, mas agora eles vão derrubá-la.

– É mesmo? – Peter soa ansioso. – Por quê?

– É... eu explicarei depois, está bem? – diz Cara. – Você se lembra do caminho até o dormitório?

– Sim.

– Então... volte para lá um pouco. Alguém estará esperando lá para ajudar você.

Cara se aproxima de mim, e faço uma careta em antecipação a sua voz. Mas tudo o que ela faz é se sentar ao meu lado no chão, as mãos dobradas sobre o colo e as costas eretas. Alerta, mas relaxada, assistindo à escultura, onde Reggie está em pé sob a água que jorra.

– Você não precisa ficar aqui – digo.

– Não tenho nenhum lugar para ir – diz ela. – E gosto deste silêncio.

Então, sentamo-nos lado a lado, encarando a água, em silêncio.

+ + +

– Aí estão vocês – diz Christina, correndo em nossa direção. Seu rosto está inchado, e sua voz, apática, como um suspiro alto. – Venham. Está na hora. Vão desligar os aparelhos dele.

Estremeço ao ouvir as palavras dela, mas me levanto mesmo assim. Hanna e Zeke têm ficado ao lado de Uriah desde que chegamos aqui, segurando sua mão enquanto seus olhos procuram por algum sinal de vida. Mas não sobrou vida alguma, apenas a máquina fazendo seu coração bater.

Cara caminha atrás de nós enquanto seguimos até o hospital. Não durmo há dias, mas não estou cansado ou pelo menos não como costumo ficar, embora meu corpo doa quando caminho. Christina e eu não conversamos, mas sei que estamos pensando o mesmo, focados em Uriah, em seus últimos suspiros.

Alcançamos a janela de observação do lado de fora do quarto de Uriah, e Evelyn está lá. Amah foi buscá-la para mim há alguns dias. Ela tenta tocar o meu ombro, e eu me afasto, porque não quero que tentem me consolar.

Dentro do quarto, Zeke e Hanna estão em pé, cada um de um lado de Uriah. Hanna segura uma das suas mãos, e Zeke segura a outra. Um médico está parado ao lado do monitor cardíaco, estendendo uma prancheta, não para Hanna ou Zeke, mas para *David*. Sentado em sua cadeira de rodas, o corpo curvado, e atordoado, como todos os outros que perderam a memória.

– O que *ele* está fazendo aqui? – Parece que todos os meus músculos, ossos e nervos estão em chamas.

– Ele ainda é tecnicamente o líder do Departamento, pelo menos até que o substituam – diz Cara atrás de mim.

– Tobias, ele não se lembra de nada. O homem que você conheceu não existe mais; é como se estivesse morto. *Este* homem não se lembra de ter mata...

– Cale a boca! – grito. David assina a prancheta e vira a cadeira, empurrando-a em direção à porta. Ela se abre, e eu não consigo me conter. Lanço-me na direção dele, e apenas o físico rijo de Evelyn consegue impedir que eu aperte a sua garganta. Ele me olha de maneira estranha, depois empurra a cadeira pelo corredor enquanto tento me libertar do braço da minha mãe, que parece uma barra contra os meus ombros.

– Tobias – diz Evelyn. – Acalme-se.

– Por que ninguém o prendeu? – pergunto, e meus olhos estão embaçados demais para enxergar.

– Porque ele ainda trabalha para o governo – explica Cara. – Só porque eles declararam que tudo não passou de um infeliz acidente, não significa que demitiram todo mundo. E o governo não vai prendê-lo só porque ele matou uma rebelde em uma situação de pressão.

– Uma rebelde – repito. – É só isso que ela é agora?

– Era – diz Cara de maneira suave. – E não, é claro que não. Mas é assim que o governo a vê.

Estou prestes a responder, mas Christina me interrompe.

– Gente, eles vão desligar os aparelhos – diz ela.

No quarto de Uriah, Zeke e Hanna juntam suas mãos livres sobre o corpo de Uriah. Vejo os lábios de Hanna se movendo, mas não consigo decifrar o que ela está dizendo. Será que os membros da Audácia têm preces para aqueles que morrem? Os membros da Abnegação reagem à morte com silêncio e servidão, não com palavras. Sinto minha raiva se esvair e me perco novamente em um sofrimento embotado, desta vez, não apenas por Tris, mas também por Uriah, cujo sorriso está marcado na minha memória. O irmão do meu amigo, que depois virou meu amigo também, embora não por tempo o bastante para que eu pudesse absorver seu humor, não por tempo o bastante.

O médico aperta alguns interruptores com a prancheta junto à barriga, e as máquinas param de respirar por Uriah. Os ombros de Zeke estremecem, e Hanna aperta a sua mão com força, até que suas juntas ficam brancas.

Depois, ela fala alguma coisa, abre as mãos e se afasta do corpo de Uriah. Permitindo que ele parta.

Afasto-me da janela, primeiro andando e depois correndo, abrindo caminho pelos corredores, descuidado, cego, vazio.

CAPÍTULO CINQUENTA E SEIS

No DIA SEGUINTE, pego uma das caminhonetes do complexo. As pessoas ainda estão se recuperando da perda de memória, então ninguém tenta me impedir. Dirijo pelos trilhos do trem em direção à cidade, os olhos vagando sobre o horizonte, mas sem realmente absorver a vista.

Quando alcanço os campos que separam a cidade do mundo externo, piso com força o acelerador. A caminhonete esmaga a grama morta e a neve sob os pneus, e logo o chão se transforma em asfalto no setor da Abnegação, e quase não sinto a passagem do tempo. As ruas são todas iguais, mas minhas mãos e pés sabem para onde ir, mesmo que minha mente não se preocupe em guiá-los. Estaciono diante da casa perto da placa de "Pare", com a calçada de entrada rachada.

A minha casa.

Atravesso a porta da frente e subo as escadas, ainda com a sensação de abafamento nos ouvidos, como se estivesse vagando para longe do mundo. As pessoas falam sobre a dor causada pela perda, mas não sei o que querem dizer com isso. Para mim, a perda causa uma dormência devastadora, e todas as sensações parecem embotadas.

Pressiono a palma da mão contra o painel que cobre o espelho no segundo andar e o empurro para o lado. Embora a luz do sol se pondo seja alaranjada, atravessando o chão e iluminando o meu rosto de baixo, nunca pareci tão pálido; minhas olheiras nunca estiveram tão evidentes. Passei os últimos dias meio acordado, meio dormindo, sem conseguir lidar muito bem com qualquer um dos dois extremos.

Ligo a máquina de cortar cabelo na tomada perto do espelho. O pente correto já está encaixado, então tudo o que preciso fazer é passar a máquina pelo cabelo, dobrando as orelhas para protegê-las da lâmina, virando a cabeça para conferir se deixei passar algum lugar na nuca. O cabelo raspado cai nos meus pés e ombros, irritando toda a pele em que encosta. Passo a mão pela cabeça para me certificar de que o corte está nivelado, mas não preciso realmente conferir. Aprendi a fazer isso sozinho há muitos anos.

Passo muito tempo limpando o cabelo dos meus ombros e pés, depois varrendo-o para uma pá de lixo. Quando termino, paro diante do espelho outra vez e consigo ver as pontas da minha tatuagem, a chama da Audácia.

Retiro o frasco de soro da memória do bolso. Sei que um frasco vai apagar a maior parte da minha vida, mas vai afetar as minhas lembranças, e não o conhecimento. Ainda saberei escrever, falar, montar um computador, porque esses dados estão guardados em uma parte diferente do meu cérebro. Mas não me lembrarei de mais nada.

O experimento acabou. Johanna conseguiu negociar com o governo, os superiores de David, para que permitissem que os antigos membros das facções ficassem na cidade, desde que fossem autossuficientes, se submetessem à autoridade do governo e aceitassem que pessoas de fora entrassem na cidade e se juntassem a eles, tornando Chicago apenas mais uma área metropolitana, como Milwaukee. O Departamento, que costumava controlar o experimento, agora estará encarregado de manter a ordem dentro dos limites da cidade de Chicago.

Será a única área metropolitana do país governada por pessoas que não acreditam em danos genéticos. Uma espécie de paraíso. Matthew me disse que espera que os moradores da margem entrem aos poucos na cidade, para preencher todos os seus espaços vazios, e que lá encontrem uma vida mais próspera do que aquela que deixaram para trás.

Tudo o que quero é me tornar alguém novo. Neste caso, Tobias Johnson, filho de Evelyn Johnson. Tobias Johnson pode ter levado uma vida pacata e vazia, mas pelo menos é uma pessoa inteira, e não este fragmento de pessoa que eu sou, danificado demais pela dor para ter qualquer utilidade.

— Matthew me disse que você roubou um pouco do soro da memória e uma caminhonete — diz uma voz do final do corredor. A voz de Christina. — Devo dizer que não acreditei nele.

Acho que não a ouvi entrar na casa por conta da sensação abafada em meus ouvidos. Até a voz dela parece estar submersa em água antes de chegar até mim, e demoro alguns segundos para decifrar o que disse. Quando entendo, olho para ela e digo:

— Então, por que você veio se não acreditou nele?

— Só para ter certeza — diz Christina, e começa a caminhar na minha direção. — Eu também queria ver a cidade uma última vez antes que tudo mude. Me dê este frasco, Tobias.

— Não. — Fecho os dedos ao redor do frasco para protegê-lo dela. — A decisão é minha, não sua.

Ela arregala os olhos escuros, e seu rosto fica radiante com a luz do sol. Cada fio do seu cabelo espesso e escuro brilha com uma cor alaranjada, como se estivesse em chamas.

— Essa *não é* a sua decisão — diz ela. — É a decisão de um covarde, e você pode ser muitas coisas, Quatro, mas não covarde. Você nunca foi covarde.

— Talvez eu seja agora — respondo de maneira passiva. — As coisas mudaram. Não tenho problema algum com isso.

— Tem, sim.

Sinto-me tão exausto que tudo o que consigo fazer é revirar os olhos.

— Você não pode se transformar em uma pessoa que ela odiaria — diz Christina baixinho. — E ela odiaria isso.

A raiva corre sem rumo pelo meu corpo, quente e vívida, e a sensação de abafamento em meus ouvidos desaparece, fazendo até a rua silenciosa da Abnegação parecer barulhenta. Estremeço com a força do som.

– Cale a boca! – grito. – Cale a boca! Você não sabe o que ela odiaria; você nem a conhecia, você...

– Eu sei o bastante! – responde ela com rispidez. – Sei que ela não iria querer que você a apagasse da sua memória, como se ela nem importasse para você!

Lanço-me na direção dela, prendendo o seu ombro contra a parede, e me aproximo do seu rosto.

– Nem *ouse* insinuar isso outra vez, ou eu...

– Ou você vai fazer o quê? – Christina me empurra de volta com força. – Vai me machucar? Sabe, existe um nome para homens grandes e fortes que batem em mulheres: *covardes*.

Lembro-me dos gritos do meu pai enchendo a casa e da sua mão na garganta da minha mãe, atirando-a contra as paredes e as portas. Lembro-me de assistir a tudo da porta, com a mão agarrada ao batente. Lembro-me também de ouvir soluços baixinhos através da porta do quarto dela, e de como ela a trancava para que eu não pudesse entrar.

Afasto-me de Christina e me encolho contra a parede, deixando que meu corpo desabe sobre ela.

– Desculpe-me – digo.

– Eu sei.

Ficamos parados por alguns instantes, apenas olhando um para o outro. Lembro-me de tê-la detestado na primeira vez que a vi, porque ela era da Franqueza, porque as palavras simplesmente escapavam da sua boca de forma descontrolada e descuidada. Mas, com o tempo, ela me mostrou quem de fato era: uma amiga clemente, fiel à verdade, corajosa o bastante para agir. Não há como não gostar dela agora. Não há como não ver o que Tris via nela.

– Sei como é querer esquecer tudo. Também sei como é quando alguém que você ama morre sem razão e conheço a sensação de querer trocar todas as memórias dessa pessoa por apenas um momento de paz.

Ela envolve minhas mãos nas suas, e minhas mãos envolvem o frasco.

– Não passei muito tempo com Will, mas ele mudou a minha vida. Ele *me* mudou. E sei que Tris mudou você ainda mais.

A expressão dura que Christina apresentava há um instante desaparece, e ela toca o meu ombro com delicadeza.

– Vale a pena ser a pessoa que você se tornou com ela. Se você engolir este soro, nunca mais conseguirá encontrar essa pessoa.

As lágrimas surgem outra vez, como quando vi o corpo de Tris, e, agora, a dor chega junto, quente e afiada em meu peito. Aperto o frasco em meu punho, desesperado pelo alívio que ele pode oferecer, a proteção da dor de cada memória que me arranha por dentro como um animal.

Christina coloca os braços ao redor dos meus ombros, e seu abraço apenas intensifica a dor, porque me lembra de todas as vezes que os braços finos de Tris me envolveram, hesitantes a princípio, mas depois confiantes, mais seguros dela e de mim. Ele me lembra de que nenhum abraço trará a mesma sensação novamente, porque ninguém jamais será como ela, porque ela se foi.

Ela se foi, e chorar me parece uma atitude tão inútil, tão idiota, mas é tudo o que consigo fazer. Christina me segura em pé e não diz nada durante um longo tempo.

Acabo me afastando, mas as mãos dela continuam nos meus ombros, mornas, ásperas e calejadas. Talvez, como a pele da mão, que endurece com o tempo depois da dor repetida, as pessoas também endureçam. Mas não quero me tornar um homem calejado.

Há outros tipos de pessoas neste mundo. Existe gente como Tris, que, depois de sofrer e ser traída, ainda conseguiu encontrar amor o bastante para sacrificar a própria vida e poupar a vida do irmão. Ou pessoas como Cara, que conseguiu perdoar a pessoa que atirou na cabeça do seu irmão. Ou como Christina, que perdeu amigo após amigo, mas mesmo assim decidiu continuar aberta e fazer novos amigos. Diante de mim, surge outra opção, mais clara e forte do que as que dei a mim mesmo.

Abrindo os olhos, ofereço-lhe o frasco. Ela pega o soro e guarda-o em seu bolso.

– Sei que Zeke continua estranho perto de você – diz ela, jogando o braço sobre o meu ombro. – Mas posso ser sua amiga enquanto isso. Podemos até trocar pulseiras de melhores amigos, como as meninas da Amizade costumavam fazer.

– Acho que isso não será necessário.

Descemos a escada e saímos para a rua. O sol se escondeu atrás dos edifícios de Chicago, e, a distância, ouço o trem percorrendo os trilhos, mas estamos nos afastando deste lugar e de tudo o que ele significou pra nós. E está tudo bem.

+ + +

Existem tantas maneiras de ser corajoso neste mundo. Às vezes, coragem significa abrir mão da sua vida por algo maior do que você ou por outra pessoa. Às vezes, significa abrir mão de tudo o que você conhece, ou de todos os que você jamais amou, por algo maior.

Mas, às vezes, não.

Às vezes, significa apenas encarar a sua dor e o trabalho árduo do dia a dia e caminhar devagar em direção a uma vida melhor.

Esse é o tipo de coragem que preciso ter agora.

EPÍLOGO

DOIS ANOS E MEIO DEPOIS

Evelyn está parada na junção entre os dois mundos. Há marcas de pneu no chão agora, das frequentes idas e vindas de pessoas da margem, que se mudam para dentro e para fora da cidade, ou de pessoas do antigo Departamento, indo e vindo do trabalho. A mala dela está apoiada em sua perna, em um dos poços na terra. Ela levanta a mão para me cumprimentar quando me aproximo.

Beija minha bochecha ao entrar na caminhonete, e eu deixo que ela o faça. Sinto um sorriso se formando no meu rosto e permito que ele fique lá.

– Bem-vinda de volta.

O acordo que eu ofereci a ela há mais de dois anos, e que ela fechou com Johanna pouco depois, era de que deveria deixar a cidade. Agora, tanta coisa mudou em Chicago que não vejo por que Evelyn não poderia voltar, e ela também não. Embora tenham se passado dois anos, ela parece mais jovem, tem o rosto mais cheio e o sorriso mais largo. O tempo fora da cidade lhe fez bem.

– Como você está? – pergunta ela.

– Estou... bem – respondo. – Vamos espalhar as cinzas dela hoje.

Olho de relance para a urna pousada sobre o banco traseiro, como um terceiro passageiro. Durante muito tempo deixei as cinzas de Tris no necrotério do Departamento, sem saber que tipo de funeral ela gostaria de ter e se eu aguentaria passar por isso. Mas hoje seria o Dia da Escolha se ainda tivéssemos facções e está na hora de seguir em frente, mesmo que seja dando um pequeno passo.

Evelyn pousa a mão no meu ombro e olha para os campos do lado de fora. As plantações que costumavam se limitar às áreas ao redor da sede da Amizade se espalharam e continuam a se espalhar por todo o terreno ao redor da cidade. Às vezes, sinto saudade do terreno desolado e vazio. Mas agora não me importo em dirigir por entre as fileiras e mais fileiras de milho e trigo. Vejo pessoas entre as plantas, conferindo o solo com aparelhos manuais desenvolvidos pelos antigos cientistas do Departamento. Elas vestem vermelho, azul, verde e roxo.

– Como é viver aqui sem as facções? – pergunta Evelyn.

– É muito normal – digo. Sorrio para ela. – Você vai adorar.

+ + +

Levo Evelyn para o meu apartamento, ao norte do rio. Fica em um dos andares mais baixos, mas, através das muitas janelas, consigo ver a vasta extensão de prédios. Fui um dos primeiros colonizadores da nova Chicago; portanto, pude escolher onde queria morar. Zeke, Shauna, Christina, Amah e George escolheram viver nos andares mais altos do edifício Hancock, e Caleb e Cara se mudaram de volta para os apartamentos perto do Millenium Park, mas vim para cá porque é lindo aqui e porque não fica perto de nenhuma das minhas duas antigas casas.

– Meu vizinho é um especialista em história. Ele veio da margem – digo enquanto procuro as chaves no meu bolso. – Ele chama Chicago de "quarta cidade", porque ela foi destruída por um incêndio, há muito tempo, depois pela Guerra de Pureza, e agora estamos tentando colonizar a cidade pela quarta vez.

– A quarta cidade – repete Evelyn quando abro a porta. – Gostei.

Há muito pouca mobília no apartamento. Apenas um sofá e uma mesa, algumas cadeiras, uma cozinha. A luz do sol se reflete nas janelas do edifício do outro lado do rio lamacento. Alguns dos antigos cientistas do Departamento estão tentando recuperar o rio e o lago, devolver sua antiga glória, mas isso levará tempo. A mudança, como a cura, é um processo lento.

Evelyn coloca sua mala sobre o sofá.

– Obrigada por me deixar ficar com você por um tempo. Prometo que encontrarei outro lugar em breve.

– Sem problema – digo. Sinto-me nervoso em tê-la aqui, nervoso com a possibilidade de ela xeretar meus poucos pertences e perambular pelos corredores, mas não podemos ficar distantes para sempre. Não se eu lhe prometi que tentaria diminuir essa distância entre nós.

– George disse que precisa de ajuda para treinar a força policial – diz Evelyn. – Você não se ofereceu?

– Não – digo. – Já disse que não uso mais armas.

– É verdade. Agora você usa *palavras* – fala Evelyn, fazendo uma careta. – Não confio em políticos, sabia?

– Você confiará em mim porque sou seu filho. E, de qualquer maneira, não sou um político. Pelo menos, ainda não. Sou um assistente.

Ela se senta à mesa e olha ao redor, irrequieta e alerta, como um gato.

– Você sabe onde está seu pai? – pergunta ela.

Dou de ombros.

– Alguém me disse que ele deixou a cidade. Não perguntei para onde foi.

Evelyn apoia o queixo na mão.

– Você não queria dizer nada para ele? Nada mesmo?

– Não – respondo. Giro as chaves no meu dedo. – Só queria deixá-lo no passado, onde é o lugar dele.

Há dois anos, quando fiquei diante do meu pai no parque, com a neve caindo ao redor, percebi que, assim como atacá-lo na frente dos membros da Audácia no Merciless Mart não fez com que eu me sentisse melhor a respeito da dor que ele me causou, gritar com ele ou insultá-lo também não ajudaria. Só me restava uma opção: deixar para lá.

Evelyn olha para mim de maneira estranha e analítica, depois atravessa a sala e abre a mala que deixou sobre o sofá. Ela retira um objeto feito de vidro azul. Parece água sendo derramada, mas parada no tempo.

Lembro-me de quando ela me presenteou com aquilo. Eu era novo, mas não novo demais para perceber que aquilo era um objeto proibido no setor da Abnegação, um objeto inútil e, portanto, autoindulgente. Perguntei-lhe para que servia aquilo, e ela me disse: *Isto não faz nada de óbvio. Mas pode fazer alguma coisa aqui.* Então, ela levou a mão ao coração. *Coisas lindas, às vezes, fazem isso.*

Durante anos, o objeto serviu como símbolo da minha rebeldia silenciosa, da minha pequena recusa em ser uma criança obediente e deferente da Abnegação, e serviu como símbolo da rebeldia da minha mãe também, mesmo que eu acreditasse que ela estivesse morta. Eu o escondi debaixo da cama e, no dia em que decidi deixar a Abnegação, coloquei-o sobre a minha mesa para que meu pai pudesse ver, ver a minha força e a dela.

– Quando você esteve fora, isto me lembrou de você – diz Evelyn, apertando o vidro contra a barriga. – Isto me lembrou do quanto você era corajoso e sempre foi. – Ela abre um pequeno sorriso. – Imaginei que você pudesse guardá-lo aqui. Afinal, a intenção era ser um presente para você.

Acho que não conseguiria manter a minha voz estável se tentasse falar; portanto, apenas sorrio de volta e assinto com a cabeça.

+ + +

O ar primaveril é frio, mas deixo as janelas da caminhonete abertas para poder senti-lo no meu peito, para que ele cause uma ardência nas pontas dos meus dedos, como um lembrete do inverno persistente. Paro na plataforma de trem perto do Merciless Mart e pego a urna no banco traseiro. Ela é prateada e simples, sem gravuras. Não fui eu quem a escolheu, mas Christina.

Desço a plataforma em direção ao grupo que já se formou. Christina está parada ao lado de Zeke e Shauna, que está sentada em sua cadeira de rodas, com um cobertor sobre o colo. Ela tem uma cadeira de rodas melhor agora, com pegadores atrás, mais fácil de conduzir. Matthew está parado na plataforma com as pontas dos pés para fora da beirada.

– Olá – digo, parando ao lado de Shauna.

Christina sorri para mim, e Zeke me dá um tapinha no ombro.

Uriah morreu poucos dias depois de Tris, mas Zeke e Hanna se despediram dele apenas semanas depois, espalhando suas cinzas no abismo, em meio aos gritos dos amigos e familiares. Gritamos o nome dele dentro da câmara de eco do Fosso. Apesar disso, sei que Zeke está se lembrando dele hoje, assim como todos nós, apesar deste último ato de bravura da Audácia ser dedicado a Tris.

– Tenho uma coisa para mostrar – diz Shauna, afastando o cobertor e revelando um complexo aparelho de metal em suas pernas. Ele vai até o seu quadril e dá a volta na barriga, como uma gaiola. Ela sorri para mim, e, com um som de engrenagens, seu pé se move até o chão diante da cadeira, e, desajeitada, ela se levanta.

Apesar da ocasião solene, abro um sorriso.

– Ora, vejam só – digo. – Eu tinha esquecido o quanto você é alta.

– Caleb e seus amigos cientistas desenvolveram-na para mim – diz ela. – Ainda estou me adaptando, mas eles disseram que eu talvez consiga correr algum dia.

– Ótimo. Aliás, cadê ele?

– Ele e Amah vão nos encontrar no fim da linha – diz ela. – Alguém precisa estar lá para pegar a primeira pessoa.

– Ele continua sendo um maricas – diz Zeke. – Mas estou começando a gostar dele.

– Hum – digo sem dar o braço a torcer. A verdade é que, apesar de ter feito as pazes com Caleb, ainda não consigo ficar perto dele muito tempo. Seus gestos, sua entonação, seus modos são os dela. Eles o tornam apenas um sussurro dela, e isso não é o bastante, mas também é demais para mim.

Eu falaria mais, mas o trem está vindo. Ele vem depressa na nossa direção pelos trilhos polidos, depois chia ao desacelerar e parar diante da plataforma. Uma pessoa bota a cabeça para fora do primeiro vagão, onde ficam os controles. É Cara, com o cabelo preso em uma trança apertada.

– Entrem! – chama ela.

Shauna se senta na cadeira e a empurra pela porta. Matthew, Christina e Zeke a seguem. Entro por último, oferecendo a urna para que Shauna a segure, e fico parado na porta, agarrado à barra. O trem começa a andar novamente, acelerando a cada segundo. Ouço o chacoalhar sobre a pista e o apito sobre os trilhos, e sinto o poder dele crescer dentro de mim. O ar atinge o meu rosto e faz minha roupa grudar no corpo, e vejo a cidade se estender diante de mim, com os prédios iluminados pelo sol.

Não é mais a mesma cidade de antes, mas já me acostumei com isso há muito tempo. Todos nós encontramos novos lugares. Cara e Caleb trabalham nos laboratórios do complexo, que agora compõem um pequeno segmento do Departamento de Agricultura, cujo objetivo é tornar a agricultura mais eficiente, para poder alimentar mais pessoas. Matthew trabalha com pesquisas psiquiátricas em algum lugar da cidade. A última vez que perguntei, ele estava pesquisando algo relacionado à memória. Christina trabalha em um escritório que realoca pessoas da margem que querem se mudar para a cidade. Zeke e Amah são policiais, e George treina a força policial. Chamo essas funções de trabalhos da Audácia. E eu sou assistente de uma das nossas representantes governamentais: Johanna Reyes.

Estendo o braço e agarro a outra barra, inclinando o corpo para fora do vagão quando o trem faz uma curva, quase me pendurando sobre a rua, dois andares abaixo. Sinto uma excitação no estômago, o tipo de excitação alimentada pelo medo que os verdadeiros membros da Audácia adoram.

– Ei – chama Christina atrás de mim. – Como está sua mãe?

– Bem – respondo. – Acho que ainda vamos ver como as coisas ficam.

– Você vai descer na tirolesa?

Vejo os trilhos mergulhando diante de nós, alcançando o nível da rua.

– Vou – respondo. – Acho que Tris gostaria que eu tentasse, pelo menos uma vez.

Falar o nome dela ainda causa uma pontada de dor no meu peito, um beliscão que me faz lembrar que a memória dela ainda me é cara.

Christina observa os trilhos adiante e apoia seu ombro no meu apenas por alguns segundos.

– Acho que você tem razão – diz ela.

Minhas memórias de Tris, algumas das memórias mais poderosas que tenho, ficaram menos nítidas com o tempo, como as memórias costumam ficar, e não ardem mais, como costumavam arder. Às vezes, até gosto de revisitá-las em minha mente, mas isso é raro. Outras vezes, discuto-as com Christina, e ela ouve melhor do que eu esperava, considerando que é uma falastrona da Franqueza.

Cara para o trem, e eu salto para a plataforma. No topo da escada, Shauna se levanta da cadeira e desce os degraus, um por um, usando seu novo aparelho. Matthew e eu carregamos sua cadeira vazia, que é pesada e complicada, mas não impossível de carregar.

– Você tem notícia de Peter? – pergunto para Matthew quando alcançamos o final da escada.

Depois que Peter deixou o torpor do soro da memória, alguns dos aspectos mais ácidos e grosseiros da sua personalidade retornaram, mas não todos. Perdi contato com ele após isso. Não o odeio mais, mas isso não significa que preciso gostar dele.

– Ele está em Milwaukee – diz Matthew. – Mas não sei o que está fazendo.

– Está trabalhando em algum tipo de escritório – diz Cara da parte de baixa da escada. Ela está com a urna aninhada em seus braços, depois de retirá-la do colo de Shauna quando saltamos do trem. – Acho que faz bem para ele.

– Sempre imaginei que ele se juntaria aos rebeldes GDs na margem – comenta Zeke. – Não sei de nada mesmo.

– Ele está diferente agora – diz Cara, dando de ombros.

Ainda existem rebeldes na margem que acreditam que só conseguirão o que querem por meio de outra guerra. Concordo mais com o lado que acredita em trabalhar para conseguir mudanças sem violência. Já vivi violência o bastante para uma vida inteira e ainda a carrego comigo, não em cicatrizes na minha pele, mas nas lembranças que surgem na minha mente quando menos desejo, como as do punho do meu pai atingindo o meu queixo, minha arma erguida para executar Eric, os corpos dos membros da Abnegação espalhados pelas ruas do meu antigo bairro.

Caminhamos pelas ruas em direção à tirolesa. As facções deixaram de existir, mas há mais antigos membros da Audácia morando nesta parte da cidade do que em qualquer outra, e ainda é possível reconhecê-los por seus rostos cobertos de *piercings* e suas peles tatuadas, embora não mais pelas cores das suas roupas, que às vezes são muito espalhafatosas. Alguns caminham pela calçada ao nosso lado, mas a maioria está no trabalho. Todos em Chicago são obrigados a trabalhar, desde que sejam capazes de fazê-lo.

Mais adiante, vejo o edifício Hancock, erguendo-se em direção ao céu, a base mais larga que o topo. As vigas pretas seguem umas às outras até o telhado, entrecruzando-se, apertando-se e alargando-se. Faz tempo que não chego tão perto do prédio.

Entramos no saguão, com seu chão brilhante e polido e suas paredes cheias de pichações da Audácia, deixadas ali pelos moradores do prédio como um tipo de relíquia. Este é um lugar da Audácia, porque foram seus antigos membros que o adotaram, por sua altura e, eu suspeito, por ser solitário. Os membros da Audácia gostavam de preencher espaços vazios com barulho. Isso é algo que eu gostava neles.

Zeke crava o dedo no botão do elevador. Nós nos esprememos lá dentro, e Cara aperta o número noventa e nove.

Fecho os olhos quando o elevador dispara para cima. Quase consigo ver o espaço se abrindo sob meus pés, um poço de escuridão e apenas trinta centímetros de chão sólido entre eu e o mergulho, a queda, o despencar. O elevador estremece ao parar, e me seguro na parede para manter o equilíbrio quando a porta abre.

Zeke encosta no meu ombro.

– Não se preocupe, cara. Fazíamos isso o tempo todo, lembra?

Assinto com a cabeça. Uma corrente de ar entra pelo buraco no teto, e, sobre a minha cabeça, vejo o céu, azul-claro. Sigo os outros devagar até a escada, atordoado demais para fazer meus pés se moverem mais rápido.

Encontro a escada com as pontas dos dedos e me concentro em um degrau por vez. Acima de mim, Shauna sobe a escada de maneira desajeitada, usando mais a força dos braços.

Certa vez, enquanto Tori tatuava os símbolos nas minhas costas, perguntei se ela achava que éramos as últimas pessoas no mundo. *Talvez*, foi tudo o que ela disse. Acho que ela não gostava de pensar sobre o assunto. Mas, daqui de cima, do telhado do prédio, é possível acreditar que somos as últimas pessoas em qualquer lugar.

Olho para os prédios diante do pântano, e meu peito se espreme, se aperta como se estivesse prestes a implodir.

Zeke atravessa o telhado correndo até a tirolesa e prende um dos arneses no cabo de aço. Ele o trava para que não deslize para baixo e olha para o grupo com um ar de expectativa.

– Christina – diz ele. – É com você.

Christina para perto do arnês, tamborilando o queixo com o dedo.

– O que você acha? Olhando para cima ou de costas?

– De costas – diz Matthew. – Quero ir olhando para cima a fim de não urinar nas calças, e não quero que você me imite.

– Descer olhando para cima só aumentará as chances de que isso aconteça, sabia? – diz Christina. – Então, faça isso de uma vez para que eu possa começar a chamar você de Mijão.

Christina entra no arnês com os pés primeiro, de barriga para baixo, para ver o prédio diminuir enquanto desce. Sinto um calafrio.

Não consigo assistir. Fecho os olhos enquanto Christina se afasta cada vez mais, depois faço o mesmo na vez de Matthew e na de Shauna. Consigo ouvir seus gritos de felicidade, como cantos de pássaros no vento.

– É a sua vez, Quatro – anuncia Zeke.

Balanço a cabeça.

– Vamos lá – diz Cara. – É melhor acabar logo com isso, não é?

– Não – digo. – Vá você. Por favor.

Ela me oferece a urna, depois respira fundo. Seguro a urna contra a barriga. O metal está morno, depois de ser tocado por tantas pessoas. Cara entra no arnês, insegura, e Zeke aperta as presilhas. Ela cruza os braços sobre o peito, e ele a empurra para fora, sobre a Lake Shore Drive, sobre a cidade. Não ouço um pio dela, nem mesmo um arquejo.

Então, só sobram eu e Zeke, olhando um para o outro.

– Acho que não vou conseguir – digo, e, embora a minha voz esteja estável, meu corpo está tremendo.

– É claro que vai. Você é *Quatro*, uma lenda da Audácia! Você consegue enfrentar qualquer coisa.

Cruzo os braços e me aproximo devagar da beirada do telhado. Apesar de estar a metros de distância, sinto o meu corpo desabar da beirada e balanço a cabeça de novo, de novo e de novo.

– Ei. – Zeke apoia a mão no meu ombro. – Lembre-se de que isto não tem a ver com você. Tem a ver com ela. A questão é fazer algo que ela gostaria de fazer e que ela se orgulharia se você fizesse. Certo?

É isso. Não há como evitar. Não posso dar para trás agora. Não quando ainda me lembro do sorriso dela ao escalar a roda gigante comigo ou do seu queixo contraído ao encarar medo após medo nas simulações.

– Como ela desceu?

– De cabeça – diz Zeke.

– Está bem. – Eu entrego a urna a ele. – Prenda isto nas minhas costas, está bem? E abra a tampa.

Entro no arnês com as mãos tremendo tanto que mal consigo segurar as laterais. Zeke aperta as tiras nas minhas costas e nas minhas pernas, depois prende a urna atrás de mim com a abertura para fora para que as cinzas se espalhem. Olho para baixo, vendo a Lake Shore Drive, engolindo bile, e começo a deslizar.

De repente, quero voltar atrás, mas já é tarde, já estou mergulhando em direção ao chão. Estou gritando tão alto que quero cobrir meus próprios ouvidos. Sinto o grito vivendo dentro de mim, enchendo o meu peito, a minha garganta, a minha cabeça.

O vento faz meus olhos arderem, mas eu os forço a ficarem abertos, e, em meio ao meu pânico cego, entendo por que ela escolheu descer assim, de cabeça. É porque assim sentia que estava voando como um pássaro.

Consigo sentir o vazio sob mim, e ele se parece com o vazio dentro de mim, como uma boca aberta, prestes a me engolir.

Percebo, então, que não estou mais me movendo. As últimas cinzas flutuam ao vento, como flocos de neve, depois desaparecem.

O chão está a poucos metros de distância, perto o bastante para eu pular. Os outros se reuniram em um círculo, com os braços ligados para formar uma rede de ossos e músculos para me pegar. Aperto o rosto contra o arnês e solto uma risada.

Jogo a urna vazia para eles, depois dobro o braço até as minhas costas para soltar as tiras que estão me prendendo. Desabo nos braços dos meus amigos como uma pedra. Eles me pegam, e seus ossos afundam em minhas costas e pernas, depois me colocam no chão.

Há um silêncio desagradável enquanto encaro o edifício Hancock, maravilhado, e ninguém sabe o que dizer. Caleb sorri para mim com cautela.

Christina pisca, afastando as lágrimas dos olhos, depois diz:

– Vejam! Zeke está descendo.

Zeke está voando em nossa direção, preso a um arnês preto. A princípio, ele parece um ponto, depois uma mancha, depois uma pessoa envolvida pelo preto. Ele canta de alegria ao desacelerar e parar, e estico o braço para agarrar o antebraço de Amah. Do outro lado, agarro o braço pálido de Cara. Ela sorri para mim, e há certa tristeza no seu sorriso.

O ombro de Zeke atinge os nossos braços com força. Ele abre um sorriso selvagem e deixa que o aninhemos como uma criança.

– Isso foi legal. Quer ir de novo, Quatro? – oferece ele.

Nem hesito em responder:

– De jeito nenhum.

+ + +

Caminhamos de volta para o trem em um grupo espalhado. Shauna anda de muletas, e Zeke empurra sua cadeira de rodas enquanto conversa amenidades com Amah. Matthew, Cara e Caleb caminham juntos, conversando sobre algo que os deixa muito entusiasmados, já que têm interesses parecidos. Christina se aproxima de mim e coloca a mão no meu ombro.

– Feliz Dia da Escolha – diz ela. – Vou perguntar como você realmente está. E você vai me dar uma resposta honesta.

Conversamos assim, às vezes, dando ordens um para o outro. De alguma forma, ela se tornou uma das minhas melhores amigas, apesar de vivermos discutindo.

– Estou bem. É difícil. Sempre será difícil.

– Eu sei – diz ela.

Caminhamos atrás do grupo, passando por edifícios ainda abandonados, com suas janelas escuras, pela ponte que atravessa o rio-pântano.

– É, a vida às vezes é mesmo um saco – diz ela. – Mas sabe o que estou esperando?

Ergo as sobrancelhas.

Ela também ergue as dela, imitando-me.

– Os momentos que não são um saco – diz ela. – O truque é perceber quando eles aparecem.

Depois, ela sorri, e eu sorrio de volta. E subimos a escada até a plataforma de trem, lado a lado.

+ + +

Desde que eu era criança, sempre soube disto: a vida nos danifica, a todos nós. Não há como escapar desse dano.

Mas agora também estou aprendendo isto: podemos ser consertados. Consertamos uns aos outros.

AGRADECIMENTOS

PARA MIM, A página de agradecimentos é um espaço onde posso dizer, da maneira mais sincera possível, que não prospero, na vida ou nos livros, apenas pela minha força e capacidade. Esta série pode ter apenas uma autora, mas esta autora não teria conseguido fazer quase nada sem as seguintes pessoas. Portanto, com isso em mente: obrigada, Deus, por me dar as pessoas que me consertam.

Obrigada: ao meu marido, por não apenas me amar de forma extraordinária, mas também por algumas sessões difíceis de *brainstorming*, por ler *todos* os esboços deste livro e por lidar com a Autora/Esposa Neurótica com uma paciência incrível.

A Joanna Volpe, por cuidar de tudo *LIKE A BOSS*, como as pessoas costumam dizer, com honestidade e gentileza. A Katherine Tegen, pelos excelentes conselhos e por continuamente me mostrar a doçura compassiva por trás da editora durona. (Juro que não vou contar para ninguém. Ops, acabei de contar.) A Molly O'Neill, por todo o seu tempo e trabalho e pelo olhar que selecionou *Divergente* em meio a uma pilha de manuscritos que eu imagino que devia ser gigantesca. A Casey McIntyre, por uma sagacidade publicitária e tanto e por me mostrar uma bondade estarrecedora (e alguns passos de dança).

Obrigada a Joel Tippie, assim como a Amy Ryan e Barb Fitzsimmons, por tornar estes livros tão lindos TODAS. AS. VEZES. Aos incríveis Brenna Franzitta, Josh Weiss, Mark Rifkin, Valerie Shea, Christine Cox e Joan Giurdanella, por cuidarem tão bem das minhas palavras. A Lauren Flower, Alison Lisnow, Sandee Roston, Diane Naughton, Colleen O'Connell, Aubry Parks-Fried, Margot Wood, Patty Rosati, Molly Thomas, Megan Sugrue, Onalee Smith e Brett Rachlin, por todos os esforços de marketing e publicidade, que são muitos para listar. A Andrea Pappenheimer, Kerry Moynagh, Kathy Faber, Liz Frew, Heather Doss, Jenny Sheridan, Fran Olson, Deb Murphy, Jessica Abel, Samantha Hagerbaumer, Andrea Rosen e David Wolfson, especialistas em vendas, por seu entusiasmo e apoio. A Jean McGinley, Alpha Wong e Sheala Howley, por levarem minhas palavras para tantas prateleiras ao redor do mundo. Aliás, a todos os meus editores estrangeiros, por acreditarem nestas histórias. A Shayna Ramos e Ruiko Tokunaga, magos da produção; a Caitlin Garing, Beth Ives, Karen Dziekonski e Sean McManus, que fazem audiolivros fantásticos; e a Randy Rosema e Pam Moore, do departamento financeiro, por todo o seu trabalho árduo e talento. A Kate Jackson, Susan Katz e Brian Murray, por guiarem esse navio da Harper tão bem. Tenho uma editora entusiástica e solidária em todos os níveis, e isso significa muito para mim.

A Pouya Shahbazian, por encontrar uma casa tão boa para o filme *Divergente* e por todo o seu trabalho árduo, sua paciência, sua amizade e seus terríveis trotes com insetos. A Danielle Barthel, por sua mente organizada e paciente. A todo o restante da equipe da New Leaf Literary, por serem pessoas maravilhosas e que fazem um trabalho igualmente maravilhoso. A Steve Younger, por sempre cuidar de mim na minha vida e no meu trabalho. A todos os envolvidos nas "coisas do filme", especialmente Neil Burger, Doug Wick, Lucy Fisher, Gillian Bohrer, and Erik Feig, por lidarem com meu trabalho com tanto cuidado e respeito.

Obrigada a mamãe, Frank, Ingrid, Karl, Frank Jr., Candice, McCall, Beth, Roger, Tyler, Trevor, Darby, Rachel, Billie, Fred, Granny, os Johnson (tanto os da Romênia quanto os de Missouri), os Krauss, os Paquette, os Fitch, e os Rydze, por todo o seu amor. (Eu nunca colocaria a minha facção acima de vocês. Nunca.)

A todos os membros do passado, do presente e do futuro da YA Highway e da Write Night, por serem companheiros de escrita tão atenciosos e compreensivos. A todos os autores mais experientes que me incluíram e ajudaram durante os últimos anos. A todos os escritores que entraram em contato comigo através do Twitter ou por e-mail, por sua camaradagem. Escrever pode ser um trabalho solitário, mas não para mim, porque tenho vocês. Gostaria de poder listar todos. A Mary Katherine Howell, Alice Kovacik, Carly Maletich, Danielle Bristow, e a todos os meus amigos não escritores, por me ajudarem a manter a cabeça no lugar.

Obrigada a todos os *fansites* de Divergente, pelo entusiasmo muito maneiro na internet (e no mundo real).

Aos meus leitores, por lerem, pensarem, reclamarem, twittarem, conversarem, emprestarem e, acima de tudo, por me ensinarem tantas lições valiosas sobre a escrita e a vida.

Todas as pessoas listadas acima fizeram desta série o que ela é, e conhecer todos vocês mudou a minha vida. Tenho muita sorte.

Vou falar uma última vez: sejam corajosos.

AGRADECIMENTOS ESPECIAIS

NA PRIMAVERA DE 2012, cinquenta blogs ajudaram a espalhar seu amor pela série Divergente, apoiando o lançamento de *Insurgente* em uma campanha on-line baseada em facções. Cada participante foi essencial para o sucesso desta série. Obrigada a:

ABNEGAÇÃO: Amanda Bell (líder da facção), Katie Bartow, Heidi Bennett, Katie Butler, Asma Faizal, Hafsah Faizal, Ana Grilo, Kathy Habel, Thea James, Julie Jones e H.D. Tolson.

AMIZADE: Meg Caristi, Kassiah Faul e Sherry Atwell (líderes da facção), Kristin Aragon, Emily Ellsworth, Cindy Hand, Melissa Helmers, Abigail J., Sarah Pitre, Lisa Reeves, Stephanie Su e Amanda Welling.

FRANQUEZA: Kristi Diehm (líder da facção), Jaime Arnold, Harmony Beaufort, Damaris Cardinali, Kris Chen, Sara Gundell, Bailey Hewlett, John Jacobson, Hannah McBride e Aeicha Matteson.

AUDÁCIA: Alison Genet (líder da facção), Lena Ainsworth, Stacey Canova e Amber Clark, April Conant, Lindsay Cummings, Jessica Estep, Ashley Gonzales, Anna Heinemann, Tram Hoang, Nancy Sanchez e Yara Santos.

ERUDIÇÃO: Pam van Hylckama Vlieg (líder da facção), James Booth, Mary Brebner, Andrea Chapman, Amy Green, Jen Hamflett, Brittany Howard, O'Dell Hutchison, Benji Kenworthy, Lyndsey Lore, Jennifer McCoy, Lisa Parkin e Lisa Roecker.

Impressão e Acabamento:
EDITORA JPA LTDA.